在开始的地方说再见

梧桐私语 著

说不清是谁的青春染指谁的流年。
她心中的城市是巴黎，
她的故事却在蓉北。

重庆出版集团
重庆出版社

图书在版编目（CIP）数据

在开始的地方说再见 / 梧桐私语著. — 重庆：重庆出版社，2014.9
ISBN 978-7-229-07640-5

Ⅰ.①在… Ⅱ.①梧… Ⅲ.①长篇小说－中国－当代
Ⅳ.①I247.5

中国版本图书馆CIP数据核字(2014)第032790号

在开始的地方说再见
ZAI KAISHI DE DIFANG SHUO ZAIJIAN
梧桐私语 著

出 版 人：罗小卫
责任编辑：袁　宁
责任校对：杨　婧
装帧设计：之　易

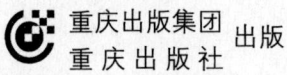

重庆出版集团 出版
重庆出版社

重庆长江二路205号 邮政编码：400016 http://www.cqph.com
北京兴湘印务有限公司制版
北京兴湘印务有限公司印刷
重庆出版集团图书发行有限公司发行
E-MAIL：fxchu@cqph.com 邮购电话：023-68809452
全国新华书店经销

开本：710mm×1000mm　1/16　印张：18　字数：282千
2014年9月第1版　2014年9月第1版第1次印刷
ISBN 978-7-229-07640-5

定价：29.80元

如有印装质量问题，请向本集团图书发行有限公司调换：023-68706683

版权所有　侵权必究

目录

第一章　原点 / 001
第二章　宴席 / 006
第三章　往事 / 010
第四章　西装 / 014
第五章　酒馆 / 018
第六章　鸦片 / 022
第七章　非诚 / 026
第八章　强吻 / 030
第九章　外伤 / 035
第十章　未婚 / 040
第十一章　布拉格 / 044
第十二章　六月天 / 049
第十三章　斯米兰 / 053
第十四章　包夹战 / 058
第十五章　朱丽叶 / 063
第十六章　小时光 / 068
第十七章　Susie / 072
第十八章　那一天 / 077
第十九章　在一起 / 082
第二十章　同居生 / 087

第二十一章 唇欢齿爱 / 091

第二十二章 迷魂心计 / 095

第二十三章 假戏真做 / 099

第二十四章 疑是故人 / 104

第二十五章 原来是你 / 108

第二十六章 临时妈妈 / 113

第二十七章 爱情难分 / 118

第二十八章 情敌相见 / 123

第二十九章 有一种爱 / 128

第三十章 血脉相连 / 132

第三十一章 雨季不再来 / 137

第三十二章 茉莉与木炭 / 142

第三十三章 湄公河畔 / 147

第三十四章 成一步之遥 / 152

第三十五章 五毛钱爱情 / 157

第三十六章 蜜糖甜到伤 / 162

第三十七章 那年春与梦 / 167

第三十八章 和我在一起 / 172

第三十九章 情能与谁共 / 178

第四十章 终究是命运 / 183

第四十一章　忽而明冬 / 188

第四十二章　曾经爱你 / 192

第四十三章　不良少女 / 197

第四十四章　我要的爱 / 202

第四十五章　黑白剪影 / 207

第四十六章　狼狈为奸 / 211

第四十七章　因果报应 / 215

第四十八章　势在必行 / 218

第四十九章　姻为是你 / 223

第五十章　孰重孰轻 / 227

第五十一章　你是我的命 / 233

第五十二章　缘起的时候云在飘 / 238

第五十三章　在开始的地方说再见 / 243

第五十四章　终场 / 249

尾声 / 254

番外一　起名记 / 256

番外二　我喜欢了你很多年，只是害怕你知道 / 257

番外三　不一样的烟火 / 261

第一章　原点

【我想走远点，最终却总走回了原点。】

她和他认识在上山下乡的年代。

在东北的那个地方，除了手里一捧黑土和每天劳作用的锄头外，他们剩下的只有年轻人对生活仅有的热情和星星燃起的爱情。

他上过高中，爱写诗，时常拿着柳树杈子在地上写苏轼的《水调歌头》。

她也上了高中，只是成绩没他好，那时她就背靠着草垛，看着他写。

年轻人的爱情就像树木到了春天会发芽一样自然而然。他们恋爱了，结婚了，却在返乡时面临了分离。

她是上海人，大城市里出来的姑娘，家里催着回去。

他来自边城，丁点儿大的城区属于一个小时能把全城转完的那种。

火车开动前，她从车窗伸出手，拉着他的："我会等你，一直会等你，等政策好了，你来上海找我。"

他点头说好。

事情的前半段还是顺遂美好的，家里逼着她离婚，可她咬牙死活不松口，终于等着几年以后国家政策放宽了，他来了上海。

她家庭条件不错，家里有家小工厂，他来了之后，她说服了父亲把工厂的经营权给了他。她没他聪明，但做生意上却能干，她帮着他，没多久，工厂被扩建了两个楼，再后来原来的制衣加工厂成了服饰公司。

那之后，改革开放，男人说想拿着本钱去深圳试一试，她不愿。

她说："家里的条件已经不错了，你不用那么拼命。"

他却说："那些都是你家给的，我要靠我自己的本事为你打一片天下。"那天男人搂着她，她哭了。

男人果然没食言，他赶上了深圳第一批经商浪潮，家里的服饰公司几经转身成了现在的曼迪品牌，不仅拥有了自己的服装流水线，还有自己固定的大牌设计师，每年在国际的服装展上都拿好几个奖项。

"可他现在要和我离婚。"烟圈散去，一个中年女人坐在办公室的沙发上，对着濮玉诉说她此行的目的。如果忽略掉她眼角的细纹，她还是个正当年的女人。

濮玉目光移到手里的笔记本上，声音平和："你有什么关于他出轨的证据吗？"

中年女人又吐了个烟圈："证据我都已经准备好了，这次官司之所以找你，我的目的只有一个，我要让他一毛钱也拿不到。"

许是说到心中痛处，女人的脸上有些狰狞，濮玉眯着眼，觉得扑满脂粉的那张脸随时会龟裂开。

她敲下最后一个字，合上笔记本："你的意思我知道了，我会尽力。"

中年女人被秘书Tina送出办公室，濮玉拉上百叶窗，白净的办公室刹时陷入一片暗色。她脱了鞋，脚支在座椅上自己抱着膝盖，吸烟。

男人，就是这种注定让女人为难的人，可悲的是，女人往往明知如此，却还飞蛾扑火迎难而上。活得明白点，自我点，那么难吗？

濮玉的视线移向办公桌，桌上放着本杂志，《每周财经人物》，封面上的男人穿件黑色西装，里面的衬衫却不合乎寻常地敞开片肌肤，是健康的古铜色，他有双蓝眼睛，波斯猫似的眯着，笑起来像狐狸。濮玉盯着男人的脸，静静看着，任由指间香烟默默地燃尽半支，直到桌上电话响起时，她还兀自沉浸在自己的记忆里出不来。

讲完电话外加换好礼服濮玉只花了十五分钟。对着镜子描眉时，她脸色不好："戚夕这个死丫头，设计这种衣服她就不脸红？"

答案很明显，脸红的只能是濮玉，因为即将穿着这件包臀裸背亮片礼服去参加酒会的是她而不是她口中的死丫头。濮玉抿抿红唇，又对着镜子往下扯了扯窄短的裙角，出门。

下午四点，没到下班时间，永盛的办公间里还处在水深火热的工作状态当中，濮玉经过普通办公区时，机警低头才堪堪躲过空中飞过的文件夹。

"Sorry，Aimee。"扔文件的小赵见差点砸了她，忙对濮玉举手抱歉，却在看清她穿着时不自觉地吹了声口哨："Aimee，你要是天天穿这样我们该多有干劲儿啊。"

"如果把你这个月的薪水扣半给同事们买下午茶，我想大家会更有干劲儿。"濮玉抿嘴微笑，"HD那个案子取证到什么程度了？下周一开庭，如果到时候开天窗你想老杜是会对你笑还是会让你哭呢？"

老杜是永盛律师行的二老板，也是濮玉的顶头上司兼师兄，他们就读德国同一所大学的法律系，老杜大她两届，毕业后直接回国，之后参加创办了这家永盛

第一章　原点

律师行，几年过去，永盛几经历练，俨然成了蓉北律师界数一数二的大行。这次濮玉作为空降兵突然归国，还一下子做了永盛高级顾问律师就曾引起永盛上下的不满，如果不是老杜力挺，濮玉可能案子都没接，就直接被怨言赶出了永盛。可随着时间的推移，大家对濮玉之前的印象彻底被推翻了。

永盛的Aimee压根不是没实力的病猫，相反，她是比永盛老杜还像伏地魔的律场女霸王——法庭上和濮玉交过手的律师都这么说。

濮玉却不这么认为，就像此刻站在办公室外的她就在想，和直接摔文件在地上的老杜比起来，她要温柔得多。

咚咚咚。

濮玉敲敲窗，对看到她的老杜指指手腕。老杜眉头皱紧，不甘心地朝面前的人甩甩手。办公室的门被打开，刚挨训的人低着头出来。

"Tim，万达这个案子老杜抱了很大希望。"濮玉在年轻人的胳膊上握了一把，"所以你理解下他的心情。"

毕业后就进了永盛的年轻人很沮丧，他咬着嘴唇看了濮玉一眼："Aimee，是我辜负了老板的希望。"

杜一天的动作很快，没等濮玉安抚Tim几句就穿戴整齐地出来："Tim，你这几天不用接新案子了，协助三组把HD那个跟进一下。"

Tim更沮丧地走了，濮玉拿着手包，对杜一天直摇头："师兄，你越来越没人情味了。"

"他们要是都和你一样能干，我兴许偶尔能有点人情味。"进了地下车库，杜一天拦住去开她那辆H2的濮玉："你穿这身再开你那辆大红悍马，知道的是咱们永盛的Aimee车技好，穿着十厘米照样踩离合，不知道的还以为咱们永盛那么大方，丢了万达的案子还要庆祝呢。"

他指指自己的大宇："坐我的。"

濮玉知道有这种安排肯定不像杜一天说的那样，不过丢了一个案子，老杜怎么都不至于。而他要说的，濮玉更想得到。她不喜欢藏着掖着，所以系安全带时就主动交代了："我接了个离婚案，叶太太那个。"

像是怕杜一天不懂，濮玉眨眨眼："就是天恒、觉远都不接的那个。"

杜一天的那口气直到大宇开出车库、天地重新明亮起来时才吐出来："Aimee，你是主攻经济法的，何苦去蹚民事诉讼这趟浑水？"

"我想当律师界的十项全能不行吗？"濮玉拉下前挡镜，才五月天气，蓉北的太阳大得像进了夏天。

"叶家的事不好办。"

"再难办的我在巴黎也不是没办过，放心。"

"你是因为他才接的这个案子。"杜一天右打弯，转进南京三线，路上车不算多，没到下班车流高峰期。后视镜里，杜一天似笑非笑等着濮玉的答案。

濮玉撩下头发，答得痛快："不是，还有，师兄，你开错路了，到府天应该在下个路口转弯。"

"不是最好。"杜一天转着方向盘，和前车那个新手保持安全的距离，"林渊把你害得那么惨，我不希望你再和他扯上什么关系。"

"还有，"趁着红灯时，杜一天把脸凑到濮玉面前，"你刚刚说的那条路，在维护。"

濮玉抿着嘴，把脸移向窗外："学长，没记错酒会是六点开始，从这里到那边还有二十五个红灯，你还是专心开车为好，我记得万夫人不喜欢别人迟到。"

杜一天踩着油门摇头："不会服软的女霸王，真不可爱。"

"你见过Hello Kitty版的女霸王吗？"

车窗外几株杜鹃花在路旁开得正盛，红得像血，濮玉看得出神，想到杜鹃鸟的那句"不如归去"。她一直想走得远点，没想到最后还是回了原点。她以为巴黎会是她的归宿，却始终无法忘记蓉北。

府天是蓉北首屈一指的五星级酒店，但凡蓉北的商界要员举行酒会宴席，大多都把这里作为首选。濮玉身上套着杜一天的外套在大厅电梯前等去停车的他。

杜一天迈着步子从外面进来，扬扬手里的车钥匙："找车位找了挺久，等急了吧？"

正是日落时候，太阳的余晖把杜一天整个人熔成金色，濮玉第一次发现原来他的脸部线条也是柔和的。他剪着不算短的短发，瘦削下巴，深刻的眼窝，还有一双乌黑见底的深邃眼睛，濮玉吹声口哨："师兄，我说怎么咱行里那群女实习生对你是又爱又惧，原来你也长了一副勾人的皮囊啊！"

被濮玉这么一说，严肃惯了的杜一天竟也微笑起来："难得，我还只当永盛的Aimee真像传说中的视力有问题，一直把我当机器人忽略不计了。"

"只是可惜、可惜……"濮玉连连摇头，"勾人的皮囊披到伏地魔的身上，这不等同于挂上了'非卖品'的牌子，只准远观，亵玩危险吗？"

杜一天不知该笑还是该哭，刚巧电梯由地下升到了一层，他在濮玉头上一敲："进去吧。"

杜一天却没想到电梯里有两个人，一平方米多点儿的电梯中央站着一男一女，男的一身黑西装，条纹图案的衬衫开了两颗扣子，露出里面那片古铜色皮肤，他有双蓝眼睛，波斯猫似的眯着，和杂志上笑得狐狸似的他不一样，男人没笑。他身旁的女人梳着大卷发，优雅地披散肩后，只是她的动作倒不很优雅，她那条长长的右腿紧贴着男人。

濮玉低着头，努力想忽略女人身上的香水味，可圣罗兰的鸦片像是上了膛的手枪，靠这么近，濮玉再怎么想忽略，都止不住茴香和黑醋栗味的前味香钻进鼻子。她不喜欢，男人倒很享受。

所幸十八层到得快，濮玉拉拉杜一天披在自己身上的西装出电梯。杜一天跟着出来。电梯闭拢，濮玉听他说道："Aimee，你的道行见长，和林渊一样能装。"

她嘿嘿憨笑，是了，电梯里的男人她认得，曾经的丈夫，曾经的仇人，曾经她努力忘记却忘不掉的男人，给了她这次回国唯一理由的人。

林渊，我回来了。

第二章　宴席

【或许，我们终究有一天，牵着别人的手，遗忘曾经的他。】

濮玉端着酒杯，不动声色地换个站姿，在她看不到的地方，濮玉清晰地觉得自己的大脚趾快肿成桌上摆的那块冰淇淋那么大了，十厘米的高跟鞋果然不是轻易可以挑战的。

"学长，我离开下。"趁着杜一天笑着送走天德周董的空当，濮玉凑近他耳边小声说。杜一天瞧了眼脚下，一脸了然："没人规定酒会要穿这么高，干吗自己找罪受。"

"这叫输人不输阵。矮个子的痛，学长你不懂。"濮玉摇摇头，在男人当道的世界里，身高161厘米的她从来不愿意在气势上先输人一分。可濮玉的气势并不包括脱掉鞋子在洗手间里揉脚丫，隔间里，她站在张面纸上，享受着脚踏实地的感觉，一脸的舒服："谁要是发明个一秒就能长个，脚还不疼的法子，我立马嫁他。"

卫生间的门被推开，外面传来说话声。

"你说今天是奇了怪了？林先生竟然来了，我刚刚以为自己眼花了呢。"

"是啊，按理说林先生和万总是生意上的对头，他前阵刚抢了万总一块地皮，万夫人今天摆寿宴，林先生来，我看里面有戏啊！"

"指不定是有什么事呢，这里面。"

"是是，不过说实话，林先生真帅，每次我一看他那双蓝眼睛就晕，你知道吗，刚刚他还和我说话了呢！"

"说什么了？"

"你挡到我了。"

"……"

两个女人你一言我一语，从八卦到后来发花痴，丝毫没注意到什么时候站在她们身后的濮玉。濮玉笑眯眯地问："小姐，你们说的林先生是林渊吗？"

回到宴会厅，里面的气氛和刚刚有了微妙的变化。杜一天正和人说话。他远远看到站在门口的濮玉，朝她招手："濮玉，来。"

濮玉过去时发现和杜一天说话的正是万总和今天的主角万夫人，离得老远，她就笑着伸手："求寿星赐福。"

"小杜啊，濮玉这丫头，都快成你们行的行宝了吧，一见面就问我赐福，这不明摆着是让我家老万把恒利今后的案子交给永盛吗？不然你说我们两个老家伙，能赐你们年轻人什么福？"很喜欢濮玉的万夫人今天穿件暗红绣花旗袍，不算匀称的身材挤在筒子里，倒没她一笑就出来的双下巴看着和谐。濮玉笑着搂住万夫人的胳膊："学长，寿星都开口了，你还不赶紧谢主隆恩。"

杜一天没说话，万总先咳嗽了一声："这事……"

永盛刚刚输了万达那个case，现在蓉北的大企业在选择律师行做咨询行的时候都会在永盛这里稍微地画个顿号，意味考虑考虑，万夫人这么一说，万总真犯难。杜一天朝濮玉使眼色，濮玉嘿嘿笑了两声："万夫人，我就一说，你可别因为这事让咱们万总犯难。"

"万毕，我都答应了，你很犯难？"万总素来怕老婆的传闻看来是真的，万夫人一直呼大名，万总立刻服软："哪里哪里，周……周一，小杜来公司签代理合同。"

送走万夫人，濮玉朝杜一天眨眨眼："所以，有时候，攻克一个女人，比打倒无数个男人来得有成效得多。"

"受教了，所以我现在真在考虑是否接受万夫人的建议，把你拿下了呢？"杜一天从桌上拿了杯酒，递给濮玉，"濮玉，你觉得我怎么样？"

杜一天对自己的那些情怀，濮玉一直知道，只是她装作似懂非懂的，因为她不想他们之间这段友情变质成为某种无法挽回的关系。低头接过杜一天的酒杯，濮玉仰头要喝。

带着凉度的声音在加冰的特基拉酒入口前响起，等濮玉听出那声音属于谁时，手里的酒杯早不翼而飞。

"我记得有人说过这辈子再不喝酒了。"蓝眼睛的林渊站在她身边，手里拿着刚刚还属于她的酒杯。那刻，挨着杜一天站着的濮玉想到一句话：或许，我们终究有一天，牵着别人的手，遗忘曾经的他。虽然她没牵着杜一天的手，也从未忘记这一直住在记忆里从未离去的他。只是在那种恍若隔世的情境下，想到那句话是自然而然的。

"林先生，真是天涯何处不相逢啊，没想到在这儿遇到你。"杜一天往濮玉那边移了一步，不动声色地让她和林渊隔开一段距离。林渊倒是无所谓的样子，他转弄几圈手里的杯子，仰头将杯中酒一饮而尽："我只是不想某个不会喝酒的人再喝得烂醉而已。"

"林先生，我们不太熟，你可能不知道我的酒量在蓉北律师界算一流了。"像要证明一样，濮玉又拿了杯酒仰头喝净。

若干年后的我们，都被时间雕刻成当初自己最厌弃的模样，就好像若干年前濮玉每每见到林渊时还会止不住脸红心跳，还好像鸦片以前是林渊最讨厌的香水之一，也好像过去一杯倒的濮玉如今成了出名的千杯不醉。这是属于生活的艺术，残忍现实，却又瑰丽辉煌。瑰丽在于他们都不再是青葱的自己，残忍在于他和她成了最熟悉的陌生人。

林渊的到来引起万总的注意，刚离开没多久的他去而复返："林总，内人生日，难得你赏脸光临，在这儿和小杜他们说什么呢？"

"没什么，我只是想请濮律师考虑看看做下林氏的顾问律师，只是她貌似没多大兴趣。"林渊耸耸肩，拿着空酒杯翩然离去。

由于林渊的意外言论，酒会的后半段万总的时间基本都耗在了濮玉和杜一天这里，想想也是，谁愿意项目被人抢了之后，顾问律师也被人染指呢？

晚上十点，濮玉带着一身酒气站在府天门口等杜一天，酒会临结束，万总为了拉拢又灌了她不少酒。头真疼。她揉揉太阳穴，把身上的外套裹紧些，果然还没正式进入夏天，五月的晚风依旧带着瑟瑟凉气，沿着袖管钻进衣服，在胳膊上留下一串串鸡皮疙瘩，濮玉搓搓手，还是忍不住在杜一天车子开来时又打了个喷嚏。这已经是今晚第几个了？

"阿嚏！"

"一百岁。"杜一天推开车门，等濮玉坐进来时对她说，蓉北有个说法，打一个喷嚏是一百岁，不过那是哄小孩子的说法，杜一天这么说濮玉，遭到她一个白眼："学长，你看我今年读幼儿园大几班呢？"

杜一天笑笑，从口袋里拿出药："大三班同学，前几天感冒吃剩下的，吃一颗，别病了。"

"剩一整盒？"濮玉甩甩手里的药盒，没直接揭穿那药是杜一天刚刚去买的。杜一天等她吃药的工夫时说："林渊今天的话你觉得有几分真？"

"在他眼里我回来肯定是报仇的，你觉得他可能把我这个定时炸弹放他身边吗？安啦，学长，他肯定是在开玩笑的。"濮玉吃好药，手一挥让杜一天开车。

杜一天像沉思似的深深看了她一眼，转动了车钥匙。杜一天的电话在车子刚刚启动时响起，他只说了两句，脸色就变了。挂了电话，杜一天一脸抱歉地对濮玉说："濮玉，抱歉家里有些急事，我可能不能送你了……"

"没事。"濮玉打开车门下车，"现在的车也好打。"

如果方便的话，杜一天会直接带着她去，杜一天没那么干，自然是不方便，濮玉最有自知之明。

大力地挥着手，直到杜一天的车尾灯消失得一点看不到了，濮玉才收起脸上的笑。她揉揉发僵的腮帮子，踩着细高跟在路边等车。可蓉北的计程车在那天，不是几分钟一辆都没有，就是偶尔过去一辆还是载客状态的。

濮玉站得累了，干脆坐在旁边的马路牙子上："一盏灯、两盏灯、三盏灯、四盏灯……"像是回到过去等那人的时候，濮玉开始数，只不过过去数的是巴黎的地板砖，现在数的是蓉北的路灯。

路灯一盏连着一盏，一直延绵到漆黑天边，紫色卡宴斩断在她和路灯间时，濮玉刚好数到第五十二盏。

"嗨，林渊。"有些醉意的她朝车里的人打招呼。

第三章　往事

【每个英雄的身体里都住着一段不堪的往事。属于濮玉的英雄记忆是曾经那么偏执地爱过一个人。】

说起濮玉和林渊的恩怨，不得不再提一个人——易维探。

那年，濮玉二十一岁，易维探二十二岁，林渊二十三岁，他们在巴黎同一所大学读书。

巴黎的六月，绿叶子揉碎晨光旧梦，在灰白色水泥路上落下一地斑驳，濮玉拿着果汁，被易维探举到一截矮墙上观战。

濮玉吸口手里的橙汁，晃荡着两条腿问下面的易维探："维探，Maya那个德国妞的魅力真那么大吗，不过是被人说了两句，就弄这么多男人为她打架，现在讲究和平，他们这样真不友爱。"

叫Maya的女生是濮玉在巴黎三大翻译专业的同学，平时走路是眼睛顶在头顶的，濮玉不喜欢她，也要求易维探和她保持距离。至于这次巴黎三大和里昂二大两校间的群体斗殴，据小道消息说是因为Maya和来三大看朋友的埃塞俄比亚女生发生口角，两人从学习成绩吵到男友家世，最后上升到种族。

Maya不知死活地说人是猪，彻底激怒了对方，口角发展成女生间斗殴，直至发展到今天聚集快百人的群体斗殴。

濮玉面前，两方站成壁垒分明的两块阵营，阵营间的距离随着气氛的紧张越拉越近，她手里的橙汁杯子也随之被攥成一团，橘色液体拥堵在吸管出口，随时随地可能因为濮玉的捏紧喷薄而出。

易维探没濮玉那种看热闹的热情，他一边护着乱动的濮玉不从墙头掉下来，一边劝她："打架有什么好看的，你要想看，我带你回去打沙包。"

濮玉从三岁开始就生活在易家，可就是这对在同一屋檐下长大的两个人却有着截然不同的性格，濮玉喜动，易维探性子偏静，所以每次一个欢兔子一样四处闯祸的濮玉身后总跟着一个给她默默收拾残局的易维探。

远处的人群已经开始骚动，最前面的那个大个子黑人已经开始推搡Maya的英国男友，濮玉看得起劲，哪里会理易维探，她摆摆手："再看会儿，你要是无聊就去图书馆等我。"

易维探当然不可能把濮玉一个人丢下，就好像濮玉的热闹注定是看不过瘾一个道理。就在大个子黑人抡圆了拳头准备开打时，一声呵斥从濮玉身后传来："Stop!"

那是个不算高的男声，奇怪的是明明不高却直接把濮玉从墙上震了下去，她糊了一手黏糊糊的果汁和什么，想揉屁股都不行，只能龇牙咧嘴看着从身边大踏步地朝人群走去的那人。

那人有着宽宽的背，身上穿件白T恤，丁点儿图案都没有，但就是这件T恤他也没穿得中规中矩，T恤下摆被他卷成几道直至腋下，从背后看，是片古铜色肌肤，脊柱旁几块肌肉随着走动起伏突显。

那人明显是去调停的，也不知道他和黑白双方说了什么，黑大哥骂骂咧咧几句，竟先带人走了，英国人还在，正和那人说着话。濮玉的好奇盖过屁股痛带来的恼怒，问易维探道："维探，那人谁啊？"

"林渊。"

"就那个成绩盖过你，却整天不学习的二混子，然后还抢了你学生会主席的林渊？"濮玉双手交合，按得指关节嘎嘣直响。

"都过去的事了，Aimee，有件事我得告诉你，你手刚刚好像按到狗屎了……"

如果把狗屎比作黄金，那么你想象中满是郁金香玫瑰花芬芳的浪漫之都巴黎绝对是个名副其实遍地黄金的城市。濮玉盯着掌心一团屎黄，胸腔一阵翻腾，她努力压下想吐的冲动，朝易维探昂下头："维探，等我给你报仇。"

不等易维探反应，濮玉早大踏步朝林渊走去了。

林渊正在和英国人交代什么，冷不防身后有人叫："你就是林渊？"

他回头看到一个矮他一头多的女生梗着脖子摊手瞧他，他挑挑眉毛，没等回答，迎面就来了一个小巴掌，他清晰地听那个女生说道："你让我按到狗屎，我就请你吃狗屎，顺便报你欺负维探的仇。"

伴随着易维探和Maya还有身旁人的惊叫，林渊觉得自己嘴巴多了些黏黏的东西，他眯起眼睛看女生。直到此刻，濮玉才发现欺负维探的林渊有双深海一样湛蓝的眼睛，那眼睛长在张黄皮肤脸庞上，濮玉却没觉得丝毫不适。只是嘴巴糊满狗屎的林渊的眼神让她想退缩，可她骨子里的东西告诉她不能退缩，梗着脖子，濮玉依旧给自己打气："还有都怪你，好好的打架被你搅了，害我热闹都看不了。"

第三章　往事

"你就是易维探家的小女朋友？"他眼睛微眯，摆手拒绝了Maya递来的手帕，"没想到挺有个性的。"

林渊说完，做了件让在场人都惊讶掉牙的事情，他直接拉过濮玉，扣住她后脑勺，吻了下去……

相信所有女孩都梦想着有天，或在天湛蓝的海边、或在烟火璀璨夜晚、或在这样或那样，总之是浪漫甜蜜的地方和自己的爱人开始那青涩初吻。

濮玉也总幻想自己那天的到来，在个玫瑰芬芳的地方，蓝天白云，草丛里有虫鸣，天边有轻轻风声，易维探搂着她低头轻轻吻上她。

可此时此刻，当一切美好被蒙上了狗屎味，濮玉呆得一句话也说不出。

易维探怒了，直接冲上来要揍林渊，可很快就被Maya那个英国佬男友和其他几个人架住了。易维探被控制了，青筋炸在头顶，脸涨得通红，嘴里低低嘶鸣："林渊，你他妈浑蛋。"

林渊接过Maya递来的手帕，擦着嘴："我什么时候不是浑蛋了。"

是了，巴黎三大的林渊不只有着让同学望而却步的傲人成绩，更让人无法忽视的是他压根儿不是好人，跟巴黎黑帮关系匪浅的人能是什么好人呢？

然而，就是这样亦正亦邪的林渊，从不按时上课的林渊，身旁女人换了又换的林渊，能管束得住学生斗殴的林渊刚刚吻了濮玉。冷静过后，濮玉拿手背抹抹嘴巴："林渊，今天的事你给我记住！咱俩没完。"

巴黎是座说大不大，说小不小的城市。因为濮玉一句"咱俩没完"，原本在一座校园里从没见面的两人成了见面最频繁的两人。林渊进教室会先把门踢开，让上面的水盆落下来；林渊落座前习惯地拿纸擦干净上面的狗屎痕迹……

濮玉的一切报复——被林渊面无表情地处理干净，记不清他第几任女朋友说那个中国女生还在和你对着干呢，不就一个吻吗，中国的女人太不开放的时候，濮玉突然从他的生活里消失了。

濮玉也记不清她是从什么时候开始发觉自己喜欢上林渊的，她只记得从那之后，她度过了人生中最偏执也最辉煌的一段日子。有人说，每个英雄的身体里都住着一段不堪的往事。属于二十二岁濮玉的英雄记忆是曾经那么偏执地爱过一个人。

"爱之于我，不是肌肤之亲，不是一蔬一饭，它是一种不死的欲望，是疲惫生活中的英雄梦想。"这是法国小说家玛格利特·杜拉斯在《情人》里的一句话，在她写下这句话的时候，恐怕玛格利特想不到若干年后，这句话被一个叫濮玉的中国女孩当成座右铭记在日记里。

而濮玉自己恐怕也想不到，在她写下那句话的若干时间之后，她又补上了一句："爱之于我，过去是下贱肮脏，现在狗屁不是。"

写下这句时，是在易维琛去世不久之后，她离开巴黎去柏林前。

生命享受跌宕起伏的协奏曲，从do re mi fa sou la xi，再唱回下一轮do re mi fa sou la xi，没变的是我们唱的依旧是do re mi fa sou la xi，变化的是我们早把美声唱成了通俗流行，就好像濮玉再看到林渊，没变的是她还是她，他还是他，变化的是各自心境罢了。

风年年在吹，槐树年年画年轮，濮玉再见林渊时，也只能借着酒劲叫他的名字："嗨，林渊。"

第四章　西装

【在这个光怪陆离的人间，没有谁可以将日子过得行云流水。】

濮玉甩甩身上的西服袖子，朝林渊打招呼，今晚她喝得有点多，脸颊的红晕被路灯光烧成两个橘色苹果。不过林渊知道她没醉，在巴黎各个酒吧跟他混出来的濮玉，那几杯怎么会醉。

他把车窗拉到底，手肘支着车窗："上车。"

濮玉摇头："我等计程车。"

"啪"一声后，林渊开门下车，直接拉她的手腕："这个时间电影节闭幕式刚好结束，现在全市的计程车大概都拥在中央大道那边等着载人，你在这等漏网之鱼至少还要十五分钟，你确定是要在这里挨冻？"

所以说反问句是世界上最违心的句式，明明是强硬肯定，偏装出一副唯诺询问样子，只可惜林渊压根儿不是那种乐于花时间伪装出唯诺询问样子的人，没等濮玉回答，他直接拉开车门站在一旁，拿一种"上车"还是"上车"的单项必选题眼神看她。

"车里要是有女人在我可不上。"濮玉打个哈欠，没再矫情就上了车。上车前，她肩突然一空，再看时，杜一天留给她御寒的西装外套已经到了林渊手上。

蓝眼睛男人手指挑着西装："车里没开空调。"

卡宴车轮划出道弧线，无声地重新驶上马路，濮玉又打个哈欠，正想问林渊找她有何贵干时，车却又原地一顿，停了。

林渊打开车窗，手往窗外一伸，杜一天那件黑色阿玛尼便飘悠地飞了出去。

濮玉的哈欠打了一半，张着嘴看落在垃圾堆里的阿玛尼，不敢置信地看林渊。后者倒是一脸无所谓，随着暗色玻璃窗重新关闭，林渊嘴唇隐没在朦胧光线下，一开一合，形状性感："小学生都知道，垃圾要丢到垃圾桶。"

"嗤。林渊你这样我会以为你是对我余情末了。"濮玉拿出手包里的化妆镜照了照暗色的眼眶，为了赶一个case，她已经几天没睡好了，这可不好。她合上镜子："说吧，找我什么事？"

就好像当初答应做自己男朋友也是他算计好的，濮玉不会天真地以为他今天就是平白无故、善心大发地来搭救下被丢在路旁，没车可搭只能做揉脚大妞的她。

"去哪儿？"林渊倒真让濮玉意外，他没如濮玉预料的那样直奔主题，而是以80米每平方秒的加速度急速转向另一话题。脑回路异于常人的男人，濮玉看他侧脸一会儿，目光移向窗外，窗外灯色琉璃，在老百姓安歇就寝时刻，你知道有谁因为和曾经的爱人共乘一车而心潮起伏，为时隔几年依旧摸不透他的脾气而懊恼不已。

闭上眼，她声音轻缓地说："江东路盛海花园。"

两人竟是一路无话。

车子稳稳停在D座前时，濮玉睁开眼，终于还是忍不住开口："我接了个案子，你养父的离婚案，你没什么想说的？"

"说什么，给他求情？还是拜托你别接这个官司？"林渊哼了一声，"干妈找一家律行，他就去威胁人家一次，你连他的威胁都不怕，还需要我说什么吗？"

他有些不耐烦，从抽屉里拿出包烟，点燃。

黄鹤楼1916的烟草味随着林渊指端那点火星的缓慢移动，慢慢扩散至濮玉的嗅觉，略微呛人，却不难闻。濮玉咳嗽一声，听他说道："何况，你回来不就是为了给你的易维琛报仇吗？"

濮玉下车，再没回头看，可依旧听到林渊的声音："叶淮安年纪大了，离个婚不希望闹大，你给他留点面子。"

濮玉步子更快了，几年的时光，他们间的什么似乎变了，可什么又似乎没变，例如林渊还是直接叫他养父的名字。

叶淮安，我就是想你丢人，怎么样，谁要你是他的养父呢。

告别了黄鹤楼1916，濮玉意外地又迎来古巴雪茄的重创，她开门，房间里烟气缭绕的架势让她几乎怀疑家里是否着了火。

掸开面前的灰色空气，她扬声："戚夕，你要是想把我家点了就直说。"

客厅的电视开着，电视画面上正在回顾刚刚结束的电影节的开幕式，那是一星期前，红毯上，各大明星争奇斗艳，钻石首饰璀璨，镜头里，濮玉看到了作为最佳服装获奖者出席开幕式的戚夕，她穿件大红礼服，香肩半露，妩媚中丝毫不少性感。

如果不是和她相熟到每天睡同一张床，濮玉是无论如何也不会把面前这个夹着雪茄烟，跷着二郎腿，在一堆画稿里吞云吐雾的女人与性感联系起来。

"戚夕，别人的艺术细胞都是在山野田径，绿林深处去激发的，怎么你的艺术细胞必须要靠这玩意儿刺激才出得来。"濮玉刚夹走戚夕手里的雪茄，可下一秒就又被戚夕拿了回去。

濮玉把手包甩到一边，背对着戚夕坐下："拉链。"戚夕把烟叼在嘴上，眯眼给濮玉解拉链，嘴里含糊不清地说："见到林渊了？"

"嗯。"濮玉应声，往下脱礼服，"他又不是老虎，至于提前打电话告诉我，我俩可能出席同一场合吗？"

还记得濮玉下班前接的那通电话吗？就是咋咋呼呼的戚夕打给她的，内容无外乎是告知她把握自己的感情，要是还爱就大胆去追，要是不爱，就大胆把男人踹开，再高昂着头留给他一堆卫生球。

"他是不是老虎，可我怕你一见他就成病猫。"戚夕盯着礼服脱掉一半，露出白玉似上身的濮玉，色眼眯起，"啧啧，这样的美人，林渊当初是瞎了眼了先和你说分手。"

濮玉专心地脱衣服，可是衣服太紧，就算拉下了拉链，也像生了根一样扒在自己身上不放松，她一面使劲，一面把今晚和林渊见面后的种种说了一遍，当说到林渊把杜一天的西装扔进垃圾桶时，戚夕一拍大腿："丫头，林渊这是真喜欢你啊！"

"你放心，他从来没喜欢过我，所以肯定是出自劣根性，旧情复燃这种事情你就别想了，还有，你说话越来越像你新交的那个男友沈明阳，这可不好，再有，拜托你戚大设计师下次给我准备衣服能别这么塑身好吗？我一身赘肉，套得进，脱下难。"

戚夕盯着一身排骨的濮玉裸着身子进了浴室，一撇嘴："心里不爽就拿我衣服说事，你都快成排骨精了。"

她又低头看看自己的小腹，咬牙想着最近要去健身房减肥的事情了。

濮玉真没觉得自己心情不爽，可她也的确一夜没睡好，接连不断地做梦，梦里的她一身花裙子，站在香榭丽舍大街的梧桐树下，听林渊对她说："我从没喜欢过你。"然后她就哭，一直哭到嗓子都哑了，睁开眼才发现已经是天光大亮。

张爱玲说过，在这个光怪陆离的人间，没有谁可以将日子过得行云流水。但我始终相信，走过平湖烟雨，岁月山河，那些历尽劫数、尝遍百味的人，会更加生动而干净。时间永远是旁观者，所有的过程和结果，都需要我们自己承担。

所以濮玉爱上林渊，这件事后果只能自负。

第四章 西装

清早的永盛律师行，永远清醒在影印件的咯吱工作声中。秘书Tina抱着一摞文件绕过工作区，推门进了走廊尽头的一间房："Aimee，你要的材料我都给你印好拿来了，乐泰医药那边的人把约见时间改到明天，另外叶太太今天下午会来签委托合同，还有万和……"

濮玉揉揉太阳穴，听Tina说她今天的行程安排。Tina学历不高，只是大专毕业，可当初濮玉刚回国那会儿她已经是在永盛工作四年的老员工了，办起事来靠谱周到，濮玉很喜欢这个小姑娘。

她手指一起："知道了，Tina，帮我冲杯咖啡，另外把今天的蓉北早报B3版拿来，我和Joe打了赌，《第四十一个》里那个黑衣服女人绝对是杀人凶手。"

"这次赌注是什么？"Tina拿过濮玉的杯子，问道。濮玉正在看手里的文件，头也没抬："一顿午餐。"

Tina笑笑推门出去，她这个上司是个奇怪的人，看上去很严肃，却比他们的杜老大人性，可到了法庭又犀利得像头母狮子，随时准备咬死对手，但她偶尔也会像现在这样，为了一蔬一荤的午餐和同事孩子气地赌上一会儿，让人捉摸不透的"海龟"。

一杯咖啡的时间是十分钟，Tina煮好濮玉这杯再回到办公室，没想到里面多了一个人。杜一天正从座位上起身，嘴里说着："那你准备准备，一小时后我们去机场。"

"遵命，杜主任。"濮玉懒懒应着杜一天，却又精神抖擞地对Tina说："Tina，近期的安排都帮我延后，我要和老杜去外地出差，大约三天。"

上有天堂，下有苏杭，无论是旅游还是出差，杭州都是个不错的选择，只是这次去杭州谈判，濮玉心里不知怎么，总是惴惴的。

第五章　酒馆
【世界上有那么多的城镇，城镇有那么多的酒馆，他却走进了我的。】

飞机于上午十点三十五分起飞，航行两小时零五分，飞过1215公里距离，在中午十二点三十分提前降落在杭州萧山机场。

杭州刚一场雨过，空气闷闷的。站在自动门外等车的工夫，濮玉从包里拿出凉帽，却在看到杜一天背影时忍不住笑出了声。杜一天察觉后回头："笑什么呢？不会又在我背后贴'诚意招亲，非诚勿扰'的纸条了吧。"

大学时濮玉整蛊学长的那套没想到杜一天还记得，她拿帽子遮着嘴摇头："你现在是我老大，我可不敢。"

见她还是笑，杜一天知道肯定有问题，可无奈他脖子不够长，怎么回头也看不出究竟。尝试半天无果，杜一天愠怒地瞪濮玉："到底怎么了？"

濮玉看了眼同行的Tim，终于拿出手机："老大，没想到你连流汗都能流得这么有才华，我师服得五体投地。"

濮玉的三星快照窗口，杜一天背上一块形似某种四爪硬壳爬行动物的汗渍赫然出现在他面前，他脸一枑，当即就要把西装外套穿上。濮玉拦住他，递了个纸包给他："知道你没带薄衣服，刚好昨天你那件西装被我弄脏了，这件就当赔你的。"

濮玉没告诉杜一天他那件阿玛尼实际上是被某人当垃圾丢掉的，倒不是她想刻意隐瞒什么，只是觉得没必要。杜一天看着CERRUTI的服装袋，倒真忘了他那件阿玛尼，无视掉Tim在他身后模拟乌龟兄爬行的搞怪动作，他一扬手："我就不追究这件CERRUTI的短T比我那件定制阿玛尼便宜多少了。"他又看下手表，"宋都那边的车据说堵在半路了，我先去换下衣服，车子要是来了，就让他们等下。"

"好。"濮玉和Tim无视杜一天又黑了的脸，对做乌龟划的动作。这里不是永盛本部，大家也少了规矩的束缚，比在公司时放松了些。

濮玉揉着岔气的肚子听Tim问："宋都是永盛今年刚签的新客户，这次这么大费周章不知道又让我们来顾问什么？"

"管他顾问什么，做好我们自己的本分就好。老杜能收回成命不让你管HD的小案子，你要好好把握。"关于这次宋都到底让他们来做什么，濮玉还真不知道，可她的不知道也只持续到五分钟以后。

第五章 酒馆

庞大的黑色房车停在她面前时,濮玉还愣了一秒,当车门拉开时,她又淡定了。

"好巧啊,林先生,来杭州旅游吗?"没有酒精软化的神经,濮玉同林渊的对话带着适宜的距离。可对方似乎并不买账:"林先生?昨天你不还直呼我大名吗?"

杜一天换好衣服回来,听到林渊的话一愣:"Aimee,你们昨天……"

"杜律师,昨天我看她一个人在街边,身上还披着件像乞丐似的西装,就好心把她送回了家,亏她披那种衣服在身上不觉得丢人,濮玉,你还没感谢我帮你把它丢掉呢。"慵懒的眼皮下,蓝眼睛朝濮玉身后的杜一天挑了挑。

濮玉心虚地干咳两声:"主任,宋都的车怎么还没来?"

"已经来了。"杜一天倒像没听懂林渊话的意思,指指那辆房车:"宋都这次的合作方就是林总他们,咱们上车吧。"

濮玉来不及讶异,就被杜一天推上了房车。她没想到,不过一夜,她就又和林渊坐在同一辆车里,还要在同一片天空下准备洽谈同一件案子。

不过很快她就淡定了,这只是场讨价还价的买卖而已。

宋都安排林渊和杜一天他们入住的是杭州一家有名的五星级宾馆,临近西湖,听杜一天说,西湖十景的花港观鱼离这里很近。她坐在标准间的窗前,看着湖面上隐约的远山,想起苏东坡那句"溪山处处皆可庐,最爱灵隐飞来峰",她第一次知道这句诗,就是来自林渊的口,没想到有天,自己会和他一起这么近距离地靠近灵隐寺、飞来峰,只可惜,现在和那时的心境是截然两种。

收回目光,她开始研究下午的谈判内容。

刚刚她知道了今天项目的内容,林渊从万总手里抢来的那块地皮找的合伙人,就是宋都,而濮玉他们要做的,就是为自己的当事人争取到最大的利益。

濮玉好不容易才把所有资料看完。她伸懒腰的时候,客房的门铃响了,是Tim来叫她去吃午饭。

"老杜呢?"濮玉拿好东西,拔下房卡关门跟Tim出去。Tim摇头:"头儿和世邦那位林先生住的地方都和咱们不一样,估计这会儿正被拉着和宋都的头脑开荤,我也就能和玉姐你混,吃吃国宾馆的餐厅吧。"

濮玉笑笑,没说什么。就算她住的只是标准间,林渊和杜一天住的是花园房那又怎样,记得在德国读法学硕士那会儿,她住的是九平方米的小黑屋,房间连窗子都是小小几乎看不到光的那种，所以现在这样的条件她很知足。

每次想到那段指尖开裂的痛苦记忆，她就想起亲手给了她那一切的林渊，于是恨就夹在爱中折磨自己，所以濮玉不去想。

谈判安排在下午一点，状况比濮玉预期的要惨烈。

宋都这边除了请来永盛他们三人外，还有本公司的律师团，而林渊的世邦地产那边加上林渊，整个团队就只三个人。可即便如此，宋都似乎丝毫占不到便宜。

谈判进行了三个半小时，宋都代表提议今天休息，明天继续。

濮玉很累，所以回绝了杜一天的晚餐邀请，回去睡觉。

可躺在床上辗转一个小时，她只感觉到疲劳，却一点睡意都没，于是她决定出去转转。

濮玉在前台打听到附近几处新开的酒吧，和服务人员道谢后，她一身波西米亚长裙走进杭州湿意蒙蒙的夜晚当中。

初入夜，酒幌才挂起，一条街远远望去，是数不尽的斑斓彩灯。她选了进那家名叫"南纬17°"的酒吧。濮玉在个角落位子坐下，点了杯纽约。喝到一半时，店里人开始多起来。舞台上有摇滚乐队开始表演，唱的崔健的老歌，年轻的歌者唱出老歌，青春有余，沧桑不足，濮玉喝到兴头，不免有些不满地跟着哼唱起来。

我曾经问个不休，你何时跟我走，可你却总是笑我，一无所有。我要给你我的追求，还有我的自由，可你却总是笑我，一无所有。噢……你何时跟我走，脚下的地在走，身边的水在流，可你却总是笑我，一无所有。为何你总笑个没够，为何我总要追求，难道在你面前我永远是一无所有。告诉你我等了很久，告诉你我最后的要求，我要抓起你的双手，你这就跟我走。这时你的手在颤抖，这时你的泪在流，莫非你是正在告诉我，你爱我一无所有。噢……你这就跟我走。

她人生最一无所有的时候是拜林渊所赐，爱人都没有，何谈爱情，所以濮玉觉得崔健这首歌唱的人比她幸福。

挨着濮玉邻近位置，坐着一伙小年轻，各种花色头发束着，用维琛妈妈的话讲都是小流氓。濮玉坐在他们旁边，却没在意。此刻她的眼睛正全神盯着酒吧门口，看推门进来那人，心想起卡萨布兰卡里的一句经典台词，世界上有那么多的城镇，城镇有那么多的酒馆，他却走进了我的。

第五章 酒馆

世界上有那么多的城镇，城镇有那么多的酒馆，他们为什么偏偏进了南纬17°呢？

濮玉嘴里一阵苦涩，仰头把酒喝尽，林渊不是一个人，同行的还有一个女人，大波浪披肩，风情万种的样子。

戚夕那丫头说的话果然句句戳人心窝子，女人不希望看到自己的男人同自己分手之后投入另一个女人的怀抱甜蜜幸福的感觉是这么强烈。嫉妒果然不是个好东西，她对林渊该是完全的恨啊。

寻思的工夫，林渊和波浪女人已经隐没在酒吧的某个角落，再看不见了。濮玉一杯一杯地喝，她喝了杯新加坡司令，还有黑色俄罗斯，甚至还尝试了她从没喝过的一杆进洞。酒精麻醉神经，于是她连身旁那群小年轻打起来波及自己都不知，还在那里慢慢地细品着酒，直到一个人冲到自己面前，强硬地拉起她的手，濮玉才醉眼蒙眬地说："林渊，你是不是很爱'鸦片'，来杭州都带着她？"

大波浪女人正是濮玉和林渊第一次重逢时在电梯里遇见的女人。

"少废话，你自己受伤了，知道不？"濮玉不知道林渊为什么生气，她低头一看，自己小腿不知什么时候被邻座甩来的酒杯划出道伤口，正汩汩流着血，没有停的意思。

她歪头疑惑，林渊一伸手，已经将她打横抱起了。濮玉晚饭没吃，被他这么一抱，胃里的酒翻江倒海地闹腾，她脸皱起，在他怀里不安分。

"女人，再乱动我就把你丢下去，让你脸先触地。我说得出做得到。"林渊以为她是排斥自己，出声威胁，濮玉也知道他言出必行，真就不闹了。可身体越来越软的感觉十分不好，濮玉嘴里开始嘀咕："这家店的酒是不是下药了，我怎么人都软了。"

头顶的男人传来轻笑："人失血发软是很正常的事，你不是有凝血障碍吗？"

"不过别怕，有我。"多少年来，林渊第二次对她说这句话，异常温柔的语气。

第六章　鸦片
【有些感情经得起风雨，却经不起平凡。】

濮玉第一次听林渊说这话是在他巴黎十九区的公寓里。巴黎的天是惯常的爱见人下菜碟，好比十九区的天空总是阴仄昏暗，第五区的天总是晴朗中可爱地配两朵白色云彩。

那时林渊正式做她男友已经半年。她第四次来林渊的公寓，依旧小小一间，只有一张床、一台电脑，一台电视，一个方桌。

林渊是个混血儿，妈妈是法国人，爸爸是中国人，濮玉只见过林渊妈妈的照片，却没见过他爸爸的，他家世不好是濮玉后来知道的。不过那又怎样，她喜欢的是他这个人，又不是看上他的家世。

若干年后，当濮玉被迫带着她仅有的五十欧元远走德国时，她才明白，什么样的家世造就什么样性格的人，不过为时已晚。

好比当时，她只知道她的男人林渊正在外面的厨房里给她做着煎蛋，油花爆破的声音中她只听到幸福。

坐在床上，她翻着手里枯燥的翻译教材，一脸不乐意。

"阿渊，教德语的白胡子老头太变态了，说话一股重口音，布置的作业也这么重口味，他让我们一周之内把聚斯金德的《香水》德译葡，我德语刚学一年，葡萄牙语更是半吊子。"

"蓬比杜图书馆里有的是能帮到你的东西。"林渊端着蛋进来，蛋看上去油汪汪，惹人口水。濮玉坐了近一个小时的地铁来找他，肚子早饿了，鞋也顾不上穿直接下地去开电视接盘子。

"二台的那个电视剧我追了好久，今天结局，你的遥控器呢……"濮玉四处找遥控器调台，可是无果，就在她懊恼时，电视机里一个女人的呻吟声让她神经紧绷了一下："阿渊，这，这是什么？"

"电视台每周播放的成人片，你好好吃饭，吃完饭我看你作业。"林渊面无表情地关掉电视机，走回床边拿起濮玉的书。

濮玉的蛋却再难吃出滋味了，她的日本同学kamiya到了巴黎后，男朋友换了无数，同学们偶尔在一起时总说起男女那点事，说到隐晦处，几个女生都是坏坏一笑，只有濮玉是跟着傻笑的那个，她不懂这事。但kamiya的一句话她一直记得：一个男人对女人的喜欢，不可能只停留在精神层面。

"阿渊，你爱我吗？"濮玉低着头，端着鸡蛋盘，样子连自己都觉得有些傻。

"我挺喜欢你，怎么了？"林渊放下书，眼神浅淡地看她。濮玉急了："我说的是爱，是男女间的爱，kamiya说男人如果不对女人那样，就是不爱她！"

"哪样？"林渊脸上出现笑容，和平时一样，也不一样。

"这样……"濮玉又按开电视，她的音量降低成蚊子，很快被电视机里一对呻吟的男女盖了过去。她放下盘子，有些失魂落魄："别人说你不喜欢我，我还不信……"

"傻丫头……"电视里，女人叫的声音更高了，可濮玉却再听不到，她只记得自己被林渊拉进怀里。

"别怕，有我……"那天，濮玉全部的记忆只是战栗的痛，和林渊的亲吻，以及那句她会记一辈子的话。

梦是件神奇的东西，一个不经意就把你带回了过去的光怪陆离，再一个不经意就把你带离了粉红雪白的世界，回到属于灰白二色的现实里。

濮玉睁眼时，周围是属于国宾馆标准间熟悉的灰白色调，外面天光是亮的，潜意识告诉她，自己睡了一夜。房间很静，她伸个懒腰想起来，却在小腿扯疼后放弃了。那块玻璃到底扎得有多深啊，她龇牙。

"我真看不出你哪里好，林渊怎么就看上你了？"甜腻的声音在房间突兀响起，濮玉吓一跳，一转头发现窗帘遮蔽的角落坐了一个人，大波浪披肩，风情万种的样子，竟是'鸦片'。

"这位小姐，你这个罪名我可不敢当。林先生身边环肥燕瘦，什么样的美女没有，哪就看得上我了，再说你不是和他很亲密？"濮玉的口才不是轻易让人占便宜的。'鸦片'的反应倒和濮玉想的有点不同，她淡淡一笑："你还是叫我宋菲儿吧，小姐小姐叫得怪。"

她这么一说，濮玉想起来，宋都的三小姐不就叫宋菲儿吗。

宋菲儿走到濮玉跟前，掀开被子，看着下面包扎严实的右腿："你晕血，没看到林渊昨天看你的眼神，他从没拿那种眼神看过我。"

"是不是恨不能把我瞪死的眼神？他那是嫌我重。"濮玉哈哈大笑。

林渊真拿那眼神看自己没有濮玉不知道，不过宋菲儿现在的确是拿这种眼

第六章 鸦片

神看自己:"濮玉,你别得意,我都查过了,不就是林渊一个前女友吗?我不在乎,哪个男人没有忘不了的一段情,我只要他今后心里只有我就好。"

濮玉打个哈欠:"宋小姐既然查过了,那肯定知道我是个被人丢掉不要的旧人,你在这儿和我一个旧人争辩,不会有失身份吗?"

"切!"宋菲儿小姐脾气,甩手要出门,门开的瞬间,她回头朝濮玉吼出了今天这一飙的原因,"要不是林渊因为怕影响你养伤,一下子答应了我家所有的条件,你当我认识你是哪根葱!"

林渊为了让她休养,一口气答应了宋都的所有谈判条件,这倒真让濮玉意外,不过爱情这东西真是如人饮水冷暖自知,在他心里,濮玉究竟是心尖上的一抹朱砂痣,还是墙上拍死的蚊子血,恐怕只有林渊知道,精于算计的男人,她始终看不透。所以对这点,濮玉倒是乐得不追究,保不齐最坏成了沾衣服上的一粒白米饭粒,干了,掸落了,没了。

直到下午林渊出现在她房间时,濮玉还没想过他为什么要这么做,当时杜一天刚好也在她房里探伤。

"学长,你是故意带我来这个项目的吧,再故意试探林渊究竟会不会为难我,结果没想到我真的出了意外,然后触碰了林先生某根慈悲的神经,良心发现不再为难我们?"濮玉转动腿肘,她伤在小腿,听说当时是拔了好大一块碎玻璃出来,可惜她直接晕菜了,什么都没看见。

杜一天没想到濮玉会问得这么直接,他嘴巴张开几次,最后开口:"Aimee,这个项目对永盛很重要,我只是想为谈判成功上一道保险。其实如果事前知道这一件事就让他答应了,我宁愿没带你来。"

"为什么,现在合同谈成了,宋都肯定会大大酬谢永盛,学长赚个钵满瓢圆不是很好?"濮玉收回伤脚,抱膝坐在床上,笑容寡淡地看杜一天。

杜一天不喜欢她这种笑,好像在两人间拉开很长的距离一样,他伸手抓住濮玉的胳膊:"Aimee,其实……"

国宾馆特色的叮咚门铃响起,濮玉避开杜一天的胳膊:"老大,麻烦你体谅属下伤情,帮忙开个门。"

杜一天叹气起身,濮玉就像个战事坚固的堡垒,一旦城防建起,外人很难进入,之前他还朝笑林渊是被限在堡垒外的那个,没想到这么快自己也跟他去做伴了。

门外的人是林渊还有……鸦片女宋菲儿。

"爸爸说让我带你们去西湖景区转转，你们去不去？"鸦片不喜欢濮玉，连带着对杜一天声音都显得懒懒的。

"不了，濮玉腿有伤，况且我和宋先生约了一会儿去谈下项目，我们就不去了，宋小姐你和林先生好好玩。"杜一天拿个合理的理由拒绝。

"头儿，我只是腿被扎了一下，又不是脚坏了，既然你和宋先生有约，那我就要劳烦宋小姐带路游西湖了，我第一次来杭州，这里的风光还没好好看过呢。"濮玉笑眯眯的，却明摆着和杜一天唱了一次反调。

濮玉站在国宾馆门口，盯着面前的轮椅愣了下："这是给我的？"指着自己的脸，她讶异，"给我坐的？"

"不然在座还有哪位腿脚不好？"没等濮玉反应过来，林渊直接公主抱把她抱上了轮椅车，"顾经理，人就麻烦你了。"

濮玉真的以为林渊今天会抽风到底，推着轮椅带她游西湖，事实证明，美梦成真的对象永远不可能是林渊，他直接把濮玉交给了宋都这边一个经理。

濮玉生气，也有些失落，她坐在轮椅上盯着陪鸦片在前面走的林渊时，突然想起什么。她往身后仔细一看，还真是他。

有句话说得好，有些感情经得起风雨，却经不起平凡，这话放在她好友戚夕和她的初恋男友顾小平身上刚好。

第七章　非诚

【别的事儿我可以不劳而获，娶媳妇生孩子这事儿，我还是想自力更生。——电影《非诚勿扰》】

顾小平推着濮玉，一路中规中矩。

他们只见过一次，还是远远的，所以濮玉乐得和他做刚认识的陌生人。

"濮律师，菲儿去给你们买小玩意儿，你在这里等下我去帮她付钱。"顾小平是男中音，声音不算好听，但也不讨厌，濮玉点点头。

看着顾小平紧随宋菲儿而去的背影，濮玉眯起眼，若有所思。

"宋都新上任的项目经理顾小平，位置升得很快，一直在追宋菲儿，你不喜欢他？"林渊没陪着宋菲儿一起，相反却站在濮玉旁边低头看她。

"戚夕的初恋男友。两人在一起七年，后来分开了。"

林渊"嗯"一声，竟没追问，濮玉倒奇怪了："'鸦片'不是你的女人吗？知道别的男人觊觎自己女人，你都不光火？"

"'鸦片'？"林渊蹙眉寻思，"真挺贴切。不过如你所说，所以她不是我的女人。"

不是？鬼才信，濮玉心里想，面上没表现出来。

他们被宋菲儿领到的是西湖边的公园，路旁有处刻情人章的老先生摆摊，宋菲儿正蹲在摊前指挥着老先生刻着什么。腿上的伤被湿风吹久了，隐隐地疼，濮玉收回目光，看向近处的宋菲儿分散注意力："我倒是一直想听听杭州这边的评弹，听说茶馆里有，就是不知道宋小姐今天会不会安排。"

话音刚落，濮玉觉得轮椅被人猛力地推动了，她回头看林渊："你干吗？"

"宋菲儿喜欢泡吧，想听评弹她估计没那耐性，不过我倒是可以带你自力更生。"林渊松松领口，继续推着濮玉朝远处前行，宋菲儿压根儿没察觉他们已经离开了。

杭州27℃的湿润午后，濮玉坐在快速前行的轮椅上，有种被夹带私奔的刺激。

心源茶楼下面却被贴上了限制入内的牌子。

濮玉知道这里是影视业异常发达的城市，可没想到今天竟真遇到了。看到车子停住，车上人下车的瞬间，她的心脏跳到了喉管，那刻她忘了自己该和他保持距离，竟主动扯扯他袖口："林渊，那真是×××吗？还有，还有那个是××！"

这些问题他都不关心，林渊现在的所有注意力都集中到拉着自己袖子的那只小手上。"这间茶馆的评弹很有名，可惜今天这里要拍戏。"他的蓝眼睛碧波荡漾，柔柔地在她身上一次次洗礼。

"是啊。"听不成评弹倒是其次，可现在见到自己喜欢的明星却只能远远看着，濮玉心里有些失落。

导演和演员上楼前，楼上的评弹声早依稀传来，林渊看看濮玉："想不想进去听？"

当然想，可这想法无异于白日做梦，濮玉垂着眼。

可当二十分钟后，她坐在心源茶楼二楼靠东第三根木头柱旁那张八仙桌边，看着茶艺师傅拿着长嘴茶壶为自己点上面前那盏茶时，她拍拍脸，觉得这些都不是真的。

是啊，换谁坐在明星隔壁桌不是这个反应？

濮玉冷静了半天，想到个问题："林渊，我们这算临时演员了吧？片酬够买块葱包桧不？"

林渊笑一下，这女人就算长到多少岁，心思还是单纯。他又松松领口，拿起茶杯饮了一口："我花的钱够这里的人人手一盒葱包桧还带拐弯的。"

濮玉不作声了，低头默默喝着茶水，林渊却喜欢现在的感觉，让她觉得她是欠了自己的，那样自己和她待在一起也能心安理得些。林渊又嗤笑起自己，什么时候自己对感情也变得这么小心翼翼，精于算计了。

电影很快开拍，助导打板，喊"第五十五场心源茶楼，开始"，濮玉也跟着紧张起来。

导演喊过时，濮玉憋在嗓子里的那股气也算吐了出来："呼，憋死我了。"

林渊好笑地看她："你上庭时候也这么紧张吗？"

"当然没有！"濮玉否认，"只是和我最喜欢的偶像离这么近，心潮澎湃！"

林渊眼神深邃，喝干杯里的茶，刚好旁边拿着长嘴壶的茶倌儿演员蹲在地上休息，他招招手："哥们儿，茶没了，来一杯。"

"要来自己来，我累着呢！"茶倌儿谱倒大，压根没理会面前这位是给他买了葱包桧一圈带拐弯的那位，把壶往桌上一放，咚一声。林渊脸色不好，拿起壶倒茶，却无奈这长嘴壶的使用是有章法的，没几年功夫根本不可能倒稳，等他一杯倒满，桌上也满是茶水了。

就在这时，场景喊下一场准备，茶倌儿挑衅地白了衣着考究的林渊一眼，拿壶走人。

"该死。"林渊盯着溅到自己西裤上的茶渍，脸色不好，被林渊这么一闹，濮玉竟不紧张了，她从包里拿张面巾纸递过来："擦擦。"

十里洋场，清风拂面，林渊因为那人的一句话心情不佳，又因为那人的一句话恢复了心情，他低头拿纸细细擦着裤子，末了把纸收了起来。

好在他们这些群众演员的表演本来就是相对随意的，没人注意到这里刚刚发生了什么。

濮玉也学着林渊的样子开始品茶，没花钱的茶水最多只能是比清水多点味道，具体没什么滋味。

濮玉那杯茶喝光时，心源茶楼的这场戏也正式拍完了，耗时不足一小时，濮玉心想，不愧是大腕级演员，螺丝都没吃过一个。

她起身，林渊拉她："干吗去？"

"和我偶像要签名。"

林渊定定看了她几秒，然后说："在这儿等着。"

林渊去得很快，回来得却异常慢，等他回来时，濮玉都有些打瞌睡了。

"给。"

林渊看着去而复返的茶倌儿，笑着对濮玉说："不是想听评弹吗？我把场子包了，评弹可劲儿听，好茶可劲儿喝。"

濮玉真留下听评弹。

唱评弹的还是刚刚电影里那一男一女，男持三弦，女抱琵琶，两人自弹自唱。儿女情长的传奇小说经由那软软的声音弹在耳朵里，一下子就把濮玉带回了白娘子在西湖边遭遇许仙那诗意蒙蒙的一幕，明知动情是错，白娘子还是毅然决然地爱了，傻得宁愿自己被压雷峰塔，傻得和当初的自己那么像。

白娘子最后出了塔，却只能和许仙执手作对吃素念斋的神佛，濮玉最后放弃了林渊，却在几年之后发现自己一直没放下。

烟雨中的西湖茶楼，濮玉有了睡意，不知从哪来的小孩儿的哭声，小小，一声弱似一声，他哭，濮玉也跟着哭，哭得浑身都疼，直到天上一声响雷，她才醒了，擦擦眼角的泪，濮玉发现自己身上披着林渊的衣服，可林渊人却不在了。

第七章 非诚

　　雷声原来是电话铃,电话是杜一天打来的,濮玉攥着明星的签名,心里有点空荡:"好的,学长,你来吧,在心源茶楼,庆春路口这里。"
　　轮椅刚刚进场时被留在茶馆外面,现在找不到了,所以杜一天扶着濮玉往回走:"怎么没和宋菲儿还有林渊他们在一起?"杜一天问。
　　"道不同不相为谋。"濮玉算知道了,她和他压根儿不是一条道上的人。
　　濮玉不知道,在离她十米远的身后,林渊手里的葱包桧几乎被捏成了粉碎。

第八章　强吻

【有时候我不说，你不问，这就是距离。】

　　濮玉和林渊是前后脚回的国宾馆。杜一天扶着濮玉，宋菲儿挽着林渊，两对看上去是各自亲热，其实他们怀着哪种心思只有自己知道。

　　濮玉淡淡看了林渊一眼，心想还说宋菲儿不是你的女人，你好意思再让她挽你挽得紧点吗？两方随意打声招呼，各自回了房间，很巧，一个向东，一个向西，像极了几米向左走向右走里的画面。濮玉觉得几米就是骗子，给个狗血剧情套了个文艺外衣骗人催泪，什么向左走向右走，不就是分道扬镳，各自拆伙吗？

　　晚上濮玉在房间里借着灯光看文件，可往常轻松的合同条例在今天竟成了天书，她看了半天竟一个字也没看进去。一气之下，她把文件甩了去开电视，就在这时，房间外有人按门铃，叮咚叮咚的不停。

　　濮玉跛着脚下地开门。

　　门开的瞬间，一股酒气龙卷风一样席卷进门。濮玉眼一花，直接被林渊顶上了墙面。他的吻同他的人一样霸道无理。"你是我的！"林渊口齿不清地重复这句话。

　　"我是我自己的。"濮玉也有自己的坚持，为了爱，她曾失去自尊，失去自我，失去太多，现在她只想守住自己，守住心。

　　"不，你是我的！一开始是，现在是，将来也是，从你招我那天开始你就是！"林渊疯了一样抱起濮玉，横冲直撞进屋，在她身上印下一个个深吻。

　　"林渊，你发什么疯！"濮玉承认，自己忘不掉他，濮玉也承认，这次回国就是为了他，可他们之间发生过太多，在现在这种情境下让她和他上床，抱歉，她没那个兴致。

　　濮玉趁林渊吻得迷乱，抬起手时照着他胸口就是一下。

　　"吭"一声闷响，林渊安静了。

　　濮玉费劲把他从自己身上推开，理了理衣服："喝多了才有胆来和我说，林渊你的胆子都哪儿去了？"

　　林渊没答，依旧安安静静倒趴在床上。濮玉开始没当回事，过后才反应过来，她那招可是跟着法国特警学的，别不是把他打坏了吧？

"林渊……"她推推他，"林渊……"

鼾声传来，他竟是睡着了。

濮玉低下头，看安眠的他，自己忍不住喃喃："阿渊，我们之间不只隔着维琛的死，还有我们的孩子，你知道吗？"

濮玉不知道自己怎么就睡着了，她只知道自己倏然醒来时林渊已经不在了。床上除了一个略微凹陷已经冰凉的被窝外还放了张字条，她拿起一看，上面用花体写了句法语：Tu appartiens à moi。她笑了一下，把纸团成团，丢进床边纸篓。

第二天早餐，濮玉从一脸不高兴的宋菲儿那里得知林渊提早回了蓉北的消息。宋菲儿噘嘴对顾小平甩脸子："昨天在酒吧的时候还好好的！"

濮玉咬着奶黄包轻笑，喝酒时是好好的，只是喝酒后你弄丢了男人而已。

按照行程濮玉他们又在杭州停留一天后才回了蓉北。家里，戚夕依旧把房间弄得烟雾缭绕，活像要烧香祭祖的架势。濮玉把从杭州带回来的一把王星记雅扇交给她，潇湘竹的扇骨，纯桑皮纸制成的扇面，戚夕这位知名服装设计师竟玩得爱不释手，一直喊着下次再参加活动，她要穿旗袍，拿纸扇，扮淑女。濮玉笑笑，决定还是不把见到顾小平的事情告诉她。

第二天星期五，临近周末，濮玉却过得异常繁忙。工作积压了三天，文件摞在案头，站在玻璃门外朝里看几乎看不到桌子后面的人，可就是这个忙到脚打后脑勺的紧要关口，濮玉的秘书Tina竟然请假了。至于理由，几乎把将近发飙的濮玉气笑了，Tina因为和男朋友赌气，剪手指甲的时候分神把手上的一块肉剪掉了，十指连心，Tina有了个冠冕堂皇的理由请病假去医院，做包扎。

中午十二点，当濮玉的临时秘书复印错了她第二份文件时，濮玉不得不站在复印机前，边点着指头数复印机的节奏，边给Tina打电话。

"死德行，别闹了……"Tina上来就是这么一句，倒叫电话这边的濮玉笑了，她把印好的一沓纸在机盖上整理齐，揶揄电话那头的Tina："内部矛盾解决完了就快点来行里解决下我这个外部矛盾，再不来可就要升级成扣罚奖金的民族矛盾了，到时候可别恨我。"

又通了几句话，知道今天还有哪些事要做，濮玉挂了电话，拿文件回办公室。门口站着一个人，竟是那天来找她打离婚官司的叶太太，濮玉愣了下，收起意外过去打招呼:"叶太太,你来了,我记得我们约的是明天?"

"濮律师,我是来做撤销的,官司我不打了。不过你放心,咨询费我是会付的。"

"叶太太,我们进去说。"

杜一天兴冲冲地来濮玉办公室时,她刚好和叶太太谈完。叶太太眼角带泪,正和濮玉道谢:"那就这样,财产我可以不全要,但该是我和孩子的一分都不能少。"

"你放心,法院裁定过错方后,财产分配时会照顾妇孺,这些我都会帮你争取。另外,"濮玉打开房门,"叶太太,你也是经过大世面的人,我希望你不要害怕别人的威胁,勇敢点。"

"谢谢。"叶太太转身离开,留给濮玉和杜一天一个萧索凄凉的背影,和那天意气风发的她截然不同。

"怎么样,是不是叶淮安见她真找到接手案子的律师,为难她了?"杜一天拿着一本杂志跟着濮玉进办公室。濮玉拿起桌角咖啡杯啜了一口:"无外乎是让孩子劝她外加威胁亲族,名人离婚都觉得丢人,巴不得偷偷摸摸谁都不知道就把婚离了,这种事情干咱们这行的不是早司空见惯了吗?可又有几个做得到的。还不都是欲盖弥彰、掩耳盗铃,做得出来就别怕人知道。"濮玉的咖啡杯喝出了可乐的味道,全是气。

"可你别忘了对方是谁。林渊的养父,林渊啥样,他养父就有过之而无不及。"杜一天把手里杂志推到濮玉面前,看了一上午文件的濮玉眨眨干涩的眼睛,小学生读作文似的读着《每周财经人物》的大标题——"《国脉大厦标的投放结果提前,出人意料,谁是真正赢家,谁是幕后推手?》"封面配图上,蒙里那小子抱着肩膀,一脸得意扬扬,而在蒙里身后,被美术编辑做了阴影化处理的那个幕后推手,濮玉怎么看怎么像……

"他们说的幕后推手是林渊?"濮玉忍不住笑了,林渊啊林渊,宋都有意从杭州转战蓉北房产业,目标除了和你合作的那个就是现在国脉这块地皮,没想到你这么快就抄了人家的后路,至于这么睚眦必报吗?

杜一天坐下,跷着腿:"除了他还有谁,其实我们在杭州的第一天他就让蒙里那边去改了投标书,前脚给了宋都一块肥肉,后脚就狠狠在他腿上咬了一口,这小子坏得流脓了。Aimee,我为我在宋都这件事上的私心和你道歉,可林渊未必比我高尚。我开始以为他真是为了让你休息好才答应宋都的谈判条件。"

半斤笑八两，男人真是个有趣的生物，可就算是这样，杜一天的现实让她觉得冷，而林渊的背后捅刀子却在她意料之内。

杜一天见濮玉没说话，也不再多说："晚上一起吃饭吧，我在春暖阁定了位子。"

濮玉知道他想缓和两人间尴尬的气氛，笑着答应："好。"

可临近下班，一个意外人物的出现搅扰了杜一天的计划。林渊坐在永盛的大会议室里，面对着强体力工作一天的杜一天他们，却是神采奕奕。

"我想请贵行做世邦的顾问行。"林渊坐在尾席，看着首席的杜一天。杜一天唇角狡黠一勾："林先生，这恐怕不合适吧，我没记错我们行现在做的几家公司，不是和贵公司有业务往来，就是有利害冲突，商务避嫌这个考虑。"

"我查过，万毕那老头是你在负责，至于和宋都的案子，我们是合作关系，也不要紧。你们行地产顾问做得好的，除了你不是还有她吗？"林渊眼神睇向杜一天旁边的濮玉。

"她不行！"

"得，我接。"杜一天和濮玉同时开口。

"Aimee，你为什么……"杜一天不理解濮玉，她明明该恨林渊恨到骨子里的，怎么会接了呢？其实杜一天没想到的一句话是：恨是最有迹可循的情绪，它从不无理取闹，现在有多恨，曾经就有多爱。

濮玉倒是无所谓的表情："头儿，林先生在业内是出了名的认死理，既然他看上我，那我就肯定是跑不掉的。还有……"她凑到杜一天耳边，"我都饿死了。"

濮玉的肚子配合地叫了声，杜一天也无奈："那等我们拟好了代理合同就送去给林总签。"

"不用，我已经请人拟好了。濮律师只要过下目就可以。"

濮玉接过合同看了下，笑得阳光灿烂："世邦果然大手笔，这样优厚的条件我有什么理由不签呢。"

合同签好，濮玉和杜一天送林渊出去，杜一天被林渊的助手绊住在后面说话，濮玉和林渊在电梯门前等电梯。

林渊笑得邪魅："记得我那句话，再靠杜一天那么近，小心我把他腿打折。"

Tu appartiens à moi吗？濮玉笑而不语。

第八章 强吻

电梯数字由个位渐渐变大,就快到他们的楼层。进电梯前,林渊突然说:"干妈那个案子我希望你放弃。"

"我偏要说不呢?"

……

电梯门打开,林渊的助理处理好和杜一天的事情,赶过来乘电梯,林渊没来得及和她说什么,就被属下护进了电梯。

杜一天站在濮玉身旁问:"他说什么了。""谈下代理细节。"

杜一天知道是濮玉不想说,可一直以来,无论他怎么接近她,濮玉总退居在一个离他不近不远的位置。

有时候,我不说,你不问,这是距离。

有时候,我问了,你不说,这还是距离。

两种距离都是若即若离。

濮玉自然没听林渊的话放弃那件离婚案,她每天积极地准备上庭材料,积极地和Joe赌蓉北早报上故事版面的悬疑案真相,积极地过劳碌的每一天,时间好像磨砂,磨去她对林渊那句提醒的记忆,却在这一天突然跳出来硌了她一下。

地下车场,头被套上麻袋的瞬间,濮玉心里的最后一个念头是,是好汉的,打人别打脸。

第九章　外伤

【我希望我知道该如何忘记你。】

对方显然不是好汉，濮玉手脚被缚，连个还手的余地都没有，脸就成了包子。她嘴巴鼓鼓地嘟囔，肚子又挨了一下，眼前便只剩下漆黑。

黑暗后的光明来得突然，不知过了多久，濮玉被眼前的灯柱晃得牙疼，她忍不住挥手去扫："带不带这样的，要打就接着打，连睡觉的权利都剥夺可真不是人了！"

耳边是林渊的轻笑声："记得维权，看来伤得不重。"

"不重？你试试？"濮玉龇着牙睁眼，黑白两色的房间，分明的世界，再不是那个只有黑色的停车场，两个人站在床边，濮玉模糊地认得其中一个是林渊。她动动身子，一身疼痛。年轻医生按住她："别乱动，肋骨断了两根都不知道疼吗？眼睛瞪那么大干吗？真不疼？"

被年轻医生一说，濮玉真觉得胸口疼得厉害，她忍着不让自己龇牙咧嘴的太难看："林渊，你养父找的什么人，下手这么狠，都不怜香惜玉的。"

濮玉心里有数，她最近和气生财，一心向善，最可能得罪的也只有那一尊佛。

"不用忍着，你现在就算不龇牙咧嘴，脸也是没法看的。"像知道她想法一样，林渊摆摆手让医生出去，又拿面镜子在濮玉面前晃了下。

山东大饼尺码的馒头脸，配上两个蓝莓紫色的眼圈，外加青肿的嘴角，现在的濮玉看镜中的自己，有种对着个制作报废的大号熊猫烧香蛋糕的错觉。她忍不住撇嘴，有损形象。

"现在知道有损形象，当初怎么就不听话，叶淮安他让那么多律师都不敢接这个案子，就是想悄无声息地把婚离了，你偏要他大张旗鼓地丢人，他不报复你可能吗？"蓝眼睛突然多了丝柔和情绪，林渊伸手拨开濮玉盖在脸上的一缕碎发，"幸好没下狠手。"

濮玉冷笑："我庭都没上，直接卧床。林渊，你现在还和我说幸好没下狠手，你倒说说他们怎么下才算狠手，直接把我杀了以绝后患？"

"濮玉，你想报复我大可换种方式，叶淮安虽然是我养父，但我们之间已经没有瓜葛，就算他名誉扫地，也和我没关系。"林渊的表情总给濮玉一种沉痛的错觉。

"是啊，你要想和谁撇清关系，不就是一句话的事？"她脖子疼，却还是把脸转向一旁不去看他。林渊的话让她想起当初他和自己说分手时的情形。

那天，黄昏时分的塞纳河两岸灯光次第亮起，像天使遗落人间的眼睛，濮玉站在岸边，于天使的注视下心情坠落万丈，林渊的声音极致冰冷，一句句刀子样扎着她的心。

他说："你说得对，当初我答应你做我女朋友就是因为我嫉妒易维琛。"

他说："我从没喜欢过你。"

他说："我们离婚吧。"

当时濮玉就想，为什么会这样，前一天他们明明还好好的，她还抓着化验单仰头问易维琛："维琛，你说他知道了会高兴吗？"

易维琛点头："他会，他肯定会。"

时隔几年，巴黎的风吹进了蓉北的窗，濮玉当年的泪连同易维琛最后的温柔被永远留在了巴黎梦。她听着门关上，林渊出去，再听门打开，医生进来，掩盖住心里"看着那城兴起来，看着那城垮下去"的悲凉情绪。

年轻大夫掀开被子继续检查，边检查还边唠叨："林子是个情绪太内敛的人，我看你啊，和他也是半斤八两。"

"他内敛得都快没脸了。"濮玉出言讽刺。

"这么说林子就不公平了，你要知道当他知道他养父借了自己的人去打你，急得眼睛都红了，衣服都没换，开车一路闯七个红灯赶到，不然你以为叶淮安的威胁就是让你受点小伤这么简单？"

"他去哪儿了？"濮玉心又软了。

"楼下替你出气呢，可怜那几个跟了他这么久的属下了，被太上皇调去办事，回来还要挨林子的揍，你哪里受伤，每天他们哪里原样挨揍，啧啧。"

医生去掀濮玉的衣裳。濮玉悲凉中没忘机警，她看医生："干吗？"

"给你换药啊！"

"之前都是你给我换的？"

"林子在，哪可能轮到我？"

"你叫什么？"

"卫铭风，怎么了？还有，你说话能不能别和林子学，话题转换太快，都不考虑我这个智商八十的人接受不接受得来。"

"卫铭风，你再不把你乱动的爪子拿开，等我好了就告你非礼。"濮玉真的自此记住了这个话多、总毛手毛脚的林渊死党之一，流氓医生卫铭风。

濮玉受伤第三天，就在林渊家二楼客房见到了杜一天。不知林渊事前和他说过什么，总之杜一天见到濮玉，除了说让她安心休养外，竟什么都没主动问起。

"叶淮安的案子怎么办？三天后就开庭了。"濮玉肿着脸问。

"那起官司我接手了，你不用担心。"杜一天想抱抱她，却在手伸出时被身后的声音打断了动作。林渊斜倚在门口，声音冷冷地说："那家伙肋骨断了两根，身上大片的瘀伤，紫的、青的都有，我劝你现在最好别动她。"

濮玉翻个白眼，林渊，你就生怕老杜他不知道这几天是你给我上的药啊。想起这几天每晚他来自己房里上药，肌肤相触却丝毫没有情欲，濮玉既庆幸又有些莫名懊恼。她明知自己的脸不好看，还是朝杜一天咧嘴一笑，岔开话题："头儿，我恐怕还要请几天假，我的奖金工资还有客户……"

濮玉是穷怕了，所以实际。

"放心，案子和客户我会安排，奖金工资少不了你的。"林渊在场，杜一天想说什么也说不出，待了没一会儿他就被林渊以濮玉要换药为由请走了。

"至于让他特意在这时候来一趟吗？"濮玉指指自己的包子脸，"我现在这个样子，很宜见客？"

"遭嫌弃了也就不惦记了。"濮玉以为换药是借口，她没想到林渊真拿了药，坐下掀开她衣服："最好再丑点。"他竟又在她脸上捏了一下，真疼。

"林渊你二大爷！"濮玉骂，林渊笑："挺有精神，看来恢复得不错。再丑点省得人惦记。"

他手蘸着药膏，在濮玉胸口一点点延展开，没一会儿，濮玉的脸一片紫里透粉。

时间随着濮玉身上慢慢伤愈快速滑过，半个月后的深夜，濮玉靠在宽大躺椅上看芒果台的肥皂剧，半个月足够她的伤好个大概，可失眠却到来得突然，不知道是否因为再次和林渊这么近的缘故。

有人因爱安眠，有人因爱难眠，一片天空下的两个人也可能在同一梦境里天各一方。可笑林渊一个人就让她把这三种经历个遍。

第九章 外伤

肥皂剧无聊，濮玉关掉电视，决定下去偷找酒喝。被林渊发现，这酒她是万万喝不到的。林渊家的酒柜在一楼，雕花红木透明窗的柜子，里面摆着各种年份的酒若干，濮玉打开门选了两瓶老年份的，坐在吧台边一杯杯地喝。喝酒的她自得其乐，想象着林渊发现自己偷了这两瓶时会是什么表情。

濮玉酒量好，可整两瓶下肚，她也醉了，饱得打个酒嗝，濮玉看着两个林渊进到视野，嘿嘿地咧嘴傻笑起来："林渊，你说句'当初不是要我，你真喜欢我'会死吗？"

林渊思路还停留在白天和永盛去谈的国脉那个案子上，冷不防看到喝醉的濮玉，脚步顿了下。

"濮玉，上楼睡觉！"他皱着眉拉起她胳膊往楼上带，这女人趁他不在竟然喝酒，难道嫌身上的伤不够重，伤口不够疼吗？

濮玉却不干："你说，你到底喜欢我吗？过去喜欢吗？现在呢？"

"傻丫头！"

他不是个话多的人，情爱之类的话他更说得少，之前和濮玉一起时，她比他小，比他天真，总缠着他坐在塞纳河边长椅上晃着脚丫问他："阿渊啊，你喜欢我吗？"他最多的回答是"嗯"；濮玉继续指天上的星星："阿渊，我和天上的星星比哪个更亮？"他的回答还是"嗯"；就连离婚时，濮玉再三问他是不是真的不喜欢她时，他的回答仍是"嗯"。

这次，林渊不打算敷衍自己的感情，他把濮玉扛上肩，在她屁股上拍了一下："傻丫头，我从来不喜欢你，我他妈的该死的是爱你！"

濮玉哭了，哭得稀里哗啦："我爱你"这三个字，她等了好多年，让她听到就心酸的是这三个字迟到了好多年。

她被林渊放在床上，欢愉中的濮玉心里有个愿望，她希望她能找到如何忘记林渊的方法。

晨曦的清明取代暗夜的迷乱，濮玉浑身酸软地醒来，林渊不在身旁，枕头上他留下的痕迹还清晰，看来离开不久，濮玉一脸怅然，也许他同自己一样，都不知道该拿怎样的面目面对对方。床头桌的万年历提示今天是5月20号。520，我爱你，和曾经的爱人做了一场爱也算圆满。濮玉想起什么，赤着身子翻身下地。

卧室里有台笔记本，她走到桌旁开了电脑，登陆私人MSN，里面果然有那人的两条留言。

玉：我将于5月20日下午2点到达蓉北，航班号是TP062，期待见面，爱你的Sean。

Ps：那件事还是按照原计划吗？静等指令。

算算时间，他现在应该正在飞跃大西洋，也不管他是否能收到，濮玉敲击键盘回复：一切照旧。

关电脑时，林家的下人在门外敲门："濮小姐，先生要你去他书房一下。"

"知道了。"

穿衣服的时候，她又盯着胸前的印子想：如果金庸小说里的去腐消肌散真的存在，那她真想尝试把这身印子留一辈子。因为这次他们毕竟是两情相悦。可在不久之后的明天，后天呢？一切会不会有变？

第十章 未婚

【我承认我比你矮，但如果你因此来嘲笑我，我不介意砍掉你的头来削平我们之间的差距。】

林渊的书房站满了人，这让濮玉意外。想起刚刚两人还同处一室旖旎，她脸有些热，把领口往上拉了拉，才说："找我？"

"嗯。"林渊左手支着桌案，身体斜倚着朝她招手，"过来。"

"干吗？"濮玉过去。林渊指着规矩站他旁边的几人："这人打了你眼睛两拳，那个打你肚子四拳，那个是把你肋骨打断的……"他一个一个点过去，"这些……你都可以打回去。"

濮玉盯着离她最近那人的一对加黑熊猫眼，实在忍不住笑了："林渊，卫铭风说你每天都揍他们，这是真的？"

"揍还是不揍？"林渊向来直接，人也狠。

濮玉倒真想就这么算了，如果蒙里没出现的话。

蒙里门没敲直接冲进林渊办公室："林子，你不是吧，叶淮安不过是让他们教训个女的，你至于自己揍了他们几天，现在还要那个女人揍他们，被女人揍，你让他们以后出去怎么混？"

蒙里和林渊是兄弟，从小一起长大，后来林渊去法国留学，蒙里留在国内读的清华，之后他和林渊兄弟联手创立了现在在蓉北城举足轻重的涵盖服装、地产、酒店服务等主力项目的世邦集团。不过好比每段幸福背后总有段不足为外人道的前尘往事，每段风光背后也同样有属于自己的那段心酸故事。就好像蒙里清华没读完直接休了学，也好像他和刚回国的林渊最开始办的并不是什么大集团公司，而是一家三十元门票就能进场的歌舞厅。

蒙里对那群兄弟有很深厚的感情，因此林渊这次为了个女人如此大动干戈，伤害兄弟义气，他十分生气。

濮玉认得蒙里，杂志上见过，她知道他是蓉北出了名的情场风流、商业怪才。濮玉咳嗽一声，挺了挺胸，没办法，自己161厘米的个头站在蒙里林渊这种身高180厘米往上的人面前，存在感有待加强。

蒙里听到咳嗽，回头看到濮玉："不是吧，林子，你就是为了这么个矮个子的丑女人想伤我们兄弟的和气。"

濮玉心里那叫一个气,虽然她长得算不上美得倾国倾城,可也不至于丑吧,不就是早上没来得及梳洗吗?她走到蒙里面前,然后快速抬腿,踢裆,随着蒙里的弯腰叫声,濮玉笑眯眯地说:"我承认我比你矮,但如果你因此来嘲笑我,我不介意砍掉你的头来削平我们之间的差距。"

做完这一切,濮玉昂着头走出房间,门关上那瞬间,蒙里痛苦的声音传进她耳朵:"林子,不得了啊,你这是找了个女拿破仑做我们大嫂啊……"

濮玉微笑着往回走,算他有见识,那句话正是拿破仑的名言,她最喜欢的。

林渊在午饭前回到濮玉房间。当时赫本正趴在濮玉旁边,头搭在她的膝上,努力发挥它唾液腺的想象力。

濮玉低头看自己,笑了,她揉揉赫本的头:"赫本,你就是天才,昨天还是德意志,今天就改意大利了?"

灰色居家裤上,歪歪扭扭一个靴子图案可不就像意大利地图吗?

赫本是条纽芬兰犬,第一次见她时,濮玉控制了半天才忍住没对林渊给宠物起名的能力表示出鄙夷。黝黑的毛发,一对三角倒立眼,再配上张常年闭不拢、直流口水的嘴,濮玉无论如何也不能把这张无时无刻不散发出2B气质的脸同女神奥黛丽·赫本联系起来。不过这些都不妨碍濮玉喜欢赫本。

"赫本,外边玩去。"林渊才进门就把赫本撵出房间,他取代赫本坐在床边,正打算环上濮玉的腰,却在看到她腿上的奇怪图形时,皱起眉毛来:"这是什么?"

"口水画——《情迷意大利》,赫本的作品,它没给你画过?"

林渊摇头。

濮玉同情地拍下他肩膀:"林渊,你都成了狗不理了,真可怜。"

"狗不理没事,你理就好。"林渊的蓝眼睛由湛蓝变成了深蓝,一汪海水似的朝濮玉铺天盖地压下来,濮玉却头一猫,躲过他的吻:"林渊,下午我一个朋友从国外到蓉北,我得去机场接一下。"

"老实在家待着,你伤还没好。"

"伤没好你还对我这样?"濮玉撩开衣襟,露出上面的暧昧斑点。林渊也学着她的样子掀开衣服:"我没伤你还对我这样?"

"流氓。"

第十章 未婚

"女流氓。"

于是发展到最后,流氓终于战胜女流氓,被林渊抱坐在他怀里的濮玉浑身战栗,语不成调:"下、下午陪我去接朋友。"

"男的还是女的?"

"男的……"

"我送你去。"

如果是女的呢?他会随便要个手下送自己去吗?濮玉不知道,她唯一知道的是,今天也许是自己和林渊缘分的最后一天。

当几年前她还短发时,面临突如其来的生死,面临突如其来的贫困,她就想,等有天她长发飘飘,等她把愚勇熬成温柔,等她褪去稚嫩娇情,等她甘于平凡,等她不再把爱夸张到声嘶力竭,等她不再似如今般模样,她要改变,她保证宁缺毋滥不把自己贱卖,她保证不再挂念旧人,她保证把完整的自己嫁给最美好的未来,她会长大。

下午一点半,濮玉坐在林渊那辆紫色卡宴里,看着外面拥堵非常的街道,一点都不急。她转头看开车的林渊:"林渊,你喜欢堵车吗?"

林渊常年的没表情因为濮玉这一问,眉毛也抖了抖。他也许在想,脑子病成什么样的人会喜欢堵车呢?

濮玉就是少数脑有病的人之一,她喜欢堵车:"当你埋在茫茫车海,面对可见的前方却无能为力时,大家除了听天由命,除了等,什么都不用做,也做不了。不用自己拼搏,不用自己选择是件幸福的事。"

濮玉的话在听者是莫名其妙,可在濮玉自己,却不是空穴来风,她在回顾自己无能为力的过去,触摸自己别无选择,可能黑暗不幸的未来。

"濮玉,你为什么还叫我林渊?"林渊不喜欢现在的她,距离、陌生,就好像她对自己的称呼一样。以前她一直是爱挽着自己,声音软软地叫他阿渊的。那时候的厌烦竟成了现在的怀念,于是迂回要求。濮玉兴致不高:"那我叫你林先生?"

林渊不说话,总之她现在回来了,一切来日方长。

两人沉默时,竟有人敲车窗,濮玉滑下她那面的车窗看,是个捧着花篮的卖花姑娘,篮子里是一枝枝打着绳串的白花,香气遥远怡人。

"小姐,五毛一枝,这花是我和妹妹上午刚采的,香得很,放在车里比香料健康,买一枝吧。"

第十章 未婚

"你妹妹呢？"濮玉问。卖花姑娘抿嘴："她在隔壁街卖花，家里弟弟病了，才十个月大，你可怜可怜买一枝吧。"

"给我拿两枝。"濮玉从钱包里拿出张百元大钞递给姑娘，十几岁的小丫头手在满是灰尘的衣襟上搓搓："小姐，我没钱找。"

刚巧马路现在通畅，卡宴的前车已经开离，后面的正死命按着喇叭催促。濮玉说声"没钱就不用找了"直接关了车窗。

卖花姑娘拼命拍着车窗，可濮玉却对林渊说："开车吧。"

车子跑过两个路口，又是红灯，林渊掏出支烟，看眼濮玉，又放回去："我还不知道你会信那种路边的故事。"

"就当我偶尔良心发现，信了一个童话故事不行吗？"濮玉靠在靠背闭目养神，"戚夕现在抽得比你凶，我不介意，你抽吧。"

濮玉情绪莫名的低落让林渊也跟着发闷，最后只能闷闷吸烟。

熊猫的烟草味伴随一路，他们在蓉北少见的堵车中于两点二十到达了蓉北的双陆机场。

机场大厅电子屏上滚动提示起降的航班号，巧的是TP062被报由于转机遇雾晚点二十五分钟。现在距离Sean到达还有五分钟，濮玉的手有点抖，她不知道一会儿会发生什么。所以她现在真切地理解了那句话：人总习惯对未知兴奋，习惯为未知恐惧。而无论兴奋或是恐惧现在都整齐划一地归结成手抖体现在她身上。

她现在既怕Sean出现，有期盼看到Sean出现时林渊脸上出现何种表情。

正想着，Sean那张阳光灿烂的脸就出现在出站口。他戴副金丝边眼镜，此时正扶着眼镜在接站口寻找濮玉，濮玉招招手："Sean，这边。"

Sean嘴巴"哦"了一下，提着随身小箱风一样地吹到濮玉面前，他扔掉箱子，一把将濮玉抱起来原地转个圈："玉，我可真想你。"

"我也想你。"濮玉被转得眩晕，她迷迷糊糊只知道笑。

如果不是林渊的声音太过冰冷，也许这温馨一幕还会持续一阵："濮玉，你还没和我介绍，这位是谁呢？"

濮玉拍拍Sean宽宽的肩，示意他放她下去。她深吸一口气，回头："Sean，和你介绍，林渊，我现在的朋友，过去的丈夫。Sean，我未婚夫。"

家里安排的。

第十一章　布拉格

【我们经历着生活中突然降临的一切，毫无防备，就像演员进入初排。如果生活中第一次彩排便是生活本身，那生活有什么价值呢？——《生命不能承受之轻》】

"未婚夫？"林渊的蓝眼睛眯出危险弧度，看向Sean，形状危险。不知是神经大条还是纯属故意，Sean却对这明显的敌意毫不自知，他大大咧咧揽过濮玉的肩，甚至还亲昵摩挲两下后才说："是啊，我们三年前就定了婚，本来还想多玩几年呢，可两家家长都急，我们就想着今年把事办了。"

"哦……是吗？那我要先说声恭喜了……"

"谢谢，谢谢。"Sean笑眯眯地接受林渊祝福，还像模像样地大力握了林渊的手两下，丝毫没注意对方的脸已经黑成雷阵雨时的云彩。

Sean收回手："Aimee，我去买瓶水喝，飞机上睡了一路，我现在嗓子顶得上两个撒哈拉了。"

Sean挤眉弄眼地离开，林渊盯着他的背影，嗤笑："濮玉，和我说实话，这个弱智的人真是你未婚夫？"

"是。他智商170，医学博士，不是弱智。"

林渊已经想象不到自己的脸现在黑成什么样了，他手握成拳，有把面前的女人捏碎的冲动。昨天他们不是还好好的，怎么凭空冒出一个什么狗屁未婚夫，一切就变了样！

Sean拿着依云的瓶子，仰着脖子喝，喝完他低下头朝濮玉和林渊说："Aimee，我好了，可以走了。"他打个哈欠，"不过我想我得好好睡一觉才有精力和你谈情。林先生，麻烦你了，特意来接我。"

"不麻烦，"林渊笑笑，接过Sean没喝完的矿泉水，"因为我的车恐怕只剩两个座位能坐了。"

他打开卡宴的后面，把剩下的那半瓶矿泉水一股脑倒在后座上。

白色暖绒的座椅面触水，凝成一块块形状怪异的地图，亦如现在Sean脸上诡异的表情。

"成，既然林先生不方便，那Sean，我带你去打车，我们得快，现在排队的人肯定多。"林渊看着濮玉挽着Sean离开的背影，目光几乎在他们背上灼出个洞。

半小时后，濮玉坐在开往城南的计程车里闭目养神。旁边的Sean一反刚才的聒噪，眼色深沉地打量濮玉：眼眶青黑，高领衬衫，精神委靡，外加嗜睡。

车子遇到一处红灯，停在市中往城南的一处十字路口，Sean盯着路旁那块大型LED广告屏，目光深邃："Aimee，看得出你还爱他，为什么不就这样在一起呢？安安稳稳过好最……每一天不好吗？"

Sean差点说错话，他想咬舌头。

濮玉叹口气："因为不甘心。"

看得出她不愿继续这个话题，Sean适时地转移到一个他更关心的话题："最近身体怎么样？有哪里不舒服吗？药按时吃了吗？"

"很好，没有，吃了，我的医学博士，你话可真多。"似乎从认识Sean的第一天开始，他的话就特别多。

他和她的确是家里安排的相亲，可他们的初识却发生在一个浪漫的地方。

欧洲最美的城市布拉格，八月的白鸽在黄昏中的布拉格广场上自由飞翔。她是忙碌一天的导游，他则是个刚刚丢失钱包的可怜人。

那时学校放暑假，濮玉怀孕不到四个月，趁着身子没沉重，赶到捷克这边做起地导。在法国读翻译专业时，她在林渊的威逼利诱下精通了德、葡、法、捷等几国语言，没想到现在竟成了自己唯一赖以生存的技能。捷克的房租便宜，最便宜的旅馆一天只要一百捷克克朗，相当于人民币三十块左右，而濮玉做导游除了旅行社的薪酬外，每天加上欧元、美钞不同币种的各种小费，收入也很可观。

濮玉现在很适应这种每天睁眼就工作赚钱，闭眼只管睡连梦都没有的生活。她现在的生活贫瘠到连梦都成了奢侈品。

和今天最后一个团在查理大桥那里分手，濮玉数着口袋里今天的收成，笑了。照这个速度看，她这学期的学费应该差不多了，不够的话再接两个家教。濮玉像个思忖家里存了几只鸡的狐狸，阳光下笑得惬意。

濮玉没钱，所以她只能看着别人喝咖啡扮小资，带着别人转过布拉格的大街小巷累得像孙子，最后拿着牺牲尊严得来的十欧元，坐在查理大桥桥头，享受唯一对她免费的——阳光。

布拉格的阳光总是温柔地驱走她所有的疲惫，照在远处那栋会跳舞的房子角落，濮玉刚好看到在那里急得直跳脚的男人。

Sean来欧洲的第一天，第一站是捷克的布拉格广场。可没想到刚到这里，他就得了当地人一份大礼——钱包，钱包里的银行卡、护照，各种证件全被偷儿先生卷了。

　　"偷儿啊偷儿，你好歹给我留点啊！"身在异乡的年轻男人快哭了。

　　"被偷了？"

　　"是啊。"Sean哭丧着脸应声，应声后才反应过来是有人问他，他回头，看到阳光下一头短发的濮玉，"你也是中国人！"

　　"是，跟我来。"濮玉揉揉发酸的腰，兀自朝跳舞的房子旁边那个小巷钻了进去。Sean开始还在问她为什么要钻巷子，还翻垃圾堆，可濮玉什么也不说，所以到了后来，他也就什么都不问了。

　　走了四个巷子，翻了第七个垃圾堆，濮玉总算在一堆旧报纸下面找到一个棕色皮夹，她扬扬手："你的？"

　　"我的我的！"Sean兴奋地接过钱包，仔细看下，除了现金外，其他的卡啊证件啊都在，他一脸惊讶。濮玉看懂他表情，出声解释："这里的贼只要现金，其他的都会丢在附近的垃圾桶里。"

　　男人沉默半天，说了四个字让疲劳一天的濮玉突然失笑，他说："业界良心。"

　　"我叫Sean，为了感谢你，我请你吃饭。"

　　"我能自己选吃什么吗？"

　　"当然，你想吃什么？"

　　"捷克饺子，还有捷克烤鸭！"

　　于是，那天Sean花了98个捷克克朗，交下了他来欧洲后的第一个朋友。

　　Sean来捷克是旅游，濮玉却是工作，于是在接下来的日子里，Sean混迹在濮玉带的每一个团里，听她用德、法、葡萄牙语诉说着属于布拉格的浪漫故事。

　　出事那天，他正第十八次走过布拉格广场，一本《生命不能承受之轻》让人们知道了昆德拉，随即知道了他的祖国捷克。濮玉像喜欢那本书一样喜欢着布拉格，那里的一切总把人带进一个童话的世界，忘记所有忧愁。电车很有节奏地在街巷中行驶，街道两旁尽是风格各异的建筑，一幢连一幢，流光溢彩般从车窗闪过。最漂亮，最夺目的是卖水晶的店铺；最可爱的是那些卖木偶的店铺，热情的店老板会教你如何操作它们。女巫造型的木偶，穿着黑麻布袍，戴着尖尖帽，骑着扫帚，本应让人感到恐怖，但这些木偶女巫却一副倒霉相，实在滑稽。

第十一章 布拉格

濮玉安排游客买纪念品，Sean远远看着金色阳光的她，他就那么看着她慢慢倒下去，直到昏厥。昏厥前，濮玉对Sean说的最后一句话是："去西区那间诊所就好。"大医院，费用她支付不起。

也是从那天开始，Sean开始知道了她和她孩子，以及那个不知死到哪里去的孩子爸爸的故事。

濮玉胎位不正，在诊所里躺了整整一天才离开，眼睛花的老护士指着Sean念："对你老婆好些，对你老婆好些。"Sean说她压根儿不用担心钱，他这里有，那时的濮玉脸色苍白地在旅馆收拾行李，明天学校开学，她要回校了。她笑着对Sean说："谢谢你，可我得学会自己承担。"

每个曾经一无所有的人每时每刻都在为她下一次的一无所有作准备，这是林渊给的，属于濮玉自己的后遗症。

本以为和Sean只有短暂的布拉格之缘，濮玉没想到返回柏林大学后竟在校园里再次遇到他，那时他是在阿德勒斯霍夫学区读书的医学博士，而她是留守菩提树下大街附近的法学院硕士，之后过了很久，濮玉曾在柏林布满钢筋水泥的城市区哭泣，如果没有Sean，她不知道自己是否真能挨过那段对她来说犹如地狱的日子。

回忆被安蓉大酒店套房的空调风慢慢吹散，渐渐变成空气里的茉莉空气清新剂味道化在鼻端。濮玉打个喷嚏，放下Sean进门前交给自己的那个双肩背包，进屋，他在用洗手间，哗哗的水声恍惚给了她些怀疑，Sean不是只喝了半瓶水吗，这么快就尿频尿急了？

看来医生自身的健康有时也需要旁人提醒。

濮玉躺在总统套房宽大的大床上，姿势四仰八叉，不大雅观，Sean出来时她还是如此。

晚霞透过乳白色窗帘轻柔照进窗，播撒在床上人的手臂，小腿以及胸口上。濮玉闭着眼，觉得身体旁边一块塌陷下去，随之而来的是Sean温暖的怀抱："今天别走了，安蓉不也是他的产业吗？正好让他好好吃吃醋。"

"那你也不用定总统套房这么奢华吧。三后面三个零，Per Day！"濮玉睁大眼睛强调。

"嘘，嘘，Aimee，你为了一顿捷克饺子眼巴巴流了一个月口水的日子一去不复返了，我这次回来就是帮你的，所以做戏做全套，中国不是有句俗话吗，能用钱解决的都不是问题。"

　　Sean搂着濮玉一下下安抚,他的话像是轻柔的摇篮曲,竟真慢慢舒缓了濮玉的神经。

第十二章　六月天
【长的是磨难，短的是人生。】

林渊坐在苍南兰庭的花园式包房里，看着面前的灯红酒绿，蓝眼睛瞬间迷离。老六鼻青脸肿领着一个年轻小姑娘悄悄从门口进来，绕过他那群在房间里胡乱制造"娱乐气氛"的傻帽朋友，溜边坐在林渊身边。

老六是参与揍濮玉的人物之一，也是被林渊揍的兄弟之一，不过他和其他那群人不大一样，他有脑，一来二去就分析出了林渊同那女人间的纠葛。

今天林子开着车一路狂飙来了苍南兰庭，他猜八九不离十与那女人有关，果不其然，林渊到了之后就在他常去的那间包房里喝个没完。

"小心伺候好了。"六子坐了半天，没想到该和林渊说什么，对身边的女人耳语吩咐一声，起身离开。

"林先生，你喝、喝酒。"林渊正靠着靠背闭目养神，不知在想什么，耳边传来一个轻轻的声音，像受伤小兽似的，林渊甚至从中听出几分颤抖，换作往常，他压根儿眼皮都不会抬一下，可这次他睁眼了。

"你叫什么？"

"Ann。"

"来这里多久了？"

"今天第一天……"来前Ann听说今天她要伺候的这位林先生是个很冷话很少的人，可现在看并非如此。她不禁偷偷抬头打量起林渊，她惊讶地发现这位林先生有着亚洲人的面孔却有双海一样湛蓝的眼睛。她看着，慢慢竟痴痴伸手去摸："林先生，有人说过你眼睛很美吗？"

林渊表情怔住，随后瞬间柔和下来："是男人都不喜欢被人拿'美'来形容。"

Ann意识到自己在做什么时，忙收回手："对不起，林先生，我不是有意的。"

"没关系。"林渊突然擒住她退缩的手，他握着她瘦瘦的手腕，"你可以叫我阿渊。"

"林先生，这……"Ann对这突然的亲昵十分不习惯，她只是想给家里的母亲赚点医药费,可叫了这声"阿渊"后,一切似乎就变了。可从决定进苍南兰庭那刻开始,这些就不是她掌握得了的。化了淡妆的女生嘴巴张张:"阿渊……"

"呵呵!"

濮玉一夜睡得很好,所以第二天清早门口传来敲门声时,她清醒得很快。看眼在沙发上睡的Sean,她翻身下地去开门。

是个年轻女孩儿,穿着酒店的白色睡衣,头发湿漉漉地搭在肩上,很干净清秀的一个女孩。濮玉一笑:"有事吗?"

乍一听到濮玉声音,女孩儿一愣,紧接着抓住衣袖面容局促地说:"不好意思,我的东西昨晚掉在你们阳台了。"

"稍等,我去拿。"

濮玉回身进屋,拉开阳台拉门,满满的阳光倾泻身上,却丝毫没舒服感。濮玉盯着站在隔壁阳台,同她遥遥相望的那人,半天抿起嘴角:"林先生清早好兴致啊,抱美人、品美酒,好不惬意。"

"彼此彼此,听说你们昨晚也是很晚才'休息'啊……"安蓉的值班经理早和林渊汇报过,今天凌晨两点,濮玉他们的客房还叫过客房服务,据称,服务员送餐进去时,两人各穿睡衣,在床上姿势慵懒。

濮玉别开眼,没去看林渊,兀自捡起地上那件被揉得皱巴巴的衬衣:"人家还是个小姑娘,你也下得去手。"

露天阳台,褶皱衬衣,孤男寡女,年轻的躯体,这些真不是濮玉乱想。林渊唇角勾起,笑一笑:"你第一次的时候也不大吗?"

濮玉脸涨得通红:"流氓。"

"说我流氓,我就流氓给你看看。"林渊说着话,身体突然攀上了阳台边缘,濮玉愣下才知道他要做什么:"你疯了,这里是九层,摔下去会死人的!"

"你不知道吗?前年真就有个歌坛天王从这里跳下去了,人都摔成酱。濮玉,我想知道,如果现在摔成酱的那人是我,你会不会伤心,会不会哭?"

林渊两只脚都站上了阳台边缘,不平的底面显示他现在的境地是万分危急,濮玉牙齿咬着唇:"林渊,你别疯了,两个阳台间有半米远呢!"

她看着林渊笑着张开双手,朝她纵身跃来。

"啊!"恐惧让她不自主地捂起眼睛,却在下一秒被拥进一个温暖的怀抱:"濮玉,你紧张我的。"

濮玉觉得自己的心几乎跳到了喉咙口，她粗重地喘了几口气后，一把把林渊推开："疯子，下次疯麻烦在我看不到的地方，我心脏不好。"长的是磨难，短的是人生，没谁觉得自己活得很长。她拿着Ann的衬衣打算往外走，却被林渊拉回来："你就那么在意易维琛的死？"

说到易维琛，林渊眼中的温柔和痴情没了，取而代之的是彻骨冰冷的情绪。

"林渊，我们之间何止隔着一个维琛呢？"想到孩子，濮玉心里针扎般疼痛，可她不愿告诉林渊他们有过一个孩子。

濮玉拉开阳台拉门，Sean那个粗神经竟还在睡，林渊讥讽的声音从身后传来："我不管隔着什么，总之你是我的！"

林渊啊，你不知道，我早不属于任何人，我甚至连我自己都不再属于了。

安蓉的插曲随着蓉北第一个高温天气的到来融化在濮玉手里这支蛋筒里。Tina引着麦当劳的外送员出去逐个办公室发冰饮，一进入夏天，空调的冷风总显得心有余而力不足，在这时，永盛的大小头目就会自掏腰包买些DQ或者星巴克的星冰乐之类给员工们。今天濮玉请，她突然想吃蛋筒，于是选了麦当劳。

有人敲门，濮玉说声"请进"，门开了。杜一天拿着他那杯超大可乐走进来，濮玉恍惚，除了自己受伤那段时间，再回来上班老杜又去外地出差，这样林林总总算起来，两人有一个月没见了。

濮玉舌尖舔口蛋筒："江西的案子顺利吗？你去了挺久的。"

"嗯，取证很艰难。"他拉椅子坐在濮玉面前，"叶淮安那个案子，你不在的时候法院进行了一次调解，下次开庭不知道是什么时候。不过……"

"不过什么？"濮玉咬口脆皮，咔嚓一声。她现在和杜一天的相处是最自然不过的，毕竟相互间见识过彼此最真实也最肮脏的一面，今后再怎么糟糕也糟糕不过当初的之最。

杜一天也啜口可乐："不过我今天来找你不是为了什么案子，大老板良心发现，六月份安排资金，组织我们出去旅游。时间七天，地点自选，可出国。我想就这事问问你的意见。"

"成啊！"濮玉打声口哨，对刚好推门进来的Tina打个响指，"Tina，听见没，杜老大权力下放，七天游，想去哪儿你们定好了直接写份计划给杜领导就成，记住……别省钱。"

"鬼丫头，我不过是问你意见，你直接就让我原地待命了？"

"群众都把你当万岁爷供着了,有什么不知足的?"濮玉指指门外由于Tina带来的消息随之而来的欢呼声,抿嘴偷笑。

其实就算永盛不组织旅游,她也想着出门逛逛去了,身在蓉北,就像卷进一个旋涡,无论她往哪个方向,都能得到他的消息,例如桌上这本同事闲来无事拿给她看的八卦杂志,封面上不就写着《冷情商业才子情场终遇归宿,情人系蓉大音乐系学生》。

照片上Ann面容清纯,可能是发现被偷拍形色有些紧张,她正跟着林渊匆匆走进一家酒店。朦胧灯光,距离暧昧的两人,濮玉都要替这几年蓉北狗仔记者技术的突飞猛进鼓掌叫好了。

旅旅游也好,濮玉把最后的蛋筒嚼碎咽下,双手一拍桌面起身:"好了,老大,玩之前,我先要把手头的工作做好。"

"所以呢?"手里的杯子传来冰块破碎声,咔嚓之后是刺啦啦。杜一天看着濮玉,看着让他心仪许久的女人。

"所以办公重地,闲人勿扰。"濮玉直接把杜一天赶出了办公室。

最后举手表决,大家决定去泰国,可是办护照,报旅行团一系列事情下来,时间已经不知不觉滑到六月二十五号了。

天气炎热。濮玉戴着遮阳帽混迹在同事中等着做安检。突然她身边有人撞了她一下,濮玉没在意,拎着行李往旁边移了移。可那人好像故意的一样,又撞了她一下。

濮玉皱眉回头:"我说你这人……"

林渊一件白色Polo衫,米色七分裤,头戴一顶棒球帽,休闲装扮地站在她面前和她打招呼:"嗨。"

"你怎么在这儿?"其实林渊不说,濮玉也有预感,只是林渊说了,她的预感被证实罢了。

林渊说:"世邦组织旅游,邀请我们的顾问律师公司一起加入,只是我好奇,是谁的主意定了泰国这个没创意的地方,你想看人妖,还不如看我呢。"

第十三章　斯米兰

【我在冰封的深海，找寻希望的缺口。却在午夜惊醒时，蓦然瞥见绝美的月光。】

"如果是我出主意，那我不想看人妖，更加不想看到你。"濮玉把单肩包往肩上挽挽，后悔不该把决策权下放给Tina，又被Tina把意见权下放到十六楼邻居公司那群小姑娘手里。一失足千古恨、老马也失蹄，说的不都是她？

杜一天做好安检，嘴叼着护照正取公文包，一抬头刚好看到不远处的濮玉和林渊，眉一皱，他吐了护照冲人群喊："大家排好队，配合做好安检，马上登机，都别闲聊溜号了。"

"林先生，杜老大发话不让我们聊天溜号。"濮玉拿种"领导发话我也没办法陪金主你闲聊"的表情睬眼林渊，拿着护照和登机牌慢慢跟着队伍往前爬格子。

林渊什么时候走的她不知道，濮玉只知道轮到自己安检时，身后跟的已经是她那个叽叽喳喳的秘书Tina了。他走的自然是贵宾通道，就好像只有挤在人群里跟着同事排长龙才是属于她的生活。头等舱、经济舱的距离不足二十米远，却是他和她之间逾越不了的距离。

不过这个"逾越不了"是濮玉自己的想法，当她站在12C的位置前，看着把修长双腿挤在12B位子上看报的林渊时，她突然忆起，连嘴巴沾了狗屎都可以接吻的林渊，又怎么会在乎屈尊降贵来经济舱呢。

"林先生，好巧？"

"是啊，濮律师，的确很巧。"林渊抬眼看她一下，又把注意力集中到手上那份报纸上了。林渊对濮玉的无视并没影响她的心情，她扬下手招呼正指挥小赵帮自己往行李架上举她那个超大随身包的Tina："Tina，我想坐靠窗位子，能和你换下吗？"

她朝Tina眨眨眼，示意她这个位子的旁边坐的是怎样的人，可惜机灵惯了的Tina这次却慢了一拍，12A的Tim腾地站起身："Aimee，坐我这儿吧。"

那刻，濮玉如果有块魔镜，她绝对要大声问："魔镜啊魔镜，请你告诉我，平时挺机灵一小伙为什么突然脑抽，没事瞎积极了呢！"

濮玉在12A的位子上，坐姿别扭。飞机没起飞，Tim又积极地去帮其他女乘客，不管她们究竟是否是自己认识的同事。三人座位上只有濮玉和林渊两人。

"和我坐一起真那么别扭？"林渊合上报纸，转头正视濮玉。濮玉低头翻着口袋，头也没抬："别扭的不该是你吗，林先生，和前妻坐同一航班出去旅游，被你的小女友知道了，她可会伤心的。"

她低头的角度刚好足够林渊看清她浓密的睫毛，和隐藏下面的一双明眸，他已经记不清上次和她这么安静坐着是什么时候了。半晌，他回神，指指报纸："你说这个？"

头版头条上Ann隐在树后暗自神伤的照片占据半版篇幅，而另半版的主角是手挽某当红女星出席曼迪品牌夏装发布会的男人，也就是坐在自己旁边的林渊。他唇角微扬："Ann很乖，她知道那只是应酬。"

"很乖"这两个字像长在濮玉心里的某个开关，按下了，便开启了她许多记忆。

那时候的巴黎，十一月总吹着半湿半冽的风，校园里流言四起，林渊交到了新的女朋友，Dr.Robinson的大弟子Susie，还是时髦的姐弟恋，无数人说曾目睹林渊和她在校园某树丛、某教室甚至某寝室亲密，可只要林渊摸摸她的头，对她说声"濮玉很乖，不要信那些流言，我只爱你"，她就乖驯得如只绵羊。

林渊不是她的爱人，林渊曾是她全部信仰。

"再说，我们的关系没几人知道，对Ann来说不构成影响，只是我没想到你的那个未婚夫来头也不小嘛，刚回国就被协和医院高薪聘请去的名刀Sean，月薪几个零？"林渊的挖苦来自另一份和八卦周刊毫不搭边的报纸——《蓉北早报》。都市快讯栏目里，一篇名为《蓉北肿瘤患者的福音》的报道里对Sean入驻协和医院的事情进行了全方位的报道，旁边还附了一张照片，Sean站在协和院长旁边合影留念。

如果不是有心人，压根儿注意不到在Sean的另一侧，隐着一个长发女人的半边脸庞，如果不是留心，更加不会注意到Sean和那女人是十指相扣的。

说实话，Sean那天突然的举动，连濮玉都吓了一跳。可现在面对林渊的她没一丝表情，她抬手按下醒铃，叫来空姐："小姐，这个位子我坐得不舒服，能帮我换个位子吗？"

"很抱歉，小姐，飞机即将起飞，现在不能调换座位。"

于是濮玉是戴着眼罩度过她长达四小时的飞行旅程的，让她懊恼的是，醒来时，自己竟然和赫本一样头靠着林渊的肩膀画地图。

"欢迎来曼谷。"林渊却没事人一样和她打招呼。

他一直是个让人捉摸不定的人，就像濮玉觉得过去曾经有段时间他对自己不是爱不是友好而是明显的厌恶，又好像离婚后他出现的那天这种情绪变成了明显的恨，再好像现在当她突然回国，自己已经分不清林渊对自己是爱？余情未了想再玩玩？还是还带着对易家连带带给她的恨？

弄清这些是她这次回国第二件要做的事情，关乎某个人生死的事情。

在曼谷他们只逗留了两天，Siam Square却让濮玉的行李足足多了两包，戚夕的泰式服装、戚夕的泰式首饰、戚夕的泰式零食，以及戚夕的等等。

曼谷的两天被戚夕的等等淹没，却意外让濮玉和林渊拉开一段适宜的距离，濮玉逛完曼谷的大街小巷，林渊在四季常绿的曼谷酒店里对着电脑两天。在蒙里搂着姑娘疯了两天后，濮玉想不通林渊为什么来曼谷。

事实证明，答案总在意料之外的时刻揭晓。

来泰国第三天，旅行团产生决策分歧，最后一部分渴望体验泰国文艺气息的去了清迈，希望奔向海边的那部分带着他们的潜水装置乘飞机去了普吉岛，再转车奔蔻立，最后船行到了泰国最大的三大离岛之———斯米兰。

蓝天白云，外加清澈见底的海水以及深埋海平面下的大型珊瑚礁和龙头鹦哥鱼群，属于蓝色斯米兰的一切都让人心旷神怡。也许在斯米兰这片水域上，唯一让杜一天不满的就是林渊竟也跟着来了。

他们是来斯米兰潜水的，船宿，顾名思义，吃住在船上。

濮玉穿着泳衣、裹着毛巾，坐在他们这艘赫本号上晒太阳。当她知道这艘船的名字时，她不自觉地看了林渊一眼，这艘船也是他的？

"不是。"林渊说。

读心术吗？濮玉也说，不过是心里说。

今天是他们在海上飘荡的第二天，几个下水的同事拿在海底拍的视频给她看。她抱着防水DV看着里面的画面，仿佛置身水下一百米触摸那份深蓝色的温柔与壮烈：海狼鱼群变化出各种风暴图案，渐渐远去出画面，一两只乌贼时不时进入画面，抢下镜头，珊瑚虫粉红可爱，随着水波摆动触手，她的那个同事甚至还去捋了一把珊瑚。

第十三章 斯米兰

"耍流氓啊！"遮阳伞下，濮玉盯着屏幕上同事那只手，把毛巾往腿上盖了盖，没发现林渊已经坐在她旁边的位子。

"为什么不下水？"他突然出声，吓了濮玉一跳，她眨眨眼："不想。"

老杜最初听她说潜水好，本想借机会增进下感情，可没想到林渊好事突然来了，只能听凭她每天坐在船上看他们一群老爷们儿干燥地下水，在一小时后湿漉漉地爬上来。

林渊不知道。他盯着濮玉光洁的颈子："是不想？还是不想回顾下我同易维琛亲身教你的东西？"

今天是个特别的日子，他想和她一同下水。

濮玉有些无力，不只因为他提到易维琛。"林渊，我那个来了。"

"濮玉，和一个记你生理期像记三八妇女节似的男人说今天是你生理期，你不觉得可笑吗？今天是六月二十七号，不是六月十七。"他脸上多了丝沉重，"那天之后，我去找过你，知道我看到了什么吗？易维琛抱着你，吻你，说再不会离开你。濮玉，你不是忘了你生理期是哪天，是忘不了易维琛而已。"

他手突然一伸，把濮玉脖颈上的链子拽了下来："你说得没错，我就是看不惯易维琛，包括他送你的这条链子。"

银色链子带着水晶吊坠随着林渊手一挥，抛物线似的落进船下那片湛蓝。林渊转身从她身边走掉。

"扑通"一声从身后传来，他脚步止住，接着猛回头，看到女人刚刚在的地方现在空空如也，心猛地抽了下："该死的！"

杜一天今天拍到豆丁海马，想拿来给濮玉看看，没上甲板就听到接连两声"扑通"。

阳光下的海是那种沁人心脾的蓝，湛蓝湛蓝到心底的凉爽，可真到了水底，濮玉只觉得刺骨的冷。冷的水刺着她的眼，想睁也睁不开。"维琛，你在哪儿……"

几溜泡泡沿着嘴角跑出来，生命的空气在她身体里渐渐稀薄，濮玉却丝毫没有上浮的意思，她又往下游了游，明显感到水压压得耳膜难受，肚子针扎似的疼。最后一丝空气带着希望走了，黑暗铺天盖地压下来，濮玉四肢停止滑动，海水在那刻成了绝望。

一团更黑的影在这时由上至下压向自己，空气是从一个温暖的出口传给自己的。不知为什么，生死攸关的时候，濮玉脑子里突然想起作家几米的一句话：我在冰封的深海，找寻希望的缺口。却在午夜惊醒时，蓦然瞥见绝美的月光。

可是林渊，你到底是我的白月光吗？

斯米兰的海水能见度很高，林渊下水不久就看到了濮玉，她还在不断下潜，该死，他的心一抽，那条项链真就那么重要吗？他嘴唇抿紧，脚快速滑着，下潜一会儿，他总算拉到了她的手，可那时的濮玉神志已经有些模糊，他揽住她的腰，唇覆了上去。

出水那刻，他也猛地咳嗽了几声，看着已经没意识的濮玉，林渊抱起她往船甲板上送。

杜一天把濮玉拉上去时，林渊发现自己手上一抹红，他眼睛眯了起来。濮玉，就算再恨，再痛，我和你注定也是一起。毕竟地狱要结伴而行才有意思。

第十四章　包夹战

【逆风的方向，更适合飞翔。】

醒来时，太阳西斜在三十度角上，透过圆形玻璃窗照在濮玉脸上，暖暖的，窗外海鸥拍打翅膀，海浪敲击船体，铮铮的，完成最后一次深潜后跃出水面人们胜利的欢呼，一切声音混成一团，吵闹又宁静地钻进濮玉耳朵，所有的一切都在告诉她一个事实：她还活着。

杜一天一直坐在旁边，见她醒了，弯下身子轻声说："随船大夫看过了，有些受凉，但问题不大，打一针就没事了，别担心。"他握着她的手，"肚子还疼吗？"

她摇摇头，不疼，因为早过了最疼，麻木了。

"他呢？"想起最后托自己出水面的那个他，濮玉肚子又一阵绞痛。杜一天低头给她掖被角："谁？"

濮玉把头偏向里侧，面对着白色墙壁不说话。杜一天叹气："他把你送上船，自己就坐着小艇走了。Aimee，林渊那种人，不值得你在他身上放感情，他没心的。"

"老大，你又怎么知道我有心呢？"濮玉没转过头，阳光依稀照着她半边面庞，苍白得让杜一天无力。

在安达曼海域漂流的第四天，濮玉随团原路返回到曼谷。清迈分团早他们两天返回，显然是早归后的没有尽兴，Tina的脸还是皱皱的。据说这次是因为泰国红衫军游行的余温还在，导游害怕戒严耽误了航班，所以提早回了曼谷。

直到濮玉坐在返程航班，扣上安全带，她也再没见林渊，好像几年前分手时一样，只是几句话后，他就消失得无影无踪。不同的是当年他粉碎了濮玉的心，今年他带走了维探给她的唯一念想。

回到蓉北时，城市刚经历一场暴雨，马路上隔着几米就有水洼，飞驰的车轮经过，不时溅起一溜水渍，溅到近处路人身上引起尖叫连连。濮玉让公司的大巴车把她就近放在离家一条街的东安路，她和车上的杜一天挥挥手，提着行李朝家走。

下午五点，太阳隐没在云层后，城市是属于水泥混凝土的灰白色。濮玉出了电梯，看到物业正往她家门上贴条子。濮玉揉揉脑袋："保叔，戚夕这次又忘了交什么费啊？"

"濮小姐回来了？"听到濮玉声音，被她称作保叔的人回头，也省了抹胶水直接把单子交给濮玉，"你家的电费欠很久了，这是前天来的通知单，快去交吧，再不交真断电了。"

"好，谢谢你，保叔。"濮玉接过单子，等保叔走了，拿钥匙开门。

屋里黑黑的，雪茄味道久远得像隔了一世纪，淡得几乎闻不出，戚夕不在家。濮玉放下东西，翻抽屉找电卡，翻出来正穿鞋，她突然想起这个时间早不能缴费了。敲敲脑袋，她回房整理东西。

肚子疼时，电视里正播一出肥皂剧，女主角瞒着负心汉男主角怀了孩子，却意外流产的狗血剧情，女主角哭得那叫—撕心裂肺，镜头一转，是男主角在泡吧玩女人的镜头。濮玉咧嘴笑得没心没肺：是不是所有深陷爱情的女人都这么傻得想让人一枪崩了她。如果是，她也是该被击毙的一个，她从包里拿了药，没和水直接咽下去。真苦啊！

等药效发作是个漫长的经历，濮玉拿过手机，闭着眼拨出一串数字，接通很快，没一会儿那边传来那个神经质的声音："Aimee，你回来了，想我没？"

"Sean，我肚子疼，快疼死了。"濮玉咬着嘴唇闭目躺在沙发上。

"你等着，我马上过去。"Sean挂了电话。

也许真应了屋漏偏逢连夜雨这句话，Sean没来，濮玉家的电先停了，黑漆漆的房间里，清晰的只有濮玉越来越快的心跳声。

《倔犟》的电话铃响得突兀，五月天豪情万丈高唱："逆风的方向，更适合飞翔，我不怕千万人阻挡，只怕自己投降。"三星的宽屏忽闪忽灭，成了室内唯一的光亮，她抓起手机，按下通话键，声音多了点哭腔："Sean，你能快点来吗，我家电被停了……"

濮玉怕黑，怕得要命，每当身处黑暗，总有些不好的记忆爬格子一样一格一格占据她心灵恐惧的最高点。

林渊出了电梯，女人正在51号门前那盏昏黄的声控灯下蜷成一团，嘴里念念有词，她穿的还是在泰国时常穿的那件白色麻裙，裙角溅上几个泥点，灯光下斑驳成一两个深浅不一的小坑。

裙子是松松的休闲款，领口很大，穿在她身上露出一段长长的颈子，修长好看。可此时这个女人的形象和好看这个修饰词似乎有点距离，她头发散着，盖住

第十四章 包夹战

了脸，手紧紧环住膝盖，样子打个形象的比方，有点像人民广场地下通道里的行乞人。

林渊手插着口袋，眯眼分辨，听出她在背法条。

"限定向第三人转售商品的最低价格；国务院反垄断执法机构认定的其他垄断协议。"声控灯定时熄灭，女人的声音突然提高，"第十五条经营者能够证明所达成的协议属于下……"

于是灯又亮了。笼罩一片昏黄下的她样子除了慌张就是狼狈。

其实今晚打电话给她前，林渊已经在楼下抽掉两包香烟，烟蒂支离破碎散在车窗外，像顿没有饭菜的飨宴，林渊最终还是打给她，可他听什么？她叫他Sean，这个女人，遇到困难竟然叫Sean。

所以林渊不打算马上过去搭救女人，像许多年以前，他又成了站在暗处默默计算着她和易维探每寸伤心的那个人。直到灯第三次熄灭、第四次亮起，濮玉的法条背到了三十一条，嗓子哑了，他才走过去："垄断法背完再背知识产权法，濮玉你几岁了，还怕黑？"

他把她打横抱进怀，脚踢开门，声控灯的光画出条斜线，延伸到不远处地毯上，再往里，是壁垒分明的漆黑。濮玉闭起眼，嘴却不服输："你怎么来了，我怕不怕黑关你什么事！"

"不关我事？"林渊狐狸样地笑了，他脚一勾把门踹上，"砰"的一声，又是一室漆黑。"不关我事，你信不信我现在把你扔在这里，再让你连门外那点灯都用不了。"

他真就放下濮玉，转身要走。

却没走。

濮玉拉住了他的袖子。

不知从什么时候开始，她成了这么固执的人，就算害怕，就算希望他留下，也不说。他知道，是他把她变成这样的。叹口气，林渊回头，抱她入怀："濮玉，重新开始吧，怎么样？"

他的怀抱万年如一日的好闻，是青草的味道，濮玉把脸埋在里面，拼命地呼吸，汲取那味道。林渊，我也想和你重新开始，可不能。

电话铃再次响起，这次是林渊的，他分出只手拿手机。

"林总，办妥了，一会儿就来。"

"知道了。"只两句，林渊结束了通话。

"林渊，在我家办公我要收场地租赁费的。"濮玉躲在林渊怀里，借着斗嘴，分散黑暗的恐惧。

"濮玉，我怀抱的租赁费估价更高。"林渊又把她搂紧点，她在发抖。

于是电就在两人斗嘴时莫名其妙地来了，很突然，濮玉还没来得及收起脸上的无助，就被林渊一览无余。林渊倒知趣，先松开了她："濮玉，我的话是认真的，你可以考虑一下。"

"林渊，我是恨你的，你清楚。"

"清楚，所以我等你恨够了，再和我相爱。"

濮玉抿紧嘴唇，听到门外的敲门声，以及Sean的高声，慌忙去开门："Aimee，开门，我带药来了。"

她忙跑去开门，堵住Sean的嘴，因为现在她还不想让林渊知道自己的病。

林渊是拿哪种表情离开的濮玉第二天已经不记得了，但她清楚知道交电费时，当她得知自己竟有200000度电时，她脸上是何种错愕、缴费人员脸上是何种惊讶。

出门时，濮玉觉得有意思，在网络缴费没兴起时她想的是林渊有多神经病大半夜敲开电业局的门，买那么多电，而那个工作人员估计想的是眼前这个女人有多神经病——买了十万块的电不说，还来买。

周一，濮玉八点到永盛，Tina抱着咖啡打哈欠。濮玉敲下她的头："晚上不早睡，白天打哈欠，被老杜抓到，你这个月奖金可就吹了。"

"老大饶命，你不和杜总说，就没人知道。"Tina跟了濮玉很久，和她关系也好，无话不谈，此时红着脸凑到濮玉耳边，"老大，我都开始羡慕你这种单身贵族了。"

濮玉微笑，拿起Tina桌上的早报："哪天他不饿了，就换你急了。一会儿把今天的安排拿进来给我，另外去老杜那边把叶太太那件案子上次的开庭记录给我拿来，还有，我从泰国带了点东西，一会儿你拿去十六楼给你那个'小姐妹'，毕竟这次的旅游路线人家帮了忙。"

"得令。"Tina做个怪动作，出去开始忙碌。

消息是半小时后Tina从十六楼回来时带来的，她推门进来时的样子让濮玉怀疑Tina的嘴巴能塞得下整个鸵鸟蛋。

"你小姐妹又和你说什么惊天八卦了,惊成这样。"濮玉收回目光,眼睛扫视面前的文件名。Tina一巴掌盖住文件:"老,老大,十六楼搬走了,这还不止,我们楼上和楼下的公司都搬走了。"

嗯?这倒真奇怪,濮玉抬起头,笔尖点着下巴:"那谁搬来了?"

"楼上世邦地产,楼下天一地产,老大,我们被世邦包夹了!"

没记错,天一地产是蒙里管理的那家地产公司,和世邦地产一样都属于林渊的世邦集团,她还真是被包夹了。

正想着,门外有人敲门,小赵探进头:"Aimee,有人让我把这个给你。"

濮玉接过盒子打开一看,人愣住了。

第十五章　朱丽叶

【我站在阳台上，成为朱丽叶，阳台下仰望的那张面孔，却并非我的罗密欧。】

濮玉坐电梯到十六楼，被告知林总在三楼考察工作区，她下到三楼又听天一门口正往花瓶里插百合的小秘书说他们林总去了八楼。来来回回几趟折腾，濮玉在十三层自家公司的玻璃门外看到了里面一脸惬意的林渊。

阳光飞过干净的玻璃门，把玻璃后面的人融进一片夏日金色。林渊一手插进口袋，另一只随意扯着公司门口那盆油绿苏铁叶子。前台小杜一脸不知所措，显然不知是该把这位帅气老总往里让，还是由着他站在永盛门口做活招牌。

拿着盒子叹口气，濮玉推开玻璃门："林总，那盆苏铁是永盛成立时大老板亲手摆那儿的，你把叶子扯光了不要紧，我们这些打工的要挨批的。"

"回来了？"林渊收回手，脸不红心不跳，好像刚刚破坏花草的是别人不是他。濮玉抿着唇："去办公室谈。"

濮玉关上门，把Tina的八卦眼神一并关在门外。她回头，把手里的盒子递给他："你的。"

林渊接过去打开，里面带着水晶吊坠的银链子静静平躺，他抬头："物归原主，有问题？"

濮玉拿过桌脚杯子，喝着咖啡摇头："林渊，维探留给我的东西已经被你丢了，这条虽然一模一样，但不是他送我的那条。"她放下杯子，目不转睛地看他："维探那条坠子上刻着我们的名字。"

暴风雨在眼底卷起，林渊默了几秒后，笑了："感情够深。"你也够狠。

他是男人，所以他不会说为了这条项链他泡在安达曼高盐度海水里整四天，不间断地上浮、下潜。

他是男人，所以他不会说知道找不到时他找了专人做了这条外形一模一样的链子。

他是男人，所以他不会告诉濮玉自己知道她身体的每个细节，包括这条他最痛恨的易维探送她的项链的细枝末节。

他是男人，所以他和她的感情里，他有更多的隐忍、心痛和仇恨。

"下周蒙里要去谈国脉那块地皮，法务方面就麻烦濮律师费心了。"林渊带着笑意转身打算离开,却被濮玉出声叫住:"林总,等等。"

他回头,看她在一个小本上刷刷写了什么,然后把那张纸撕下来递他:"谢谢你替我交的电费。"

林渊接过来看,支票上面,濮玉字迹秀丽地写着一串花体阿拉伯数字,下面是她好看的签名。"算得很清。"他再没笑容,开门出去。

Tina敲门进来时,濮玉正把脸埋在臂弯里,身体伏在桌上下面踢着腿,嘴里不停念叨:"十万啊,我的十万,得带多少个案子啊……"

"Aimee,你没事吧,和林先生有什么不愉快吗?我看他出去时脸色不大好。"

"没事,Tina,今天约见的客户来了吗?"再抬头,濮玉又是一副律政女强人的模样,Tina有些怀疑现在接过预约表,有条不紊安排事务的濮玉和刚刚那个摇头踢腿拼命抓狂的究竟是否是一个人。

戚夕的电话打来时,濮玉正顶着入夏以来最大的一个太阳,站在蓉北市中级人民法院二十级台阶下面那片灰白广场上,看面前扭打一起早已分不清彼此的人群。

她今天结束了一个拖了一年的经济纠纷案,作为原告代表律师,她成功地为委托人追讨回了欠款五千九百八十一万。可这又怎样,这一年,原告的公司倒闭了,最初的原告,那个六十多岁的老头也因为受不了打击心脏病发死了。

所以说世事无常,你永远想象不到好事来前你会遭遇怎样的糟糕,就像濮玉如何也想不到明明赢了官司的她平白挨了被告儿子一拳。

"你在哪儿?"濮玉边和戚夕通着话,边捂着胸口撤离。

戚夕是在惠北路段出的事故,濮玉把悍马停好时,远远看到戚夕那辆雪弗兰已经被停到路旁,车况惨重,车头被撞了不说,左车灯直接瘪了。可让濮玉意外的不是戚夕这起车祸,也不是戚夕撞了一辆法拉利,而是法拉利的车主里竟有熟人。

她拔钥匙下车,心里想着,地球真小、冤家路窄。

蒙里是等濮玉走近才发现她的,当时他手里的香烟刚被老六点着,还没来得及吸。看到濮玉第一眼,他皱眉,怎么是她,第二眼,他心叫一声,坏了。

他招了烟:"宋城,时间差不多了,你就别和个女人一般见识。"

"不行，今天可着酒会不去，我也得让这个小美人给我赔礼道歉。"

宋都家的二少爷宋城濮玉在杭州依稀见过，是宋菲儿同父异母的哥哥，长得不难看，人却游手好闲的不正经。濮玉装作不认识蒙里一样地走过去："车撞得严重吗？"

戚夕忍这个姓宋的男人很久了，濮玉来她松了口气，往左车灯一指："都撞成独眼龙了。"

"你是她律师？"宋城瞄了濮玉一眼，发现也是个美人，心情大好，他往蒙里的车一扬头，"我朋友这个可是法拉利，要个道歉很为难？"

见濮玉没看自己，蒙里倒落得轻松装陌生人，他等着瞧宋城这傻小子今后怎么挨林渊的整。

濮玉在，戚夕有了依仗，她昂着头，一改刚刚的沉默，朝濮玉点点头，看宋城："我道个歉这事就算完？"

"算。"戚夕的小礼服露出一段雪白脖颈，一双长腿在裙摆间若隐若现，宋城看得要流口水。

蒙里等着好戏。

戚夕微微一笑，朝前迈出两步，靠近宋城，鞠躬，抬腿："对、不、起……"

"嗷！"宋城的叫声和戚夕的"起"字重叠一起，分不出彼此，宋城被戚夕踢了命根子，直不起腰了。

戚夕拍下手掌："让姑奶奶道歉的人还没生出来呢！明明是你耍酷开快车，还要我道歉。"她甩下头发，"如果想告我人身伤害，欢迎联系我律师，这是她名片，医药费不用和我客气。"戚夕朝递来名片的濮玉眨眨眼，意思是亲爱的真知趣，随手又把那纸片甩在宋城脚下。

悍马车门关上时，宋城的腰还没直起来，嘴里却已经有力气骂骂咧咧，戚夕双手伸出窗外比中指："药费千万别和我客气。"

蒙里盯着绝尘而去的悍马车尾，神情变得微妙。不过蒙里现在是什么表情，车上的濮玉和戚夕自然看不到。

"自己能解决，干吗叫我来？"悍马爬上高架，濮玉问正对镜子补妆的戚夕。戚夕抿抿嘴上口红，眯眼瞧濮玉："我的分扣得都差不多了，再开个独眼龙上路，不是自找吊照吗？所以才要你'顺路'来接我，再说，你当我一点自我保护意识都没有啊，怎么的我也需要个证人啊。"

好吧，证人，濮玉微笑，决定等到了晚上再把证人需要她均摊五万块电费的事情告诉她。

戚夕之前是被沈明阳带去巴黎参加时装周，这次回蓉北则是为了出席某企业的庆功宴，因为之前戚夕屈尊降贵为那家企业的老总夫人和千金设计了两件衣服，今天对方特意给她递了帖子。

濮玉在酒店门口放下她，准备开车回家，一回身发现戚夕把手包落在座位上。她摇摇头，找地方把车停了拿着包进去找戚夕。

这家酒店听说是上个月才开业的，濮玉第一次来，在三层转了一会儿才找到戚夕那间芙蓉厅。绕过一个端酒盘的侍者，濮玉走进门。芙蓉厅的灯光很好，取的是暖金色，照在厅里的人身上，平添一种富贵。

濮玉远远看到戚夕在房间一头和人说话，样子淑女，她想到刚刚还和人竖中指的戚夕，忍不住笑了。濮玉盘算什么时间过去给她送包合适，丝毫没察觉身后早站了个人。

濮玉的背影让濮稼祥想起上次见她是七年前，在德国。一个是落魄的亚洲少女，一个是中国西北有名的玉石商人，那时候濮稼祥就不愿承认她是自己的孙女，这点在七年后依然没变。

"濮玉。"他低低叫了一声，等濮玉回过头，濮稼祥举起手掌朝濮玉挥了下去，"你个不孝子。"

"啪"一声的巴掌响在有钢琴演奏的芙蓉厅里并不突兀，只引起附近几人的侧目。濮玉摸摸脸，应该很快就肿了吧，她看着濮稼祥，微笑："你上年纪了，巴掌打得都没几年前有力了，爷爷。"

濮玉的一声"爷爷"在濮稼祥听来尤其刺耳，他别过脸："你回国不回家我就当濮家没你这个人，可我听说你又和姓林的那个流氓头子混一起，这绝对不行，你这么做，让把你养大的易坤夫妇心寒，也让我脸上无光。"

濮玉腮帮子开始疼，她揉揉："爷爷，你脸上的光恐怕从把我送去易家时早没了吧？"

"你！"濮稼祥气得胡子飞，他又举起手，却被旁边跟着的刘叔劝住。刘叔跟了濮稼祥几十年，知道濮家这些事情的因果，也是濮家上下濮玉唯一喜欢的一位长辈。

他朝濮玉压压手："董事长，大小姐才回国，肯定想家，咱们回家再聊吧。"

第十五章 朱丽叶

濮稼祥冷哼一声"不孝子",又看看四下里,这才拄着拐杖离开了。刘叔走到濮玉身边:"大小姐,董事长是想你了,你别介意,跟他回去陪他聊聊天,过几天就好了。"

濮玉几乎笑出声了,他从没把自己当过濮家人,一直以来她就好像长在濮稼祥身上的肿瘤一样,想切除,却忌惮切除之后的后果而不能下手。爷爷怎么会想她?

不过即便如此,她还是答应了刘叔的请求。濮玉把戚夕的手包交给一个侍者,吩咐他两句话后离开了芙蓉厅。

在芙蓉厅外遇到林渊倒真让濮玉意外,林渊当时正在和身旁人交代什么,见到她,微怔几秒后挥手赶走了人,朝她走来。

"谁打你了?"

"别告诉我这里也是你开的。"他们几乎同时开口。

"老爷子打的,因为你。"

"朋友的,我参股。"两人又是同时开口。

濮玉笑了,林渊没笑,他想说什么,却被一旁的刘叔打断:"大小姐,董事长在等你。"

如刘叔所说,濮稼祥真站在几米外的电梯口看着他们这里,一脸怒色。

濮玉耸耸肩:"林总,我再和你说话就真有生命危险了。"她转身迈步,背对着林渊摆摆手,示意再见。她和林渊间的确心存芥蒂,不过如果能让老爷子再气一点,她不介意暂时性地把芥蒂化干戈为玉帛。

濮稼祥的确生气了,一回家直接把濮玉关进二楼她的房间让她反思。反思吗?那就反思呗。

夜晚,濮玉搬把椅子坐在阳台上,数天上星星,楼下有片花园,种的玫瑰在夜幕下含苞待放,夜风不时送来青草香。濮玉抱住肩膀,突然想到花园去坐坐,她朝下面望了一眼,挽起裙角,打算从阳台上翻下去。

男声从花园不远处的围墙外传来,声音清朗迷人,是Sean,他拿着腔调,一字一句抒情:"因为我在这夜色之中仰视着你,就像一个尘世的凡人,张大了出神的眼睛,张望着一个生着翅膀的天使,驾着白云缓缓地驰过了天空一样。"

她站在阳台上,成为朱丽叶,阳台下仰望的那张面孔,却并非濮玉的罗密欧。不过这有什么关系,濮玉真撩起裙角,翻身爬下阳台:"Sean,等我下去找你聊天。"

第十六章　小时光
【人总是在接近幸福时倍感幸福，在幸福进行时却又患得患失。】

　　林渊从巴黎回蓉北时，一个跟他的小弟有天突然念了一句话：当一个人老去的时候，他经常就会回忆。那是本小说里写的，林渊当时觉得老气横秋的感觉。
　　可当三十岁的林渊站在濮家花园外的树丛里，手里燃着一支烟，看着不远处玫瑰花丛后他的女人依偎着另一个男人说心事时，他的回忆永远开始在和濮玉第一次相遇时。不是在遥远的异国巴黎，而是在更早的蓉北城。那年，林渊七岁，是蓉北街头最小的混混，濮玉五岁，是蓉北天使孤儿院里正往外翻墙的花脸小姑娘。

　　农历七月初七，情人节，林渊和街拐角瘸子的儿子打了一架。瘸子的儿子比他大五岁，高他两头、壮他一倍。是林渊先动的手，因为瘸子儿子说他是"蓝眼睛的妖怪，没人要的野种，跟着要饭花子的小要饭花"。
　　他是有双蓝眼睛，他没见过父母，可他不允许别人说冯爷爷。冯爷爷七十多岁，每天靠要饭把他从襁褓里养到现在这么大。所以在瘸子儿子掐着腰朝他趾高气昂时，他直接一拳揍在了瘸子儿子脸上。
　　爷爷说过，男子汉可以没有好的家世，但不能没有做人的骨气和气势。
　　林渊靠在墙角，黑暗中摸着自己肿成猪头的脸，嘴都没咧一下。他吐掉嘴里的腥，打算起身找个地方睡觉。晚上九点，天在打雷，眼见一场雨将至，他坐的这个路段连灯也没有，四周黑漆漆的。林渊扶着墙站起来，突然听到矮墙根儿上有窸窣衣服声。他眯起眼，看着墙头的那只小手，伸上来，落下去，再扒上墙头，再落下去，几个来回。
　　林渊往不远处的正门扫一眼，心里了然：孤儿院，看来又是个想逃跑的小孩。
　　嘴里又是一阵腥，他拿舌头探探，发现竟被瘸子儿子打掉颗牙。
　　"倒霉。"他把那颗牙连着血水吐得老远，几步离开，不打算管墙头那边出逃孩子的闲事。可还没走出两步远，林渊又站住了，他听到墙那边一个小小的声音奶声奶气地说："才不信我出不去。"
　　林渊没见过濮玉，但因为那句话，他脑子里有了一个鼓着腮帮子样子执拗倔犟的小丫头模样，也是因为这个藏在自己脑子里的脸，他改了主意。

第十六章 小时光

这是濮玉第三次尝试从小黑屋里逃出来，天使孤儿院里根本没有天使，她不想再在这里待了，她想回家，虽然她不知道自己的家在哪儿。可为什么都这么久了，自己还是翻不出这面墙，她明明看到小胖一跳就出去了。

"才不信我出不去。"手心被墙砖磨掉了皮，濮玉也没哭，在衣服上抹了两下，继续爬，可是墙怎么那么……濮玉鼓着嘴正往上伸腿，手上突然多了一股拉力。

"想翻墙出走，先把个儿长高点再说。"濮玉只觉得自己是忽悠一下就出了墙的，骑在那人身上，她心里想：这个小哥哥也没比我高多少嘛。

濮玉想的时候，林渊也在后悔自己多管闲事，他皱着眉推濮玉："你个儿不高，怎么这么沉，压死我了。"

"我才不沉呢。"濮玉年纪小，却知道胖不是好事，手忙脚乱地否认着往林渊身下爬。可惜四周没灯，濮玉的巴掌直接按进林渊嘴里，碰到伤处，林渊疼得直吸冷气。"那是我嘴！"

终于濮玉爬下去了，林渊拍掉身上的灰直接黑脸走开。

开始时濮玉只是想跑出孤儿院就能回家，可她发现外面是和小黑屋一样的黑暗，不同的是天上多个月亮，地上多个小哥哥。

"小哥哥。"她蹭蹭脸，追在林渊后面，也不管他根本没理自己。

林渊从街这边走到马路对面，再弯进小巷，听到身后的脚步声变得凌乱，直至最后濮玉一跤跌在地上他才停住脚。林渊回头："干吗跟着我？"

"我想回家。"上天给了濮玉漆黑的眼睛，她拿漆黑的眼睛看这片漆黑的恐惧。

"我不认识你，更不认识你家。"白天打的那架消耗体力，林渊现在只想找个地方好好睡一觉。他以为把话说清楚就能摆脱这个麻烦精，谁知道濮玉直接撇嘴，哇地哭出来："小哥哥，我怕黑！"

深巷尽头，月光被遮在高楼背后，林渊头疼得最后只能过去拉她的手。

那时候，蓉北正进行旧城改建，城市有很多建筑工地。城西一处工地的水泥管里，林渊忍着脸疼，看趴在自己膝头流口水的小丫头，有点手足无措。

"口水怎么这么多？"等那摊小溪一路蜿蜒到某个关键部位时，林渊皱着眉，决定把她推开。手到一半，改了线路，他眼睛眯起，一下捏住在小丫头脸上喝血到饱的一只蚊子："不只口水多，反应还迟钝，这么大只蚊子咬你都没感觉。"

他捏死那只倒霉蚊子，也没再挪动小丫头。那夜，濮玉一夜好睡，林渊赶蚊子一夜。

小丫头说她叫濮玉，她也没见过爸爸妈妈，她贴着林渊耳朵说："小哥哥你可以叫我玉儿。只有和我关系最好的文文才能叫我玉儿。"

于是从那刻起，林渊单方面地"被成了"濮玉关系最好的小哥哥，虽然只有一天。

第二天，林渊拿身上仅有的一块钱买了两个包子回来，水泥管里早是空空如也。后来他知道，那个玉儿被孤儿院找到带了回去，再后来冯爷爷车祸去世，他被叶淮安带回家，再后来他留学去了巴黎，在绿树红花的巴黎校园里重逢了当年肥嘟嘟又怕黑，睡觉还会流口水的濮玉。

只不过当时的濮玉已经成了易家的养女，易维琛捧在手心的人，身份的转变让她成了林渊要忌恨算计的人。都说人在接近幸福时倍感幸福，在幸福进行时却又患得患失。可对林渊而言，幸福似乎真从没关照过自己。

午夜三点，他亲眼看着Sean把濮玉推上二楼，再看濮玉招手把他也拉上二楼，卧室的灯亮了再灭了。他以为Sean是濮玉拿来刺激他的随便一个人，不过现在看来真的未必。

"玉儿，我在地狱，怎么能让你一个人留在天堂。"吸完最后一支烟，他扔掉烟头，烟火在地上滚了两圈，最后死亡在玛莎拉蒂飞驰而过的车轮下。

清晨的濮家始于濮玖的一声尖叫，濮玉卧室门前，濮玖盯着和堂姐一同开门出来的Sean，惊得脸都白了。她"啊"地叫了半天，直到楼下传来濮稼祥的呵斥声才意识到自己失态，捂着嘴"噔噔噔"跑下楼。

Sean隐约听着楼下濮玖"濮玉藏了个野男人在房里"的小报告声音，揉揉自己的脸："Aimee，有长我这么俊的野男人吗？"

"少臭美，记得我收留你一晚是为了什么。"濮玉手肘杵了Sean一下，"我下午和人约了要见，帮我搞定老头子。别让我出不去门。"

"Aimee，你确定我昨天不是被你强留的？"Sean眼睛眯起好看的弧度，把濮玉满满融在眼底。

"少贫了。"濮玉朝楼梯指指，下面隐约已经传来脚步声："你快点下去灭火吧，不然老头儿上来我就得先被当成火给灭了。"

Sean赶在濮稼祥上楼前把他堵在客厅里，听着楼下其乐融融的对话声，濮

第十六章 小时光

玉脸上的笑容渐渐敛起。她姓濮，不是私生女，有着名正言顺的身份，却被整个濮家厌弃，在这栋大房子里，她还比不上Sean受待见。

看着现在这种境地濮玉真想笑，她留个男人在家过夜，就因为那人是家里给她安排好的未婚夫，一家上下就笑脸相迎。濮玉真想知道，如果从她房里出来的是别人，那她是不是会直接被自己那个爷爷还有她的叔叔弟弟妹妹直接放进猪笼里浸了？

沉浸在这个问题里的濮玉，直到濮稼祥叫她第三声时才回过神，她放下牛奶杯，面无表情地问："你说什么？"

濮稼祥脸色不好，可Sean在场他又顾忌，压了半天火气他才说："哪天安排个日子，和亲家见面，筹划下你们的婚事。"

濮玉拿纸巾擦擦嘴："就这事？"

"把你那份工辞了，抛头露面、唇枪舌剑的，丢人。想工作，回家来，芙蓉里随便安排你做个经理。"

没等濮玉回答，濮玉的两位叔叔先开了腔。

"爸爸，公司一个萝卜一个坑，哪养得了那么多经理。"濮玉的三叔平时没甚爱好，就爱女人，女友天天换，却担心家族生意芙蓉里被濮玉分一杯羹。二叔比三叔奸猾，他没直接表示反对，只是低声说句："濮玉不大喜欢做玉石生意吧。"

"爷爷，理由二叔三叔都替我说了。另外，我和Sean现在的状态我俩都很喜欢，结婚的事我们自己会安排。Sean一会儿有事，我们就不打扰你们用早餐了。"濮玉起身，挽着Sean的胳膊离开。濮家大门关上时，隐约有碗碟破碎声传来。

"Aimee，你真没想过和我结婚吗？"清早，马路上车辆不多，红色悍马几个加速就驶过两个路口，遇到第一个红灯时，Sean突然说了这句。

"Sean，我现在嫁谁都是贻害后人。"一个就一年命的人嫁人可不是贻害后人吗？何况她就算要害，也是要害那个人的。

红灯过，悍马一个冲刺，划出一抹红影，很快消失在马路尽头。

第十七章 Susie

【这个世界上肯定有另一个我，做我不敢做的事，过我想过的生活。】

杜一天看下表，离约定时间过去刚好十分钟。他抬头朝对面偷偷打哈欠的人笑笑："老秦，濮玉大概路上耽误了，不如我们先开始？"

秦中瑞这个教务处主任最近一个礼拜就没闲过，忙完院系颁奖，就碰到教委突检四六级考场秩序，好容易昨天六级考结束，送走各级领导，他看到站在自己面前的杜一天时，一拍脑门才想起来自己托了老朋友来学校做演讲。

秦中瑞也看下表，五点十分："你确定不等她，她不会和咱俩炸毛？"

杜一天摇摇头："她不是那样的人。"

杜一天说完，突然起身走向窗台。主任办公室的窗子刚好对着校园主干道，长长两道槐树的尽头，一抹红正朝他这个方向快速逼近。

悍马的车风吹扬起路旁走过女学生的裙角，女生的尖叫和男生的口哨混在夕阳的余晖中，散发着青春的味道。杜一天往下一指："这不是来了？"

濮玉没进楼，就被迎出来的杜一天和秦中瑞带往演讲地点。她边整理裙角边和秦中瑞开玩笑："老秦，请我俩就不怕教坏你学生。"

演讲地点设在蓉北大学的多媒体报告厅一楼。濮玉跟着杜一天到时，看到门口的宣传牌上写着：

周二演讲内容《中国知识产权的前景展望和研讨探深》

主讲人：永盛律师行金牌律师杜一天、濮玉。

101教室门口站了许多没捞到座位的学生，满当当地堵住门口，濮玉见了朝秦中瑞吐舌头："老秦，按班级均摊人头参加讲座，你好歹给人家弄个座啊。"

秦中瑞一拍胸："天地良心，蓉大法学院的学生盼你们这场讲座很久了。"

濮玉微笑，凭杜一天在律政界的名声，这样的场合倒真不夸张。至于她？无名小卒一个，有谁会盼呢？

演讲还有几分钟开始，濮玉和杜一天被安排在旁边的休息室等。杜一天喝口水，随口问："你从不迟到，今天怎么了？"

"Sean医院出了点状况，我不放心他，在那里多耽搁了一阵。"濮玉摸着中指，听头顶挂钟嘀嗒嘀嗒地走。

"Sean？你研二时总去学校找你的那个？"

濮玉点头："一直没和你说，我和Sean订婚了。"

挡箭牌自来没有特定是针对谁的，她不想再让杜一天有什么想法，所以Sean只得再次登场。

濮玉却没想到杜一天会临阵撂挑子。

演讲本来分两部分，先是他上去讲一些国内关于维护知识产权法律法条的现存缺陷和可发展的前景，再由濮玉做延伸分析。可杜一天突然不讲了，这两部分就都落在濮玉肩上。

她为难地看杜一天，杜一天也为难地看她，然后指指嗓子。意思像是：突然失声，他也没办法。

没办法，濮玉只得硬着头皮站上了讲台。她吸口气，看了杜一天一眼："同学们，首先请你们原谅我今天要代替你们期待已久的杜一天杜大律师陪你们度过接下来的时光，老虎也有打盹的时候，你们的杜大律师昨天刚刚打赢一场官司，所以现在他的嗓子突然打盹度假去了。"

濮玉做了个勒住脖颈的痛苦表情，自然而然把台下的嘘声化成掌声。

她松口气，调整下话筒位置："杜律师这个例子告诉我们两件事，同学们知道是哪两件吗？"

"律师的身体也不是铁打的！"一个站在门口的男学生起哄说，没想到竟得到濮玉的肯定，她点点头："这点的确是，律师也是人，也会生病，只有把自己的身体保护好，你才有可能维护正义。"

她说完，竟像真爱惜嗓子似的拿起桌上摆的矿泉水喝了口。要知道，这种小型演讲时的矿泉水多半是摆设，没几个人真会喝。学生以为濮玉是没话讲了。

濮玉低着头，不介意台下渐起的议论声，对着话筒继续："这个例子告诉我们的第二件事是，律师是个艰辛非常的职业，这起案子结案只在一天，却是之前开庭十二次，取证二十余次，辗转近一年才有的结果。做律师，首先要记住的是，正义同样要靠汗水堆积起来，并不只是看谁牙尖嘴利。"

很久没站在这个位置，濮玉说了很多，她说了英美法系同大陆法系的不同，她说了同一个案例放在美国打你要把类似案例类比分析给法官听，在中国你只有把证据板上钉钉拍在法庭上才有可能打赢官司。

第十七章 Susie

多媒体教室里散发着百合幽香，一张张稚嫩脸庞一下把她带回在德国求学的日子，那段虽然艰苦却最踏实的日子。

"最后，我想把我的老师送给我的一句话送给大家——立法者三句修改的话，全部藏书就会变成废纸。而我们就是要在废纸中找希望的人。"

三秒钟沉寂后，掌声雷动。濮玉的脸微红，她准备下台，却被秦中瑞拦住："还有提问环节呢。"

他朝濮玉眨眨眼，这个只算得上和他半个同校的师妹真是让他意外了。

濮玉忘了这茬，只得回去做她的俎上之鱼。同学问的问题比她想的中规中矩，这可能要感谢于她女性的身份。终于到了最后一个问题，话筒传到第三排一个女学生手里，她正要问，从侧门人群中突然传来一个女声："都说律师最公正的就是心，如果爱人犯了错，你会原谅吗？"

那个声音让濮玉怔了一下，但她很快就恢复常态："那要看他犯的是什么错。"

杜一天的嗓子等到活动结束时就"奇迹般"好了，不过濮玉倒不想追究那个。趁着杜一天陪秦中瑞和蓉北大学几个活动组织者谈话时，她的眼睛正掠过久不散去的人群找着谁。

如果世界上没有声音百分百相同的人，那她几乎能肯定，问她最后那个问题的人是Susie，Dr.Robinson的大弟子，巴黎校园里唯一让她惴惴不安于她和林渊感情的女人，也是她同林渊分手后自己亲眼看到又和林渊在一起的女人。

如果说这次回国，一切都在濮玉预料中的话，那Susie的出现，绝对成了唯一的变数。

Susie没找到，秦中瑞先把濮玉拽了过去。濮玉盯着一圈笑眯眯看她的人，心里突地一跳："我是被谁卖了吗？"

"没有，没有，就是老杜把你委托给我，再到我们学校做一学期的客座讲师。"秦中瑞眼睛都要笑没了。

濮玉眼睛眯起来："学长，还真把我卖了？"没记错，事前蓉大的讲师意向本来是杜一天。杜一天一手拍着濮玉肩膀："律师行的业务杂，我看你最近身体有些吃不消，脸色一直不大好，正好分出去些业务，再到蓉大这边换换环境。"

"那学长认为我分哪些业务出去合适呢？"濮玉似笑非笑。杜一天加重他在濮玉胳膊上的力道，不动声色凑近她耳边："连订婚戒指都不戴的未婚妻，濮玉，你这个挡箭牌找得不称职。我一直都没放弃。"

他松开濮玉，爽朗地朝身旁一群学生干部大笑一声："况且你现在比我受欢迎得多。"

"是啊，濮老师，你就来我们学校给我们讲课吧，你讲的比法学院的老教授有趣多了。"离濮玉最远的一个女学生大声说。濮玉有些哭笑不得："法学院的老教授听到这话可不会像我这么受用。"

没出校园的学生无论再怎样总有种没被世俗侵染的单纯，于是因为那个女学生的一句话，濮玉最终答应了这个差事。

夜晚的蓉北城总静谧在西城区学院路的沉寂，苏醒于东城区的一片灯火阑珊、月光明明之中。苍南兰庭二楼东首的包房门口，打着红领结的领班弓手而立，不时驱走不明情况来这边打野食的女人。

林渊在包房里坐了整天，面前桌上七七八八摆了一桌酒瓶，空的。屋里并不安静，墙上的背投电视循环在梁静茹那首《可惜不是你》上。

Susie推门进来时，忧伤女声刚好唱到那句："可惜不是你，陪我到最后，曾一起走却走失那路口，感谢那是你，牵过我的手，还能感受那温柔。"

"我的手一直都在，就是不见某人牵啊。"暧昧的紫色灯光下，Susie对着灯照照今天新做的指甲，美甲店老板的建议，水晶粉，的确显得活泼，就是放在自己这个三十二岁的女人身上，有种青春被老葱霸占的沧桑。

林渊眼睛有些红，抬起来看了Susie一眼，说声"来了"就又低头端起酒杯。Susie一屁股坐在他身旁，夺下酒杯："Lin，为一个女人至于这么伤害自己吗？"

"谁说我是为了她？"林渊手一转弯，酒杯又回了手里，"我是在想什么时候对易家动手合适。"

Susie端详仰头喝酒的林渊，他领口开着，从脖颈开始露出一片肌肤一直延伸到暧昧位置，不得不承认，他一直是让她心动的男人。Susie理理裙角，把腿盘成淑女坐姿："现在就合适，我让朋友查过，易家有间工厂就在你和宋都合作的那块地皮上，那家厂的制作量占了易家产量的20%，拿下他，够易老头肉疼一阵。不过，Lin，你确定要这么做？她迟早会知道，知道的话……"

"她已经恨我，我不在乎多恨一点。"

Susie笑了："我今天去蓉大办事，还真见到她了，我就问她会不会原谅你，知道她怎么回答吗？"

"怎么……"林渊刚开口，一股血腥气沿着喉管直接冲了出来。

Susie吓了一跳，去扶林渊的瞬间，她脑子里想起句话，这个世界上肯定有另一个我，做我不敢做的事，过我想过的生活。
　　林渊和濮玉明明相爱，明明能拥有她可望不可即的幸福，却因为彼此的恨不能在一起。是了，濮玉知道林渊恨易家，可恐怕只有Susie知道，林渊最初也是恨濮玉的。
　　包房很快空了，布满血渍狼藉的地毯上方悬浮的只有梁静茹若有似无的歌声。

　　　　可惜不是你
　　　　陪我到最后
　　　　曾一起走却走失那路口
　　　　感谢那是你
　　　　牵过我的手
　　　　还能感受那温柔

第十八章 那一天

【当谎言的袈裟被掀开，下面的真相总是血淋淋的。】

林渊在消毒药水的味道中醒来，外面的天还阴着。都说人的情绪会随天气变化，林渊却把这场大雨当成老天爷看出了自己的不爽。

门从外面推开，百合的清香混着雨水和泥土的味道刺激他嗅觉，林渊胃部又一阵抽疼。Susie走到床边拿花瓶插花，她肩上发梢都沾着雨，湿漉漉的和花瓶里的白百合一样。她余光看到皱眉的林渊，冷哼一声：" Lin，你可真有出息，为了个女人就把自己喝成胃出血，如果哪天濮玉和那男的结婚，我是不是要做好你直接胃穿孔的准备？"

"蒙里来了？"

"来了，被我打发走了。医生说你这次情况很危险，需要静养，你那个小公司交给他两天倒闭不了。"

林渊被Susie说笑了："好歹也是个资产几十亿的'小公司'。"

Susie想笑，却忍住了，她俯身蹲在林渊床边，拉起他的手："Lin，我喜欢你这么多年，你不喜欢我不要紧，你最后和谁在一起也不要紧，但濮玉真的和你不合适。"像是为了证明她这个论断，Susie咬着唇，像是下了很大决心后才说："我刚刚在楼下看到濮玉和她那个做医生的未婚夫一起去了妇产科，我想濮玉她是不是怀孕了……"

林渊知道，濮玉不可能怀孕，泰国的那次流血事件直到现在他还记忆犹新，所以他发现，有什么地方不对。

林渊不顾Tina阻拦闯进办公室时，濮玉正抱着杯热咖啡暖肚子。

七月的蓉北，两天暴雨过后，迎来一个欢快照耀的大太阳。屋里没开空调，林渊从门外进来感觉到明显的冷热温差。

濮玉喝着咖啡看资料，明天是叶淮安离婚案的第二次开庭审理，前天她就接到了法院通知开庭时间的电话，这个时间见到林渊，她多少有些意外。自己好像已经几天没见他了，这时看林渊，人瘦了些，衣服也没往常那样整洁，只是蓝眼睛依旧明亮。

她朝为难的Tina挥挥手，要她出去。房间恢复两人状态，濮玉抹了抹额头的汗，也觉出房间的热。"林先生来是要关心叶先生明天的案子呢？还是世邦同宋都的合作进度呢？如果是离婚案，开庭审理，你可以到现场观摩。如果是合作案，抱歉，律师行里安排了我其他任务，这个案子现在我不参与了。"

　　"濮玉，你最好和我解释下这是什么。"蒙里把资料交到他手上时，林渊的大脑整整空白了一分钟，接着他想也没想直接开车冲到了永盛濮玉的办公室，而今天，他才刚出院。

　　濮玉放下杯子，指尖压着林渊丢来的那张纸滑到自己面前。一份医检报告，名字是她濮玉的。她的病还是被他知道了。

　　她收回手，手交叠在桌下："我还不知道林先生什么时候有做侦探这种好兴致了，我……"话没说完，她直接连人带椅子被林渊推到身后墙面。

　　臂弯的狭小空间里，林渊的气息清晰暧昧，这让濮玉的呼吸开始艰难。对视几秒后，她先放弃，濮玉肩一垮，放下防备："好吧，我病了，还有一年的命，林渊，我就快不能碍你的眼了。"

　　"濮玉，你还不说实话吗？"他的手捏上她肩膀，生生要嵌进去的力道，濮玉心一突，那件事终究还是被他知道了，也是，林渊想知道的事情，又有什么瞒得过他呢。

　　她闭起眼，努力压住眼睛里的热："我曾有过你的孩子，死在出生那天。"

　　林渊的脸片刻怔然，抓住濮玉胳膊的力道也小了许多。迷茫的表情第一次出现在他英俊的脸上时，濮玉听到他的声音："什么时候？"

　　"五年前，八月十六。"濮玉笑容成了僵硬，她总忘不了那天，自己躺在手术台上，九死一生，下身疼的早不是自己，孩子出来后半天没声息，过了好久，那个德国医生才告诉她。

　　孩子走了。

　　谁说回忆是没感知的，每每触及那段记忆，痛苦就像来自地狱般狠狠啃噬她的心。白色的医院，白色墙面，白皮肤的日耳曼医生留给濮玉的是段属于血淋淋的记忆："孩子长到三个月时，我发现得了这个病，医生要我拿掉孩子再开刀，可我舍不得。我就想啊，再坚持一下，就一下，等孩子生下来再说其他。后来孩子没了，我的病也没办法了。"

　　"不过也没什么，这一切都是我自作自受，明明知道你是为了报复维探才和我在一起，还执意生下你的孩子，不知这是不是每个陷入爱情的女人都会犯的偏执。"

"如果不是我发现,你是打算瞒我一辈子?"林渊的手虚弱地抓着濮玉的胳膊,再没一点力道。

"林渊,我的一辈子就只有一年了,瞒不了你多久。"

"濮玉,你真狠。"

"我们彼此彼此罢了。"

林渊没再说什么,转身离开,走到门口时又转身:"男孩儿女孩儿?"

"女孩儿。"濮玉愣了下,反应出他在问什么,她低下头,"六斤四两,如果活下来会是个健康的孩子。"

Tina站在门口犹豫着该不该现在把文件给濮玉送进去,门从里面被打开了。

"林先生,你走了?"她往旁边闪身,刚好看到林渊发青的侧脸,"林先生,你……"

Tina本来想问林渊是不是不舒服,可话都没说完,林渊已经走出去老远了。她摇头放弃,回身敲开濮玉的门:"Aimee,三组送来的资料……Aimee,你怎么了?"

Tina扔掉资料,几步绕到办公桌后面去拉趴在桌上埋着脸的濮玉。在Tina眼里,濮玉从来是干练的女强人形象,她从没见过哭泣的濮玉,潜意识里Tina觉得出事了,而事还和离开的林渊有关。

"Aimee,是那个姓林的欺负你了吗,亏我刚才还让他进来,下次再见他,我见一次,打一次!"

濮玉擦擦眼角的泪珠,在Tina胳膊上轻轻打了一拳:"谁欺负得了我,Tina我是胃痛,你能帮我买块码加朵的抹茶蛋糕吗?"

胃紧贴着心脏,每次濮玉心疼得受不了,她就拿甜食把胃填满,再把那些心疼挤得烟消云散。这个办法屡试不爽,如同濮玉一样百折不挠。

目送走Tina,濮玉拿着手机起身走到窗边。十三楼的高度并不足够览足这座城的全部风光,濮玉的视线被百米外两栋高楼拦截,更远的风景在水蓝色的玻璃楼体背后戛然而止。楼下是条城市主干道,日日如一的交通艰涩,濮玉这通越洋电话倒顺遂许多,2号快捷键按下没多久,那边就传来了温厚的声音:

"Aimee,你打来得刚好,亚斯刚睡醒。"

"言太太,麻烦你了。"

接下来电话那边一阵沉寂,过了一会儿,一个干净的童声传来:"妈妈?"

"亚斯，想妈妈吗？"上次和儿子通话是半个月前，要做的事情太多，想抽个时间和儿子通话都是艰难。

"想。妈妈，你见到爸爸了吗？"

"见到了。"

"妈妈，那我是不是快见到爸爸了？"

"嗯，很快。"

"很快有多快？"

小孩子要的答案总要求得很具象，濮玉敲着手边的圆形玻璃缸："亚斯，言妈妈最近给你称的体重是多少？"

那端沉默，濮玉想象得到自己五岁的小儿子咬着手指，回忆他的言妈妈每周给他测算的那些数据时候的可爱样子。她不急，也不催，等了一会儿，亚斯说："妈妈，叶妈妈说我有10公斤了。"

"是吗？"濮玉打个哈欠，掩盖住想哭的冲动。她怀的是双胞胎，知道女儿没的时候她都有死的冲动，可医生说，她的儿子活着，虽然和正常小孩有点儿不同。濮玉掩着嘴，对大洋彼岸那端轻声道："亚斯，等你再长五斤，妈妈就带你去见爸爸好不好？"

"好啊！"濮玉听见儿子的欢呼，以及亚斯问言太太要点心的声音。

亚斯出生时只有不到四斤重，小小地躺在保温箱里整一个月，一个月后濮玉第一次亲手抱了儿子，也被告知由于她孕期的营养不足和过度操劳，外加怀的是双胞胎，亚斯的腿部发育不良，这辈子有可能都站不起来了。

那些日子过去了，濮玉从不再回头去想，她是个习惯朝前看的人，虽然前路未必比过往顺遂几分。

她拉把椅子坐在窗前，下午的阳光炽热，隔着玻璃依然照得皮肤刺痛，濮玉想象此时她坐在法兰克福棕榈树公寓供游人休憩的长椅上，旁边坐着亚斯，他手里可能拿着棕榈树公园的景点介绍，或者是块小点心，棒棒糖之类的，还或者是公园管理员送的任一纪念品，远处是片玻璃花房，里面种了许多他们没见过的植物，法兰克福的阳光刚好照在他们脚下，拖出道长长阴影……

那是濮玉心里最幸福的画面。

"妈妈，爸爸知道我不能走路吗？"

"妈妈还没告诉他。"

"那爸爸知道会不喜欢我吗？"

"不会，爸爸会把亚斯举到头顶，然后告诉亚斯的小朋友，说这是我儿子。"

今天是叶淮安离婚案第二次开庭的日子，濮玉第一次见叶淮安，一米七的个头，不高，但是个长相精神的中年男人。

他们是在法院门口做安检时遇上的，濮玉正在和一个像是新来的工作人员解释什么是律师免检权。

"律师持律师证进法院，享有不被搜查的权利。所以你无权对我进行搜查。"濮玉朝年轻的工作人员又出示下自己的律师证。可对方并不买账，依旧拦着她不让进门："主任说了，无论是谁，只要进这个门，就得检查。"

两方僵持时，叶淮安突然出声："濮大律师急着进去打官司，可别忘了带你的当事人。"

濮玉抿着嘴看叶淮安，自己没说话。她和叶太太约定九点在中院门口见，现在是九点零五分，叶太太的确迟到了。

她也疑惑。

手机在这时响了，是条新信息："叶淮安发了些东西给干妈，她今天不会去了。L。"

第十八章 那一天

第十九章　在一起

【我走过无数的桥，看过无数的云，喝过无数种类的酒，却只爱过一个正当最好年纪的人，我应当为自己感到庆幸，可有天我发现，这是我最大的悲哀。】

濮玉今天有些诸事不顺。

林渊的短信在十二点中院结束上午全部三场庭审后得到验证，濮玉仰头看太阳穿过绿叶，她成了蓉北为数不多被委托人放鸽子三小时的傻子律师之一。

她试图联系过这个消失的当事人，可得到的永远是电话里机械女声不骄不躁的回答：对不起，你拨打的电话已关机。叶淮安一直没走，坐在门卫休息室里看着濮玉站在太阳底下打电话，看笑话的意思明显。

十二点过五分，濮玉挂掉一通电话后走到门卫室窗前。太阳很大，照在窗台摆的君子兰上，红绿分明，她拿手遮着眼睛，对阴凉里跷着腿的叶淮安说："叶先生，我和法院提出了延后开庭的口头申请，书面程序后续我会补交，等我联系到我的当事人，法院会再择日开庭，我们到时候见。"

她转身离开，叶淮安在背后有些气急败坏："濮律师，做人要识时务，她都不告了，你瞎积极个什么劲儿！"

濮玉把公文包换只手拿着，掏出车钥匙，试着遥控停在远处的车子："只要叶太太一天不到我这里亲自取消代理，我就要做好我该做的事。"

车子停在公司楼下时，濮玉还在想叶淮安用了什么手段、把他老婆逼到哪儿去了，可出了十三楼的电梯，她就没时间更没那个精力去想这些了。

一群穿着破烂衣服的人堵在永盛门口，手里挥舞着棍棒，濮玉还没弄清怎么回事，头上直接挨了一下。

"所以说是有人冒用永盛的名在外面收了人家农民工的代理费？"护士拿棉花蘸了酒精擦拭濮玉额头的伤口，沙沙地疼，濮玉一咧嘴，但庆幸的是，这次没持续出血。

杜一天点点头。

趁着护士转身拿下一块纱布的空当，濮玉拿出包里的镜子边照边嘀咕："完了，本来就长得不好看，这下彻底毁容了。所以说我们几个是替那个骗子挨的这顿打?"濮玉转换话题的速度和护士小姐更替纱布的速度一样快,濮玉又是一咧嘴。

"是。"杜一天手插着口袋看她换药,其实他今天也被人揪住给了几下,只不过已经凌乱的衣着由于他从容的表情少了几分狼狈。"不过不算白打,算工伤。"

"必须算的吗?回家我得找找,上次被戚夕她同学忽悠着还买了份意外伤害险。这种时候,律师更要拿起法律武器维护自己的权益!"护士换好药,濮玉从座位上起身,又打开镜子照照额头那块白纱布,摇头:"我从没想过律师还是高危职业,毁容了……"

"毁了也好看。"杜一天突然拉住濮玉的手。

医院急救室,十几平房间里还有永盛其他两名员工,他们是被那群农民工虚张声势弄伤的,伤得倒比濮玉这个被误伤的轻许多。杜一天回头对另一个跟来的负责人打声招呼:"小强,我先把濮玉送走,他们两个就交给你了。"

被叫作小强的男人正帮同事拿衣服,背对杜一天说句"OK",连头都没回,自然也没看到被杜一天拉着手的濮玉的红脸。

出了急诊室大楼,外面的天已经黑了。第一医院正门对着蓉北的城市主干道,晚八点,对面马路的LED显示屏上播出一部电影的广告宣传,男女主角衣着清新靓丽,是部爱情文艺片。显示屏下面是几栋商务写字楼,再往后走一条街就是蓉北最大的商业街。

濮玉站在医院门口的广场上,任凭杜一天拉着她,指指面前的车水马龙:"老杜,我发现件有趣的事。"

"什么?"

"现在的医院都建在城市最繁华的地方,知道为什么吗?"

杜一天抿起嘴看濮玉:"交通便利?"

濮玉摇头:"是为了让那些快死的人最后多看眼一座城的风光和繁华。老杜,你很好,可我们不合适。"她抽回手朝他微笑,"我只有一年的命了。"

濮玉打车回家。楼下停着一辆宝马X5,濮玉付好计程车的钱,看着车尾灯消失在小区门口,这才走到X5旁边,敲敲车窗。

戚夕滑下车窗,直接给了濮玉一拳。

戚夕朝开走的宝马挥手后走到楼下搭上濮玉的肩膀:"有心事?"

"你不也是?"

公寓电梯口灯光温暖，戚夕紧紧盯了濮玉三秒钟后长舒一口气："好吧，我遇到顾小平了，他和个女人在一起，我心里不是滋味。"叹口气，她推推濮玉，"蛔虫，说说你，什么个情况，脸都挂彩了。"

"电梯来了，进去说。"

濮玉推开门时，也和戚夕交代完自己倒霉一天的全部，她头疼的是去哪儿找叶太太，可戚夕关心的却是另外一件事："你个大笨蛋，Sean那么好你不要，现在来个杜一天，你又把病的事告诉人家，濮玉，你不会真想和那个林渊旧情复燃吧？"

"我活不久了，回来只是为了做完一些事。我想等我走的那一天，你们再不记得我。我希望你无论对我，还是顾小平都薄情一点。"

每天在新爱中忘却旧情，这就是真正的人生。她希望戚夕度过快乐的人生。

"濮玉，你个浑蛋丫头，告诉你，只要我一天忘不掉顾小平，你就要陪我一天！"濮玉回国后第一次和戚夕谈她的病，虽然没说得太细，但戚夕还是有些受不了。她扔下包，直接扑到濮玉身上。

濮玉无奈地拍着戚夕的背："人都会死的嘛。"

"还有啊，戚夕，你出门又忘关电视了吧。"濮玉指着客厅里开到静音的电视，里面播出的就是刚刚医院门口LED屏上播的宣传片，她拉着戚夕坐到沙发上，借机分散戚夕的注意力，"这个电影貌似很火，上映的时候我们去看啊？"

"叫《小雏菊》，何盼导的，不过肯定不好看。"戚夕想着电影发布会上她第二次见到的那个蒙里，还有黏着他的那个女人，一撇嘴。

叶太太消失的第七天，濮玉坐在办公室端着咖啡杯考虑是否该去问问林渊。林渊也是奇怪，自从发了那条短信后，竟再没在她生活里出现过。

正想着，Tina敲门进来。"Aimee，前台有位小姐找你，不过没有预约。"

"那就安排个时间再见，我头有点疼，麻烦你再帮我冲杯咖啡。"濮玉递过杯子，Tina应声接了过去，"对了，Aimee，那位小姐让我把她的名片交给你。"

"等等。"Tina拿着杯子开门要走，被濮玉叫住，"叫她进来吧。"濮玉说话时觉得自己稍微心悸。

Channel当季的新款白色套裙，Burberry的蓝格子丝巾配上手里的纪梵希小羊皮信封包，和几年前比起来，Susie的装扮更精致细腻了。

第十九章 在一起

"恭喜你，摩里根投行是世界十大投行之一，能进去还做到VP的职位，很不容易。"濮玉朝Susie伸出手。濮玉的夸奖并没水分，一个中国人，还是女人，在血雨腥风的投行界杀出一片天地，她是真的佩服Susie，如果不是她们和林渊之间的那些渊源，濮玉觉得自己肯定要更佩服一些。

Susie倒没回话，她从手包里拿出个盒子，递到濮玉面前："我来是给你送东西，外加和你说句话。林渊的心里有多苦不是你能想象的，你要是还爱他，就去他家看看他，他病了。"

银色链子带着水晶吊坠，濮玉以为这辈子再不会见到的东西。她握着链子凑到脸旁，上面属于海水的咸腥味清晰，濮玉心里百感交集。不是找不到了吗？

管家进来通报时，头顶的盐水袋还有三分之一那么多。林渊说声要她进来，随手拔掉了手背的针头。门外的脚步声来得很快，林渊在门开的瞬间把按针眼的棉花球丢进垃圾桶，然后拿了床头一份文件看。所以濮玉进门，看到的是床上神色如常看文件的林渊。

管家搬把椅子，不远不近地放在林渊床前，然后出去。

濮玉坐下："病了还不好好休息？"

"只是感冒。"林渊依旧看着文件，没抬头。一股气憋在濮玉心里，她直接冲到林渊面前，抢过那份文件撕了两半丢在地上："林渊，我真的看不懂你，你一直恨维探，为什么又把自己泡在海里整整八天，找这条你看不惯那么多年的项链，斯米兰台风一周了，你为什么偏选这个时间去找项链！"

濮玉哭了，声音带着歇斯底里，当Susie告诉她林渊刚刚胃出血出院就去了泰国，在台风最盛的那几天潜在海底找那条项链时，她脑子真是一片空白。她不知道自己今后要怎么办。

开始不是打算得好好的，她尽自己之力狠狠让林渊栽个跟头，算是对维探有个交代，然后再在死前把亚斯交给他，让他在悔恨里过一辈子。可现在看着脸色苍白的他，自己心里发酸的感觉又是什么？

"林渊，你为什么？为什么这么做！为什么要去找那条项链？"

"因为我对自己说，找得到项链，是上天给我机会补偿你。"林渊不知什么时候从床上下来，抱住坐在地上的濮玉。濮玉抽泣："要是找不到呢？就和我恩断义绝，然后心安理得地和Susie过生活？"

"如果找不到，那就是命中注定我们的生活里再没那个人。"

他走过无数的桥，看过无数的云，喝过无数种类的酒，却只爱过一个正当最好年纪的人，他应当为自己感到庆幸，可有天林渊发现，这是他最大的悲哀。

不过那又如何？

濮玉注定是他再放不下的那个人。

"濮玉？"

"嗯？"林渊在发烧，热热的温度逐渐靠近自己的脸，濮玉觉得她也发烧了。

"你撕的那份文件是我刚签好的合同。"

"啊？多少钱？"

"一个亿。"

"那怎么办？"濮玉是律师，清楚签署的合同丢失或损坏可能出现什么后果，她为自己的冲动后悔。林渊倒是淡定，他抱起濮玉，在她唇边浅浅啄了一下。

第二十章　同居生
【择一城终老，遇一人白首。】

　　林渊醒来时，太阳刚好爬上别墅二楼，爬满爬山虎的窗角偶尔碎进一缕染绿的阳光，照在旁边空荡荡的床上，濮玉不在。
　　林渊直着身子看眼房间，确定濮玉不在后又躺回床上，闭起眼。她是又拍拍屁股走了吧？自嘲地笑笑，林渊摇响床铃。
　　管家来得很快，开门后站在门口等着林渊吩咐。林渊泡在海水里八天，回来就得了急性肺炎，高烧39.2℃，打了两天针才稍微退烧，管家想不通他这个时候不好好休息换衣服是打算去哪儿。
　　"先生，卫医生说让你必须卧床静养至少一星期才能下床……"
　　林渊系好衬衣袖子，伸手拿西装。
　　"他说就算不能卧床一星期，至少等你烧退了……"
　　"宝祥，你什么时候做了卫铭风的管家怎么没告诉我一声？"林渊打好领带，往门口走，"备车。"
　　"先生，那濮小姐怎么安排？"
　　林渊脚步顿住，半天才回神："她没走？"

　　林渊家的别墅建在蓉北市郊一座小山的半山腰，四周除了少量几座别墅各自占据山头外其余空间都是一望无际的入天森林。濮玉昨晚很累，可清早还是在固定的时间醒来。她趴在床上看了会儿林渊的睡颜便起身去晨跑，这个习惯从亚斯降生后一直被她保留到现在。
　　林渊换好衣服下楼，管家告诉他濮玉晨跑结束，这个时间正在花园里。
　　花园开满蔷薇，林渊走近时，濮玉坐在花丛里圆桌旁，正低头写着什么。她写得很专心，没注意到正在靠近的他。
　　林渊走到她背后，低头在她发间吻了一下："什么时候开始喜欢晨跑的，我都不知道，还是昨晚不够累？"
　　濮玉正在写第二版第三条，冷不防身后传来林渊的声音，她头也没抬，直接指指旁边椅子："等我下，马上写好。"

"在写什么？"

"协议。"濮玉终于抬头，把凑到跟前的林渊推回安全距离，"还没写好，等我写好再看。"

"好。"林渊应声，朝站在不远处的下人招招手，"拿两杯咖啡过来。"

耶加咖啡还是原来的耶加咖啡，可清晨坐在自家花园里，周围隐约着蔷薇香，在自己触手可及的地方坐着他心爱的姑娘，手中的咖啡也喝出了不一样的滋味。依旧低烧的林渊，心情极好。

半小时后，濮玉写好最后一个字，又从头把那几张纸看了一遍，这才长出口气。她放下纸，抬头看林渊："林渊，我承认我一直喜欢你，如果没记错，你也说过你爱我，是吗？"

林渊放下咖啡杯，点头。

"那你看看这个，如果没意见的话就在下面签个字。"

林渊接过纸，从头开始浏览。

《居住协议》

现有甲方濮玉，乙方林渊，作出以下居住协议。

甲方可选择搬入乙方家，乙方亦可选择搬入甲方家，不过限于甲方现居所系与朋友合住，所以此条可商榷。

因甲方患病，所以乙方随时享有中断此协议的权利，但在协议明确终止前无论甲乙双方都需在身体上保持对彼此忠诚。如发现任何一方出轨，合同亦当即终止。

此协议签署的唯一前提是乙方不得再寻衅报复易家的人。

林渊开始眼里还是带着笑的，他好笑丫头为什么不直接把乙方写成色狼算了，可读到最后一条时，他的眼神阴下来。

"濮玉，你答应回到我身边就是为了帮易家吗？"纸在他手里被抓出褶皱。

站在不远处的下人也察觉出主人的怒气，身体不自觉往后挪了两步。濮玉却没怕，她端起咖啡杯啜了一口，末了又拿舌头舔下沾在唇上的褐色液体："早知道你不会因为我放弃，所以我写了第二版的协议。"

林渊接过另一张纸，脸上的怒意转为一种好笑的情绪，他把手支在桌上，指尖擦着嘴唇，轻声念着和刚刚那版截然不同的条款："甲乙双方需尊重各自的工作时间，不得因甲乙双方约定关系影响对方工作，由于甲方工作时间不固定，乙方应尊重甲方提出的约会时间……所以说我是那个随叫随到的？"

濮玉双手支着座椅，低头看自己的鞋子："你是做老板的，翘个班容易，我是个打工的，翘班会被扣钱。"

"所以现在就和欠钱的是大爷是一个道理，做老板的要听打工的？"

"爱听不听吧。"濮玉作势要收回那张协议，却被林渊扯了回去。他似笑非笑地又看了一遍那些条款，拿起笔在最后补上一条："协议生效一年后，甲方需答应嫁乙方为妻。"

林渊写完那句，在最下方签上自己的名字。"该你了。"他把纸滑到濮玉面前。

濮玉支着下巴，盯着那行字发呆："林渊，医生说我就能活一年了。"

"签、还是不签？"

"算了，你都不怕我怕什么，大不了到时候你抱着骨灰盒去教堂。"濮玉咬着嘴唇签好两份文件，递一份给林渊："签好了，我去上班了。"

她起身，林渊拉住她，就这么走了？

合约上说什么来着？濮玉扒开林渊的手："乖乖在家点滴，这次别再半路拔掉了。"

曾经，濮玉以为不会再有幸福，择一城终老、遇一人白首的誓言不过一纸空谈，不过现在的她真决定任性一次，哪怕是毫无原则的任性。

濮玉真没打算这几天离开蓉北，不过律师这行就是这样，接到案子的取证通知，人立马就要出现在机场、火车站，或者长途汽车站。此时，坐在双陆机场候机室长椅上等飞机起飞的濮玉才想起自己的那份协议上似乎有这么一条，甲乙双方需适时向对方汇报自己行踪。

她拿出手机按键才发现手机不知什么时候没电已经自动关机了，天意，濮玉感叹一声，收起手机，看来只有等到了住处充好电再说了。

杜一天在不远处打电话，濮玉这次是和他一起去江西出差的，她没觉得别扭，她想他也是。杜一天打好电话回来，坐在濮玉身边对着电话发呆。

"怎么了，就算案子难办也不至于让我们的杜大律师愁眉苦脸吧？"濮玉递个一次性纸杯给杜一天，那是她刚去引水口接的。杜一天接过去，喝了："濮玉，你知道我结过婚的事吗？"

濮玉心里讶异，面上却没表露，她摇摇头："老杜，你知道我的，我向来对别人的私事没什么兴趣。"

"我前妻最近回来了。"空的三角形纸杯在杜一天手里被揉成奇怪形状,和他现在的表情多少有些像,"她是回来……"

濮玉打断他的话,指指不远处迅速成形的队伍:"先登机吧。"

满舱,周围坐满了人。

濮玉去次洗手间回来,杜一天已经戴着眼罩在休息,刚刚那个话题显然是他一时兴起,而现在又不想继续的。

濮玉扣好安全带,问空姐要了杯橙汁,坐在位子上边喝边研究案情。这次的案子不是别的,正是几天前来永盛大闹的那伙农民工的案子。杜一天最后决定免费接了这个案子,算是法律援助。吸血鬼突然食素,濮玉和大家一样意外,不过她倒是乐见其成。

他们在昌北国际机场下机,紧接着又转火车辗转几个小时到了江西东北部的一座小城,以瓷器闻名的城市从出了火车站沿途就有各色瓷器店在街道两旁林立。

杜一天见濮玉看得出神,拍拍她的肩:"办完事我陪你去买几件,之前来的时候我买过,的确精美。"

杜一天的话最终实现困难。他们联系了当地检察院去那个在逃包工头家蹲点,直到第四天才把人堵到,再走好一切法律流程,时间已经不知不觉滑到第五天中午。

杜一天挂断电话,无奈地看了濮玉一眼:"明天我们得回行里,看来是没时间陪你好好逛了。"

"没关系,在这挑两样也是一样的。"濮玉站在车站大厅的"特供店"里,对比手里两个瓷娃娃,在决定买哪个,最后把两个都递给店员。

回到蓉北,天上的月色正好,濮玉在自家楼下和杜一天分手,考虑要不要去林渊那里时,手机响起。她拖着拉杆箱走到小区花坛旁,坐下,拿出手机,看着屏幕上跳动的名字,一挑眉:"呦,这是谁啊,还记得给我打电话?"

除了去云南前见面那次,颜珏的确好久没和表姐通话了,如果不是刚从云南回来就碰上这事,她也不会和濮玉开口,讲完事情的来龙去脉,她说:"濮玉,知道这事要你为难,不过我没什么其他人可求了。"

濮玉叹口气,朝路边计程车招手,看来今天真得去趟林渊那里了。

第二十一章　唇欢齿爱
【当爱亲吻智齿，连虫牙都成了甜蜜。】

夜晚十点，大楼的十六层灯火通明，夹在漆黑的楼宇中层，像悬浮在城市上空的银色光镯。

这是企划部连续第五天加班了。

秘书站在门口打个哈欠，肃容后敲门："林总，你的咖啡。"她进门，把咖啡放在林渊的桌角上，自己站着没动。办公室很安静，只有簌簌的空调声和秘书吞咽唾沫的声音，她做林渊秘书的时间已经不短了，可每次和这位林总说话，年轻秘书还是要酝酿几次勇气。

"林总，企划部加班已经几天了……"秘书头疼，就在她进门前，企划部副部长用那双猴屁股似的眼睛给了她好大一眼神，可此役，她依旧觉得凶多吉少。

林渊站在落地窗前，低头看手机的样子映在蓝色玻璃上，严肃中多了丝阴郁。半天，他收起手机，看着窗外夜色中的城市，万家灯火，却没一盏是在等他的。

女人出差五天了，除了中间发来的一条短信，告诉他她在江西，除此之外，连通电话也没。他有点憋气，也丧气，可丧气后他说话的力道丝毫没减："方案企划部准备好了？"

秘书心凉了半截："还没。"一阵沉默之后，她叹口气，"那林总没事我先出去了？"

门关得却很慢，过了很久，林渊才听到身后传来一声关门声。他伸手进口袋，摸了半天才想起从泰国回来后，家里包括身上的烟全被卫铭充公了。他一阵气闷，拳头直接砸向面前的钢化玻璃上。

"玻璃都要喊疼了，你手不疼？"茉莉香裹着温水的湿润滋味，濮玉几步走到林渊身后，还是迟到一步。她拉过林渊的手，盯着上面逐渐开始变色的青紫，眼里悲喜莫名。

"心疼？"几天没见，林渊克制咬死这女人的冲动。

"嗯。"濮玉点头，"真心疼，怕你把玻璃打碎了，一块挺贵呢。"

"女人，你真不知死活。"林渊眼色深沉，直接低头吻上她的唇。

二十分钟后站在门外的秘书同样觉得自己有些不知死活，不过就像他们蒙总说的，那位一回来，什么问题都不是问题，任何错误也都不再是错误了。

她揉揉眼角，调整出最好的精神状态后站在门外敲门，然后朗声请示："林总，部长说方案的草稿已经拟好，今天能下班吗？"

门那边似乎有什么东西翻倒，咚的闷响，年轻的女秘书任凭自己想象的翅膀翱翔一小会儿，脸就红了。声音过后是一阵安静，接着她听到房间里传来林渊磁性的声音："可以。"

小秘书步履轻盈走了，而与之一墙之隔的濮玉却被压在地毯上脸红心跳，在离他们不远的地方倒着把沙发椅，轮子还在惯性转着，可怜巴巴一如濮玉现在的表情。她大口喘着气："林渊，你差点把我憋死。"

"濮玉，你长虫牙了。"林渊伸手扯松领口，他单手支撑地面，身体侧坐在濮玉旁边，然后冲她比了个口型。

"什么？"濮玉有点愣神。

"左侧智齿前的那颗，我指给你看。"男性气息随之压下来，林渊的舌尖扫过牙龈时，濮玉闭上眼，原来是这样指啊。

林渊会拒绝自己，真在濮玉预料之外。

观景电梯下行到十层，濮玉把颜珏拜托给她的事情和林渊叙述完毕，她安静等林渊的答复。电梯外，城市夜景正好，矗立远方的灯塔变换着光照方向，下一秒照在男人沉吟的脸上。只一瞬间，濮玉听到他说："我从不插手蒙里的事，何况他是为了女人出头。"

濮玉把头从他脸上移向别处，语气变淡："可他现在还要封杀颜珏的朋友。"

"换作我，可能做得更绝。"

"那算了。戚夕在家等我，我先走了。"电梯门在一楼打开，濮玉耸下肩，准备离开时被林渊拉住。

"女人，我没说完。"

"说！"濮玉真有点气了。

"事情牵扯到你，所以我管，不过有个条件。"

"什么？"

"空手道，打赢我。"

那晚，在公司一楼漆黑一片的大厅里，七段的濮玉打赢十段的林渊，外加伤了他胳膊一只。卫铭风收到消息赶到林渊家时，濮玉正举着瓶酒精在那里不知所措。

"林子我算服了你了，肺炎在床上躺了两天就回去工作，这才几天，又把手弄骨折了。什么也别说了，濮玉，林子就交给你照顾了。保持你眼睛24小时别离开他，让他好好休息他那只胳膊。"

24小时不离开是个美妙的词，林渊嘴角带笑。

"不能从事任何运动，无论公司、家里，地下，还是……床上。"卫铭风收拾药箱，公事公办，直接无视掉林渊的那张黑脸，他自来最喜欢做的事情，就是在林先生耍聪明时，给他帮下倒忙。

濮玉笑着送卫铭风出门。

因为林渊的伤，濮玉直到几天后才有时间见颜珏。

她们约在域见面。域是城北的一家法式装修风格的咖啡厅，老板就是濮玉，那里算是她律师职业外一个不用花过多精力打理却得到更多的地方。

濮玉刚去取证回来，头上的短假发还没来得及摘，她停好车，擦了把脸上的汗，站在街对面远远看到颜珏坐在她最喜欢的位置上。

日光正好，照着颜珏和她对面那张狰狞的脸，在墙面那幅名叫《圣母》的画背景前，有着奇妙的违和感。濮玉拿指尖转了两圈车钥匙，吹着口哨进门。

狰狞脸名叫范丽雅，颜珏和濮玉说事情经过时，濮玉才知道这个让蒙里为之封杀了她朋友的女人，竟是时下热映电影《小雏菊》的女一号。

本来濮玉觉得进门前的自己已经很狼狈了，假发，浑身是汗，如果衣着再邋遢些，她手里再端个碗，那她就和东方广场过街天桥上的那些蹲着的有一拼了。可她真想不到，范丽雅就是有本事让她的狼狈升级成更狼狈。

一杯咖啡从头浇下，濮玉的脸都染成了褐色。

范丽雅被店员丢出去时，嘴里还不停骂着："狐狸精，林先生是瞎了眼，看上你这个老狐狸精。"

濮玉笑着没说话，她扒拉开糊在额头的假发，看她的店长把她被泼的那些照片发到林渊的秘书邮箱。颜珏也在看，知道她表姐是在使苦肉计，心里说不出的滋味："表姐，聂文轩的封杀令已经撤了，你这杯咖啡真的不必挨。"

濮玉摆摆手："你难得求我一次，我就替你把那个女人灭得干净点。再说那个女人我也不喜欢。"

濮玉在域后面她的房间里洗好澡，出来吹着头发和颜珏聊天。在濮家，和濮

第二十一章 唇欢齿爱

玉唯一亲近的就颜珏这个表妹以及颜珏的妈妈、濮玉的姑姑。

都说幸福的人是一样的幸福，不幸的人是各自不幸。无论是濮玉或者颜珏，都是被濮家抛弃过的人，不同的是濮玉那段是被动的、被放弃，而颜珏和她妈妈则是为了幸福主动放弃了这个家族。

濮玉到现在还记得自己住在易家那段日子里，颜珏经常跟着姑姑去看她，在小时候的濮玉心里，她们才是自己的家人。

濮玉放下吹风机："老爷子前几天给我打电话，他知道你房子被烧了，看那意思是想你搬回家住。"

"搬？"颜珏坐在濮玉床边，翻着她床头柜上的小玩意儿："姐，你还是姓濮的呢，都不住家里，我一个姓颜的，凭什么？"

濮玉笑笑，走到衣柜前翻衣服："冲着我妹这么有骨气，晚上想去哪吃，我请客，顺便和我交代下你和那人在云南的那点事。"

颜珏后来选了城西一家叫坂汀十三号的日式食馆。

濮玉的红色悍马开到百盛门口时，太阳正懒懒地趴在地平线上，欲去不去。街上不少散步的人，不时有人走过天桥，遮住一片阳光，在地上留下一片移动的阴影。

濮玉把车停在地下车库，和颜珏乘电梯上楼。

坂汀十三号门前站了不少排队等号的人，颜珏叹了声"竟然客满"，有点沮丧。

濮玉好笑："想吃就要耐得住性子嘛。"

她左右瞧瞧，指指不远处的指示牌："我去下洗手间，到了你先进去。"

颜珏点头。

好在洗手间没食馆那么受欢迎，没排队，但两个隔间都有人，濮玉低头看着鞋尖，考虑一会儿吃完饭和颜珏逛逛街。

隔间的门在她考虑先去二楼看鞋还是先去三楼看女装的时候开了，濮玉一侧身，正打算把路让出来，突然她看到一样眼熟的东西，猛地抬头。

叶太太！

第二十二章 迷魂心计
【深陷爱情的饮食男女，先抽身而退的大多是男人。】

濮玉终于在楼梯转角处追上叶太太，两人当时都气喘吁吁，不同的是叶太太身边多了个男人在帮她抚背，而濮玉是一个人。

濮玉大口喘着气，用余光打量男人。那是个长相不错的男人，或者换句话讲该是相当不错。他四十多岁模样，上身穿件米色T恤，宽松款，下面是条牛仔裤，休闲打扮，身材随着动作隐约在布料后，休闲中带着性感。

他是单眼皮，眼睛不大，濮玉看他时恰好他也在看濮玉，两人的目光撞在一起，濮玉发现他有着和年龄不符的干净眼光。

注意力从男人身上收回，濮玉看向叶太太："叶太太，我想我们是不是该谈谈？"

她们半月没见，濮玉还是濮玉，叶太太的脸上却多了些不一样的东西。她看眼身边的男人，最后点点头，颇有些被逼上梁山的意味："一楼有家咖啡厅，我们去那谈吧。"

傍晚的星巴克，人不多不少，三两一桌地占据店里的各自角落。吧台后，服务生拿机器磨碎冰，空气中弥散淡却不纯粹的咖啡香。一个白人老外坐在邻座，抱着星巴克的定制咖啡杯饶有兴致地翻一本时尚杂志，偶尔翻页，纸张发出"哗"的脆响。

濮玉给颜珏发好短信，这才抬头看把身体陷在卡座阴影里的中年女人："叶太太，开庭缺席对打这起官司很不利，我想这个你应该清楚。"

"是，我清楚。"叶太太撩下刘海，回答得干脆，"濮律师，刚好今天见面，我就顺便通知你吧，叶淮安的那个案子，你不需要再为我争取什么了，我和他毕竟这么多年夫妻，财产什么我也不要了，至于孩子，他们都成年了，也涉及不到抚养权。"她低头沉吟一下，然后自己点下头，"大概就这些。"

所以说爱情是世界上最神奇的东西，爱情来时，整个世界都如沐春风，烂枝头开得出绿花朵。濮玉从来不信叶太太对叶淮安会存在什么突然迸发的人道主义情感。

但同时她也相信，爱情真是件可遇不可求的美妙事物，特别当它突然发生在叶太太这个年纪的女人身上时，这件美妙事物就多少有些"妙不可言"了，只不过那些已经不在濮玉的可控范围里。

她转动面前的星冰乐塑料杯，里面的冰块藏在奶油下相互碰撞发出哗啦哗啦的响声："既然叶太太做好决定，那下次上庭时我会向法官陈述的。但……"她抬头看向店外，离星巴克不远的地方，和叶太太一起的男人正低头沉静想着什么，"但如果你改变主意，随时找我，毕竟你付的律师费足够你随时改变主意。"

叶太太也朝那男人看，她摇摇头，嘴角露出微笑："不，不会变了。"

每个陷入爱情的女人都天真坚定得像个孩子，无论她年纪几何，也无论她眼角早悄悄爬上了鱼尾纹。

但和叶太太分手时，濮玉在想，也许那个男人的出现和叶先生间并没什么联系，也许叶太太现在只是急于摆脱一段婚姻来成全她五十三岁的爱情，虽然五十三岁的爱情本身就很傻很天真。

濮玉再赶到楼上和颜珏汇合时，颜珏已经坐在坂汀十三号的七号台，面对一桌寿司日食肚子咕咕叫了。濮玉说声抱歉，坐下用餐。她们这顿饭吃了两小时，如果忽略掉中间店员朝她们投来的无数眼，颜珏觉得这还是顿愉快的用餐。

不过她表姐自然会让她吃得愉快，每次店员看来时，濮玉总扬起手："再来两份BlaBla。"

无意外，那些BlaBla价格不菲，所以颜珏心安理得吃完这餐时，肚子也前所未有的饱。坐在红色悍马里，耳边是铮铮风声。

濮玉按照颜珏说的地址在汀岛B座下把她放下车，接着一句话都没说直接开车走人。

交警追上濮玉时，濮玉正在自家楼下靠着悍马和林渊通电话。

"我今晚不过去了，戚夕找我有事。"她朝一脸严肃冲到自己面前的交警比了个"嘘"的手势，再比了个"1"的手势，对林渊做最后的嘱咐，"卫铭风说你的手需要好好休养，别碰，更别压。好……那晚安。"

她收起电话，用无比清晰理智的声音对交警说："那条路限速是80到100公里，按照交通法，我应该缴纳不低于1500的罚款，扣6分，但能请你不要吊销我的驾照吗，我开不了多久了。"

她那晚只是想开车，她想重温下在风中奔跑的感觉，她不开心，因为短短一个晚上就发生了几件让她极度恐惧的事。

交警还是对她做了可能吊销驾照的通知，虽然知法犯法，但法不容情。所以上楼开门前，濮玉多了件不开心的事。

晚上十点，客厅地毯上铺满各式礼服，戚夕正对着镜子试衣服，听到开门声，她直接穿着内衣把濮玉拽到镜子前："回来得正是时候，明天我的服装发布会，你说我穿哪件好？"

濮玉的肚子正汩汩往下坠疼，听到戚夕问，还是皱眉在地上扫了一遍，然后一指："金色露肩闪片那件，穿上要多妖孽有多妖孽，保证迷倒男人一大片。"

"小样。"戚夕抛个媚眼给濮玉，高兴地拿起那衣服，"我也喜欢这件呢。"

"你先在这边得瑟，我进去洗澡，今天接了个难缠的客户，累死了。"濮玉挪着步子向卧室去，庆幸戚夕是个神经大条的姑娘。

她先换下早不成样子的卫生巾，又拿了药吃，再就是打个电话去德国那边。德国时间下午两点，亚斯被送进医院，听言太太说他是想出去玩，结果从床上摔下去了。她不在他身边。

夜晚的城市高层，吹着夜风的阳台，濮玉边打电话边想心事，风中淡淡传来一阵花香，又渐渐阑珊在寂静夜空中。

濮玉倒没想到戚夕会让自己也去参加她的服装发布会，清早，她边对着镜子拿粉饼遮着黑眼圈，边朝戚夕摆摆手："不去，今天律师行忙死，留口气我还想休息下呢。"

"濮玉，你不是这么无情吧，这是我给沈明阳他们公司做的第一次品牌主打，你敢不去捧我的场！"戚夕把下午要穿的衣服放进纸袋，顺便把她给濮玉准备的那件直接丢在她背后的沙发上，"下午两点，市北会展中心，敢不来，你试试！"戚夕举起小拳头对着镜中的濮玉挥挥。

濮玉叹气，戚夕果然有震慑力。她收起粉饼："我尽量。"

戚夕满以为濮玉的尽量向来是最肯定的答复，可下午一点五十五，她还是接到了濮玉请假的电话："没事，等你闲了我们再说。"

戚夕挂了电话，觉得自己现在的表情肯定是皮笑肉不笑，不过她压根儿也没打算拿什么好脸去对着那几位。收起电话，她转身懒懒地对沈明阳说："明阳，我们进去坐吧，马上就要开始了。"

沈明阳自然不知道戚夕和宋城以及蒙里之间的那段纠葛，戚夕是懒得和他说这些的，她只爱和他谈情。所以在沈明阳眼里，宋城不过是宋都家游手好闲的一个二世祖，蒙里是世邦集团旗下天玺服饰的分管大老板，至于陪蒙里来的那个女的，他的印象只停留在最近电视上总播出的一部电影宣传片里的女一号上面。

总之这三个都是发布会请来的外人，而他现在则要陪自己闹情绪的"内人"进会场。

"那蒙总，你们请自便，不过一会儿如果嫌弃我们一树的衣装，不要当场批评就好。"

蒙里挽着范丽雅，刚说了句"哪里"，就看到戚夕给了沈明阳一手肘。他嘴角一勾："沈总真谦虚，圈儿里混的有谁不知道沈总的女朋友是大名鼎鼎的戚小姐，她设计的衣服别说在蓉北，在欧洲市场大卖都是极可能的。"

"是啊。"宋城接口，他一直记得戚夕那天给他的断子绝孙腿，也因此记住了这个让他记挂了无数个夜晚的女人。"要我说，蒙里你就没这个好福气，有这么个贤内助的女朋友，硬是把一家快倒闭的小公司弄到现在这个规模。"

宋城口无遮拦，话里有话，戚夕被气得要回来和他理论。沈明阳却笑笑："小夕的确是我难得的福气。"

沈明阳用一种不软不硬的方式结束了这场发生在会展中心十一层不算很愉快的对话，挽着戚夕入场。他身后的宋城早恨得牙痒痒，而无论是蒙里还是他身旁的范丽雅眼中都多了丝意味深长。

发布会空前成功，只是庆功酒席的空当，沈明阳就接到了三份口头邀约。作为女友和设计师，戚夕成了那晚最耀眼的明星。

晚七点，酒醉微醺的时刻，戚夕和沈明阳打声招呼去洗手间洗脸。她弯腰才撩起水花到脸上，身后突然多了一股蛮力把她拥入怀抱。

戚夕心里突地一跳，刚想喊色狼，身后那人就轻轻地叫了一声。

小七……

第二十三章　假戏真做

【我想把你抛诸记忆之外，却不小心将你刻进骨子里，所以越是小心翼翼地忘记，最终都成了铭记。】

不得不承认，在那个恍惚瞬间戚夕真以为那是他了。

当然，一切只是瞬间。

她抬起头，手背抹了下脸上的水珠，笑眯眯地瞧着镜子里的宋城："宋大少，我想你认错人了吧，我是戚夕，不是什么小七。"

"哦，是吗？"宋城声音拉成长线，线那端是戚夕甩也甩不掉的鸡皮疙瘩。她一猫腰，从宋城怀里逃出来，肯定地回答："是。"

"可我怎么听顾小平那小子就是这么叫你的呢……"戚夕要走，宋城在她背后说道，果然戚夕的脚步因为这句话停住。那真是顾小平以前叫她的特别称呼。

小七。

不疾不徐，却甜到心里。可现在，成了什么。

宋城笑笑："他还说你最喜欢吃蓝莓味的蛋糕，吃完就喜欢和他接吻，刚好，我也吃了一块，咱俩试试？"

宋城拉住戚夕手腕，把她拽向自己，低头要吻。戚夕恍惚正想着宋城说的那句话，冷不防宋城身上浓厚的古龙香水扑面而来，她骂了一声，抬腿就要踢。

只是这次，却被宋城拦住了。

他拉着戚夕的腿直接盘上自己的腰："你还想再踢我一脚？上次那笔账我还没和你算，今天正好算在一起，把你办了。"

"你敢！"戚夕眼睛瞪得通红，恨不得把宋城脸上烧出两个洞。宋城邪笑一下："洗手间的门我已经反锁好了，沈明阳现在被那帮小子灌得烂泥似的，你觉得我是敢还是不敢呢？"

"刺啦"一声，戚夕的裙摆被宋城扯开，下身一凉，戚夕急红了眼："宋城你大爷！"

"美人，我来了。"戚夕被他压在水池上连动弹都不能，她顿时有种孤立无援的感觉。

不过就算死，她也绝对不和他那什么！

戚夕放弃挣扎,手开始朝后摸索,没记错,那里该有个花瓶。

宋城奸笑着扯掉戚夕的底裤,戚夕也摸到那个玻璃花瓶。一切似乎千钧一发时,门口突然传来一阵不疾不徐的敲门声。

蒙里的声音懒懒传来:"多少人等着上厕所,这是哪个孙子把门锁上了?再不开门,我要叫人砸门了。"

蒙里向来玩世不恭,没个正行,可宋城却知道他是言出必行,咽了口口水,宋城从戚夕身上退开,几下穿好裤子,去开门。

门板把外面和里面隔成两个世界,戚夕浑身颤抖地听宋城和蒙里对话。

宋城:"蒙大少,这是女洗手间,你喝高了吧。"

蒙里:"宋城,你才喝高了,你自己不也是从里面出来的,还是刚刚在干坏事?"

宋城嘿嘿笑了两声:"心照不宣,心照不宣。"

然后外面的世界恢复了平静。

戚夕从水池上滑下来,腿有点疼,再一看,被宋城那孙子压出了好几块青痕:"妈的。"她啐了一口,穿起内裤,可裙子被撕坏了,再穿不回去了。

对着镜子,她理理妆容,开门,出去。

蒙里却意外等在门外。

一件西装从天而降,盖在戚夕肩上,戚夕冷笑一声:"我是不是还要谢谢蒙少爷的出手帮助呢?"

她拿掉衣服,一甩手丢回蒙里怀里:"我不需要。"

"那你就准备这么诱人犯罪地回会场,沈明阳喝高了,可醒来还是会知道他女朋友衣衫不整地从洗手间出来的事情。"蒙里斜倚着墙,摆弄手里的外套。

"这就不劳您费心了。"戚夕扭头走了,走出几步,低头看看自己的衣服,伸手扭了几下,又打了个结,再抬头,她穿的衣服已经变了另一副模样。

"不愧是最具才华的女设计师。"蒙里转身,看到不远处等在那里的范丽雅。她看到了刚刚自己和戚夕的种种。

蒙里走过去,撩起范丽雅一缕头发:"丫头,这次不是我不保你,实在是你拿咖啡泼了不该泼的人,自求多福吧。"

范丽雅妆容姣好的脸瞬时苍白,她拉着蒙里,声音歇斯底里:"是因为她吗,因为那个戚夕,你喜欢她!"

"我对女人,从来没有喜欢不喜欢这个说法,只有需要不需要。"

第二十三章 假戏真做

戚夕打的先走，坐在车上等司机问时她才想起自己压根儿不知道该去哪儿。拿了手机，手指摩挲按键半天她才拨出那串数字。

电话竟真通了，响了许久才被接起，那边是个不敢置信的声音："小七？是你吗？"

"你在哪儿？"

挂断电话，报了地址，戚夕把脸转向车窗外，斑斓的街灯浮光掠影从身旁经过，戚夕的心却成了黑白两色。

萧伯纳曾说过，初恋不过是一分傻气加上九分好奇而已。可戚夕觉得，在她同顾小平这场恋爱里，自己成了十成十的傻瓜。傻傻地被抛弃，傻傻地去铭记，现在活该傻瓜一样地被耍。

所以当她赶到顾小平所在的那间饭店包房里朝他挥出那一巴掌时，是出了全力的，以至于她没看清当时还有谁在场。

宋菲儿正等着顾小平给她剥的那只虾，戚夕一巴掌打下去，虾肉连着虾壳直接飞到大小姐鼻孔里。"你！"宋大小姐手忙脚乱地把虾从鼻子里拽出来，仍难掩那一鼻子狼狈："你谁啊！"

宋菲儿顾不得拿纸巾擦干净鼻子，挥手也朝戚夕打去，另一只手拦住了她："菲儿，先擦擦。"

是个长相和宋城几分相似的男人，戚夕听濮玉说过，宋家是两子一女，想必这位就是那个色鬼宋城的大哥了。戚夕一点儿不买他的账，她朝顾小平一仰脸："要是不想在这继续丢人，就跟我出去说。"

说这话的戚夕是恶狠狠的，顾小平叹口气："宋总，那明天上班我们继续说。"

关闭的大门遮住宋菲儿气急败坏的声音，戚夕一路走下楼，穿过马路，走进公园，回头看着顾小平。

她以为她早忘了他，她一直想把他抛诸记忆之外，可到头来戚夕发现，自己早不小心把他刻进骨子里，所以越是小心翼翼地忘记，最终都成了铭记。初恋，真可笑。

"顾小平，你浑蛋！"

趁着手术空当，濮玉给Sean打了个电话，不过提示音显示对方是关机状态,濮玉收起手机回到手术室门口,拍拍杜一天的肩:"老杜,你到底有多少事情是我们不知道的?"

杜一天不只结过婚,还有个孩子,这事说给谁听,谁第一时间能信呢?不过濮玉是马上就信了,因为她自己不也是这样?

"濮玉,这些事我慢慢和你说,我让你来就想拜托你件事,一会儿诺诺出来,你能说你是她妈妈吗?"

"老杜……"

"拜托你,她从没见过自己的妈妈。"

"……好吧。"

虽然不想承认,但濮玉答应杜一天真是因为那句"她从没见过自己的妈妈",她的亚斯何尝不是没见过他的爸爸呢?

一小时后,濮玉在儿童病房里第一次见到杜嘉诺小朋友,当时她躺在床上,个头看起来比亚斯大些,圆圆的小脸,也许是因为刚刚开刀的缘故,脸色有点白。濮玉站在门口时,小丫头正用柔弱的声音央求杜一天:"爸爸,你是大律师,不能骗人的,你说过如果诺诺勇敢地进手术室,你就让我见妈妈的,你不能耍赖,不能……"

"好好好,爸爸不耍赖,你看,妈妈不就在门口吗?"杜一天余光早看到在门口的濮玉,顺手一指,于是濮玉就在毫无思想准备的情况下"被妈妈"了。

她扯扯嘴角,走进门,却又觉得现在这个情景除了微笑外似乎还应该做些什么,不知所措的时候,杜嘉诺先说:"妈妈,你能抱抱我吗?"

杜一天起身拉濮玉:"抱抱她吧,她想你抱她。"

濮玉也想抱,可也怕抱诺诺,就好像现在真抱了,她的眼泪就止不住地流下来,她想起自己十月怀胎,生下来就没了气息的女儿。

濮玉抱着诺诺,哭着说:"妈妈来了,妈妈在这儿,妈妈在这儿。"

杜嘉诺倒难得的懂事,她伸着小手给濮玉抹眼泪,还边呼呼她的脸:"妈妈,你是不是也知道我的病了,别担心,爸爸说他一定能找到人把我治好的。"

"是啊,爸爸说到做到,诺诺你看,爸爸现在不是把妈妈给你找回来了吗,有天爸爸也能找人把诺诺的病治好的。"杜一天就势把女儿连同濮玉一起拥进怀里。

蓉北的夜色,总在医院一片浓绿的植被中意兴阑珊。濮玉和诺诺告别,并拉钩保证明天再来看她后,才在杜一天的陪同下离开住院部。出来得匆忙,濮玉没开车，杜一天开大宇送她。

车速很慢，夜风中杜一天和濮玉说起他的故事。

那时，他刚在德国定居工作，一次和朋友去意大利旅游，在水城威尼斯一家酒馆遇到了她，她心情似乎不好，喝了许多酒，被几个白种人缠住，他上前把她救了下来。

后来的故事自然而然，他们在一起一个月，每天都很快乐，之后的一天，女人告诉她自己怀孕了。可当时的德国法律不允许堕胎，杜一天又不是不负责任的男人，于是两人登记结了婚。

事情原本可以是幸福的，但往往幸福的开端总没有幸福的结尾与之匹配。诺诺出生后被诊断出肾功能不全，需要换肾，且不说肾源难找，就是找到了费用也是笔巨大的开支。

女人就是在那种情况下，悄悄带着行李离开他的。

"她之后再没出现过？"濮玉摆弄着手包上的小吊坠，淡淡地问。杜一天笑了："出现过，就在最近，她是回来和我办离婚，顺便想要回诺诺的抚养权。"

濮玉耸眉："看样子她混得不错嘛？"

"好像是。"

"那，老大，作为一名专业律师，我现在对你做出的最诚恳的建议就是，争取旧情复燃，把你和诺诺的抚养权统统转到那女人名下。"

车子吱一声停在濮玉家楼下，杜一天敲下濮玉的头，然后又转手温柔地摸摸："Aimee，如果不是你的身体，我真有意……"

"得，打住，老大。"

她开门下车："不过，你放心，诺诺这个妈，我会好好当的。"

她挥手和杜一天再见，冷不防身后一声车门开启的声音，林渊的声音在树叶沙沙作响的夜里，多少有些阴森森。

"你想当谁的妈？"

第二十四章　疑是故人

【爱情本来并不复杂，来来去去不过三个字，不是"我爱你，我恨你"，便是"算了吧，你好吗？对不起"。】

张小娴在《荷包里的单人床》里曾对爱情有过这样一段经典概括，她说：爱情本来并不复杂，来来去去不过三个字，不是"我爱你，我恨你"，便是"算了吧，你好吗？对不起"。

濮玉过去对林渊说过"我爱你"，也曾咬牙吞血地说过"我恨你"，她只是没想到有天自己也会有和林渊说……"对不起"。

虽然是被逼的。

"和我说对不起。"夜色下林渊的脸阴凄凄的，凛冽得像空中偶尔飘过的一两声老鸦叫，所以濮玉想说她说那句对不起真是被逼无奈。"对不起。"

"错哪儿了？"

"不知道。"被男人拉着进电梯，她低头诚实作答。说实话，她不是那种爱服软的人，甚至多少还有些强势，所以濮玉觉得生病后的自己多少和过去有了变化。

电梯门闭拢，林渊按下最上面那个38的数字，然后双手合拢，把濮玉圈进小空间："现在知道吗？"

濮玉摇头："林渊，我家在13层，你……"

男性气息将她团团包围，像被卷进一个未知旋涡，他的吻让濮玉失去了方向。三十八层眨眼即到。

林渊松开她，盯着眼神迷蒙的濮玉："现在知道了吗？"

濮玉牙齿咬着嘴唇，沉默半晌后说："老杜他女儿生病了，想见见妈妈，老杜没办法，要我过去扮下孩子妈。"

电梯门到时间自动闭拢，濮玉回身按下1楼键："我送你下去。"

林渊却阻止了她，改按了13："濮玉，你想做妈妈，我们自己生，我不喜欢你去给别人做那个现成的妈。特别对方是杜一天。"

说完，他又吻住了濮玉，不过与刚刚如同坠地狱的那个吻不同，这个把濮玉带回了天堂。

第二十四章 疑是故人

13层。

林渊站在濮玉家门口，拉着她的手："你家的楼该建得高点。"

再高点我都快被亲断气了。濮玉翻个白眼心里腹诽。她推推林渊："回去吧，我这几天身上不方便，等忙过这几天，我去找你。"

林渊依旧不松手。

濮玉使劲儿推开他，开门，进屋，关门，倚在门上。

屋子里静静的，戚夕没回来。她想了想，拨通了戚夕的电话，那边提示是关机状态。

戚夕的手机一旦关机，多半代表她那天有事不回来了，靠着门板又待了会儿，门外静悄悄，林渊也许已经走了。

她开门，声控灯应声亮起，门外果然空荡荡的。

"还是走了啊。"濮玉叹气，打算关门，旁边突然伸来一只手，林渊嘴角上扬地出现在她面前："丫头，你在意我的。"

那晚，林渊搂着濮玉躺在她那张小床上，什么也没做，就那么暖暖地搂着她，濮玉恍惚回到了几年前的巴黎，小腹上林渊的手依旧温暖。

那年的巴黎，天气多雨，好容易盼来难得的晴天，又值期末。濮玉月事来了，连复习都成了懒懒的。

她躺在巴黎三大茵绿草坪上，头枕着林渊的腿，手里举着本书却看不进，身子扭来扭去。

她头顶上，林渊在看麦格道林教授的讲义，阳光被绿叶子剪成斑驳形状，镂在他侧脸上，轮廓说不出的阳刚好看。濮玉看得渐渐出神，最后如果不是林渊放下书瞧她叹气，濮玉也不知道自己究竟要看多久。

"丫头，如果我脸上印着《法讲宗义》，那我想你的期末考应该不会再挂了吧？"他摸摸濮玉的头发，那时的林渊温柔到不行。

《法讲宗义》是濮玉那时候选修的一门法国史的主修教材，让她连挂两次的痛苦记忆，濮玉噘嘴："林渊，我肚子疼。"

"这里吗？"林渊竟一点都不觉得尴尬，手掌温暖地覆上濮玉的小腹。濮玉眯着眼，神志有些不清地说："林渊，我嘴巴也疼。"

她看到他在轻笑，然后再看他那张好看的脸一点点放大直到填满自己的瞳仁。那时候的吻，青涩得如同他们的年纪，却甜蜜不少于现在。

当然，那时候维琛还活着，每次看到她和林渊在一起，易维琛总满脸沉痛地躲远远的。直到最后的最后，他抱着受到情伤回来自己身边的濮玉说："玉儿，我一直在等你，你回来就好，回来就好！"

今天的维琛表情有些不同，他脸色煞白地对濮玉说："玉儿，你还没给我报仇呢？怎么能心安理得地幸福。"

一阵刺痛过后，濮玉惊醒，天光大亮，门外，烤熟的面包香飘进屋里，刺激她的味蕾发作，可濮玉却一点儿胃口都没。

林渊真是乌鸦嘴，只是一夜，她那颗牙真被他说中，成了祸国殃民，让她脸肿成了包子大的虫牙。

牙医的头顶灯照在濮玉脸上时，她先是瞬间恍惚，紧接着就惊讶："卫铭风，怎么又是你？"

卫铭风摘掉口罩，笑眯眯地看濮玉："为什么不能是我？"

濮玉捂着肿痛的腮帮子："林渊肺炎是你给治的，他手骨骨折还是你治的，现在你又来给我治牙，你到底是内科大夫、外科大夫，还是牙科大夫啊！"

林渊清早送濮玉来这家私人医院，这时正打电话，估计是他们公司的那些事。听到她和卫铭风的对话，他挂了电话，走到濮玉身边，拍拍她的肩："放心，虽然他是万金油，但本事不小。"

"是啊，嫂子，我要真废柴，林子这小子哪放心把你交我手上。"

濮玉和林渊的关系当初在他们那份合约上写得很清楚，给彼此空间，关系在不经对方同意情况下不要对外宣扬，卫铭风这一声嫂子叫过，濮玉心里多少有些不舒服，不过碍着脸肿，倒没被卫铭风看出来。

他拿着探镜，继续喋喋不休："我唯一不擅长的就是妇科，林子当初说那是流氓学的专业，可你知道，现在因为你，他恨不能把我踢回几年前，再把我揍成一流氓，嘴再张大点。"

濮玉看不到林渊现在的表情，但她想得出他在想什么，把嘴巴张大，她连卫铭风把那个她平时见了都起鸡皮疙瘩的钻头塞进嘴里都忘了害怕，直到疼像电流一样传到脑皮，她才后知后觉地想起"啊"地叫出来。

"你小子轻点。"林渊冷冷地威胁，却没和卫铭风动手，濮玉想也许是卫小子手里现在正掌握着自己一颗牙生杀大权的关系。

卫铭风却像哄孩子般有恃无恐："嫂子这颗牙是神经发炎了，得拔牙，但拔牙前需要消肿，我得先把牙清理干净才好上药啊，乖啦，忍一下。"

濮玉现在百分百确定一会儿卫铭风肯定挨揍，他竟然对他们说"乖啦"，无论是对她说，还是对林渊说，卫铭风都死定了。

不过这小子的运气不错，药上得差不多时，一个电话把林渊叫走了，看样子，似乎是公司出了什么大事。

濮玉躺在靠床上，等卫铭风给她钻好洞，上好药，腮帮子早不是疼，而是麻了。她侧头吐干净口水，等着卫铭风和她说什么时候拔牙。

一个穿粉色护士服的小护士一脸惊慌跑进来："院长，618的女患者非要出院，我们拦也拦不住，你去看看吧。"

前一刻还痞里痞气的卫铭风突然换了一脸正色，他边脱掉医生服递给护士，边回头对濮玉说："濮玉，回去等我电话，拔牙。"

男人往往在遭遇爱情时会变得一本正经，不知是为了维持自己大男子的良好形象，还是真的那么重视他放在心里的女子。总而言之，现在人模狗样挽袖子，露出一截白胳膊，甚至忘了打趣她叫她嫂子的卫铭风给濮玉的印象是，遭遇了爱情。

她没急着离开卫铭风这家医院，站在医院大厅，她端详了好久相框里跟在卫铭风身后的那些名头——世界牙医组织名誉会员，美国洲际外科技术竞赛金刀奖……

看到这时，濮玉脑子里产生的映像是很小时候自己看的一部古装电视剧《圆月弯刀》，卫铭风手拿弯刀，刷刷挥了两下，病床上的人开膛破肚，他再拿戴着胶皮手套的手迅速祛病，缝合。

"神医啊！"濮玉感叹地摇头，这世界上有太多天才，来不及她——崇拜，她能做的只是把这一年最后的时光过好。

下午四点，医院门口车流稀疏，偶尔过去的几辆计程车还是打着满客的牌子。濮玉等了好久，终于等到一辆，她开车门坐进去，正准备和司机报地址，刚闭拢的车门突然又打开了。

一个女人坐进来，拉着司机的后座："师傅，麻烦你开车。"

濮玉心里一惊："维安姐，怎么是你？"

现在算算，濮玉没见易家人已经久到她自己都记不清有多久了。所以今天在这遇到胳膊上打着石膏的易维安，濮玉惊讶之余，则是百感交集。

第二十四章 疑是故人

第二十五章　原来是你

【当夏天的微尘播撒入阳光，濮玉发现那些自以为过去的事情其实一直都住在心里，从未离开。】

易维安显然没想到车里是濮玉，但她也只是稍微愣了下眼神就恢复如常。

她端着还打有石膏的胳膊看濮玉："介意我搭个顺风车吗？不介意？"易维安也没等濮玉表态，直接拍拍前排的司机座椅，"不介意的话那师傅请去南岭北里33号。"

车窗外，卫铭风的衬衫被风鼓起一个小包，顶在背上像座蒙古帐篷，他正远远地朝濮玉这辆车招手。濮玉张张嘴，最后放弃："师傅，先去南岭北里33号。"

卫铭风的身影被映在后视镜里，最终拉成一个白色小点，消失在天际。濮玉盯着车里的易维安，目瞪口呆，不知该看，还是该拦。"维安姐？"她最后还是伸手拦了。

易维安斜了她一眼，仍旧拿她不知从哪儿拿来的小锤猛劲在石膏臂上一敲，嘎嘣，咔嚓，石膏裂了，她三两下把石膏残片从胳膊上弄下来，随手丢在车窗外，然后活动下手："前几天开车，撞了，卫铭风小题大做非给我弄这么个碍事的东西。"

"你们认识？"濮玉问了，才觉得不该问，因为易维安丝毫没回答的意思。她靠在靠背上，像在闭目养神，却问了濮玉另一个问题："你那脸让人打了啊，够肿的。"

濮玉语塞。

其实说起来，之前濮玉和易维安的关系甚至比她和易维探还要好，濮玉开车是易维安教的，用易维探的话讲，濮玉连脾气秉性都有点随他姐姐。

当夏天的微尘播撒入阳光，濮玉发现那些自以为过去的事情其实一直都住在心里。她一直怀念在易家生活的那段时光，虽然是再回不去的日子。

日光拉成金丝线，第三次照在易维安发白的右小臂上时，计程车稳稳停在南岭北里33号棕褐色的大门前。濮玉目光闪了一下，低头和易维安说："再见维安姐。"

易维安正扶着车门活动胳膊，听到濮玉的话，脸一正："我请你进去坐坐？"
"不需要了。"濮玉和她挥手，指挥着司机开车。易家故宅，她没脸回去。

时间往往在人意志混沌时过得尤其快，不知不觉，濮玉公司旁边的桂花谢了。仲秋天气，风除了晴朗舒爽还多了丝凉意。

濮玉结束在蓉北大学第一次的主讲课程，站在教室里被学生团团围住，被问着各种奇怪问题。她好久没体验大学生活了，现在这样的日子，她觉得很好。

颜珏也在这所大学教书，今天约了她一起吃饭。此时，她正站在教室门口，大红门的阴影把她低低笼着。濮玉微笑着回答好最后一个学生的问题，扯扯胳膊，朝门口走去。

"刚听说你要来我们学校教书我还吓了一跳，不过现在看来你倒很如鱼得水，我是白操心了。"

濮玉揉揉太阳穴："我也怕自己承担不来，不过事实胜于雄辩，蓉大学生的素质和资质都不错。"

"No，No，No！"颜珏摇头否认，"是法学院的学生资质不错，我们美院那些个学生每天想的就是恋爱、浪漫与爱情。在他们眼里，似乎是个艺术家，都是无论男女头披长发，每天再摇头晃脑地谈情说爱，这样才叫艺术家。"说完这话，她更无奈地挽起濮玉的胳膊。

颜珏脸有点红。

濮玉却莞尔："早恋总比37岁的梵高在瓦兹河畔自我了断强。何况大学时恋爱根本算不得早恋。"她们走到停车场，濮玉打开悍马车门，打算上车："对了，小珏，你也不小了，谈恋爱了没？"

颜珏脸更红了："姐，让我试试你的车呗。"

傍晚的车流拥堵，颜珏把车开到新世界门口时，饭口已过，三楼的西餐厅人不很多。濮玉和颜珏选了个靠窗的卡座坐下。

窗外是蓉北的中央广场，此时广场上有群老太太正在扭大秧歌，濮玉在电视里见过，是那种东北大秧歌，腰上系着条红绸子，手里拿把扇子，然后脸上涂了红的老太太随着唢呐的节奏扭啊扭的，很热闹。

她点了份菲力牛排，一份餐前色拉，一份餐后甜点。颜珏点了和她一样的，除了牛排从三分熟改成七分熟，另外颜珏还点了两杯名字叫热恋巴厘岛的芒果味

第二十五章 原来是你

果酒。

两人坐着等，颜珏摆弄着面前的餐盘，刀叉相碰，丁丁的声响，她拿最近感情上的迷茫和表姐说："表姐，我也不知道我对他到底什么感觉。"

濮玉盯着脸色微红的表妹，正想说什么，隔壁间一个声音让她脸色一变。没等颜珏反应，濮玉已经腾地起身。

颜珏赶忙跟着起身去看，等她转过隔间的玻璃栅，刚好看到自己的表姐在扇一个男人耳光。"顾小平，你怎么好意思再缠着戚夕！"

濮玉这一巴掌使了很大劲，顾小平白净的脸很快浮起一层五指山。坐在旁边的戚夕却不乐意了，她身子一动，挡在顾小平身前："濮玉，你干吗打他！"

濮玉拿看外星人的眼神看她，然后长舒一口气，劈头朝她骂去："戚夕，你脑子被门夹了吧，你忘了他当初怎么抛下你去追求他的什么狗屁理想和生活，你也忘了因为他你是怎么被家里赶出来的吧！"

"啪"一声，在场所有人都呆住了，戚夕也呆了，她没想到自己竟真打了濮玉，戚夕顿时有些瑟缩，她伸手想去摸濮玉的脸："阿玉……"

濮玉也捂着自己的脸，却往后退了一步："戚夕，今天要么你跟我走，要么我们再不是朋友，你自己选。"

戚夕为难地看看顾小平，再看看濮玉，最后垂头丧气："阿玉，我跟你走。"

来时，颜珏开车，两人空着肚子，回去，濮玉开车，三人空着肚子。濮玉在汀岛B座楼下把颜珏放下，一句话没说地把车掉头开上了高速。

戚夕坐在副驾驶上，一句话都不敢说，任凭濮玉把车开上501高速，傍晚的余晖很快殒殁在地平线之下，高速路上除了偶尔身边穿梭而过的一道车灯外，鲜少见光亮，倒是天上的星星正逐一亮起。

戚夕也没想到今天怎么那么巧就碰到濮玉了，她也没想到自己会下手扇了濮玉一耳光。她知道濮玉疼，她何尝不疼。

回忆自己和顾小平这段感情，长达七年，从高中到大学……记忆再由大学刻骨到现在，连她自己都不知道顾小平这个名字还会像个面目可憎的文身跟随自己多少年。

车子在戚夕沉思时不知不觉下了高速，等她发现时，濮玉早已经下车。濮玉绕到戚夕这侧，拉开车门，提溜小鸡一样把她扯下来。"戚夕，能和顾小平断了不？"

戚夕不作答。

第二十五章 原来是你

濮玉把她朝黑暗中拉下："戚夕，能和顾小平断了不？"

"阿玉，你别逼我。"郊外的晚风凛冽，吹起身旁野草，沙沙地响，戚夕拉着濮玉的手，说实话，这样的濮玉她都害怕。

"戚夕，最后问你一次，能和顾小平断了不？"

"濮玉，这一次你别管我行不行？"

"扑通"一声。

戚夕落进湖水里才想起，距离蓉北50公里的郊外是有个湖。

"濮玉，你二大爷！"戚夕扑腾几下，嘴里灌了几口水，还不忘叫骂。濮玉蹲在岸旁，看着戚夕扑腾："我自己都不知道我有个二大爷，戚夕就是不一样，都能给我编个二大爷出来。"她又看了一会儿，嗤笑："戚夕，别告诉我一米不到的水深也能把你淹死。"

濮玉的话的确让戚夕放弃了扑腾，她抹把脸上的水，站起身："丫头，就不怕我告你谋财害命？"

濮玉从草丛摘了只毛毛狗叼在嘴里："从专业角度讲，如果告劫财劫色更靠谱。"

"我不就打你一巴掌吗，你就把我推下水，够狠。"戚夕又呸呸了两下，朝濮玉伸出手，"拉我一把。"

濮玉去拉她。戚夕眼光一变，手一使劲，直接把濮玉也拉下了水。

"一报还一报，扯平了。"

"错，是你欠我的，那巴掌很疼。"濮玉皱眉，一双眼睛亮得像星星，"戚夕，有件事我一直没告诉你，我……我生的病有多重。"

戚夕停止打闹，脸色紧张："到底什么病啊，濮玉，你可不能死啊！"

濮玉知道她是在开玩笑，可世界上最准的有时就是无心的玩笑，她笑笑抱住戚夕："现在不会死，可是戚夕，我不想等将来看不到你的时候，留你一个人和顾小平纠缠不清。"

"呜呜……"戚夕情绪失控，抱着濮玉开始哭，"你丫再和我穷煽情，骗我眼泪，我现在就拉着你投湖。"

濮玉盯着齐腰深的水，心想戚姑娘真懂因势利导。她拍拍戚夕的背："戚夕，别和顾小平来往了好吗？"

戚夕擦擦眼泪："放心啦，我不是过去那个傻姑娘，他给我几个豆我就吃几个，我和他来往是有些事要弄明白，你放心。"

濮玉点头，却不大放心。

"濮玉？"

"什么？"

"我抓了条鱼！"

"……"

"我们烤鱼吧！"

"……"

半小时后，悍马车灯前，戚夕把她那条限量版的裙子挽在大腿根，毫无形象地啃手里的烤鱼，她还朝濮玉招手："阿玉，可好吃了，你也来吃点，我给你留了个……鱼尾巴呢。"

濮玉从车上下来，她有个不好的消息告诉戚夕："车没油了。"

"那怎么办？"戚夕翻个白眼，不知是意外还是被鱼刺卡了。

"怎么办？搬救兵呗。"

濮玉翻出手机，条件反射想拨林渊的电话，可她转念看看戚夕，便改了主意。

沈明阳的电话隔了许久才被接起，濮玉当时正拿着戚夕的手机干着急，嘟一声接通时，她搓搓干冷的手臂："沈明阳，我和戚夕被困在外面了，车还没油了，你能来接我们一下吗？"

"地点？"今天的沈明阳说话竟难得的干净利落。濮玉报了地址，挂了电话，过去抢戚夕手里的半根鱼尾。

"沈明阳挺靠谱的，超出我预期了。"濮玉表扬，"你俩好好过吧。"

不过当远处来接她们的车子停稳，濮玉看着从车上下来的人时，就有种咬舌自尽的冲动。

蒙里和靠谱这个词显然相去甚远。

蒙里晃晃指尖的车钥匙，看着眼前两个吃饱喝足，满是醉意的女人，真想把她们的样子拍下来，回去做个纪念，不过濮玉的眼神太过凌厉，还是她旁边的小女人好些。

第二十六章　临时妈妈

【不知从哪年的春华秋实开始，笑不再纯粹，哭不再彻底。】

新政始发时，濮玉正在办公室里接待叶太太，叶淮安的那起离婚案由于叶太太的临时缺席而被暂时取消开庭，延期再审，至于推迟多久……

"总之现在的情况很不乐观，中国的法治现状你可能不大懂，除了讲求实证外，法官的印象分也占了很大比重，如果过了庭审期，法官有可能判你们不离的，而且我听说，叶先生现在的意思也是不离？"濮玉转了两下手里的钛金钢笔后把它放下，涂了钨漆的笔帽静静躺在桌案上，映射出叶太太脸上的愕然和无助。

濮玉起身开门，从Tina手里接来咖啡，递到叶太太面前："叶太太，我想你该知道叶先生为什么有这种改变的吧。"

叶太太接过濮玉的咖啡，咬着牙喝了一口，嘴唇还沾着咖啡的褐色时她就说："叶淮安那个死东西无非是想拖着不离婚，这样就不用和我平分曼迪了。"说完这句，她脸上突然哂笑一下，"其实濮律师，一开始我就知道我不可能把全部财产要来，因为我压根儿不想和他离婚，夫妻这么些年……"

叶太太眼光无神了瞬间后又重新来了神采："不过老天有眼，活该他戴绿帽子，为别人养了那么多年的儿子。濮律师，我现在改主意了，我要离婚，拿回我应有的和他离婚。"

"因为那个人？"

"……"

送走叶太太，濮玉回到办公室。午休时间，她打开电视机，看着不停做切换的彩色画面，心里浮想起一幅画面：上帝造就一种叫作爱情的毒药，喝下这毒的女人无不为之疯狂，哪怕她年纪五十，竟相信自己同四十岁男人爱情的力量。

叹口气合上叶太太那宗卷，濮玉拿遥控器把新闻的声音调大，是娱乐播报。她早就知道范丽雅被蒙里抛弃的事情，不过凭那女人的本事，竟还能留在《小雏菊》剧组，倒也是个奇迹，虽然变化是从女一号成了现在的女二号。

濮玉揉揉太阳穴，正准备关掉电视机出去吃饭，电视下方的字幕滚动条插播了一条新闻：蓉北地铁四号线线路拟定，横穿蓉北中部地区，途经××、××、

××等地。

濮玉手指摩挲着红色的开关键，迟迟没有按下，如果经过那里的话，那宋都和世邦的那块地皮恐怕又有得升值了，不过真的能那么顺利吗？

答案是，肯定不能。

距离那天之后的第三天，下午，蓉北刚经历一场雨，窗外的空气迷蒙湿润且清新。律师行里来咨询的客户不多，办公区清醒的人三两聊着天，像小赵这种就抓紧时间打着瞌睡。

Tina感冒，请假在家休息，所以濮玉想喝咖啡得自己动手。咖啡间里，咖啡机咕嘟咕嘟冒着泡泡，她看着杜一天皱眉进来。

"想喝咖啡自己煮啊。"她关了机器，却一口气倒了两杯，端一杯喝。杜一天没说话，直接走到她旁边，拿起另一杯咕咚一口，看得濮玉直咋舌头："白瞎了我的猫屎咖啡，牛饮！"

"我就属牛。"杜一天咕咚又是一口，这才认真地看濮玉，"下午有安排吗？"

"杜大状，难得下雨，你不让我偷一天懒，又想干吗，我的私人时间可是很值钱的。"濮玉睨了杜一天一眼，抿嘴继续品咖啡。

据说猫屎咖啡是印尼人由麝香猫的粪便中提取出来后加工完成的，麝香猫吃下成熟的咖啡果实，经过消化系统排出体外，由于经过胃的发酵，产出的咖啡别有一番滋味，成为国际市场上的抢手货。

每次品尝这种味道独特的咖啡，濮玉都习惯性皱眉，她实在觉得人类把动物界的一坨屎奉若珍宝般品尝是件可笑事情，而不巧的是，她也是可笑部队中的一员。

杜一天手中杯子见底，他抿下嘴说："今天是诺诺幼儿园的家长开放日，她希望我们能一起去和她做活动。"也许是看出了濮玉的排斥，杜一天连忙补充："我和她说过妈妈在忙，经常出差，可那孩子说，妈妈就算再忙也该来陪诺诺过家长日的。"

濮玉张张嘴，心里把杜一天生吞活剥了几百遍，最后只得叹气："听说红府的海鲜鲍鱼宴不错，随便给我摆一桌吧。"

"还可以外加一瓶82年的红酒。"杜一天倒是大方，濮玉看出他也同样松了一口气。

唉，出门前，她边叹气就边想，怎么自己做妈妈的责任还没完成，就这么给别人的孩子做了妈妈了？

可等到了春草幼儿园，进了院门，上了三楼，站在中二班门口，濮玉发现，自己今天真的是多余来了，她唯一没想到的是，和老杜有一腿的会是她！

褪去严肃的职业装，身穿休闲服的Susie再不是摩里根银行享有女罗刹名号的Vp，而是一个想认女儿却认不得的可怜女人。

杜嘉诺正躲在她们老师身后猛闭眼睛，濮玉见杜一天脸色一变，接着快步朝诺诺走去。

杜嘉诺看到濮玉，脸上的慌张立刻变成兴奋的笑脸，她张开手臂，直接绕过杜一天朝濮玉扑去："妈妈！！"

那刻的濮玉觉得人脸是世界上最神奇的调色盘，比如她的成了红的，Susie的是黑的，而杜一天的脸则是煞白无比的。

她被杜嘉诺拉着做游戏，参加全程的家长日，Susie被杜一天拉出去谈话，等濮玉她们这边结束时，杜一天已经和Susie站在门口等她们了。

杜嘉诺第一次有妈妈陪着过家长日，玩得小脸通红，此时被濮玉拉着手，叽叽喳喳地说着话，也忘了之前见Susie时的不快。

"妈妈，一会儿让爸爸带我们去吃好吃的好不好？"诺诺扬着小脸笑嘻嘻，濮玉没法拒绝，只得点头说："好。"

她不知道杜一天和Susie刚刚说了什么，但总之杜一天脸色不好。濮玉看他蹲在地上摸着女儿的头："诺诺，一会吃饭，我们请这个阿姨一起去好不好？"

"不要！"杜嘉诺扎着小辫的脑袋瓜摇得如同拨浪鼓，"爸爸，我就要我、爸爸和妈妈吃饭，不要阿姨，阿姨好吓人，她说她才是我妈妈，我不喜欢她！"

濮玉真后悔把自己卷进这件事中，可她看到Susie眼中的受伤，同为母亲于心不忍，于是濮玉也蹲下身子，学着杜一天的样子摸摸杜嘉诺的头："可是诺诺，阿姨的肚子也饿了，我们带阿姨一起去好不好？"

"妈妈也想让她去？"杜嘉诺瞥了Susie一眼，狐疑地看濮玉，濮玉点头："嗯。"

"那好吧……"诺诺低着头，似乎对难得的家庭聚会被外人插足有些不满，不过小丫头很快就恢复常态，因为她找到了和爸爸讨价还价的筹码："不过爸爸我要吃麦当劳！"

"你这个情我是不会领的。"出门前,Susie小声对濮玉说。

濮玉笑了,她压根儿也没想从Susie那里领来什么人情。

四人坐着杜一天的大宇,朝距离最近的那间麦当劳驶去,路上除了高兴的杜嘉诺叽叽喳喳外,三个大人都有点强颜欢笑的意味。进了麦当劳,杜一天抱着诺诺去选套餐,濮玉去洗手间,Susie被留下来占位子。

濮玉从隔间出来,不意外地看到本该在外面占位的Susie。濮玉打开水龙头,按下些洗手液,粉色糯状液体放在掌心揉出一团泡沫。濮玉低头洗手:"Susie,你有什么话要和我说吗?"

"濮玉,我不介意你抢走我最爱的男人,但请你离我女儿远点。"

最爱的男人无疑说的是林渊,可濮玉真没想过要抢诺诺。"Susie,你多虑了,诺诺身体不好,想见妈妈,我是临时被杜一天找来帮忙的。"

濮玉的话让Susie皱眉,濮玉想她也许还不知道诺诺身体的事。不过Susie这种情绪也只维持了几秒,接着她也走近水池边,打开水龙头洗手:"也是,你和Lin的事马上就要开始了,我哪里还用担心你掺和诺诺的事,濮玉,记住一句话,爱一个男人,不一定代表你拥有得了他。"

"这话挺有意思的。"濮玉笑着把手伸去干手机。嗡嗡的机器声里,濮玉听到Susie甜腻的声音:"世邦和宋都那块地升值了,两家的合作需要更大的保证吧,我想。当然,只是我想……"

濮玉觉得Susie的想法很有意思,不过她没放在心上。从麦当劳离开后,她让杜一天把她送回了自己和戚夕的公寓,戚夕又不在。

她打开电脑,无意外的MSN上有亚斯的留言。

18 August 10:24 妈妈,今天言妈妈带我去医院看了Mr.D,他说我需要加强腿部锻炼,这样我说不定有天能站起来,可你不在,我不想练。

20 August 11:05 妈妈,我想你,你什么时候能回来,还有你什么时候能把爸爸带回来。

21 August 9:11 Mamam, tu me manques, tu me manques,

tu me manques，tu me manques，tu me manques，tu me manques……

　　写了满满一页的tu me manques让濮玉有想哭的冲动，她按下回复键，然后也打了满满一页的tu me manques。

　　亚斯，过一阵妈妈就会把你接回国，那时候你就能见到爸爸了，宝贝，要好好锻炼，爸爸喜欢坚强勇敢的孩子。

　　之后，濮玉又写了许多话，夜色深沉，远处地平线上，蓉北最繁华的街道勾勒出一道五光十色的光带，遥远得好像照得到濮玉的电脑屏上。濮玉在想个问题，如果，她是说如果林渊真的见到亚斯，会喜欢他吗？

　　算了，想那么多干吗！她按下发送键后，拿出手机，拨出了林渊的号码。他们几天没见了。

　　电话隔了许久才被接起，濮玉刚叫了一声林渊，那边就响起一个声音："你找林渊啊？"

　　是个女声，声音濮玉认得。

　　宋菲儿的声音总是特色得让她在第一时间分辨出。

　　她什么也没说，直接挂了电话。

　　抓紧手机，她走进客厅照镜子，镜子里的她笑容倒是恣意，可她却想起一句话，不知从哪年的春华秋实开始，笑不再纯粹，哭不再彻底。

　　濮玉有些自嘲自己现在的状态，手机响了，她拿起一看，是杜一天。

　　"老大，我想和你说，以后扮伟大母亲的事情别再找我了行不？"

　　电话那头，杜一天的声音被无数杂音嘈杂成一缕缕的，听不清，等濮玉听清了，脸色也变了。

第二十六章　临时妈妈

第二十七章　爱情难分

【早就劝你别吸烟，可是烟雾中的你是那么的美，叫我怎么劝得下口。】

濮玉和杜一天认识在德国的大学，相识近六年的交情，感情变质是最近的事情，可此刻的濮玉真想对头顶那盏国产60瓦的路灯泡发誓，她没见杜一天发这么大的火，从没，特别是当对象是个女人的时候。

Susie的嘴唇抿得紧紧的，脸在蒙了灰的路灯光下被勾勒上明暗起伏的线条，濮玉看得出她也是意外的。濮玉问门卫拿了停车牌，拔了车钥匙关车门下车，等走到Susie和杜一天近前时，杜一天的额头已经皱满了青筋。

"老杜，现在不是追究责任的时候，诺诺在哪儿呢，现在怎么样了？"

"在里面……"提到女儿，杜一天没了脾气，肩膀一垮，往里一指。急救中心的红白投灯在夜色里显出寂寥，濮玉叹口气："等孩子缓过来了，你们再说你们的问题吧。"

"Aimee，你不知道，要不是这个女人……"杜一天显然火气还没撒完，还想继续撒。急救中心门口的白大褂医生却不理他的什么火气，扯着嗓子极其不耐烦地喊："杜嘉诺的家人，杜嘉诺的家人！"

濮玉赶忙推着杜一天过去，Susie跟在两人身后。二十几米的距离，中年大夫的抱怨声清晰得如同在耳边："真不知道现在做家长的都怎么想的，明知道自己孩子抵抗力差，还要她接触过敏源，发了烧才想起来送医院，孩子遭罪，大人心里就好受？"

濮玉在电话里听到的只是诺诺因为Susie的疏忽被送进了医院，现在她清楚了，是肾病的孩子碰了过敏原。

Susie脸上不复骄傲，相反成了沮丧，濮玉走在她前面听她喃喃："我真不知道诺诺有这个病，真不知道……"

"你还知道什么？你除了把她生下来还知道什么？"杜一天止不住停下脚步朝她大吼，濮玉理解杜一天的心情，可她真不认为现在是问责的时候。还没等她说话，距离他们几步之遥的大夫不耐烦了，一转身先进了急救中心的大楼，边走还边摇头："这样的家长……"

"这样的家长"三人终于站到加护病房门外时，杜嘉诺小朋友正躺在玻璃窗那边床上睡着，气息很平稳的样子。带他们进来的大夫摘了口罩，露出一张沧桑的脸，颇为感慨地说："像这种情况的患者就应该避免让她到户外，现在空气质量不好，随便喘口气都能从鼻子挖半斤沙子出来，你们这些做家长的平时更要上心。"

"那大夫，以后我女儿还能去上学吗？"杜一天声音喑哑地问。

"你说呢？"中年大夫挑了眉毛，抬手活动下肩膀："一会儿孩子醒了，护士会给你们发除菌服，刚才孩子一直叫着要妈妈。你们……"他眼神在Susie和濮玉间游离一阵，什么话也没说，耸肩走了。

也是，大半夜来的急诊，真够大夫折腾了。

午夜的医院，白色墙面，青色瓷砖地，外加通明的灯光掩映，濮玉去食杂店问打瞌睡的老大爷买了三瓶水回来时，杜一天的情绪已经平稳许多，他坐在观察室外的长椅上，正低低和Susie交流什么。

濮玉捧着那三瓶水，站在拐角处看了一会儿，之后耸耸肩出去。

外面月色正好，濮玉在医院门前的台阶上屈膝坐着，她打开了一瓶水，抬头看天上月亮，心里不知在想什么。九月的蓉北，按理说什么花都是败了，可不知怎的，一阵微风吹来，带着一缕花香，说甜却不那么腻人，濮玉深吸一口气，终于知道自己发呆的理由了——林渊那通电话，她还是介意宋菲儿接了的。

所以说这世上的万般感情，没一种不是经过千疮百孔的。爱是，源于爱的恨更是，她一直以为自己早参透一切，可最终发现自己还在纠结轮回里，往生往复。

Susie不知什么时候坐到她旁边，手里燃着一支烟，袅袅烟气的夜色里画出道灰色轨迹，渐渐飘远，可这端依旧被女人好看的指头牵扯。

Susie掸掸烟灰，又吸了一口，这才开腔："她想去厕所，我就带她去了麦当劳的公共卫生间，杜一天当时不在，我不知道。"

"他知道你不知道。"濮玉仰头喝口水，突然有种对酒当歌人生几何的豪情，索性把心里的话全说出来："就是因为他知道你不知道才怪你。"

濮玉觉得她有说绕口令的天赋。

"我知道。"

得，Susie也有。濮玉放下手里的水，又开了一瓶递给Susie："少抽点吧。"

Susie突然笑了，她看向濮玉："知道你让我想起一句什么话吗？"

"什么？"

"早就劝你别吸烟，可是烟雾中的你是那么的美，叫我怎么劝得下口。"

"《游园惊梦》里的经典台词。"

Susie接过水，却没喝，依旧吸烟："宫泽理惠、王祖贤还有吴彦祖演的电影，我最喜欢王祖贤，当时并不觉得她多美，可就是喜欢。"

"看过不代表我会和你怎样？"濮玉挑眉，夜色下，她眼睛却黑白分明得如同在白天，"Susie，有句话一直想和你说，虽然我也是最近才知道诺诺的事的，但老杜这些年带着诺诺，想必也不容易，如果可以，你能不能别这么直接地把孩子从他身边带走。"

"那我也问你个问题，濮玉，如果我答应你的要求，你能把林渊让给我吗？"

女人在两件事情上，往往有着常人难以想象的固执与偏执——自己的孩子……以及自己深爱的男人。

濮玉打个哈欠："真送得出去，送给你又何妨。"可感情这种事，是能说送就送，说割爱就割爱的吗？濮玉想着她光着脚板，站在天堂口，手里拿着大把钞票冲天使说"Hey，angle，来2000欧的爱情"的情景，她就想笑。

爱情无价，母爱无价，两者都不能买卖，所以濮玉和Susie间陷入了尴尬的沉默。

杜一天出现在急救中心门口时有种心力交瘁的感觉，大夫刚刚和他说了诺诺的情况，不容乐观，刚好出门时濮玉正在婉拒Susie递来的香烟。濮玉吸戚夕那丫头的二手烟多了，实在不想再吸一手的。

杜一天皱眉从后面打开Susie的手："当谁都像你一样呢？"他低着头，半天后说："诺诺想见妈妈。"

Susie腾地起身，热情却被杜一天接下来的话浇灭了。杜一天说："诺诺要见的是濮玉。"

午夜，观察室里，各种医用观察器械嘀嗒作响，玻璃窗那边濮玉拍着诺诺，终于哄她入睡。揉揉发僵的脖子，濮玉出了隔离间，脱掉隔离服后出去找杜一天他们。

可走廊空荡荡的，尽头长椅上坐了一个人，林渊脸上酒气未消，脸颊还带着红晕。他正闭目养着精神。

濮玉走过去，坐在他旁边，歪头靠在他肩上，也学着样子闭起眼睛："晚上我给你打电话了。"

"我知道。"

他声音听上去有些哑，沙沙的却极好听，像黏了瓷实的土，烘焙着她靠近，濮玉嘴角微扬，依旧闭着眼："宋菲儿接的。"

"我知道。"

濮玉终于睁开眼："那林先生，我想知道，你和宋菲儿订婚后，咱们的那份协议还生效吗？"

林渊也睁开眼："女人，我不希望你太聪明。"

"可我就是不笨啊。"濮玉扬起张笑脸，伸头在林渊下巴上啄了一口，她深谙此道，知道男人接下来会做什么。果然，林渊喉结一滚，低头把她吻住。

终于，濮玉被吻到脱力，软在林渊怀里。

"女人，我无论和谁订婚，我们的协议都是生效的，而且你别忘了我那句话。"

"哪句话？"

他和她说过好多话。

他说："濮玉，我挺喜欢你的。"

他说："濮玉，你很美。"

他说："濮玉，我们分开吧，我不喜欢你，我就是利用你。"

……

瞧，他真是和她说过好多话，濮玉掩饰情绪般低语："到底哪句？我记不起来了。"

林渊被她蹭得无奈，拉起她的手，一笔一画写着。

Tu appartiens à moi.

濮玉笑了："林先生，我签的条款里真没有卖身给你这一条吧，哪天你要是真和什么宋小姐、李小姐结婚了，我可担不起小三这个名头。"说到这儿，她又开始伤感，"哦对了，我可能也没命活……"

"那么长"三个字直接被林渊吞吃入腹。

那天，濮玉被林渊抱上那辆玛莎拉蒂前想了许多问题，譬如还在熟睡的杜嘉诺、譬如不知在哪个角落唇枪舌剑的杜一天和Susie，再譬如她那辆还停在医院看守不严的停车场上的悍马。

第二十七章 爱情难分

"脑子里再想别人，我在这儿就把你办了。"林渊虽然没说，但濮玉隐约觉得是Susie和他透漏的自己的行程，林渊是气了。

濮玉心里想，只许州官放火不许百姓点灯，就准你和宋菲儿暧昧不清，不许我在别处发扬下母爱。可她嘴上却说："我的车还在停车场呢，万一被刮了……"

林渊又在她唇上啄了一下："蒙里找人把你的车开我家去了。"

"哦。"濮玉应道，半晌才反应过来，"林渊你二大爷，修车锁要钱啊！"

第二天上午，濮玉拖了一副仿佛不是自己的身子到达永盛时，Tina正站在她办公室门口和同事们派东西，见到濮玉，她直接小百灵一样飞过来，冲着濮玉高唱："今天是个好日子，红包宜包大个的。"

濮玉一脸鄙夷地白了她一眼："唱得一点韵脚都不讲，连卖唱都不够格，还要红包？说吧，什么红包，咱行谁要二婚了？"

Tina直接扑上来要咬她："人家是一婚，一婚！"

"哦，管家婆总算找到下家了，可喜可贺，放心红包肯定给你包个大的，另外，你的婚纱我也包了。"濮玉拿起Tina桌上的早报，卷成筒敲她的头。

Tina却一点不气："哎呀，Aimee，我就等你这句话了，我爱死你朋友戚夕的设计了，大气，华丽，美艳……"

"打住，你再说我直接让戚夕按照糟糠之妻的形象给你设计。"濮玉笑着看Tina闭嘴，"我一会儿打电话给她，看明天有空没，你去量个尺寸。"

"得令，我去给你冲咖啡！"Tina颠了。

濮玉笑着进屋，可她没想到，手里的电话没等拨出，电话自己倒先响了，是个完全陌生的号码。

濮玉接起，只说了一句，就笑了。

第二十八章　情敌相见

【在你结婚的日子里,我却只能远远看你,看你穿上西装,看你走上红毯,看不是我的旁人拉起你的手和你拥吻,连祝福都噎在喉咙,说不出来。】

虽然不想澄清,但濮玉觉得她把见面地点定在自己的咖啡厅里,真只是单纯想顺便看看最近咖啡厅的入账,阿翔这个管家催她回来很久了。

可当域门口明亮的玻璃门上方风铃响起,吧台后她的老员工条件反射地喊着欢迎光临,濮玉从电脑屏幕后面探出头,看到进门的宋大小姐那阵仗时,她还是止不住笑了。

宋菲儿撩撩大波浪,走到离濮玉一米远外,鸦片的香气顿时画着旋涡似的四散开,她左右看看,然后撇嘴:"你这里也就那样嘛,装修一般般,客人也就这么零星两个,啧啧,瞧你这员工打扮得也和民工一样。"

濮玉揉揉发僵的脖子,从U形吧台后转个圈出来,甩下手微笑:"是挺一般的,看来我要再多请宋小姐来几次,直接关门大吉倒是个好主意。"

说着,濮玉眼睛在宋菲儿身后顺着扫了那么一圈,目光所到之处,正有几桌客人收拾东西准备走,而他们的目光无一例外都看着宋菲儿身后跟着的那几个黑衣保镖。

"宋小姐,虽然这是我的店,但好歹我不是流氓,更不是黑道,你想找我谈,先把这几个人撤了吧。"濮玉理下头发,先走到靠窗1号空桌旁,"就在这里谈吧。"

濮玉的话让原本想着气势上压倒对方的宋菲儿脸一阵发白,朝身后挥挥手:"你们去那边坐着,爱喝什么点什么,可着贵的点,不然一人一杯猫屎咖啡。"

一直远观的阿翔有眼色,朝他旁边的伙计扬声:"给这几位上四杯猫屎。"

宋菲儿得意地笑了,笑过觉得哪里不对,脸又红了,她伸手指着吧台后面一脸淡然正往外端杯子的阿翔说:"你……"

"宋小姐,老大,你们的咖啡。"阿翔扑克脸地放下两杯咖啡,转身走了,压根儿没理会宋菲儿早乌云密布的脸。

濮玉端过她那杯,笑着招呼宋菲儿:"阿翔,我店里的伙计,从有域那天开始一直就在,说话直,别介意。话说回来,他的咖啡拉花做得很好,是我们的特色，宋小姐可以试试。"

宋菲儿听了濮玉的话，拿过她自己那杯，盯着悬浮在上面的那只乳白色小鸟，一皱眉："就这只丑鸟还特色，濮玉，你经商明显没你做律师成功。"

"阿翘弄的该是喜鹊，喜鹊是报喜鸟，吉祥如意的意思。"濮玉耸肩解释，倒没多说什么，不过宋菲儿听了她的话倒真喝了一口。

"味道一般般吧。"

她连着喝了三口。

濮玉也喝了口自己的，意式咖啡的浓郁味道一直湿润得传到眼角，她放下杯子，开口："宋小姐找我不知有什么事吗？"

濮玉一说，宋菲儿才想起今天来找濮玉的目的，咖啡杯被她放在近前桌上，她倒是开门见山："濮玉，开个价吧，要多少你能离开林渊？"

"宋小姐，我不懂你的意思。"

宋菲儿皱着眉晃晃自己的手指："你真不知道假不知道，我们宋家和世邦联合进行的那个项目要扩大规模，这么大的资金，双方互信不够，所以我哥已经和林渊去提我们订婚的事情了，在不久的将来，这根手指头上会戴着一枚属于林渊给我的订婚钻戒。还不懂吗？濮玉，这场局你被out了。"

下午三点五十，城市干道上正遭遇一场红灯，几辆拉着鸡鹅的家禽车停在咖啡厅玻璃门外，聒噪的喇叭声有节奏地侵扰着玻璃这端人们的耳膜。濮玉的一脸平静却让宋菲儿意外，许久的沉默让她心里没底，最后她忍不住又抓起了咖啡杯："所以你有什么条件，尽管提，只要你答应今后不再纠缠林渊。"

"宋小姐。"濮玉还是说话了，"有件事我想你最好弄清楚下，我和林渊之间，不存在什么我缠着他，他赖着我的关系，朋友都是合则聚不合则散，何况男女关系。"

"濮玉你别给脸不要脸。"

濮玉身手快，但架不住宋菲儿是直接把杯子甩过来的，所以她还是被那杯咖啡殃及了些，不过比起宋菲儿，她倒觉得鼻尖上沾的这点咖啡成了潇洒，她抹掉脸上的咖啡笑了。

"啊！！"宋菲儿的反应很符合大小姐被泼咖啡后的气质，先是尖叫，接着手就摆向了身后的手下，"你们还愣着干什么，还不给我好好收拾下这个死女人！"

濮玉摆摆拳头："宋小姐，你可想好了，你先动手，你是故意伤人，我是正当防卫，我要是误伤了谁，不负责任的。"

第二十八章 情敌相见

可惜濮玉那天注定没有动手的机会，宋菲儿的大哥，和她有过几面之缘的宋容出现得及时。

"菲儿，你先回去。"

"哥……"

"先回去！"语气成了呵斥，宋菲儿脸已经不是人色，气得鼻子歪，顶着一脸咖啡出去。宋容转身，递了块手帕给她。

手帕上有着淡淡的味道，烟草香不是烟草香，青草味也不是青草味，但却是好闻的味道。濮玉放在鼻间嗅嗅，没用。

"宋家的手帕香味都特殊，我看我还是用纸巾吧，阿翔……"濮玉叫身边的阿翔，示意他递纸巾，可宋容动作更快，他直接拿了手帕按上了濮玉的脸。

"咖啡干了不容易擦。"宋容的声音像他的名字，好像能包容很多东西，濮玉呆愣了两秒，才反应过来从宋容手里接了手帕自己擦。

宋容的教养显然比他那个妹妹和二弟好很多，先和濮玉道歉："菲儿她不懂事，濮玉你多见谅。"

他第一次直呼濮玉的名字，之前濮玉作为宋都的代表律师和他见面时，他要么称呼濮律师，要么叫她濮小姐的。濮玉自认她和宋容没什么暧昧关系，所以他这么叫，濮玉不习惯。

她把手帕折好："宋先生，宋小姐的行为我很理解，爱情自来都是冲动的，看得出宋小姐很爱林先生。"

"那你爱林渊吗？"宋容似笑非笑地看着濮玉。

濮玉目光一凛，用"咱俩很熟吗"的疏远笑容朝他点头："宋先生，我要进去清理下，你的手帕我清洗后会让人送到府上的。"

宋容不置可否地耸肩。

濮玉在后面洗脸，后来还是觉得不干净，索性洗个澡。宋菲儿的话一直在她脑海回响，她是爱林渊的，她能肯定林渊喜欢他吗？百分百喜欢吗？

不能，男人的背叛和抛弃，哪怕只一次，那就永远是女人的伤，所以亚斯暂时还只是个不能说的秘密。吹好头发，她打算回行里一趟，叶太太那件案子她和周法官沟通了几次，总算确定了再次开庭的时间。

出了走廊，阿翔低头站在走廊口，听到声音，他抬头："老大，姓林的真敢欺负你，亚斯以后就跟着我。"

"谢谢你，阿翔。"濮玉拍拍这个她从里昂街头捡回来的小伙子。

"还有……"

"什么？"濮玉本来打算走，阿翔说，她又停住脚。

"那不是喜鹊，是乌鸦。"

乌鸦？灾星？是了，姓宋的真是她的灾星，就好像濮玉在自己毫无意料的情况下，刚一出域的大门，直接就被宋容的车拦住了。

"上车，有人想见你。"

"谁？"

"维安。"

濮玉直到几小时后才离开那栋老宅，她惊讶于维安姐竟和宋容认识之余，也沉湎在易维安同她说的那句话——林渊和宋菲儿的婚必须订。

濮玉谢绝了宋容的车，打车去了林宅，她承认，看到林渊背影的时候，自己心情是复杂的。

不想承认，可女人的确是小气，明知只是个简单的订婚，可她就是再笑不出来。

"定在哪天了？"濮玉坐在林渊身边，看他手里的报纸，头版头条，经济新闻，一堆秃顶老头握手言欢的配图，内容是关于蓉北新型房市格局的文章，在濮玉看来，那些都是圈老百姓钱的王八蛋，而她身边坐的也算王八蛋之一。

"什么哪天？"林渊放下报纸，搂濮玉入怀，他头搁在她颈窝，嗅着发髻的香气，那是他的习惯动作。

最近的工作很忙，他计划的事情也开始有了眉目，一切都在紧张时刻，濮玉是唯一让他放松的人。

濮玉任由他吻着，笑笑地说："订婚。"

林渊的动作停下来，蓝眼睛的深邃目光停留在濮玉身上，半天后他也笑："月末。"

她"哦"了一声，起身打算上楼。说实话她累了，真的，濮玉从没觉得自己背负着这么多，亚斯，维探，她还剩下的四分之三年的生命，现在又多了那个"熟人"的托付，人生为什么要一个负累接一个负累的才叫人生，人生为什么要这么多隐忍！

当林渊走过去拉她手时，她直接回过身，对着林渊一记剪刀手倒扣："林渊，逢场作戏的订婚我就算勉强接受了，但项目一结束你马上解除婚约，别忘了你身上还扣着我的章呢！"

林渊轻笑一声，手一用劲，反倒把濮玉揽进怀里，鼻息向近处，他对她吹气，"丫头，你要是和我说你丫敢给我订婚我把你剁了，这场婚我立马取消，怎样？"

濮玉真想点头立马把他的话照说一遍，甚至比那还要再狠十倍百倍，可她不能，维安姐的嘱托还在耳边，她第一次觉得自己活成了别人，可那有什么办法呢，对方是对她好了那么多年的易家啊。

"算了。"濮玉泄下身上所有气力，"只要在我们合约期限内，你不要让我在你结婚的日子里，只能远远看你，看你穿上西装，看你走红毯，看不是我的别的哪个野女人拉着你手亲你就成。"

你终究还是不肯说你去见了易家人，你终究还是没把我放在第一位。

林渊的眼神成了深邃，他倏地抱起濮玉上了楼。

月色深沉得溶进厚重的窗帘后，濮玉等确定他睡沉后，悄悄爬起来，开门出去进书房，开电脑。

她要写信给亚斯。

第二十九章　有一种爱
【在春天留下的伤，注定只能忍过冬天结疤。】

窗外一场秋雨刚至，雨丝在窗玻璃刻下一道道深浅不一的伤痕，延展一路向下，最后隐没在淡蓝色窗角聚成一小撮汪洋。

阴郁天空下的永盛楼层里却像刚打了一场大仗，濮玉办公室外的普通工作区，白萝卜、胡萝卜，以及白菜还有他们各自根茎上带着的泥土味混杂复印机的电墨香，形成一种效果独特的城乡结合部味道。

Tina擦干净桌上最后一抹泥渍，松口气起身给濮玉送文件，可才推开门她直接被里面那扑面而来的洋葱味呛了出来，顺着手边门缝，Tina打着喷嚏朝里喊："Aimee，你别不是把洋葱剁了吧，煮汤吗？"

濮玉倒是没打喷嚏，可也是泪流满面，她连抽了三张纸巾才把她那张涕泗横流的脸暂时清理干净。扔掉纸巾，濮玉又把桌下那箱洋葱的盖子确认盖严，这才开门把直往外躲的Tina提溜进来。

"和老杜说，既然说是法律援助，那就是免费的，何况人家还送了这么多东西来……"濮玉接过文件，翻到最后一页，签了字，末了还是忍不住抽了张纸擦鼻子。

Tina捂着鼻子看濮玉的模样自己拼命忍笑："Aimee，你真打算做汤啊？"

"哪呀！"濮玉擦掉眼角被辣出的泪，"那个农民工大哥为了和我证明那是他们老家老婆亲手种的，特意掰开让我闻。"

闻啊，Tina边笑边接过濮玉签好的文件，又一个案子告一段落。

杜一天和濮玉今天刚刚结束了那起包工头拖欠农民工工资的案子，在证据面前，包工头最终认罚，上次那些农民工的钱总算成功讨回了。

但好像濮玉总挂在嘴边的那句话：律师是一个看起来很美、说起来很烦、听起来很阔、做起来很难的职业，他们追求的不是法庭上的口舌锋芒快感，而是捍卫自己当事人的权益，小则关乎利益，大则关乎性命家计。

这起案子Aimee追了三个省份，取证无数才把那群农民工的钱追回来的。

Tina觉得濮玉就是她的偶像，她抱着文件夹想起另外一件事："Aimee，老大说晚上行里出去庆祝，你去吗？"

"不去。"濮玉转转脖子,"这几天忙得我骨头都要散了,想回家睡觉。"

其实濮玉最近的状况并不是很好,前几天林渊带她去看了一个据说全国都有名的妇科大夫,结果是什么可想而知,当时林渊的脸黑极了,不过这不是让濮玉最心烦的事情。

生死各有命,只要在死前她把不放心的人,不放心的事都安排处理好,她就觉得值了。

可明天是林渊和宋菲儿订婚的日子,而她则要没事人一样照常工作,她明明知道那是一场虚假的订婚,可还止不住心里伤心,她明知道那对林渊来说是半个陷阱,可却什么都不能说,只能保持缄默。这些对她来说真他妈挺折磨的。

"Tina,反正你的好日子要在明年开春,婚纱尺寸这两天我带你去戚夕那里量,总之让你穿上最漂亮的婚纱,也没浪费我和你同事一场。"

Tina开始还很开心,可濮玉后面的话怎么听怎么带种伤感,她疑问:"Aimee你不会是要离开永盛吧?"

濮玉摇头,刚好桌上的手机响起。

太阳天或下雨天人挤人的咖啡店找一个能让你舒服的角落看着情人肩靠肩……

陶喆慵懒舒适的声音缓缓地唱,似乎冲淡了房间的洋葱味,濮玉看下屏幕上跳动的人名,朝Tina眨眨眼,比下口型:婚纱来电。

电话是消失几天的戚夕打来的,濮玉心里盘算自己多久没见那丫头了。大约从上次濮玉和她说了别和顾小平来往,蒙里再把她们从512国道旁拎回来,这丫头像人间蒸发般直接从她生活里消失了。

接起电话,濮玉没客气,直接给了句:"戚夕你个死丫头死哪去了?"

对方没像过往那样叽叽喳喳拿些话来炮轰她,相反那边竟出奇地静默了半天。濮玉换只手,把手机夹在颈间,自己坐在办公桌上歪头整理文件:"说话啊,别告诉我你不和顾小平牵扯,开始和蒙里鬼混了,戚夕,我说你……"

"Aimee。"Sean受了委托,从病房出来就给濮玉打电话,可一拿手机才发现自己那个烂苹果又没电了,骂了句"Shit",他折回病房去拿戚夕的手机,于是被濮玉误会成了戚夕。可电话真通了,他又不知道该怎么说了,说什么,难道说"Aimee啊,戚夕出车祸了,不重,就是腿骨断了,脖子上了支撑架"?

这么说,他纯属找死,纯的。

挠了半天的头,他朝医院走廊瓷砖地上啐了一口,缓和口气:"Aimee,你听我说,戚夕出了点小意外,现在在我这儿,她想见你。"

第二十九章 有一种爱

电梯上行，濮玉不耐烦点着脚尖，七楼，骨科，电梯门打开，她第一个冲出去，Sean已经等在外面。

"Aimee，你先听我说，戚夕的伤看着挺吓人，其实不严重，真的！"Sean眨眨眼强调，可他觉得自己的强调在濮玉那里全是白搭，因为濮玉直接和他说："要么现在带我去，要么我把你嘴巴缝上，自己去。"

濮玉见到戚夕时，在国际服装界都享有一席之地的戚大设计师正努力拿她没打石膏的左手去够打了石膏的右腿。脖子卡着支撑架，她样子有些滑稽。濮玉却气得眼睛发酸。

她坐在戚夕床边，沉默半天，终于叹气："说吧，是哪个前情人求和你旧情复燃没成功把你报复了，还是前情人的现情人发现你们的关系，醋意大发，打算灭你？"

"就是出门忘了戴眼镜，被一北京现代撞了，没啥大事！我皮糙肉厚的！玉，我就是想你，不然才不要你看我这个德行呢，过来帮我抓抓痒，你不知道我要刺挠死了。"戚夕依旧嬉皮笑脸，可脸上一直延伸到支撑架里的伤和她眼睛里隐藏的酸楚却明明白白。

如果不是看在她是病人的份儿上，濮玉绝对会直接上去拍她后脑勺一巴掌，可就算这样，濮玉还是不耐烦："三个数，要么说实话到底发生了什么，要么我走人，一、二、三……"

"你数的节奏根本不对！"戚夕肿着嘴嘟囔，她看眼天花板，之后默默地倒像自言自语地对濮玉说："大玉，沈明阳那个王八蛋打了我一巴掌，我气不过跑出去就撞了！"

戚夕的话让濮玉心里一突，沈明阳和戚夕认识的时间虽然不长，也就一年，可自从两人在一起后，沈明阳是把戚夕捧在手心放在心尖那样地宠。

濮玉还记得之前，有次她出差去了外地，戚夕大姨妈来了，躺在床上疼得直打滚，当时刚从父亲手里接手公司的沈明阳知道后，二话没说跑到戚夕和她住的公寓给大小姐暖了一天的肚子，后来戚大小姐肚子好了，又突发奇想，想吃澳门小吃，沈明阳二话没说，机票往返，蛋挞从保温箱里拿出来时，还是热的。

戚夕特殊的家庭背景塑造了她把什么都不放在心上的个性，认识沈明阳前，戚夕的男友是时常换的，在别人眼里，戚夕可能是放荡的，在戚夕自己眼里，她觉得自己怎么舒服怎么来，不过她有她自己的底线。

可自从满头大汗的沈明阳抱着装蛋挞的保温盒敲开她房门时，沈明阳成了难得进入她戚大小姐心房的第二个。

在春天留下的伤疤，注定只能等过忍冬结疤。顾小平是她磨灭在春天的疤，沈明阳则彻底把这道疤结痂愈合。

可现在……

濮玉拿起桌上水果刀，从果篮里拿了个苹果给她削皮，低头看苹果的时候，她说："总该有个缘由吧，不可能无缘无故的。"

戚夕脖子不能动，只能把视线朝窗外移了移。

七楼，没有树木到达的高度，方形窗子只挖出一块毫无内容的灰色天空给自己，雨还在下，淅淅沥沥的，开条缝的窗不时把窗外延绵的雨声送进来。戚夕想，鬼知道什么缘故呢？

身上的伤口由于撕扯开始四分五裂地疼，不过这些都比不上那天沈明阳扇她那一巴掌来得疼。

那是个晴天，戚夕在自己工作室画图，心思不大专一。顾小平和她说过不要她和沈明阳在一起，沈明阳最近要倒霉，她本来想从他口中问出什么，可顾小平除了一味卖关子外再不肯多说一句。

故弄玄虚，她骂了一句，继续画图。电话突然响了，沈明阳的，她接起来，听他那边似乎很吵，戚夕有点不乐意："沈明阳，你跑哪儿混去了？"

"戚夕，我在晶华，你过来下。"

"我画图呢……"晶华是蓉北一家会所，沈明阳带她去过几次，知道了他的下落，戚夕语气缓和，"你们公司下季的主打，沈老板是要我现在撂挑子啊？"

"乖，现在过来。"沈明阳说完，竟然直接挂了电话，戚夕盯着灰下去的屏幕呆了一会儿，生气也不是，不生气也不是。

想想，她还是换衣服出门。

可到了，她才知道那原来是场鸿门宴。

第三十章　血脉相连

【妈妈说，人最好不要错过两样东西：最后一班回家的车和一个深爱你的人。】

戚夕到了晶华门口还接了三个电话，一个是杂志约采访的，一个是她的布料供应商打来的，还有一个明显打错的。

对方电话里骂骂咧咧的，戚夕盯着电话屏幕一阵嗤笑后，挂了电话。

精神文明高度建设的社会，脏话说得一水儿清的神经病也多。

可她没想到在不久之后，她也快被沈明阳逼成了问候他三十六代祖宗的神经病。因为沈明阳今天的饭局不只请了她平时总见的那群朋友，还请了让她恶心的宋城以及上次莫名其妙代替沈明阳去接自己的蒙里。

说到上次，戚夕就恼火，濮玉明明打给的沈明阳，偏偏沈明阳那天喝得酩酊大醉，但是这样就算了，戚夕气的是沈明阳是和她一直同他表示自己不喜欢的蒙里喝酒，她明明和沈明阳说过她不喜欢蒙里这个人的。

见到蒙里的那刻，戚夕的脸当时就拉了下来，沈明阳旁边的人移开位子给戚夕腾地方，沈明阳也让人拿了酒给戚夕。

"戚夕，宋少爷说和你之间有点误会，他想和你赔个礼。"沈明阳揽着戚夕的腰，语气轻松地说。

切，戚夕冷笑一声，耍完流氓说声对不起，我跟你耍流氓了就没事了？那是不是真等那个什么见了鬼的宋城真把她上了再说句对不起就算了？

戚夕眼角带着清冷，把视线移到一旁，没接沈明阳的酒。"道歉就不必了，就请宋二少管好自己，别动不动就出来发情！"

戚夕这个人什么都好，就是说话不爱拐弯抹角，她不会因为沈明阳一句话就和宋城前嫌尽释、把酒言欢，她谨记狗改不了吃屎这句话。

宋城先是尴尬了一下，紧接着就无所谓地抱过身旁的陪酒小姐，摸着她的肥臀戏谑地看沈明阳："沈少爷说话这么没分量，那我和蒙少那事你是不是也做不了戚小姐的主啊……"

戚夕眼睛眯起看沈明阳："你又答应人家什么了？"

因为戚夕的执拗沈明阳脸正黑着，听到她问，他先是深吸口气，紧接着正了正脸："蒙少公司新品想你设计，你过去吧。"

戚夕拿一种看天外来客的表情看沈明阳，宋城则拿一种看好戏的表情看着两人。

都说常在河边走，哪有不湿鞋，戚夕现在才知道她过去是太在乎沈明阳了，昂着脖子，她说："如果我拒绝呢？"

沈明阳声音提高了八度，他拿了个酒杯："我已经答应蒙少了！"他捏下戚夕的胳膊，压低声音，"小七，听话，我答应人家了。"

"沈明阳，你王八蛋，老娘姓沈吗？凭什么轮到你给我做主！告诉你，别说什么姓蒙的姓沈的，我都不干了！"

"啪！"

声音清脆得好像还在当时，戚夕举着打了石膏的手臂摸摸早没印记的脸，神思回到当下，窗外的雨还在下。

"大玉，我从小没被人打过，我爸那么凶，都没舍得打我一下，沈明阳他打我。"

濮玉手里的苹果早削好，表皮一层由于接触空气时间较长，氧化出一层咖啡色暗红，濮玉拿着它在戚夕面前晃悠一圈后，放在自己嘴边咬了一口："分手呗。"

戚夕眼睛瞪得老大，拿那种"还有没有人性，是不是朋友"的眼神审视濮玉这朵奇葩。可最后她还是肩膀一垮，一脸的不甘心："当然分手，只是不是现在这样。"

戚夕让濮玉去打听蒙里到底怎么说服的沈明阳，不过这事真让咔嚓着苹果核的濮玉犯难，因为明天就是林宋两家"联姻"的日子，这个空当让她去打听什么小道消息，她真的没那个心情。

蓉北的天气在那阵真是多变，前一天还阴雨连绵，转过第二天就成了万里无云的大晴天。濮玉站在蓉大第二教学楼三楼的阶梯教室里陈述完今天准备好的最后一个案例，下课铃声恰时响起，时间刚好。

在大学讲坛上找到一席之地真是濮玉这段时间遭遇的最神奇也最让她惊喜的事情，原来蓉大校方只是准备了一个容纳90人的小教室给濮玉，可无奈自从濮玉前两节讲课完，整个法律系的学生都在传这位客座老师比他们科班出身的老师还好，不仅课讲得风趣幽默，重要的是人还漂亮。

于是外系男生来旁听，小教室坐满了。

再到后来，外系男生的女朋友也跟了来，再再后来……就成了现在阶梯教室也坐满人的状态。

濮玉弯腰去拔U盘，再起身面前又是一群学生。

"濮老师，你今天说的1998年×××那件杀人案，当时为什么法官不采信辩护方证词呢？"

"因为当时……"濮玉揉揉额头，和学生做解释。

等周围的学生走得差不多了，一直站在门口等她的颜珏晃着步子进门："表姐，够潇洒啊，人家今天订婚，你还有心情给学生上课？"

"不然怎样，找块豆腐撞头吗？"濮玉整理好桌上的讲义，卷成筒随手在颜珏头上敲一下，"请我吃饭，大餐。"

"好！"颜珏揉揉头，笑嘻嘻地挽着濮玉胳膊往外走。

结果所谓的大餐不过是蓉大二食堂三楼的豆腐砂锅。

颜珏从窗口端了刚出锅的豆腐锅，一路小跑回到座位，她放下砂锅，先拿手指摸着耳朵，嘴里抱怨濮玉："表姐，你这么给我省钱啊……"

濮玉没说话，她正抬头看着颜珏身后方四十五度上空。颜珏发现后，也回头去看。

那里挂着一台电视机。

中午，学校食堂坐满了来吃饭的老师和学生，电视机开着，声音却被片片嘈杂声音掩盖，听不真切。

唯一清晰的画面上，一场订婚宴正在直播进行。

颜珏收回目光，边叹气边给濮玉分勺子："姐，别看了，看着心也烦。我就奇了怪了，好好的地方台，中午不播新闻，直播什么订婚呀！"

"颜老师，你不知道啊？"颜珏身后突然窜出个声音，是颜珏的同事，年轻教师一看就是一脸八卦样，嘴上还沾着菠菜叶就开始说："这可是咱们蓉北的大事啊，咱市的林先生娶老婆！"

"嗨嗨嗨！"颜珏手里的筷子直接敲上同事的头，"周老师，吃你的饭去，什么娶老婆，不就订个婚吗？"她小心翼翼瞧了濮玉一眼，后者却嘴角含笑，吃着豆腐煲。

电视屏幕里，林渊穿一身裁剪得体的黑色西装站在白颜色的会场前。濮玉嘴里含了一口豆腐，还别说，这大学的厨师做的味道还真不错，不比她给男人选的那套西装差嘛。

她笑着咽下豆腐，继续看电视。

声音很小，听不清播音员的解说，她只看到宋菲儿一身可爱的白色小礼服，被宋容带着走进会场。

终究还是要订了。

她看着会场主持准备宣布什么，看着蓉北市长从席位上起立准备恭贺，再看着宋菲儿一张妆容美好的脸上笑靥如花，嘴里的豆腐咬成渣。

算了，濮玉低头正打算化悲愤为食量，颜珏突然尖叫一声："姐，你看，你快看，林渊！"

看什么？

她抬头，电视屏幕里，林渊正同宋容耳语着什么，而宋菲儿妆容美好的小脸却成了惨白。颜珏不知道从哪找来遥控器，把电视机声音调至最大，解说员的声音尖利地传了出来……

"不知道出了什么状况，按照流程表，现在应该是准新郎新娘交换戒指了，天！林先生竟然提前离席了！"

颜珏嘴角沾着豆腐渣，目瞪口呆看自己姐姐，电视里追到匆忙离席的林渊最后一个镜头是他正往外拿手机。

濮玉条件反射地看了眼自己的手机，果然，没几秒，电话铃声响起。

太阳天(或)下雨天
人挤人的咖啡店
找一个能让你舒服的角落
看着情人肩靠肩
……

陶喆的声音因为自己的情绪多了几分躁动，濮玉发现自己拿着电话的手都在抖。

颜珏看到表姐的表情，隐约猜到了什么，伸脖子一看："姐，快接啊！"

"嗯。"濮玉擦下被手心汗渍浸上的手机屏，滑开接听，"喂……"

"濮玉，你骗我骗得好苦。"林渊的声音也在发颤，看得出他同样激动，濮玉心里一突，依旧笑着说："我骗你什么了？"

"亚斯的航班还有半小时到双陆机场，如果你希望我们父子的第一次见面不

第三十章 血脉相连

太尴尬的话,你还有一分钟到蓉大正门等我!"

颜珏支着耳朵听,什么都没听到不说,再一眨眼,自己表姐也风一般地飞奔出去。

濮玉气喘吁吁地跑到蓉大门口,林渊的玛莎拉蒂刚好风一样停在自己脚边。"上车。"他说。

"现在别和我说话。"他说。

"否则我不知道我会做什么。"他说。

从上了车子,濮玉自始至终没说一句话,而林渊说完这三句也是再无一字。她懂,他是怪她了。不过她也是没办法。

站在双陆机场出站口时,濮玉的情绪终于安静下来:"林渊,亚斯的情况和普通孩子不大一样。"

"我、知、道。"只不过才一会儿,林渊的蓝眼睛竟然血红了,他也是一路快车,这一路,他想了很多,他想了他之前和濮玉在一起的日子,想了易维探,想了易家,想了他从未谋面的儿子。他努力半天,总算平心静气:"就算他的腿有事,他也是我和你的儿子。"

濮玉站在林渊身旁,矮他很多,可那刻,被他拉着手的濮玉却心生幸福。

妈妈说,人最好不要错过两样东西:最后一班回家的车和一个深爱你的人。

我应该没错过吧……濮玉想着,冷不防身前有人叫她:"Mom!"

第三十一章　雨季不再来

【悲伤有时就是和喜悦并肩而存，好像东京的雨明明那么美，却不知怎么湿了巴黎的心。】

林渊今年三十岁，在他而立的年纪，他险些做了人生中第二件让他后悔的事——和自己不爱的女人订婚。

哪怕他有一万个理由去订这个婚。

在事后的许多年，当他和自己的爱人肩并肩重新坐在塞纳河畔，看着水边的碧草青荇，岸边的琉璃瓦灯，身旁欢呼着的自己的孩子，他总会忆起曾经的年少轻狂，血气方刚，那时候他才知道，曾经的什么执着啊、复仇啊比起身旁的幸福，真是狗屁都算不上。

见到亚斯前，他发誓没想过在这世界上，真的还有那么一个小小生命，是和他血脉相连，温柔依存的人。

亚斯是被一个金头发妇人抱着出机场出站口的，远远地，林渊就在层层人群中看到了那个黑头发的小家伙，他和自己长得真像啊，一样颜色的头发，一样颜色的眼睛，都是湛蓝湛蓝的。

当时他就想，濮玉，我真恨你啊，这是我的儿子啊，你让我迟见了他这些年。

可转眼他又想，在那些他不在她身边的日子里，她一个女人怎么挨过来的，易家不要她了，濮家不管她，而这些苦都是他给的。

他以前恨过濮玉，现在更恨让她受苦的自己。

嘴唇抿得紧紧的，他手颤巍巍地伸向扑在濮玉怀里的亚斯。

除了濮玉中间有一次飞去看他外，亚斯真的好久没见妈妈了，现在乍一见，搂着她脖子不松手，嘴里中法交替地一会儿叫"妈妈"，一会儿说"Mom, tu me manques."

濮玉脖子被儿子搂得紧紧的，过了好一会儿才想起身旁的林渊，再看他时，男人脸上正朦胧出一种无比柔和的表情，那是她从未见过的，包括和他恋爱的时候。

濮玉心头一软，知道那是父子天性使然。拍拍儿子的背，濮玉叹气："亚斯，你不是一直想见爸爸吗？爸爸在了。"

"爸爸？"孩子的声音朦胧在林渊耳边，他的眼睛同亚斯对视上时，自以为坚硬的心莫名软了。"你是亚斯？"他伸手一把将亚斯接进怀里。

订婚仪式上手下报告来的消息，他的儿子出生时就是先天性不足的，一直没能站起来，这一切追究起来，责任又在自己身上。林渊真的体会了自作孽不可活这句话的真意。

"亚斯，我是爸爸。"他紧紧把儿子搂在怀里，亚斯那么小，小得好像他再用点力就能把儿子融在自己身体里，可亚斯却那么好，让他有经过地狱后重见天堂的感觉。

"你是爸爸，真的是？"亚斯声音奶奶的，带着地中海的甜香。林渊点头："是，我是爸爸，嘶……"

林渊一痛，低头看到儿子正咬自己的胳膊。小孩子力气小，亚斯却使了全劲儿的，没一会儿，淡淡的血味就散到了鼻端。濮玉也发现了不对劲，赶忙去拉亚斯。"亚斯，松开，亚斯！听话！"

濮玉反复说了几声，才把亚斯拉开，小子奶牙沾着血，却眼睛犀利地看林渊："要做我爸爸，就不能再欺负我妈妈，你能做到吗？"

林渊看看胳膊上那个小牙印，然后抬头看亚斯，认真点头："能。"

"那好吧，爸爸。"亚斯这次给了林渊一个温暖的拥抱。

林渊家的纽芬兰犬找到了新伙伴，以前是濮玉坐在靠椅上赫本给她画地图，现在换成亚斯坐在轮椅上，指挥赫本拉着他到处跑。

客厅里，濮玉拿着急救箱给林渊包扎伤口。林渊开始还说是小伤，等濮玉真拿着棉花球按上他伤口时，他才知道亚斯那小子咬得真不轻。

"你别看亚斯腿不好，那小子可厉害着呢，有次那个法国邻居家的小孩拔了他一株小树苗，亚斯把那个孩子骗到身边咬了人家一大口。"

林渊大笑两声："机灵劲儿，像我儿子！"

濮玉丢掉用过的棉花球，低头拿纱布缠伤口，没说话。林渊笑过后也沉默："他总被人欺负吗？"

濮玉拿胶布把纱布固定好，边收拾急救箱边语气淡淡地说："你又不是没在法国待过，单亲，黄种人，还有腿……"

儿子的小小社交圈一直不顺利，这些她都知道，可儿子也是出奇地懂事，他从不和自己抱怨什么,可怜五岁年纪的小孩就懂得照顾她这个二十多岁妈妈的情绪。

"你在怪我。"林渊拉起濮玉的手,看着她。

濮玉笑笑,自己种的因果,怪得了谁。

"以后再不会了。"林渊把濮玉揽进怀里,用前所未有的认真语气轻声说。

悲伤有时就是和喜悦并肩而存,好像东京的雨明明那么美,却不知怎么湿了巴黎的心,濮玉不知道自己是否幸福,但她希望自己幸福。

一阵嘀嘀的模拟小汽车声传入客厅,濮玉猛地惊醒,从林渊怀里起身:"亚斯,干什么呢?"

"Mom, J'ai été conduite."

"亚斯,在国内说中文,再说赫本什么时候成了你的车了,还'你开车'?"濮玉伸手摸摸累得直吐舌头的赫本,既心疼狗,又想让儿子开心。

"赫本力气大,没关系。"林渊倒大方,任由亚斯带着赫本继续胡闹。

这也就是父子。

管家进来喊开饭,林渊起身把亚斯从轮椅里抱起来,举在头顶:"儿子,你喜欢吃什么?"

被举高的亚斯咯咯直笑,扳着指头没客气:"我要吃黑松露、鹅肝、鱼子酱,这些言妈妈只准我在过节的时候吃一点点,言妈妈小气死了!"

幸好送亚斯来的言太太不在,不然濮玉不知道又要怎么尴尬了,其实控制亚斯的饮食是她的主意,法国的东西贵得要死,她每一分都是算计好才花的。

可在林渊这里就不必了。林渊哈哈一笑,看身旁的管家:"宝祥,都备好了吗?"

闫宝祥躬身点头:"按您的吩咐,都是最新鲜的原料。"

濮玉在旁边看着儿子欢呼着"哦耶",心里在想,从林渊知道儿子的存在到见到他,时间也不过过去点点,这么短时间弄清亚斯的喜好,林渊也是费了心思的。

她正感叹,门口传来人声。

"什么事这么开心啊!"蒙里的声音懒懒地响起,看得出他才从订婚现场收拾残局回来,身上的塑胶彩条配上他那张黑脸,多少显得有点滑稽。

濮玉想到了戚夕那件事,脸一肃。

"想开心你也赶紧生个儿子去。"林渊举了举身上的亚斯,看也没看蒙里一眼。蒙里不乐意了:"嘿,我说林子,你给我扔下那么大个烂摊子就算了,解释总该给我一个吧,还有和宋都合作那么大一个项目,你说让就让了,明天你打算和董事会那群老古董怎么解释？"

蒙里一阵叽叽歪歪，林渊脸上的笑也渐渐收敛，他把亚斯放回特制小轮椅里，拍拍濮玉的背："你和亚斯先去吃饭。"

"嗯。"濮玉低头应道。

林家的饭厅很大，长长的桌案，濮玉却和亚斯坐在一头。亚斯挖一勺鱼子酱，张大小嘴塞进去，接着眼睛眯成一条缝："妈妈，真好吃。"

"好吃也别吃太多，上次吃多了闹了两天肚子还发烧的事情你都忘了？"濮玉怜爱地摸摸亚斯的头，她的儿子明明那么好，那么懂事，却从降生就多苦多难，先天不足不只造成他腿部的缺陷，连带体质也变弱了。

濮玉到现在还记得那是夏天，她清理冰箱时翻出一瓶过了期的鱼子酱，日子倒没过很久，大约三天的样子，她心疼地放在一边打算自己吃了，可到了后来不知怎么就被亚斯翻去吃了。结果上吐下泻，惊动了房东太太不说，还叫来了救护车，救护车"哇呜哇呜"地呼啸而至，封锁路面不说，场面好不热闹。

后来康复出院的亚斯用干哑的嗓音和她说："妈妈，我觉得自己坐在车里比拿破仑还威风。"

"是是是。"濮玉当时摸着儿子的头，心里想这样的威风她再不想见，于是从那之后，她拼命打工，华人不愿意接的脏活累活她都接，就是为了能让儿子吃上点好的。

记忆像天平两端的砝码，不知何时就偏移到了过去。

只是那段日子就像三毛那本书的名字一样——《雨季不再来》，穷苦也不再来，但愿所有的窘境都不再加诸她的儿子身上。

下人端了餐后汤上来，濮玉问："他们谈完了吗？"

"太太，蒙先生刚出了先生的书房，现在估计在客厅。"今天再来林家，濮玉的称呼就从濮小姐变成了太太，濮玉懒得辩驳，她"嗯"了一声，起身把位子让给身边的言太太，自己去客厅。

蒙里果真在。

他背对着濮玉站在落地窗前，入秋了，林家的花园依旧一片郁郁苍苍，赫本趴在草坪上懒懒晒太阳，时不时拿前爪挠挠头，动作笨拙可爱。

林渊走到蒙里旁边："威夕车祸住院了，你知道不？"

听到声音，蒙里回头，朝濮玉挑下眉，好像在说"知道又怎样"。

每每看到他那副吊儿郎当一肚子坏水的样子，濮玉都想拿自己一手长指甲抓花他的脸，她就奇怪，世界上怎么会有这么让人反感戒备的人。

她拉下衣襟："戚夕不会去设计你们公司的衣服，你们男人之间的事情最好也别扯上女人。"

"哦？"蒙里扬声，"这是她的意思，还是你的？"

"这不重要，重要的是这是事实。"

蒙里手里的香烟凭空燃了一半，烟火挂在没燃的白色纸皮上奄奄一息，垂死挣扎，他耸肩，再没说一句话，走掉了。

可走开前，他从濮玉身旁经过时，濮玉听到他说了句："濮玉，我不喜欢你，你这个女人早晚会害死林子的。"

濮玉微笑："这么巧，刚好我也讨厌你来着。"

亚斯回国的头几天就这么平静无波地过去了，谁也没想到，波澜就在那天突然降临。当时是中午，行里人不多，Joe拿着《蓉北早报》的B3版正和濮玉打赌，濮玉脑子里想着儿子，她手托腮，喝着咖啡随口说："凶手是那个律师的秘书。"

"不对，我猜是那个的士司机。"Joe正第五次尝试从濮玉手里赢得午餐时，Tina从外面气喘吁吁地跑进来。

"Ai……Aimee，不好了，出事了！"

"出什么事了，难不成你这么胆小，出来自首了。"濮玉笑着放下咖啡杯，接过Tina手中的杂志——《蓉北星闻》。

往常，这种八卦类的杂志她向来是不看的，不过今天的头版头条濮玉倒真是来了兴趣。

花花绿绿的封面上硕大字符写着"千金也难嫁"，下面的副标题写着"宋氏千金订婚宴遭遇小三，精神失常为情自杀"。

而旁边的配图则是林渊那天离开订婚宴时宋菲儿一张惨白的脸，更让濮玉好笑的是，这本杂志竟把她的照片也翻了出来。

几乎在她浏览完杂志标题的同时，办公室、手机的电话铃声同时响起。她分别扫了一眼来电显示，接起了手机。

"我亲爱的林先生，咱们的合同里，是不是该追加一条名誉损失费的相关条款呢？"

第三十一章 雨季不再来

第三十二章　茉莉与木炭

【日子像清风翻书，一页页过去，记住了对白，模糊了章回，泛黄了情节，流淌在毫底笔端，最后凝结在眉尖心头，满是幸福。】

这是濮玉第一次有诸如此类的经历——和林渊的电话没讲完，外面就传来了小报记者的吵嚷声。

"林先生，我被堵截了，怎么办？"她笑嘻嘻地对电话那头说，表情轻松得像是在闲话家常，这让她身旁的Joe和Tina为她擦把冷汗。

律师是份风光的职业，可没有一个律师想在他有生之年的某天作为八卦新闻的核心人物被围追采访，何况这个八卦的话题本身就是受道德指摘的。

电话那头，林渊的声线低沉喑哑，像七月里的趵突泉水，冰冷婉转，叮咚有声。他说了几句，濮玉扬下眉毛："林渊，你确定你不是想借机谋财害命，然后再去和宋菲儿双宿双栖？"

林渊也笑了，笑声传出听筒，很大声，大得连旁人都听到了，笑过后他说："你那点财哪里值得我害！"他又说，"我等你。"

"好。"她应。挂了电话，濮玉整理东西，脱下西装，装袋挂进柜子，对着镜子整理头发时，她对还愣在身后的Tina和Joe说："Tina，帮我和老杜请几天假，这几天约好的咨询帮我延后。另外……"濮玉手拿口红，擦着嘴唇回头："Joe，你欠我的饭回来补。"

"你去哪儿啊？"Tina和Joe异口同声。

"私奔！"濮玉敲下Tina和Joe的头，戴上墨镜出门。

前台快挡不住了，已经有杂志记者突破重围冲进走廊，此时正拿着相机四处趔摸濮玉的办公室。濮玉出去刚好和他撞个正着，她推推鼻梁的墨镜，操口地道的上海腔调骂骂咧咧："侬个宁眼睛长到嘴巴下头了是伐！哪能不长眼睛的啦！"

记者正找濮玉，也没想到碰到这么一只妖艳的母老虎，举起相机忙道歉："对不起了。"

"特搓霉头了，找律师找了个小三五作额，出门还被侬个小瘪三撞头……"

"等等，大姐，你说的小三是不是在这里工作的一个姓濮的律师？"

"就是侬呀，杂志头版头条都登侬额丑事了！"

"她在哪间办公室？"记者眼睛发亮，抓住濮玉的胳膊猛劲摇。

濮玉心里拼命忍笑，脸上却表现得生气："哎呀，侬都奶吾摇昏特了，就是那间呀。"她手一指，指向自己那间办公室。记者再顾不上自己被个"上海十三点"骂了，飞一样朝玻璃门奔去。

于是在一群记者把她的办公室团团围住时，濮玉本人正摘掉墨镜，趴在十三层卫生间的玻璃窗上，朝下探出一只脚，十三楼的高度，风是铮铮的，远处的蓉北城被溶进初秋的浅淡金色阳光里，和谐而美好。

濮玉脚上那双白色浅口鞋被阳光镀成金色，脚面是飕飕的凉，一只黑色小鸟从她身边嗖地飞过去时，那刻她对天发誓真一度想放弃这条途径算了，接受林渊的提议没什么不好。

可她是谁，她永远记得自己是濮玉，没男人时靠自己，有男人依然靠自己的濮玉，柏林大学跑酷协会最年轻的副会长，十三层的高度，小Case。

这么想着，她把束起的长发又拿皮筋箍紧，眉眼凌厉地朝下看了眼凸起的落脚点，手臂一紧，抓住窗沿，身子一跃出了窗子。

五十米的高度，相当于一百六十四英尺高处的气流扑打濮玉的脸，她眯起眼，任凭睫毛把阳光剪碎成丝缕的刺眼。跑酷的要领是动作快，迅猛地从一个位置飞跃到另一个位置，运动者在过程中体验速度和激情，可那刹那，濮玉却像只蜘蛛一样把自己挂在了大楼中段。

如果可以，她真想撒手试试，试下那纵身一跃结束一切是什么滋味，一定很痛快，一定。

可不止濮玉自己不会这么做，有人也绝不会让她这么做。映着彩霞的风景还没欣赏够，林渊的头就从十二层探了出来："濮玉，你给我下来。"

她的阿渊从来自负，可攀爬这项运动却远不如她。濮玉见他似乎要爬出窗子接她，嘴角一勾，腰往下一探，腿再一伸，直接一脚把林渊踹回了十二层的窗里。

她挪了下身体位置，找了两个落脚点，三两下钻进十二层的窗子。林渊当时还在地上，脸上带着一个浅浅的鞋印，他正晃着脑袋，显然刚刚是被濮玉踹蒙了。

濮玉掸掸身上尘土，笑着弯腰去拉他："没事吧，我都没使劲。"

"毁容了。"林渊伸手握住濮玉的，本来是借力起身，他却故意使了力气，把濮玉也拉到了地上。

　　十二层同十三层同样的建筑结构，这间也是洗手间，地面虽然有保洁时常擦，可还是满是湿气，濮玉瞧着手掌心的那抹水，拿眼睛直瞪损人不利己的林渊，林先生脸上却不再是戏谑。

　　他身上穿着价格不菲的定制西装，却拿那只价格一千八的西装袖子垫着头，脸上既严肃又受伤地看濮玉："濮玉，你什么时候能乖乖听我安排？"

　　"这个问题……"濮玉拉着长声，脸渐渐凑到林渊跟前，伺机吻了他一下，蜻蜓点水的："恐怕真的很难。"

　　濮玉明明是笑的，可那笑容在林渊看来是那么沉重，直到现在他才懂得，他没有弄丢濮玉，一直没有，他弄丢的只是属于女孩那份难得的天真无邪和信赖有加。

　　大话西游里至尊宝同紫霞仙子说：曾经有一份真诚的爱情摆在我的面前，但是我没有珍惜。等到了失去的时候才后悔莫及，尘世间最痛苦的事莫过于此。如果上天可以给我一个机会再来一次的话，我会对你说三个字"我爱你"。如果非要把这份爱加上一个期限，我希望是一万年！

　　林渊从不希望他们的爱情有命活过千年，他现在唯一希望的就是他的濮玉能再回到过去的天真无邪。可就像摔碎的瓷器，即便再佳技的工匠能把它重新拼凑成原来模样，现在的濮玉也再不可能成原来的了。

　　心里叹气，林渊揽过濮玉要吻，门突然咯噔一声从外被推开，世邦地产项目开发部的新晋助理Elisa怎么也没想到自己会直接撞上八卦新闻的现场直播。

　　要说这世界上最不乏的从来都是娱乐圈和贵人圈的八卦新闻，当事情发生的几天后，濮玉带着亚斯在林家那栋现代化别墅里安心地吃着八喜冰淇淋，看赫本流着哈喇子满房间跑时，关于她那则新闻报道早就被蓉北一位青春玉女明星的堕胎事件冲淡在人们脑子里。

　　收回冰淇淋勺子，濮玉擦擦亚斯黏了草莓粉的嘴角，心思不知飞去了哪儿。

　　门外似乎有汽车入库的声音，濮玉问恰好经过的闫宝祥："他回来了？"

　　"是的，太太。"闫宝祥朝门口方向瞧了瞧，似乎有话在嘴边又犹豫着什么。

　　"宝祥叔，有什么话你不妨直说。"联系到这几天林渊的早出晚归，濮玉拨弄着手中的冰淇淋桶,"是林渊公司出什么事了吧?"

"太太,既然你问,那我就直说了,先生把和宋都合作项目的主营权让给宋都了,结果因为订婚的事,世邦的股价连续跌了几天,董事会这几天正开会在问责先生。"

"听起来好像很严重?"濮玉舀勺八喜放在嘴里,带着冰花的草莓味融化口腔,她的表情却一点看不出听到"很严重"事件的样子,这让给林渊做了好些年管家的闫宝祥不乐意。

他揉揉袖口,还是说了:"太太,有句话我一直想说,先生对你和小少爷那么好,我这把老骨头怎么就没看出你为先生做些什么呢……先生他这些年的苦……"

"宝祥……"林渊的声音离得老远传进房间,闫宝祥脸上一涩,对推门进来的林渊问好:"先生。"

"我请你回来是做什么的?"

"……"闫宝祥快五十的年纪,早爬了皱纹的脸如今脸色不好,"先生是请我来做管家的。"

"嗯,下去吧。"林渊脱下西装,随手甩到沙发上,再扯了几下领带,松着的领口露出他滚动的喉结,濮玉看着他抱起正和赫本玩的儿子。

她自己托着八喜杯在手心,拿勺子有下没下地搅着:"林渊,其实祥叔说得很对,我没为你做过什么,现在因为我还影响了你在公司的地位,我这种扫把星你真不考虑离我远点?"

林渊举起亚斯,再放下,在儿子的咯咯笑声中,濮玉听到他说:"你给了我最好的东西。"

爱吗?还是儿子?濮玉没有细究。

她舀口冰淇淋,起身放进林渊嘴里:"可为了我,拿前女友当挡箭牌,你不心疼?"

正如濮玉所说,最近在蓉北闹得沸沸扬扬直接压过她这个"小三门"事件的"玉女堕胎门"女主角,正是当初林渊拿来气过濮玉的那个Ann。

Ann的胎是谁的?总之不是林渊的,因为自从这个话题开始,林先生就正眼都没瞧濮玉一眼。濮玉放弃打趣,伸手拦住林渊的腰:"公司的事,是不是很辛苦?"

亚斯见妈妈搂着爸爸,窝在林渊怀里咯咯直笑:"妈妈羞羞脸,妈妈抱爸爸不抱我。"

濮玉脸真红了。

林渊却哈哈大笑:"儿子,妈妈抱爸爸不是羞羞脸,妈妈要是抱了别的叔叔,那才是羞羞脸,你要报告给爸爸。"

"没正形。"濮玉嗔笑,"公司真没事?"易维安和她说的话她一直记得,但濮玉不想因为自己让林渊受挫。

"就是一群老家伙比较难搞,不过没关系,等我们回来的时候,事情就应该差不多了。"

回来?

等真的坐上VN523次航班的时候,濮玉才问清楚林渊究竟要带她和亚斯去哪儿。

当飞机降落在湄公河三角洲这片土地时,濮玉才真正开始领略越南这座充满茉莉与木炭香气城市的独特旖旎风光。

近四个小时的飞机旅程后,濮玉有些累。她最近的精神越发不好,开始她把这归咎为那起新闻的后续舆论压力,可后来发现,是那个日子渐渐逼近了。就像才走了几天的好事,在昨天又悄悄降临在自己身上,可等到了今天,它却又突然走了。

阴晴不定的病直接导致她的心神不宁。

濮玉没注意,机场出口早有一个皮肤黝黑的小伙子举着牌子在等他们,他见到林渊,笑着迎上来:"林,阿爹在家等你很久了,阿姆做了你最爱吃的菜在盼你,阿花也吵着很久没见你了……"

小伙子一番话绕得濮玉迷糊,这都是谁跟谁啊?

第三十三章　湄公河畔

【这是一个流行离开的世界，但是我们都不擅长告别。】

璞玉之前没来过越南，更不要说胡志明市，但她对越南并非一无了解。

说起璞玉对胡志明市的第一印象，便是来自玛格丽特·杜拉斯《情人》中的描写，湄公河畔，散落的法式建筑，以及那幽暗的百叶窗。也因此，璞玉更愿意叫它的另一个名字——西贡，似乎那有一丝旧时代的依恋。

总之，越南胡志明市在璞玉的脑子里，仍停留在适宜和外国情人幽会的佳地位置，而绝非举家旅行避世的好去处，她不懂林渊为什么选择胡志明市。可事实却刚好相反，在接下来的几天里，这座海港城市用它的安详平和带给了璞玉不止一点点的惊喜。

交谈中璞玉知道，来接他们的年轻小伙子叫阿飞，广东潮汕人，来胡志明市已经有些年头。

阿飞很阳光，也很健谈，开辆三菱越野，一路呼啸着开出了机场马路，和璞玉对他最初的印象有些出入。璞玉最开始把这个阿飞同张国荣饰演的叛逆浪子阿飞混为一谈了，不过后来她在想，这世上，能出几个那样的阿飞呢？

胡志明市基本没有高速路，阿飞嘴里边絮叨着璞玉不了解的阿公阿婆的话，边不知不觉把车开进了市区。傍晚的胡志明市城区，似乎也有夜市的存在，一些穿着璞玉没见过的服饰的少女戴着面纱在街上结伴溜达。

看出璞玉好奇，林渊理了理她耳边碎发："那是奥黛，越南人的衣服，七婶应该会为你准备的。"

亚斯体质弱，早累得睡倒在璞玉怀里，璞玉点点头："你说的七婶是谁？"

"别问问题，累了就先睡会儿。"林渊没正面回答她，他拍拍璞玉的头，她就真的困了。

车子一路崎岖摇晃，等停稳时，时间离他们出机场已经过去一个小时了。日光潋滟，照在一栋尖顶小房子上，红的瓦，黄的砖，璞玉睁开眼第一印象以为自己是到了法国南部Annecy，风是轻的，天是蓝的，水是碧色的，璞玉伸个懒腰，情不自禁地靠在林渊身上："林渊，我是在做梦吗，真美！"

"小林，这么俊的媳妇儿才带来给阿婆看！"阿飞早下了车，正站在一个驼背老太太身后看着濮玉笑眯眯。说话的是那个阿婆。

濮玉脸一耿，板正身子，摇醒怀里的亚斯。旅行让亚斯疲劳，他显然还没睡醒，被妈妈叫醒眼睛也是半睁着不乐意，林渊见了，抱起儿子，拉着濮玉下车。

"七婶，房间准备好了吗？"下车后，他问。

被林渊称作七婶的人依旧笑眯眯地摸摸亚斯的头："算着你差不多这几天就来，我和老头子早给你把房间弄好了，只不过年前汛期时，房顶漏了一次，阁楼不如之前那么禁得住雨了。小林，我说你还是和你媳妇儿去睡我那间吧。"

"不用。"他拉起濮玉的手进屋。濮玉总觉得林渊和七婶之间有种不对等的关系，七婶是火，林渊是冰，七婶那么热情，林渊却一如既往的冷静。

既然不喜欢这里，为什么还要带她和亚斯来呢？濮玉想不通。

不过有人却比她看得开，譬如七婶和后来出现的七叔就异常热情。

屋子里没外面看着那么气派，楼梯是窄窄的一道。林渊带着濮玉辗转上到三层，推开一道木板门，进了传说中他们的房间。

并没七婶说的那么潮湿，相反，松木的干净味道里甚至混着点淡淡茉莉香，好闻的气味。林渊将又睡着的亚斯放在床上，指指楼下："浴室在一楼，你先洗个澡，我出去下。"

说完，他竟这么走了，林渊的一反常态让濮玉意外，不过她还没来得及在意多久，七婶就敲门进来了，脸上依旧是笑眯眯的样子。"小林让我带你去浴室，姑娘跟我来吧。"

于是濮玉又原路下楼，在一楼转角最里面一间找到了浴室，水泥地面，带着灰白的颜色，不华丽，倒还干净。七婶把一包东西放在门口："这是我给你备的，来胡志明市的姑娘总要穿次奥黛才好。另外人都被我打发开了，你在这里可以放心洗。"

濮玉点头，钻进浴室。

水温不太稳定，热一会儿，忽地就凉了，濮玉像打仗一样洗完澡，才想起来，那身七婶准备的奥黛竟然被她忘在门口。犹豫着是在里面原样把自己的衣服穿好，还是出去拿奥黛，犹豫再三，濮玉打开了浴室的门，外面静悄悄的，只有七婶在院子里隐约吆喝的声音。

第三十三章 湄公河畔

她又听了一会儿，探头伸手，够衣服。

柔软的布料抓在手里，濮玉松口气，却在下一秒，那边多了一股力量，连带把光溜溜的她一并拉了出去。

"你是谁啊？怎么在我家。"一个面容俊秀的清朗短发朝她发问。

濮玉在阁楼里对着镜子照了照自己的衣着，奥黛的布料俊秀，穿在身上飘逸得像古装。

她决定出去找林渊。

下楼时，七婶和刚刚的短头发正坐在桌旁剥豆子，阿飞被他们指挥着出去不知干吗去了，七叔依旧是传说中的人物，濮玉还没见着。濮玉站在楼梯口，对七婶说："七婶，林渊去哪儿了？"

七婶和短头发同时抬头，七婶忍不住啧啧两声："真俊。"她放下手里的豆子，拍拍手上尘土："小林这时候估计去看他妈妈了。阿黛，你带小林媳妇儿去。"

濮玉心惊，她从不知道林渊竟有妈妈，可心惊之后，她又觉得自己好笑，谁没有妈妈呢？于是濮玉跟着假小子阿黛出门，在门口，阿黛站在一辆重庆产的"力帆"摩托旁，拍拍后座，眼神挑衅地问："我骑得很快，敢坐吗？"

濮玉歪下头微笑："试试喽。"

阿黛骑得真不算慢，不过比起濮玉那辆悍马的速度，绝对有点小巫见大巫。风沿着耳际撩起长发，头发自然就干了，濮玉坐在后座上，享受着属于胡志明市的风，情不自禁地张开双臂，嘴里吹了一声口哨。

这显然激怒了阿黛，她一脚油门，摩托前轮一扬，飞驰出去。可那速度真的吓不到濮玉，就好像自己的身体被阿黛看到时，濮玉的第一反应不是尖叫，而是直接扯过衣服再一转身裹住自己，她当时对阿黛说的第一句话是："那么喜欢看姐姐的身体吗？小妹妹？"

濮玉一共激怒了阿黛两次，所以说，女人之间，可以毫无缘由就臭味相投，像濮玉和戚夕，也可以不讲道理的就是看不顺眼，像阿黛对濮玉。

力帆停在一片空地前，濮玉下车，脸上多了肃穆："林渊的妈妈过世了？"

"不然你以为呢，林大哥那么好的人，怎么可能不把母亲带在身边？"阿黛没好气地说。濮玉莞尔，她总算知道为什么阿黛看自己不顺眼了，林大哥，呵呵。

林渊当时坐在一片青草上，背景是个小土包，前面立着一块青色石碑，离得太远，濮玉看不清碑上写了什么，她打算过去，阿黛却原地没动。

"要去你自己去。"她说。她没说的是：林大哥不喜欢我们去。

阿黛靠着力帆，从旁边揪了只毛毛狗抠牙，她真想看那个叫濮玉的可恶女人被林大哥骂走，然后出丑，可惜，竟然没有。

她看着濮玉走过去，再看着林渊拍拍身旁草地示意濮玉坐，然后阿黛她自己闷气地把毛毛狗一截截咬断，真不公平。

坐在远处草地上的濮玉也觉得不公平，她拉过林渊的手，摆弄着男人的指头玩："你没和我说过你有这么漂亮一个妈妈。"

"我以为你看到我就能想出我妈妈呢。"林渊口气是笑笑的，可脸上却没笑容，他任凭自己和濮玉十指相扣，然后任凭回忆把自己蚕食在那片恨意当中。

林渊要感谢叶淮安，如果不是他，自己可能这辈子都不知道自己的母亲是个那么美丽的女人。他还记得那年自己十四岁，刚在外面打了一场架，他不想回家，在他眼里，叶淮安对他好是好，可叶家依旧不是他的家。

他翻翻口袋，就剩九块五毛钱了。他瘸着脚走了两条街，到一个矮檐小卖部里买了个两块钱的干面包，外加一瓶矿泉水。一块钱一瓶的康师傅有着软塌塌的瓶身，猴子他们说，这种康师傅是假的，不过他不在乎，水再假还是一样解渴。他是个没人要的野孩子，活着就是命数。

解决好温饱，刚好猴子他们找来，猴子说，西街七中高三那帮家伙占了他们的篮球场，还打伤了他们一个人。林渊一听，直接捏瘪了康师傅，手臂一挥："跟我走。"

结果那天是异常惨烈，林渊把对方头头一根手指头伤了，对方也把他们这边的人伤个全乎。

蹲在看守所地上的林渊还满不在乎，看着头顶的挂表数时针，一个民警进来，他竟然还伸手："叔叔，有烟没？"

十四岁之前的林渊活得没有自我，他每天像个没人管的野孩子，只知道瞎混。

直到那天，叶淮安来保释他，铁窗外，他看着养父嘴巴一开一合对他说："阿渊，找到你妈妈了。"

他才知道自己还有妈妈，只不过妈妈快死了。

林渊自认是个无赖，可他竟然没有怪妈妈抛弃自己，相反，送走妈妈的最后那段日子，他对自己的未来有了前所未有的清晰思路。

"林渊，送妈妈走的那段日子，你难过吗？"

"难过。"

"我知道我该怎么报复你了，留在你身边，然后让你亲眼看着我走。"濮玉微笑，却说得认真。

"濮玉，伤害你是我这辈子做过的最后悔的事，别拿死来惩罚我，这个惩罚我承受不起。"也许是母亲忌日的关系，林渊眼里多了感伤，他握着濮玉的手，放在自己额上，如同神祗："我不会让你死。"

濮玉笑，死这件事不是你说不许它就不来的。

米兰·昆德拉的那句话好像说的就是她和林渊，遇见是两个人的事，离开却是一个人的决定，遇见是一个开始，离开却是为了遇见下一个离开。他们的第二次遇见注定是为了说再见的。只可惜，在这个流行离开的世界，他们都不擅长告别。

"林渊，能告诉我你为什么那么恨维琛，恨易家吗？难道和你母亲有关？"

恨从来不是无缘无故的，就好像濮家人不喜欢濮玉，也是源于她早亡的父母，在这点上，她和他有点像。

林渊嘴巴抿得紧紧的，显然是不想答，濮玉也不逼他。

在远处啃掉毛毛狗数根的阿黛突然朝这边扬声："林大哥，我哥来电话，说爷爷回来了，要咱们回去呢。"

林渊拉濮玉起身："七叔看妇科很有名，一会儿要他给你看看。"

林渊的这层意思，真让濮玉意外。

只是那么多名医都下了定论的事情，会有转机吗？

第三十四章　成一步之遥

【假如你想要一件东西，就放它走。它若能回来找你，就永远属于你；它若不回来，那根本就不是你的。】

七叔瘦瘦高高，坐在椅子上，右手搭着濮玉的脉，眼睛眯成一条细缝，左手不时将下他下巴上仅存的几根长白毛，吧嗒嘴哼哼有词的样子不免让濮玉想起小时候看的一部木偶动画片——《崂山道士》，只不过七叔不像什么仙人道士，倒像那个学艺不成最后以头碰壁的书生。

老书生。

属于越南的阳光无限美好地斜进西窗，连带传来饭厅里的菜香，七婶正嘱咐阿黛摆碗筷，阿黛的牢骚声隐约传来："林大哥好容易来一次。"

"你这孩子，要叫叔叔、叔叔！"七婶的呵斥声让濮玉莞尔，她也从少女时代走来，自然了解属于那个年龄的执拗。

阿黛是个好姑娘，只是看错了良人。

有一阵锅铲声后，七叔动动鼻子，哼唧着冲外面喊："老婆子，盐加少了，再补一勺。"

濮玉更乐了，感情"老书生"穿墙术没学精，倒练就一个好鼻子，会闻盐多盐少。

咕噜一声，七叔睁开眼，揉揉肚子："月事多久来一次？"

濮玉脸上一报，在德国时，柏林医院的妇科大夫也有男人，不过身在异乡，用德语沟通，濮玉总没现在和个老道一样的老头拿中文交流那么尴尬。

林渊替她说："半个月左右一次，有时三两天走，有时一天。"

濮玉脸更红了，七叔斜了林渊一眼，摇摇头："挺好的丫头，唉，去吃饭吧。"

林渊固执，拉着七叔不让他走："真没办法了吗？"

"你这孩子，我要是有法能不帮忙吗？饿死我了。"一巴掌拍开林渊，七叔小步踮进饭厅，嘴里念叨："唉呀妈呀，老婆子，饿死我了。"

晚饭过后，亚斯被阿飞抱着去了夜市玩，林渊被七叔叫出去不知干什么，濮玉回房间打算上网看看。

回房间找了半天，竟没网线，七婶在这时敲门进来："玉丫头，我给你炖了点东西，是老头子的秘方，对你的病有好处，快，趁热喝了。"

"七婶，七叔说我的病没得治了。"别说没得治，就算有得治，她也不敢喝"老书生"的药。

像看出濮玉的犹豫，七婶嘿嘿笑笑："别看老头子现在疯疯癫癫，他看病真不错的，要不是他，我也早死了。"

原来属于七婶七叔间的也是一段病人患者的故事。七婶说，七叔不是她第一任丈夫。

"我的第一任先生是温州人，鼻子高高的，人精明又精神，长得和高占飞特别像。你们这代人不知道，在我们那个时候，高占飞就和你们现在的有个影星叫啥城武的，小伙长得那叫一个俊。"说到自己当初追星的那点事，七婶布满皱纹的脸也溢满笑容，"可长得俊有啥用，他车祸时候我照顾他三个月，结果累得没了孩子，后来他出了院，我倒查出了瘤。"

"后来呢？"失去孩子的共鸣让濮玉动容，她不自觉拉了七婶的手。七婶笑笑："后来啊，后来那个男的照顾了我一个月，然后就又找了个小丫头跑了。"

"然后呢？"濮玉觉得自己像十万个为什么。

"然后我就遇到了老头子，那时候我情绪不好，他脾气比我还差，动不动我不配合治疗时他就吼说没见过像我这么不听话的病人。再后来，他把我治好了，我俩也就好上了。"

好吧，又是一个开头缺憾结局却完美的童话故事，可惜她没能荣幸成为故事主角。

"七婶，你很幸运。"

"丫头，世界上没那么多运气，有的不过是知足二字，不贪念，不奢望，那每一天都是幸福。你没看老头子长得不好看吗？"

"咳咳。"濮玉没想到七婶这么直接地道出真相，七叔长得是难看。

"不过，他人虽然不着调，医术真是不错。老头说，这个药虽然治不了你的病，但能缓解下的。"

"哦。"濮玉不忍拂了七婶的美意，仰头把难喝的中药喝个精光。

"七婶，这里有网线吗？"人在越南，她还是惦念着国内。七婶笑着摊手："小林说来这是放松，从不让我们安那个东西。"

林渊就是故意的。故意把她的手机充电器忘在国内，故意把她带到这个连网络都没的家，再故意隔断她同蓉北的一切联系。

叹口气，她除了接受这份让她不安的保护外，别无他法。其实，濮玉关于某些事情的预感真不是空穴来风，蓉北的确有事发生。

阁楼上，七婶拿林渊以前的照片给濮玉看，楼下，照片的当事人裹着茫茫夜色，吸烟和人说话。

"没得治了？"烟头红了又暗了，一阵灰色画着圈朝四周散去，七叔"咳咳"咳嗽两声，猛力捶胸："你个死小子，能治我会不治吗！把我当成什么人了！烟呢？拿一根来。"

"你戒烟五年了。"林渊淡淡的口吻在黑的夜里透着冰凉，七叔却暴跳起来："死小子，唔……"

嘴巴直接被塞了一根烟。七叔借着燃起的火，猛劲吸一口，吞云吐雾让老头的肺不适，他咳嗽两下，复而呼吸平缓。

"小子，老头今告诉你个道理，真想要一件东西，就放它走。它若回来找你，就永远属于你；它若不回来，那根本就不是你的。"

"指什么？"

"死小子，从小就会装糊涂。"香烟麻痹了人的暴躁神经，七叔的声音飘忽地进了耳朵，"女人，仇人，都是。"

可他偏偏什么都不想放。

一支烟后，两人起身，七叔拍拍林渊的肩："明天让阿飞带你们进市区转转，那丫头还没见过我们越南的光。"

林渊不置可否，他不知道自己要怎样去面对女人。

可他还是要面对。

阁楼里，就他们俩。林渊倚着门框，看安静坐在里面的濮玉。濮玉梳头，也看他："亚斯说今天和阿飞睡，林先生，今晚就我们俩。"

她起身，慢慢走向林渊。

濮玉搂着他脖子："林先生，我想和你在一起，你愿意吗？"

楼下传来七婶的叫声："你个死老头，你抽烟！！"

七叔似乎捂着七婶的嘴，总之之后没了声音。

林渊看着濮玉："我是你的，永远。"

第三十四章 成一步之遥

醒来的时候，属于胡志明市的时间是上午十点零五。亚斯的声音沿着蜿蜒的楼梯从楼下传来，听上去雀跃无比，林渊不在身旁。

濮玉起床，穿衣，洗脸，再把头发束起后下楼。

胡志明市的阳光总是暖得直逼眼底，濮玉眯着眼，看阿黛往门口拉林渊。

"林大哥，咱们现在就去吧。"

"早。"林渊却第一时间看到濮玉。濮玉也说："早啊。"

亲密从清早开始，无间得没有旁人什么事。

七婶听到声音，从客厅探出头："醒了啊，醒了吃早饭，然后阿黛开车送你们去市区转。"

"好。"濮玉笑眯眯地应。

有人临时找阿飞有事，所以是阿黛开着那辆三菱越野送他们。原来七婶他们住的不是胡志明市市区，车子在蜿蜒马路上开了一会儿，除了头顶的大太阳和偶尔一辆摩托车开过外，路上鲜少有人。

阿黛却说起了话："林大哥，你们还要在这边待几天，是吗？"

"嗯。"林渊抱着亚斯坐在后面。

阿黛很开心："我们学校过几天有活动，我表演节目，你能来吗？"阿黛在越南一所大学读大四，最好年华的少女却引不起男人的兴趣，林渊只是给儿子披披衣角，没应声。

阿黛不死心，换了个话题："濮玉，听说你病了？"

"是。"在这方面，濮玉倒是比林渊好脾气。

"身体很差吗……"阿黛拉着长声，冷不防林渊喊了句："停车。"

车子嘎一声停在马路旁，阿黛不明所以地看林渊开车门下车，然后走到自己旁边车门敲敲她车窗："下来。"

她下来，再看林渊上车，自己还没反应过来时，车子已经马力全开，嗖一下蹿了出去。

"林渊！你给我回来！！"阿黛气得直跺脚，可除了车尾冒出的一溜灰色外，林渊再没给她留任何东西。

阿黛顶着越南温厚无比的太阳，额头冒汗，想骂却骂不出声，这前不着村后不着店的地儿，截车都难啊。

"她还是孩子。"濮玉看着窗外的蓝天，嘴角带笑。

"就因为是孩子。"

就因为是孩子,所以必要打断她非分之想时,就该打断。

濮玉没再说话。

车里有给亚斯带的折叠轮椅,到了地方,林渊把车停好,抱了儿子放在轮椅上,然后回头朝濮玉张开双臂:"欢迎来我的第二故乡。"

胡志明市的天气潮热,你感觉不到太阳晒,但温度高湿度也高,让人不舒服,像极北京的桑拿天。濮玉刚下车,就被林渊带着一路往前走。前一天,她听七婶说过胡志明市的几个景点很有名,像百年邮政大厅,红教堂,统一宫,还有市政厅,可很显然,林先生今天并没打算带濮玉和儿子去那些严肃没情趣的地方。

红教堂全用红砖建造,两座四十米的钟楼塔尖直冲云霄,典型的仿巴黎圣母院设计,是法国殖民期的遗迹。

恰好是周日,教堂里正在举行弥撒,濮玉跟着林渊身后进去,唱诗班刚刚领唱完一段颂歌,旋律优美,余音似乎还绕在梁上,穿绿衣的神父又开始讲,神父的英文很标准,如诗般让人安宁,连亚斯也停止了东张西望,握着小拳头跟着一起默念。

让濮玉惊讶的是,林渊竟然也跟着祈祷,他明明是无神论者。

那场弥撒他们只赶上个尾巴,结束时,濮玉以为就可以走了,可她没想到林渊竟径直走向站在神坛的牧师,莫名的,濮玉开始紧张,果然,没一会儿,林渊折返回来:"濮玉,你准备好了吗?"

"准备什么?"

"嫁我为妻。"

"……"

第三十五章　五毛钱爱情

【朱丽叶对罗密欧说：恨很累，爱更伤神，如果可以，从没认识多好。】

"这算……求婚？"濮玉默了几秒，昂头看林渊。

做好弥撒的人依次从他们身旁经过，偶尔有穿奥黛的越南姑娘看林渊两眼，心里感叹这男人真帅的同时，也羡慕这个和他并肩而立的女人。

门外的风吹过广场上的圣母像，再吹进门里，撩起濮玉额头的一缕发丝，飘扬着动人。

她的表情却是奇怪，说严肃不严肃，说感动也不是感动。任何一个刚刚求婚的男人看到这样的表情，反应大概都是不知所措，可对方是林渊，结果自然不会。

他点头："是，不过时间仓促，戒指，玫瑰都没有。等回蓉北，我补给你。"

世界上最不浪漫的求婚却让濮玉鼻子发酸，周遭人走得差不多了，她轻轻地抱住林渊的腰："林渊，你是怕我死了，再没人缠着你，想着怎么报复你了吧？"

林渊也紧紧抱住他："是，濮玉，我害死我们的孩子，害死了易维琛，接下来我还会对付易家，你要想保护易家，把我加诸你的原样还给我，就好好地活。只有你好好地活，你才有资格恨我……"

"可是恨很累，爱更伤神，如果可以，从没认识多好……"濮玉把头埋在林渊怀里，发着空想。如果没有法国校园的那次回眸，没有那个狗屎味道的初吻，没有之后种种，她也许还做着易家的小公主，维琛还在，没有不喜欢她的外公和濮家人。

"可我们认识，我爱你，想你嫁给我。"世界和平，现实终是现实。林渊拍拍濮玉的背，"牧师在等我们。"

"林渊，我们的合约写的是一年之后如果我活着，我嫁你。"濮玉还在执拗。

"可我现在就想娶你。"林渊眼里充满感伤。

濮玉想，要不随了他心意吧，总之他们都不是天主教信徒，这个仪式无非求得心安。于是她点头："好吧，我嫁你。"

等了好久的牧师声音朗朗地念着祝词，意思无非是生老病死，永在一起。亚斯成了唯一的观礼人，礼成时，小家伙兴奋地鼓掌："爸爸妈妈结婚了！"怪异的贺词换来濮玉和林渊相视一笑。

那天的之后时间，林渊带亚斯去广场上喂了鸽子，再然后，他们去了PHO2000吃米粉，克林顿光临过的店铺装潢并没很出色，店铺小小一间，人却很多，饭口时刻，他们和两个日本游客拼桌。

日本人吃米粉时吸得哗哗作响，亚斯忍不住张着嘴巴呆了好久。妈妈教过他，吃饭时要尽量小声音，那样才有礼貌。

于是在亚斯小小的心灵里，日本成了没有礼貌的一个民族。

米粉倒是好吃，林渊点了两碗鸡肉米粉，一碗牛肉米粉，牛肉的是给亚斯的。牛肉的汤特别清，但绝对是牛肉熬出来的，非常的鲜美，而里面的牛肉更是多得夸张，亚斯竟吃个精光。

吃完他自己的，他还不忘去要妈妈碗里的鸡肉，可林渊拦了，把自己的夹了喂儿子。

于是，属于胡志明市的日子在电视机里看不懂的越南语节目，和PHO2000各式花样的米粉，以及阿黛那张受伤的脸里，一天天叠加到了十月。

林渊说，老婆，我们该回家了。

飞机降落在双陆机场时，二号航站楼的两块大屏幕上正播着截然不同的内容。左边那块严肃认真，主持人正播报某国政要打算来蓉访问的事，右边那块轻松许多，是部电影的预告片。

林渊和来接机的人低声说着什么，濮玉抱着亚斯看电视。她没想到，范丽雅做了女二号，竟然比女一号出彩许多，屏幕上活跃在《小雏菊》里的恶毒女人活灵活现，让观者爱恨交加。

她笑了，这才是错有错着，林渊想办法取消了范丽雅的女一号的地位，可人家偏偏在女二上面演出了光彩，所以说没有哪条路注定了是绝境。

也许像七婶说的，她的病也许存在奇迹。

回去时林渊亲自开车。

濮玉翻出林渊放在车里的移动电源，插上手机。

一段反应时间后，红色电池格出现在屏幕上，还真是没电没得彻底。

她按开机。

360手机助手提示开机用时46秒后，屏幕嘟嘟嘟地接连蹦出一串小信封，她打开依次看去，都是语音信息。

有杜一天的，有颜珏的，内容无外乎让她好好休息，无须担心家里。

翻到最后是一条戚夕的，时间就是今天，她正打算听，电话铃就响了。

戚夕做鬼脸的头像在屏幕上一闪一闪。

　　太阳天(或)下雨天
　　人挤人的咖啡店
　　找一个能让你舒服的角落
　　看着情人肩靠肩
　　……

她准备接听，开车的林渊拦下她："没听说充电时候接电话容易发生触电吗？"

濮玉"哦"了一声，拿着手机听人挤人第五次把咖啡厅挤满后，电话安静下来，可安静了仅仅几秒钟，手里又开始人挤人。

濮玉无奈地看了林渊一眼："这点电电不死人的。"

于是没等他反对，濮玉直接接起了电话。

戚夕竟是带着哭腔的："濮玉，我被强暴了，呜呜呜。"

……

如果金字塔、亚历山大灯塔、巴比伦空中花园、阿尔忒弥斯神庙、宙斯神像、摩索拉斯陵墓、罗德岛太阳神巨像是古代文明留给现代的七大奇迹，那么戚夕被强暴则是现代社会留给未来的一个奇迹。

指挥林渊调转车头的濮玉想，到底是谁，敢动戚夕。

事实证明，敢动戚小姐的人真还没生出来。当濮玉赶到戚夕报给她的地址时，她才反应过来为什么自己和林渊报地址时，林渊竟是带着笑地看她。

门口一块戚夕时装展的大牌子下方，身着妩媚衣服的戚夕纸人正一比一高仿地傲慢睥睨着过往路人。

濮玉叹口气："林渊，你带亚斯先回家吧。"

"处理完回家。"林渊头探出窗口看她。

濮玉点头："我尽量。"

玛莎拉蒂打个弯消失在街口,濮玉拨电话给戚夕:"戚夕,你一年被服装展强奸好几次,至于我才下飞机就把我叫来吗?"

"大玉,我这不是想你了吗?后台,大厅左转进走廊,第五个门,你快来!"此刻的戚夕哪里还有哭腔,正吊着嗓子呵斥别人:"哎哎,那件衣服是第三个出场的,脑子长哪里去了。"

"先不说了,我在后台等你。"戚夕挂了电话。

等她到了后台,才知道戚夕是在什么情况下把她叫来的。

"戚夕,你胳膊没好,怎么就出来疯了!"濮玉清楚记得自己离开前的那段时间虽然不方便亲自照顾戚夕,但也是给她请了护工的,去越南前,护工明明说戚夕的石膏已经快拆了,可现在她人从越南回来,戚夕的石膏还没拆:"你都做了什么啊,石膏怎么好像又新打了呢?"

戚夕耸下肩:"本来是要拆的,可拆的前一天我把它废物利用,砸了沈明阳的头,结果就又……这样了。"

前台音乐声响起,是快节奏的欧美伴奏,木板地随着音响震动,上下颤动着。戚夕拉起濮玉的手:"别怪我信口胡诌把你骗来,我是真想和你说说话了。"

戚夕把濮玉带到前台,挑了两个边角的观众席坐下:"我和沈明阳真分手了,知道吗?他想把我卖了。"

其实真是个再真实不过却狗血非常的故事,沈明阳公司资金周转不灵,往常很好说话的银行信贷机构突然变了脸,没办法,他只得求助唯一肯帮忙的宋城,而对方的条件就一个——戚夕。

"他后来知道我住院的事,拿了一大束玫瑰到医院,本来我已经不生气了,可你知道他和我说什么?"戚夕捏起嗓子,学沈明阳说话,"小七,宋大少只是要你陪他两个月,等我渡过难关,我们还在一起,我不会嫌弃你。"明暗交替的七色灯光下,戚夕冷哼一声:"在一起?狗屁,他不嫌我,我还嫌他脏呢。"

"然后你就给了他这一下?"濮玉轻轻地问。戚夕转脸看她:"是啊,狠狠地给了他一下,听说他也轻微脑震荡了,大玉,我厉害吧。"

戚夕笑眯眯的。

濮玉却笑不出来。

女人好比瓷器,男人是瓷器的拥有者,爱瓷器时,男人总一遍遍擦拭爱抚,不爱了,他们随手把瓷器往旁边一搁,任凭硬物把娇媚的瓷器硌出一道道伤。

爱护自己的女人会想办法修补自己，可再精妙的修补技艺，终究敌不过男人刻在女人骨子里的道道伤痕记忆。

"没事，咱再找下一个。"濮玉拍拍戚夕的肩。戚夕笑道："那是，我戚大小姐什么时候缺过男人！"

台上，模特走秀结束，集体站在舞台中央朝台下的戚夕鼓掌。

聚光灯下的戚夕微笑着美丽，可只有濮玉听到她说："大玉，砸他那一下，我他妈的胳膊也疼了。"

然而，生命有时就像个有意思的万花筒，戚夕借口骗濮玉的一句玩笑话在第二天真应验在了永盛律师行。

检察院的秦检察官带着当事人父母到时，濮玉正倚在Tina桌旁看《蓉北早报》。午休时间，她出办公室活动下筋骨。

"濮律师。"秦检察官在她背后叫她，"给你带了个案子来。"

在濮玉的律师生涯里，有两类案子是最不愿意接的，一是离婚案，夫妻离散的事，她不爱参与，叶淮安那算个特例，再一类就是强奸案，特别是当事人未成年时。

每每听到看到这类案件，她就心绪难平。

为什么好好的女孩儿要为那些畜生的一时兽性背负一生代价。

可濮玉还是接下了秦检察官的委托。

坐在办公室里，她翻着卷宗资料，纸张的哗啦声里，受害人的母亲在啜泣："濮律师，我女儿才十四啊，她才十四啊……"

孩子的父亲一脸悲愤，拍拍孩子妈。

"你们放心，我会尽力。"

说着话，她手突然停在了卷宗的一页上："刘女士，你说对方叫方士宏，今年三十五岁？"

"是！就是那个杀千刀的！我可怜的女儿还那么小！"

濮玉脑子分分钟空白了下，照片中的方士宏和那天她看到同叶太太走在一起的男人，相貌如出一辙，可他不是叶太太的情人吗？怎么会……

第三十五章 五毛钱爱情

第三十六章　蜜糖甜到伤

【一个人容易从别人的世界走出来，却走不出自己的沙漠。】

濮玉觉得，做一名合格的律师，大抵就要像自己现在这样，类似长了三只胳膊、六条腿什么的。

拿今天来说，她上午还在离市区五公里的第四看守所取证，中午抽空回行里开了个紧急会议，下午又飞驰自己的悍马开到市中，坐在一家暗色调的咖啡吧里喝一杯味道不好不坏的卡布奇诺，等着和她约见的当事人。

这个时间段，咖啡吧人不多，远近十几个台子只零星坐了三两个人，倒是离濮玉最近那桌坐了几个二中的学生，穿着校服，叽叽喳喳拿本子讨论着什么。

濮玉边坐着喝咖啡，边听学生说话，时间倒没那么无聊。

一杯咖啡见底，吧员拎着咖啡壶来续杯，叶太太在这时出现在濮玉面前："濮律师，不好意思，店里有点事要忙加上路上塞车，久等了吧。"

她脸还带着被秋风扫尘后的微红，嘴角含着笑，看上去精神比上次还好。

濮玉嘴角翘了翘："叶太太，气色不错。"

"还好。"叶太太笑笑，一扬手，"一杯拿铁。"

等待咖啡的工夫，叶太太端正了坐姿："濮律师，上次你说法院对我缺席会产生不良印象，不知现在怎样了，什么时候能开庭，我什么时候能和叶淮安离婚？"

"叶太太，在说这些之前，我想先问你个私人的问题。"

"你说。"女人接了拿铁，啜了一口，眉头不自觉地皱了皱，显然拿铁的味道没比卡布奇诺好多少。

濮玉看她放下杯子，若有所思："这家的味道原来不是这样的。"

"叶太太，叶先生现在不想离婚，我没记错，你之前也是不想离的，现在态度这么坚持，是因为方士申先生吗？"

濮玉上午去第四看守所，在那里见到了方士宏，没几句话，她就确定了和叶太太在一起的那个男人是方士宏的孪生哥哥方士申。

"是吗？"她又问。

叶太太脸上浮现出一抹和年龄不相符的红晕，最后低着头承认："是，我爱他，要和他在一起。"

方士宏上午的话还历历在目，清晰得如同倒带。

污言秽语很多，濮玉记住了关键的那句。

"如果他有很多过去，你会爱他吗？"

被问的叶太太脸不复之前的光鲜，成了铁青，她腾地站起身："濮玉，我敬你是蓉北有名的律师才请你给我打这场官司，但我没给你权利污蔑我爱的人，我的官司不用你打了！"

都说深陷爱情的女人总会忘记自己的年龄，而忘记自己年龄的女人往往也会丢掉自己的智商，现在的叶太太好像就是这种状态。

濮玉正准备说什么，她们身旁那桌高中生中突然站起了一个人："你不要脸！"

叶太太和濮玉都是一愣，叶太太先反应过来，起身去追："瑟瑟，你听妈妈说！"

窗外，秋日阳光正好，一阵微风吹过，打下树上几片黄叶。濮玉托腮看等在咖啡吧门口的方士申先看到那个二中的小女生，再看到追出去的叶太太，一脸错愕的样子，很滑稽。

她拿出钱包，喊服务生埋单，接着起身，经过那几个还留在座位上发怔的二中小女生旁边时，她笑了笑。

才出咖啡吧，站在灰褐色的招牌下面，濮玉接到了林渊的电话。

"在哪儿？"他嗓子哑了几天了，濮玉让亚斯督促他连着喝了几天的枇杷膏仍没见好，此时的声音依旧沙沙的。

濮玉打个哈欠："中港西街，怎么？"

"亚斯说想吃慕斯，那边有家店，不然你买给他？"

"哦。"濮玉奇怪林渊突然地亲力亲为，可还是四处张望下，"我在34号，那家店在哪儿？"

她很少来市中区，地形不熟。

"你面朝东，直走100米……"

"哦。"

"西转，那边有家motel168。"

"看到了，可没什么蛋糕店啊。"她四下张望了半天，总觉得今天的林渊很奇怪。

"回头，走十步就到了。"

濮玉走了五步，真的看到了目的地。她抱肩站着没再往前："林先生，你的求婚是不是真这么简约，连下跪都没有。"

濮玉那辆红色悍马塞满红玫瑰，停在林渊身后，林渊手里托着一个小红盒，盒子里静静躺着一枚戒指，设计简约，却刚好是濮玉喜欢的款式。

林渊用一种"没有又怎样"的表情走近她，然后缓缓将濮玉拥进怀里，在她耳边低低地说："丫头，我想把我的下半生交给你，接收不？"

濮玉快笑了，她没想到林渊会用这样的语气和她求婚，想了想，她咬下林渊的耳垂："我没那么多时间。"

下午四点，天空突然压抑在一片黑云下，漫漫乌色像扯不完的幕布，无边无尽地盖在玫瑰红上，哀伤弥漫在求婚的情侣四周。

偶尔有路人匆匆经过，瞥见他们，嘴角忍不住艳羡而笑，可又被隐约在远方的雷声惊动，匆匆去赶路。

"不会的。"

林渊拉起她上车，濮玉吸吸鼻子："去哪儿？"

"民政局还没下班。"林渊表情严肃，开车前生硬地把戒指套在濮玉手上，"如果不是杜一天中午拉你开那个会，你现在已经是名正言顺的林太太了。"

濮玉先好笑林渊对杜一天的迁怒，又感叹自己好像命中注定做不成林太太似的，事后她就想啊，如果没有濮玖那通电话，真到了民政局，她会答应吗，答案濮玉无从而知。

她想，也许不会。

濮玖和濮玉通过的电话次数屈指可数，这次也是惯常的言简意赅。

"爷爷病危，在Sean这间医院，你来吧。"

嘟嘟嘟的忙音声告诉濮玉，民政局她是不用去了。她拿着电话沉默了一会儿，林渊问她怎么了，她才像梦醒了一样迷糊地说："喂，林渊，老爷子快不行了。"

于是林渊开着濮玉的悍马朝医院去。

到了那里，站在急救室门外的濮玉才明白了那句话，一个人总能轻而易举地从别人的世界走出来，但要他们走出属于自己的沙漠，却难。

好比濮玉每次看到和她笑的亚斯就会想到那个没活下来的女儿，她就止不住地恨林渊；好比濮稼祥每次看到濮玉这个长孙时，总想起因为她那个妈而英年早逝的儿子，他也止不住恨濮玉；再好比当林渊知道急救室里生命垂危正在被抢救的是易维琛的父亲易坤时，他心里止不住的是痛快。

宋都和世邦的合作项目由于政策优化而再次扩大，再由于林渊的订婚离席作为补偿被几乎全额交给宋都负责。世邦的董事会因为林渊的这一决策而大动干戈，股价也由此跌了好几个百分点。

可就在林渊撒手去越南的这段时间，却发生了一件让世邦那群老古董安静下来的事情。被包括在拆迁区内的易氏员工举起抗议活动，抗拆。

世邦的那群老古董见宋都没那么容易啃下这块肉，也就随之安分下来。

可最终抗拆失败，政府出面制止，易坤眼见自己最后的产业不保，急火攻心，脑溢血进了医院。

"濮玉，你要脸吗？"濮稼祥前阵也没在蓉北，关于濮玉和林渊的事情他也是才知道的，也几乎是同时，老友易坤进了医院，濮稼祥一气，让濮玖编了自己病危的消息把濮玉骗了来。

濮稼祥也不知道自己怎么那么讨厌濮玉，她明明是自己的孙女，可就是讨厌，讨厌到见了她，自己就忍不住又挥起了巴掌。

可这次，他却没打成濮玉。

林渊握着濮稼祥干瘪的手腕："老先生，她男人没死呢。"

濮稼祥气得胡子直吹，可很快他就不气了，老头儿嘿嘿一笑："她男人？小子，你问过谁了？告诉你，只要她身上还流着濮家的血，只要我还活一天，你和濮玉，不可能！"

林渊嘴唇抵得紧紧地看着濮稼祥，濮稼祥也看他，站在一旁的濮玉怀疑再这么瞪下去林渊会不会直接给爷爷一拳，可她只安静站在一旁，说实话，她还真盼着有什么事发生。

急救室的门开了，几个白大褂从里面走出来，濮玉抬头，刚好看到正摘口罩的Sean。

濮稼祥忘了和林渊的对峙，一甩手走近Sean："Sean，老易他怎么样？"

易维安站在旁边，一直沉默地看着濮家这群人，心里不知想什么，爸爸病危入院，妈妈受不了刺激也晕倒被送去休息，她也难过，但理智告诉她自己还有很多事情要做，她不能倒。

Sean出来，她第一个走到他面前："我爸爸怎么样？"几乎和濮稼祥同时问出问题的易维安看了濮稼祥一眼，点头示意。

　　Sean长出口气："患者脑部的肿瘤是良性的，没太大危险，手术安排在三天后，家属可以放心。还有……"他看了濮玉一眼，"他要见你。"

　　加护病房的陈设比起普通病房在结构上并没什么不同，除去那悬在床头密如蜘蛛网似的各种塑料吸管，以及嘀嗒作响的各式仪器。

　　濮玉换了衣服，站在门口，Sean拍拍她的背："有事叫我。我在外面。"
　　濮玉笑笑，能有什么事呢？
　　"放心，大不了我就被易伯伯咬两口，死不了的。"说是这么说，可真等她推门进去，看到易坤正睁着略微浑浊的眼睛看她时，濮玉还是控制不住自己身体朝后缩了一下："易、易伯伯。"
　　"阿玉……啊，你来了。维琛，你也来啦。你们两个在巴黎待了好久了，舍得回来啦？"
　　濮玉脸上的笑容彻底崩塌在唇角。
　　十一长假后的蓉北，天凉得有些快。

第三十七章　那年春与梦

【七岁那年抓住一只蝉，就以为抓住整个夏天；十七岁那年吻过他的脸，就以为和他能永远。少女的梦，最天真烂漫，也最异想天开。】

曾经，是说曾经，濮玉真以为自己会和易维琛手牵手，把小时候扮家家酒那套无限放大至未来，在某个阳光明媚的上午，她身披白纱，头顶着漂亮的钻石王冠，上面要镶嵌一颗大大蓝宝石的那种，然后她仰头，维琛轻而绅士地吻上她，穿白袍的牧师站在他们面前，祝福婚姻。

曾经，是说曾经，那是濮玉以为自己会有的未来，属于浪漫温馨白色的未来。

曾经，是说曾经，濮玉把易维琛当成她的王子。

可她忘了，自己压根儿不是什么公主。

事情过去许多年，属于巴黎喧嚣街头的刺鼻汽油味道还那么清晰地萦绕鼻端，好像濮玉只需要轻轻一嗅就能闻到那让她痛心后悔到不行的气味。

她站在易坤旁边，看着神志有些错乱的老人，记忆止不住被拉回了2003年的巴黎，圣诞节刚过，塞纳河边站满了在冬季出来寻求浪漫的情侣，天上的星星依稀明亮，餐馆里不时传出好闻的菜香。

濮玉躺在寝室床上，干燥的滋味从口腔一直延伸至喉咙，她不自觉翻个身，真难受。

门口有人敲门，咚咚咚一下下的很有规律，在床上躺了一天的濮玉不知从哪来了力气，一下子翻身下床，奔到门口，开门："林……"

"……维琛，你来啦。"她"咳咳"咳嗽两声，脸上的失望再怎么也掩盖不住，她转身扶着柜子往回走。寝室空荡荡的，就她一个人，同住的室友和男朋友去新西兰玩，已经离开几天了。

就快走到床边了，濮玉一打晃，眼看要跌倒在地上，易维琛眼疾手快，一把将她扶住："阿玉，不就一个林渊吗，为了他把自己搞成这样值得吗？"

易维琛眼里也带着伤，是啊，他怎么能不伤，濮玉是他最心爱的女孩儿，从小洋娃娃一样捧在手心长大的女孩儿，可他却不是她最心爱的那个人，这本身就让他觉得不公平。

现在她怀着别人的孩子被抛弃了，易维探以为自己会幸灾乐祸，他大可以站在一旁嘲笑："叫你不选我，叫你有眼无珠。"

可他做不到，因为那人是濮玉，他从小像珍珠一样捧在手心的濮玉。

"阿玉，究竟我要怎么做你才能开心，才会笑，才能忘记那个人。你这样，我……真的心疼。"

易维探蹲下身，轻轻地把濮玉拢在怀里。他像小时候一样抱着她，然后吻她头顶："你还有我，难道我不好吗？"

"维探，你很好很好很好，真的，可我爱林渊，我控制不了我自己……"

女人有时就是一种近乎偏执的动物，明明知道是飞蛾扑火，明明知道结果不善，依旧固执相信什么愚公移山，爱感动天，其实她们心里也知道自己是傻瓜，可没办法，她们以为好的爱情就是做一个坚持的傻瓜。

易维探嘴唇抿紧，然后做了一个之后让濮玉后悔一辈子的决定。他站起身，微笑着看她："阿玉，我去给你找他，你放心，我一定给你把他找回来，现在，你乖乖地把午饭吃了，吃完我去找他。"

那时的濮玉，依旧天真，她信了易维探，她觉得维探从没骗过她，所以林渊一定会回来。

宿舍里食材不多，易维探给她做了米饭，煲了一锅蛋花汤，又炒了一方里脊肉。做好这些，他坐在桌子对面看濮玉吃。

濮玉胃口差了几天，今天因为易维探的话重新来了希望，吃得格外香。

她还记得，吃好饭时，时间下午两点，因为校园里的大钟敲了十四下。

她送易维探出门，分手时，易维探摸摸她的头："放心，我一定让他回来。"

可维探最终还是没让她放心。濮玉没想到，那是维探最后一次和她笑，最后一次和她说话，最后一次摸她的头，留下他最后一个背影给她，然后彻底从她生命中消失不见……

消息是大约下午四点时候传到濮玉这里的。当时她坐在女生宿舍楼前，看巴黎冬季的草坪上鸽子飞起落下。她目光注视着远方，生怕错过看到那抹身影的第一时间。

两个埃塞俄比亚同学从老佛爷商场抢购打折品回来，手里拎着写着或C或V的纸袋，正慢吞吞往宿舍里踱步。

他们讲的阿姆哈拉语，在濮玉听起来，像是咬不断的千层面，又黏又连，不仔细听她压根儿听不懂。

濮玉也没听墙根的爱好。

不过今天有些不同，那两个人提到了一个名字——易维探。

濮玉松开环住腿的手臂，踉跄起身，腿已经麻了。可她不管不顾地依旧去追赶那两人："Comment il était?"

埃塞俄比亚同学被横冲直撞来的濮玉吓了一跳，半天才反应过来她在问什么，其中一个瘦高个指指校园大门的方向："Il a eu un accident de voiture."维探出了车祸，去帮她找林渊的维探出了车祸。濮玉当时脑子里再没其他想法，只是没命地往他们指的方向跑去。

赶到时，除了地上一摊血还有几辆车头不同程度被撞得扭曲的汽车外，她没看到维探。

她拼命问，拼命问，终于在一个处理现场的交警口里知道，维探被就近送到一家公立医院去了。

在医院急救室门口，濮玉意外地看到了她想见了很久却没见到的那个人。林渊正同交警说话："我回头时，他正朝我冲过来，我想拦已经拦不住了。"

交警是个亚裔，所以林渊说的是中文。

濮玉来时跑得太急，鞋子跑掉了都不知道，可她一点知觉都没有，直接冲到林渊身旁，抓住他胳膊："维探他怎么样，他没事吧？"

本来林渊看她光着脚就皱眉，听到她这么问不知怎么就烦躁起来，他一甩手："你去问大夫吧。"

当时心慌意乱的濮玉没注意，林渊的胳膊也在流血。

后来的事情真应了那句天不遂人愿，易维探病危，身在国内的易氏夫妇闻讯连夜坐着航班赶到了巴黎，可到了又如何，不过是来得及看儿子最后一眼。

来自不同方向的两辆汽车分别撞了易维探两次，人被撞飞了不说，他的肝脏脾脏当场就被撞裂了。

医生第一次说这话时，濮玉和林渊都在，濮玉当时忍不住哇一声哭出来："维探走路最小心，怎么会……"

其实怎么会这样，濮玉自己心里清楚，只是那时的她还抱着侥幸，希望维探不是为了自己去追林渊才这样的。

在恐慌面前，人的第一反应总是逃避。

可易维探的爸妈来后，事情就不那么简单了，交警的笔录告诉他们，儿子出事和一个叫林渊的人脱不了干系。

他们提出见林渊。

濮玉还记得，那天医生给维探进行了那天的第三次抢救，兵荒马乱的感觉。她缩在走廊角落的长椅上，第几千次地对上帝祷告。她没有信仰，现在却希望一切能帮到她的神灵保佑维探平安。

易坤和干妈在走廊另一边见林渊。濮玉也不知道林渊说了什么，总之干妈先是打了林渊一巴掌，接着冲过来打了她一巴掌。

"干妈。我……"她想解释，可发现自己除了一些自私的理由外，什么话都说不出了。

就在这时，重症室的红灯亮起，鸣笛刺耳地盘旋耳边，濮玉脸热热的，她想去看维探，却被干妈一把拦住："你再不是我们易家人，维探以后也不会见你。"

濮玉清晰记得那天是中国节气里的立冬，巴黎却飘起一阵细雨。远处不知从哪飘来风笛声音，像葬礼的哀乐。

挨了打的濮玉捂着脸，走进雨中，任凭湿冷的雨水一道道撕扯自己的脸。在她不知道的时候，林渊站在了她身边。

她不知道他想做什么，因为她再没理他。

十二点四十五分，维探去世的时间，濮玉站在医院的玻璃窗外，被限制入内。

记忆好像被阻隔在堤坝那端的海水，一旦开启，谁都阻止不了它携带着悲伤蔓延全身。濮玉也没想到，过去这么久，再想起维探的死，她还是疼得连呼吸都是痛。

"易爸爸，维探他已经死了。"她抓住易坤的手，"易爸爸，你要好好的。"

"死了？哦。"易坤像做梦一样，"我都忘了我儿子死了，我的易氏也快完了，林渊不会放过我的。"

"易爸爸，不会的，你放心，有我在，肯定不会的。"濮玉还想说什么，门突然开了，刚被扶去休息的易妈妈出现在门口。

只不过几年光阴，皱纹就爬满了女人的脸，易维安扶着妈妈，把妈妈说不出的话翻译给濮玉："濮玉，妈妈说不想见你，你先回去吧。"

嗯。

濮玉经过易妈妈身边时，这个曾经把她像女儿一样疼的女人说了句话，这句她听清了。

易妈妈说："扫把星。"

濮玉觉得自己真是扫把星来着，否则怎么会拖累一个两个好男人下水呢？

从医院出来，濮玉就被濮稼祥强行带回了濮家，坐在自己卧室的床上，濮玉在想林渊现在在做什么。

夜晚，蓉北的秋风带着凄凉味道，在窗外簌簌地吹。

有人来敲濮玉的门，一下两下，似乎她不开门对方就有足够的耐心一直敲下去一样。没办法，濮玉最后还是起身开门。

濮瑾昊架着喝醉的Sean进门："爷爷说今晚要Sean住你这儿。"

住我这儿算怎么回事？

濮玉还没来得及问，濮瑾昊贼笑一下，关门出了房间。

没办法，濮玉架着Sean往床边走："醉鬼，我今天暂时先把床让一半给你吧。干吗喝那么多？"

她正准备把Sean放下，却不想自己也被他带着倒在了床上。

"Sean……"她推他，可动作才进行就僵住了。

Sean在亲她！

"Aimee，我好热……"

濮玉对着米色的天花板翻了个白眼："爷爷啊爷爷，就算你看出我和Sean是假的，想把我们弄真了又能怎样。"

第三十七章 那年春与梦

第三十八章　和我在一起

【我把我整个灵魂交托你，连同它的怪癖，耍小脾气，忽明忽暗，一千八百种坏毛病。它真讨厌，只有一点好，爱你。可是你不珍惜。】

上午十点，助理Lizz敲开戚夕的门时，戚夕正站在一堆蕾丝以及各色材质布料当中皱眉。

"Lizz，Ben说他不喜欢我用丝绸配软纱的设计，他以为他是谁？一个只会计算小数点前面几个零的CEO，想左右我的设计理念，开什么国际玩笑！"她比着手里一块橘色纱质软料，拿起剪刀。

Lizz跟在戚夕身边三年了，见识过老板的风光迷人，见识过老板的桃花不断，可自始至终，老板一直跟着那个生意做得不温不火的沈明阳。

说实话，她都替老板亏。

再说句实话，老板和沈明阳分手，她第一个想拍手叫好。

"老板，刚送来的白玫瑰，第多少天了？依旧的九十九朵，浪漫得要死啊！"Lizz抱着花，扭扭一尺七的小蛮腰，一脸花痴状，"老板，我就说嘛，没了沈明阳，照样有好男人追你。"

刺啦一声，戚夕把布料一剪到底："好男人？"她抬头，"Lizz，你对好男人的标准什么时候变成匿名送花半个月，然后连个名字和面都没露过？"

她摇摇头，拿笔在布料上画出白色记号："我还没饥渴到接受一个比FBI还神秘的男人。"

Lizz笑着扬扬手里的卡片，朗声念着上面的内容："戚夕小姐，今天中午不知能否有幸请你吃个饭，11点，我来接你。"

"瞧吧，人家还挺主动的。"Lizz翻遍卡片前后，喃喃，"可是怎么连个名字都没留。"

戚夕哂笑一下，这样的人她见得多了，她压根儿没打算理。

可就在时间迫近十一点的时候，一通电话顿时乱了戚夕的阵脚，当时Lizz正把新到的布料样板送进来，迎面撞上了正往外冲的戚夕。

第三十八章 和我在一起

"老板，你怎么了？"

"沈明阳出事了……"Lizz只是隐约听到戚夕说完这句，她老板人就已经消失在工作室门口了。

十月的街道，被浅灰色的天空蒙上一层冷色调，她站在路旁，扬手招的士。

那天很邪气，明明是城市主干道，过往的士却少得出奇，偶尔经过一辆，也竖着满客的红牌子。

戚夕出门才发现自己穿少了衣服，秋风从身边扫荡而过，留下一串串鸡皮疙瘩。她搓搓胳膊，正考虑要不要把濮玉拎过来时，一辆暗金色的宾利无声地停在她身旁。

车窗拉下，露出蒙里的脸："市里今天限制交通，你要去沈明阳那里，我送你。"

戚夕没再犹豫，拉开车门上车。

车子重新上路，车里打着暖风，戚夕依旧是冷，她搓了下胳膊："沈明阳出了什么事，为什么好端端会自杀？"

后视镜里，蒙里的唇角惯常带着弧度，戚夕等了半天见他没答话，赌气地把脸撇向窗外。

不说算了。

窗外，一阵秋风一阵凉，环卫工人正扫着地上的落叶。

红灯，路上没车，蒙里的车没停直直冲过了路口。

戚夕张张嘴，想说路口有电子眼，可想起沈明阳的事她又闭了嘴巴，天真冷。

一件外套从天而降，戚夕从黑色布料下面钻出头，才发现是蒙里的外套。

"你……"她想说什么。

蒙里却没让她讲，他踩了脚油门，把车速提了一挡。车风在窗外凛冽，蒙里看着前方，手把戚夕身上的西装理了理："他挪用了沈氏一笔钱，被人举报了。"

蒙里只说了一句，戚夕大约就懂了。

沈氏是沈明阳家的企业，董事长就是沈明阳的父亲。按常理说，自家的企业就算沈明阳动了点钱，沈父也不会说什么，可戚夕知道，沈明阳并不是沈家独子，在他上面还有两个哥哥一个姐姐。

这样一个尴尬的身份让沈明阳自小在家不得宠，可也正是因为此，戚夕才那么死心塌地地跟着他。

如今……

"你知道是谁举报的吗？"戚夕闭着眼，问身旁的人。

蒙里听了哈哈大笑，车子刚好停在医院门口，他俯身靠近戚夕："我干吗要知道是谁举报的他？"

沈明阳的情况比想象的糟糕很多，戚夕到的时候，沈父已经被两个儿子扶着从抢救室往外走了。戚夕同他擦肩而过，没想到沈父竟还瞪了她一眼："祸水啊祸水。"

戚夕忍不住想骂人了，可她还是忍住跟着医生进了抢救室。

抢救室里消毒药水的味道刺激得戚夕眼睛发酸，直想流泪，沈明阳躺在床上，身上连着各种软管和线路。氧气瓶里咕嘟咕嘟冒着气泡，测量心电的仪器上蓝绿色线路画着不规则波形时快时慢地从屏幕上滑过。

"十楼上摔下来，要不是三楼有块招牌挡了一下，人当时就不行了。"带戚夕进来的是个年轻大夫，胸口还挂着实习医生的牌子，看到沈明阳这样，也不免一阵唏嘘。

戚夕忍不住吸吸鼻子："还有救吗？"

"想说什么就说点什么吧。"小大夫说完，把空间留给了她，自己转身出去了。

"沈明阳？"戚夕走到床边叫了一声，沈明阳眼睛半眯着，好像没听见，她又叫了一声："沈明阳，你个大浑蛋，你起来和我说说话啊！"

"戚……戚……"沈明阳真听到戚夕的声音了，喉结咕噜了半天，却没叫出她完整的名字。

戚夕再也忍不住，哇一声哭出来了："沈明阳，你王八蛋！"

半小时以后，戚夕走出急救室，失魂落魄的。她从没见过死亡，却亲眼送走了曾经的爱人，她没想到沈明阳最后对她说的一句话是：对不起。

对不起个屁，沈明阳，你没听过"道歉有用要警察干吗"这句话吗？我不喜欢现在这样，我不喜欢！戚夕出了房间，直接坐到墙边。

一个人走到戚夕旁边，她抬头，认得是沈明阳的大姐。大姐脸上没有悲伤，相反却多了丝怨气："真是的，大白天大家都在忙，他偏出这事，还嫌最近家里不够晦气，这是他留给你的，走就走呗，非和外人留什么最后的话，真是……"

大姐那件Chanel的长裙飘然远去,留给戚夕膝头一封信。
她吸吸鼻子,打开纸张。

我最爱的戚夕:
　　看到这封信时,我想我已经不在人世了。
　　一直以来,我觉得我出生在这个人世就是个错误,爹不疼,没娘爱的,可我庆幸,自己遇到了你——我最爱的好姑娘,戚夕。
　　你从没嫌弃我什么,就算我自己都觉得自己窝囊得不行,就算别人说我是靠女人吃饭的。你把你整个灵魂交托我,连同它的怪癖,耍小脾气,忽明忽暗,一千八百种坏毛病。其实它很讨厌,却只有一点好,爱我。可是我不珍惜。
　　现在想想,当初听信传言买了那只股票本身就是错误,我入套了,只不过我不清楚给我下套的是最后和父亲告发我的大哥,还是一心觊觎你,拿钱威逼我的宋城,但那些都不重要了,我现在可以解脱了。
　　戚夕,我的好姑娘,别为我伤心,你值得更好的人。
　　明阳绝笔。

去你妈的沈明阳,你说不伤心我就不伤心了,你当老娘的心是石头做的吗?戚夕哭到不行,可哭过后,她想到一件事,拿着信,她直接冲出了医院。
　　大院里,蒙里站在暗金色宾利旁,一口口地吸着烟。
　　戚夕冲出来,一拳打在了他脸上:"是你,对不对?"
　　蒙里舌头撑着口腔,血腥味在口腔里肆意蔓延着,他抓住戚夕还要再动的手:"你疯了,什么是我?"
　　"其实设局让沈明阳往下跳的是你对不对?宋城虽然恶心,但他最近都没来找过我,你别说你不是那个每天送玫瑰花给我的人!"
　　蒙里眼睛眯起危险的弧度,半天才说:"女人太聪明了不是件好事。"
　　"是你逼死了沈明阳!"
　　"没这件事,你认为沈明阳那两个哥哥能放过他吗?沈明阳他不适合经商,更不适合生活在那样的家庭里。"
　　戚夕哭了半天,也冷静下来了,她明白蒙里说的话有他的道理,可她还是止不住地心疼,沈明阳不是她最爱的那个,但不能否认,沈明阳是真把她疼到心尖上的那个人。

"我要报仇。"

"需要帮忙？"蒙里吸口烟，烟却在下一秒易主到了戚夕手里，戚夕吸着蒙里的烟，眼睛眯成狐狸的弧度："不需要。"

离开蓉北回老家前，戚夕给濮玉打了电话，可电话响了很久自动转接到了语音信箱。午夜的双陆机场，人流依旧熙攘，戚夕拎着行李站在候机大厅里，给濮玉留言，她只说了两句话：沈明阳死了，我回家一次。

戚夕哪里知道，此时的濮玉，正和春潮涌动的Sean医生做着肉搏战。

"Sean！你给我清醒下好不好！"濮玉正在考虑要不要咬他一口。

林渊的声音莫名出现在卧室，濮玉前一秒以为自己是幻听，下一秒身上就轻松了。

她睁眼再看，Sean早被林先生一脚踹到地板上了。

"林渊！"濮玉叫住林渊，"下手轻点。"她说。

林先生面色不善，手刀一起，再一落，Sean直接软趴趴地倒在地上睡觉了。

濮玉过去试试Sean的鼻息，松口气回头看林渊："不是说让你轻点吗？"

林渊脸色不大好，他在濮玉窗子下等了好久了，就是看这个女人什么时候能喊自己，可她最终也没喊。"要是我不出现，你预备怎么办？"

"凉拌。"濮玉耸耸肩，刚刚和Sean折腾了一身汗，她想去洗澡。"我去洗个澡。"

她起身去浴室，关门时，林渊的手插了进来。

"濮玉，我允许你恨我，但绝不允许别的男人碰你。"

"他也没……"濮玉的话悉数被林渊的吻堵在嗓子里。

清晨的太阳总是勤劳地照耀着大地，濮玉的生物钟在早七点准时发生作用，她睁开眼，看到的是林渊一张放大的脸。记忆好像倒带的胶卷一直回溯到昨天那个混乱的夜晚。

"大清早的傻笑什么？"本以为熟睡的林渊突然睁开眼，亲吻她唇角，"丫头，答应我，就算恨我也别离开我。"

……

濮玉张张嘴没说话，就在这时，床边传来一声吧嗒嗒的声音，濮玉腾地起身，才想起Sean在自家地板上睡了一整夜了。

濮玖来敲门："濮玉，你和Sean起了没啊，爷爷叫你们去吃饭。"

没见到濮玖的人，濮玉依旧听出她语气里的戏谑。叹口气，她转身看林渊："你昨天咋上来的，现在就咋回去吧。"

林渊挑眉："我见不得人？"

"奸夫不都是见不得人的吗？"濮玉不由分说，把他推上了阳台，锁上门，锁门前，她真厌弃地踹了林渊一脚。

濮玉往Sean头上泼了好几回凉水，才把他弄醒。Sean被濮玉迷迷糊糊地拉下楼时，对昨天的记忆还是懵懂无知的。

"Sean，既然你们已经……我看这几天把你父母约出来，咱们两家谈谈你和濮玉的婚事。"濮稼祥喝口茶，拿着早报不疾不徐地说。

"你们好像忘了问濮玉他男人的意见了吧？"胸口还带着濮玉留的那个鞋印，林渊衣衫不整地出现在濮家大门口。"濮老爷子，忘了和你说，昨晚我在你孙女房里住的。"

这到底怎么回事啊？濮稼祥、濮家上下，还有Sean齐齐看向濮玉。

第三十九章　情能与谁共

【虽然岁月如流，什么都会过去，但总有些东西，发生了就不能抹杀，如同你我。】

濮稼祥没理会在一旁嘀咕的Sean和濮玉，他只是瞪着边朝他走来边似笑非笑的林渊："你说什么！"

老爷子气性很大。

"我说昨天我和濮玉睡在了一间房，对了，忘了告诉你，我们在越南的教堂里，已经盟誓复婚了。"林渊扯扯衬口，丝毫不在意他领口残留的春光。

濮老爷子一口气没提上来，捂着胸口咳咳两声，脸色顿时变了，身旁的濮家人也慌了，一时濮玉二叔拿药三叔拿水濮玖端着牛奶不知所措，情景那叫一个热闹。

半天，一颗速效救心丸下肚，濮稼祥脸色缓和，喘口气他嘘着嗓子说："他说的是真的？"

他在问濮玉。

濮玉耸下肩："爷爷，我和Sean只是好朋友，我们的婚约自始至终只是你们家长间的约定，我们从没承认过。"

"你！"濮稼祥手又开始抖，濮玉二伯瞪了她一眼，又倒出两粒药准备伺候给老爷子。

给你个显孝心的机会也不谢谢我，濮玉心里嗤笑那个一直不喜欢她的二叔："不过你也不用急，我知道你不喜欢林渊，放心，无论Sean还是林渊，我都不会嫁，我生了病，医生说我最多活到明年秋天，所以爷爷，我很快就不会再碍你的眼了，你老也再不用为我这个寡廉鲜耻的孙女将来嫁给谁而操心了。"

濮玉的话让在场大部分人沉默了。濮稼祥最先缓过神："你个混账，说什么混话！"

"爷爷，大清早我又没喝酒，你要是不信，问Sean。"濮玉懒懒地挪下步子，把还纠结自己针眼问题的Sean推到了众人面前。

Sean还在状况外地揉眼睛，半天才反应过来濮玉把怎样一个沉痛的话题丢给了自己，他咳嗽一声，低了头："虽然不想承认，不过这的确是事实。我陪

Aimee在柏林公立医院做的确诊。"

濮老爷子呆了，濮玖手里的杯子叮一声被濮瑾昊一把搁在了桌上，脸上总是阴晴莫辨的二叔三叔现在的表情更是成了阴晴莫辨。

濮玉笑了："好了，看在我不能再碍你们几个月眼的份儿上，麻烦你们再做几个月和我相安无事的家人吧。我去上班了，还有Sean，我建议你留下来吃完早饭再走。"她拍拍还有些发蒙的Sean的肩膀，走出了濮家。

一个人跟着她出来。

濮玉在她卧室对面的围栏外找到了自己的悍马，只一夜，红色悍马上面就蒙了尘，灰头土脸如同此时林渊的表情。

濮玉回头朝他伸手："钥匙？"

"你认真的？"

"什么？"濮玉歪头，初晨的阳光穿过熹微的树枝，剪成斑斓落在濮玉脸上，她的表情天真却也认真，像想起什么，濮玉一拍脑门："哦，你说那事啊！林渊，我真没想过嫁人，无论你，Sean，还是杜一天。真的。"

濮玉那句真的就像"我不过是和你玩玩"一样，当即把林渊的脸剐得体无完肤，他铁青着脸，一句话没说转身走了。

"哎！"濮玉刚想叫，林渊又转身回来，电子钥匙远远地抛物线入怀。

男人彻底走了。

濮玉站在濮家门前空荡荡的小径，抬头眯起眼，空气中的微尘像蒲公英种子，却再没一个是属于她的希望。

和林渊冷战的第三天，濮玉下班回家，意外地看到消失几天的戚夕。当时家里没开灯，晚上七点，戚夕坐在一片黑暗里朝濮玉转过脸，然后幽幽地说了句："你回来了。"

"死丫头，你总算回来了！"濮玉把包丢在地板上，几步走过去，抱住了戚夕，"你怎么都不接我电话？"

那天离开濮家，濮玉在去公司的路上听到了戚夕的留言，那之后她给戚夕打过不止一次的电话，可无论哪次得到的回复要么是万年不变的"你拨打的电话已关机"，要么是干瘪女声毫无感情地提示"你拨打的电话不在服务区"。

她都急死了。

戚夕把头枕在濮玉肩上，闭眼蹭着她，终于还是没控制住哇地哭了出来：

第三十九章 情能与谁共

"沈明阳他不是个男人，多大点事就给老娘玩自杀，自杀也就算了，临了还和我玩了把煽情，他明明知道老娘是个翻脸不认人的人，我才不会理他呢，他死不死关我什么事！"

"……"濮玉说不出话，只能一下一下拍着她的背，戚夕哭得差不多了，才抽泣着说："他就是吃定了要我忘不了他。"

"大玉，我回家了。"

"嗯，我知道。"信息里戚夕和濮玉说了，她只是不知道戚夕离家这么久突然又回去是为了什么。

"我要家里为我安排相亲。我要为沈明阳报仇，可家里肯定是不会帮我的，我唯一指望的就是戚家未来的女婿，这也是我答应婚事的唯一条件，我要沈明阳他大哥血债血偿。"

"戚夕，为了一个沈明阳，值得吗？"

"也许值，也许不值吧。"

戚家，在西北城市举足轻重的一个姓氏，戚夕就是生长在这样一个大家族里的叛逆公主，大学时就因为和顾小平恋爱拒绝了家里安排的一门亲事，当时的戚父一气之下把戚夕扫地出门，声称这辈子再没这个女儿。

濮玉想象得出，戚夕这次和家里低头，是抱着怎样的决心。

"戚夕……"

"哎呀，大玉，先不说别的了，帮我揉揉我的背吧，我家老爷子差点没把我打死！"戚夕赶在濮玉煽情前把这种气氛打破，可她不知道，背上的那些伤让濮玉看了更伤心。

"傻丫头！"她啪地打了戚夕后脑勺一下，戚夕哎哟一声："脑细胞被你打死一万个了都！"她虎着脸看濮玉起身，"你干吗去？"

"拿药给你擦药啊戚小姐！"

戚夕没去参加沈明阳的葬礼，她选在沈明阳下葬后第七天去了他安眠的古烈墓园。

那天，蓉北飘起了当年的第一场雪。

细雪从半透明的天空徐徐而下，人站在雪中竟不觉得压抑。

濮玉请了假陪她一起来。

新墓还带着人生前的气息，照片上沈明阳笑得腼腆，濮玉没想到戚夕到了那里一下就把摆在墓前的菊花酒品什么的统统扫个干净,然后她捧着自己抱来的一大束白百合,坐在沈明阳的坟头上靠着墓碑傻笑。

"沈明阳,你看你活得失败吧,生前不招家里人待见,死了人家还拿菊花来给你,菊花多丑啊,还是我好吧,把我最喜欢的百合给你带来了,你不是说吗,我喜欢的你就喜欢,就算你不喜欢也要假装喜欢啊……"

戚夕那丫头自言自语,濮玉默默退开,把空间留给这对没在一起的小情侣。

墓园是分区的,从沈明阳这个区往东走,是一大片灰茫茫的墓碑。以前戚夕曾吓濮玉说,每一块碑下都住着一个依然贪恋尘世的灵魂,他们会时不时盘旋出来,拍下经过的路人。

濮玉却不信,她沿着一条小路信步一直往东走,不时看下墓碑上的刻字。

先考沈忠勇、先妣暮雪华之墓,在天愿做比翼鸟,在地愿为连理枝。儿沈念留。

濮玉歪头想这碑后的故事,也许是对幸福的老人,寿终正寝,厮守于地下,但她又想,这也许是个带着少许波折的故事呢?

有人在背后拍她。

她真吓了一跳,心想,戚夕你个乌鸦嘴。

她回头,没想到会是濮稼祥。

"爷爷。"她低低叫了一声。

"嗯。"只不过才几天时间,濮玉觉得濮稼祥似乎老了些,说不上是鬓梢的斑白还是什么,总之她觉得老爷子似乎是老了些。

濮稼祥"嗯"了一声之后,半天没了下文,濮玉摸不清老爷子的脾气,乐得在一旁数鞋面上的雪花,一片、两片、三片……

"那病真没得治了?"

濮玉以为自己幻听,老爷子是在关心自己吗?她搓搓手:"听天由命的病,你以前不也说我不该来到这个世上吗?"

"都是你,要不是你和你那个妈,我好好的儿子怎么会死?你和那个女人都是扫把星转世!"

还我儿子!

言犹在耳,可说这些话的老人却面露赧色。濮稼祥咳嗽两声,换了个话题:"过几天是你奶奶的忌日,玉丫头你去帮我办件事……"

听了濮稼祥的话,濮玉忍不住笑了,似乎这世上的每一个老人,他们终日想的都是如何左右自己子孙的婚事,先是她的,现在又轮到了颜珏。

濮玉没想到戚家这么快就给戚夕安排了相亲对象,她更没想到,对方人也在蓉北。

戚夕电话打来时,濮玉正站在蓉北中级人民法院二号厅门外等着开庭,方士宏那起强奸案今天第一次开庭。

她往大门口移了移,对着电话听筒说:"戚夕,我这边马上就要开庭了,等结束了我打给你。"

戚夕又嘀咕了几句,濮玉这才挂断电话。

她准备进门,没想到从对面三号厅走出几个人来,打头的正是林渊的养父叶淮安,忘了说,就在几天前,叶太太到永盛做了代理撤销,她不需要濮玉帮她打这起离婚官司了。

叶淮安显然也看到了她,濮玉没想到叶淮安会主动过来和自己打招呼:"濮律师,好久不见啊!"

他样子说不出的得意。

第四十章　终究是命运

【不管你的条件有多差总会有个人在爱你。不管你的条件有多好也总有个人不爱你。】

"叶先生。"濮玉表情清淡地和叶淮安打招呼，"官司打得挺顺利？"

叶淮安打个哈哈，叹口气："就那样吧，她外面有人了，铁了心和我离，我留得住人也留不住心。"

瞧吧，这就是男人，翻脸像翻书，之前鹣鲽情深，下一刻谈离婚时就六亲不认，而这一秒就又上演夫妻情比金坚、忠夫之勇，贼喊捉贼还脸不红心不跳的，濮玉想笑。

身后的同事喊她，濮玉朝叶淮安点下头："我去工作了。"

转身前，三号厅的门又被打开，看得出里面是休庭时间，法官已经离席。叶太太的身影依稀夹在门缝里，有种萧索味道。

濮玉叹气，别人的事她终究管不了太多的，还是做好自己的事情吧。

方士宏的案子证据确凿，定案相对容易，可就在量刑前，濮玉找到秦检察官聊了件事。

濮玉的话让秦蓝很意外，她拉着濮玉坐在二厅门外的长椅上聊："濮玉，你确定要进行民事索赔吗？按照惯例，这类案件是不支持精神损失赔偿的。"

"秦检，我知道，不过我想试试。"

秦蓝见她固执，拍拍她肩膀："好吧，不过要和原告家属做好沟通。"

"我知道。"

原告家属自然是同意的，只不过唯一的顾虑是案子拖下去，会不会影响女儿的名声。

"这点你们放心，我肯定速战速决。"

濮玉见过那个被害人，长得干干净净，很漂亮的一个小姑娘，只是出了这件事，整个人都有些精神失常了。听她妈妈说，那孩子把自己关在家里已经半个月了。

濮玉很心疼，所以真想为她做些什么，她还记得老师和他们说的那句话——立法者三句修改的话，全部藏书就会变成废纸。而我们就是要在废纸中找希望的人。

她试图在法律的角落中寻求那可贵的希望。

Tina翻着八月新娘的杂志,和Joe讨论自己婚纱的样式,杜一天从走廊那边走来。

Tina猛抬头看到老板,吓得忙往Joe身后藏杂志,无奈Joe也害怕惹祸上身,两相推搡时杂志啪嗒一声掉在地上。

杜一天瞟了两人一眼,竟没批评,只是问了句:"Aimee在吗?"

"在!上午结束了那个官司就回来了,就是人憋在里面一直没出来。"说实话,Tina觉得她老大变了,搞不懂是因为前阵那个小三门还是怎么,总之现如今的老大似乎成了工作狂,每天就知道工作,而之前和她很好的林总,Tina也好久没见了。

叹口气,Tina看着杜一天推门进去。

濮玉正对着电脑翻文献。一页一页的案例卷宗看得她眼睛发酸,濮玉眨眨眼忍不住拿手掐了下眼角。

"何苦那么拼呢?"

听到声音,她抬头,看到杜一天斜倚在门口看她。濮玉长吁口气,把身体瘫软在靠背上:"莫非老板是在暗示我工作该学着偷懒?老杜,你这话我要是传给小赵他们听,估计你要头疼了。"

杜一天笑着走到她身边,俯身看她的电脑屏,手配合着滑动鼠标:"一个强奸案,这么费神?"

"那倒没有,只是想给那个被害人多争取些,那个小姑娘很可怜,才14岁。"想到那张小小的脸,濮玉又想叹气。

杜一天却直接关了她的电脑:"拼命也要劳逸结合,我看你这几天有点水浒里拼命三郎石秀的工作劲头,林渊又好几天没来找你了,怎么,两人出问题了?"

"少管我,你和Susie的事情搞定了,还有诺诺的身体现在怎么样?"

两人明显戳了互相的疮疤,于是一阵沉默。

杜一天先打破局面:"同是天涯沦落人,何不共去饮一杯?"

濮玉本来不爱喝酒,可自从那天在濮家和林渊不欢而散后,她已经几天没回林家了,连带着也没见亚斯,心情很差,所以她接受了杜一天的邀请。

只不过她没想到这并非双人行,而是多人餐。蓉北律师界难得的集会。

濮玉坐在灯光晦暗的会所角落,手里拿一杯不知名的绿色酒品,尝了尝,味道有些怪，不过不赖。

杜一天去拿酒，却被夙生行的聂大状拉住说事情，濮玉远远看着他想脱身又脱不开的憋屈样，笑得很小人。

突然，濮玉看到一个人，她拿着酒杯起身朝那人走去。

"Hi，邱律师，好久不见。"

邱明起回头见是濮玉，先一惊，接着表情转为喜："Aimee，我还没去谢你呢，你自己就找上门来问我讨谢了。"

"哦？"濮玉有些不明所以。

邱明起也不管她是真不懂还是假不懂，直接拍拍身旁台子："要不是你，叶太太那件油水那么多的案子哪里会落到我头上呢。"

濮玉哦了一声，她知道叶太太从永盛撤销代理后去了邱明起那里，她今天来也是为了问案子进展的。

"你不知道吗，今天已经结案了，法院判定离婚，要我说叶太太真是大方，为了快点离婚，竟然把自己财产的大部分都赠送给了叶淮安，啧啧，比起那些钱，咱这点律师费算什么？"

真的离了啊？濮玉想。

叶太太为了一个方士申能这么轻易放过叶淮安，濮玉真看不透那是一份怎样炙热的爱情，不过过去的就过去了，至少她自己还想理智地活。

"Aimee，你没事吧？"邱明起在濮玉面前挥挥手。

濮玉微笑："没事。"

她和杜一天都喝了酒，所以聚会过后，几个同行为他们各自找了代驾。

坐在副驾驶上，濮玉眯眼看着代驾小心翼翼驱策自己的悍马，心中好笑，这车是改装过的，一般人还是开不惯。

她拉下车窗，十月末的风早失了温存，带着几分凛冽，沿着窗沿刮在脸上，刺刺的疼。电话铃就在这万籁俱寂，只有发动机和呼吸声的夜晚响起。

> 太阳天或下雨天，人挤人的咖啡店，找一个能让你舒服的角落看着情人肩靠肩
> 慢慢转开我视线有个女孩让我好想念，我的心，已经飞到这个城市的另一边

第四十章 终究是命运

濮玉突然想听完整这首歌,所以直到电话那边的人就快耐心全失时,濮玉才接起电话,电话是她的小助理Tina打来的。

晚九点,Tina很少在这个时间段打给她,濮玉对着窗玻璃哈口气,说:"喂。"

"喂,老大吗?老板说你现在正往家走,你是还在车上吗?还在吗?"

濮玉指尖捏捏眼角:"我说Tina妈,有什么指示你就快说,我耐心不好你不是不知道。"

"是是是,老大,你在车上,现在就开车载广播,快点,现在,交通台哦,哎呀陆跃肖,谁让你偷我蛋糕的!"

电话那头Tina开始和她准老公打情骂俏,陆跃肖说她最近胖了,不要她吃蛋糕,Tina说婚纱要来年才穿,现在减肥还早,总之小两口吵架有意思,濮玉边听边坐车倒也不无聊。

后来电话那头传来一声怪响,Tina发音不准地说了句"记得听啊"后,电话自动断线。

濮玉听着嘟嘟的忙音声,很羡慕年轻人激情无比的青春。

她真没有开车听广播的习惯,不过Tina说了,她索性打开。

一阵刺啦声响后,是一个女人对着主持人哭诉自己被骗的感情经历,濮玉皱眉继续换台,在经历了周杰伦、陈奕迅,以及某卖夫妻生活假药的频道后,濮玉终于调到了Tina说的交通频道。

节目才开始,是个访谈节目。

主持人正在接听来电。

当广播声再次响起时,濮玉的眼睛哗一下就湿了,竟是亚斯。

几天没见儿子,亚斯的国语好了很多,他奶声奶气地对主持人说着自己的心愿。

"阿姨,我好几天没见到妈妈了,我想她,可是爸爸说妈妈生他的气了所以不回家。爸爸说,我打给你,你会帮我找我的妈妈,你会吗?"

被当成寻人启事的主持人很无奈也很无措,濮玉几乎想得出那位可怜的主持人现在是种什么样的表情。

她听见主持人说道:"那小朋友,你的妈妈叫什么名字呢?"

濮玉心里叫了一声坏了,可她根本没办法阻止亚斯蹦豆子一样把她的资料悉数报了出来。

"阿姨，我妈妈叫濮玉，她是位特别棒的律师，爸爸说就是因为棒，所以妈妈才嫌弃他，不要他的。"

濮玉心想哪跟哪啊。

亚斯继续说："我妈妈打了许多官司，爸爸说妈妈是正义的化身，等下，阿姨，爸爸和我说话。"广播里一阵沉默，濮玉在等亚斯说话，主持人也在等。

"小朋友你还在吗？"

"在的，阿姨，爸爸说要我把他的名字也说出来，这样妈妈就没办法不要他了……"

天，别……濮玉想哭。

"我爸爸叫林渊，我家有只狗叫赫本，我是他们的宝宝，我叫亚斯，我家的管家伯伯叫……"亚斯报家庭明细的做法显然吓到了主持人，她忙切了内线："那亚斯小朋友的妈妈，如果你听到我们的广播，就请你回家见下你的老公和儿子，事业重要，但家庭同样重要哦，下面我们一起来听这首《星语心愿》。"

张柏芝略带沙哑的嗓音伴随一声刹车声，驻足在濮玉的公寓楼下，她下车，看着还举着电话被林渊抱在怀里的亚斯，想气也气不出了。

"濮玉，蓉北市的交通广播每天有过万的听众，这么多人见证，你还忍心不认我们？"

林渊抱着亚斯走向她。

濮玉眼角湿润，其实她一直都不忍心，只是世界上的事哪有那么多能容她做主呢？

"丫头，跟我回家，好吗？"

"好。"

濮玉破涕为笑，是啊，想那么多干吗，她只要把剩下的这段时间活回价值，那就值了！

濮玉给代驾付了多的钱，让他帮忙把车再开去林家，她自己则抱着亚斯坐上了林渊的车。

正如那句话说的，不管你的条件有多差，总会有个人在爱你。不管你的条件有多好，也总有个人不爱你。

就好像坐在车里的濮玉，虽然生病，却阻挡不了林渊爱她，也好比躺在公寓楼上直扑腾的戚夕是蓉北公认的完美女神，却架不住明天要和素未谋面的人相亲。

第四十一章　忽而明冬

【旧爱的誓言像极了一个巴掌，每当你记起一句就挨一个耳光，然后好几年都闻不得女人香。】

下午两点四十五分，细雪沿着凯撒十八层的窗子缓缓飘落，几片零星贴在窗玻璃上，组成了一团奇形怪状的模样。蓝色磨纹玻璃外，灰的云低低压在空中，可再往远些地方看，却是一片清朗。

这就是传说中的东边日出西边雨吧。戚夕收回目光，朝立在远处躬身等待的侍者扬手："Waiter，换杯红茶。"

侍者点头，拿走了戚夕桌上那杯喝了一半的咖啡杯。

从上午十点，戚夕就没离开过凯撒，两杯卡布奇诺伴随着她送走两位相亲对象。

侍者红茶上得很快，戚夕端着紫藤花瓷杯，却几乎想不起和她见面的那两位青年才俊长什么样了。

第一位她记得好像是徐伯伯家的二公子，在国外修读了金融经济学等一大堆头衔回来，现在在蓉北一家金融公司里负责倒腾期货。

他模样倒是不丑，说话声音也好听，只是不知为什么，戚夕一听他说最近国际期货市场的土豆又涨了几分钱她就想睡觉。

这就是传说中的气场不和吧。最后，她微笑着和土豆男道别，对方也看出了她的无意，有些意兴阑珊的失落。

见第二位时，戚夕想到一个问题，她家老头是不是真被自己气到了，否则怎么会给自己安排这样一位相亲对象。

倒不是家世学历多差，只是怎么长得总让戚夕有种曾经沧海难为水的感觉呢？那张脸，简直……太沧桑了。

听她妈和自己报备，沧桑脸的父辈是外交部的高官，到了沧桑脸这代，却弃政从了商，生意做得挺大，在蓉北算得上一号人物，所以如果不是沧桑脸那句话，戚夕真觉得他就是那个合适的人选。

只是，男人嘛，某些时候总有那么点自大，自大就算了，偏偏在最不该自大的问题上面自大了一次，于是戚夕火了。

可以说，今天的两段相亲都不算太顺利，戚夕坐在座位上，看着红茶的香气袅袅，心想着待会儿这个还要不要见。

她有些后悔，干吗让老妈第一天就安排了这么几场呢，相亲，真不适合她。对面座椅小声地被拉开，椅腿划着红色地毯，低哑的刺啦声。

戚夕端着杯子，没去看，只是说了句："这里有人了。"

她和第三位约的时间是三点一刻，现在还有半个钟头。

今天妈妈给她安排见面的最后一个听说是父亲好友家的独子，戚夕知道很多关于他的听说，听说他长得不错，听说他大学是在国内一所一流大学读的，可没读完就直接退了学，听说他和普通的公子哥有很大不同。

戚夕就想啊，都是公子哥，公子哥和公子哥又能有什么不同。听到那人的声音时，戚夕就懂了不同在哪儿了。

蒙里比普通的公子哥可花多了。

蒙里显然没戚夕见他时那样的意外。他四仰八叉坐在戚夕对面，伸手在她面前挥了挥："女人，嘴巴张太大不怕吓跑相亲对象？"

戚夕果然回神，她一脸厌弃地看蒙里："你是蒙伯伯的儿子？"

"如假包换。"蒙里掸掸衣襟，一扬手，"Waiter，来杯和这位小姐一样的。"

戚夕皱皱眉，神情突然舒展了，她拿了手包，抽出几张票子："既然是你，那我想我们之间没什么好谈的。你的红茶我埋单，蒙先生慢用。"

戚夕在心里把自己埋怨了一百八十遍，埋怨自己怎么就没想到蒙里和蒙伯伯之间的联系，她起身踩着恨天高噔噔往电梯走，蒙里的声音在这时幽幽传进戚夕的耳朵。

"如果我是你，想给沈家那小子报仇，选个知道事情原委的不比那些一无所知的土老帽强？"

"你什么意思？"戚夕折回来。

"字面意思，你想帮沈明阳报仇，我想要你。"

戚夕冷笑一声，走近还坐在椅子上的蒙里，低头弯腰。

蒙里眯起眼，只觉得一阵馨香扑鼻，他看到戚夕雪白的脖颈近在咫尺，喉结一紧："你做我女朋友，我替沈明阳报仇，怎么样？"

他没想到戚夕竟撩起一缕长发，俯身贴在自己耳边，属于女性的气息顿时将他包围住，蒙里正正身子，正打算说些什么，脚下传来一阵刺痛。

"我还看不上你呢！"

戚夕边往外走边为今天穿了这双恨天高庆幸，大尖跟够他好受的。

戚夕没第一时间去找濮玉，关于自己相亲竟然相到了蒙里的事情，她想自己先冷静下。可她没想到的是，濮玉第二天就找到了她的工作室。

当时她右手拿着笔，左手正有下没下地按着电视遥控器上的按钮。

"Lizz，你说现在的电视节目怎么就跟我们小时候不一样？那时候画面那么差，我记得还是黑白片，而且大部分还是弄地雷挖地道的革命片，可怎么看怎么都比现在这种排骨精不停晃的看着顺眼。"和助理说话的工夫，戚夕又果断地从23频道切到了25频道，中间的24频道正在直播香港某金像奖的颁奖礼。

Lizz张张嘴，把她想看24频道的强烈愿望吞回肚子："老板，你想看什么，我去给你到网上下载，我知道有个网站，片子无论新旧一水齐全。"

"不收费？"

"不收费！"Lizz以为得了老板的赏识，回答起问题来兴高采烈的。

戚夕眯眼一笑，手里东西都不用换，直接拿着笔杆在Lizz头顶一敲："和你说什么来着，尊重知识产权，支持正版！"

"哦。"

"没看出来，戚夕你法律意识挺强的嘛。"楼梯传来人声，濮玉应声上楼，身后跟着Tina。

戚夕一拍脑门，想起濮玉之前说过今天带Tina来她这里量婚纱尺寸。她做个鬼脸，一扫刚刚脸上的抑郁："那是，谁让我有个律师朋友整天提醒我要遵纪守法呢。你叫Tina吧，婚期定在什么时候……"

濮玉看着戚夕把受宠若惊的Tina带进里间去量尺寸，她自己对戚夕的那些尺子布料什么的没啥兴趣，于是百无聊赖地拿了戚夕刚放下的遥控器调着电视频道。

Lizz退出去有一会儿工夫，再回来手上多了两个杯子，欧洲复古的花纹，带着贵气。濮玉记得这套杯子一共四只，是她从意大利带回来的，后来被戚夕看中，说死说活的要到了手。

没想到现在也沦落到招待客人的地步。濮玉接了一杯，朝旁边指指："我同事和戚夕进去量尺寸了，谢谢你的咖啡，她那杯先放一边吧。"

Lizz点头，态度很恭谨。濮玉笑了："戚夕平时对你们很凶吗，你好像怕她？"

"没有没有。"Lizz头摇得如同拨浪鼓，可摇完，她也意识到自己太此地无银三百两了，绞下手指，又点头，"老板凶倒是不凶，不过有时候真有些吓人。"

濮玉呵呵笑着没说话。

第四十一章 忽而明冬

电视屏幕随着按键的凸起落下，徐徐切换画面。濮玉本来看到一个感兴趣的，可无奈节目只赶上个尾声，接下去又是无限期的广告，她只好接着慢慢调。

"24频道正在播香港金像奖颁奖典礼，要不看那个吧。"Lizz小孩儿心性，心心念念的还是她喜欢的男明星有没得那个最佳新人奖。

濮玉笑着感叹自己似乎越来越活到了历史的尘埃那堆，对什么金像奖的完全提不起兴趣，不过她还是照顾了Lizz，切起了频道。

本来已经是26频道，濮玉想再往后退两个就是，于是她放弃按数字，直接回拨。

本来一切都是好好的，Lizz能看到她的偶像，本来濮玉也找不到自己感兴趣的节目。

偏偏25频道在播午间娱乐播报，偏偏画面上面出现了濮玉熟悉的身影。

只不过几个月没见，画面上的宋菲儿似乎清瘦了不少，画面上的她正跟着一个男人从一个政府机关大门走出来，偏巧不巧那个政府机关有个引人八卦、诱人联想的名字——民政局。

主持人在分析局势："众所周知，宋家千金不久前刚刚才和我们蓉北富商林渊预备订婚，只不过出于某些原因最终两家联姻未能成功，这个原本会影响两家合作的订婚最终却以世邦在生意上的大方让步告终。这里面的缘由究竟是像外界传言的那样是林渊早有旧爱还是怎样，我们暂且不谈，就说今天被意外抓拍到去民政局的宋菲儿以及和她同行的男子，就是一个值得思考的问题。"

四十寸液晶背投上适时打出了巨大字幕：

宋菲儿此行是进行结婚登记？

和宋菲儿结婚的对象是谁？

画面切回演播厅，长着八卦脸的女主播像揭晓什么大奖似的一挥手："据我们得到的可靠消息，宋菲儿此行确实是领证结婚，而与其登记的男子系宋氏企业高层。"

一张清晰的男子照片投在屏幕上，濮玉还没来得及说话，戚夕的声音从身后传来："顾小平？"

那句歌词唱得多美啊，旧爱的誓言像极了一个巴掌，每当你记起一句就挨一个耳光，然后好几年都闻不得女人香。前不久还试图挽回过自己的顾小平，没想到好日子来得这么快啊，戚夕笑得春光灿烂。

第四十二章 曾经爱你

【男人啊，修炼成了是女人心上的王子，修炼不成则是踩在脚下都嫌弃的王八蛋。】

戚夕和顾小平认识的过程很微妙，很戏剧，濮玉当时也在。

戚夕去云南写生，易维探跟着易妈妈去乡下，濮玉自己在家待着无聊就跟着戚夕去了云南。

他们难得坐火车。

火车旅行没想象中那么枯燥无聊，因为戚夕一直拉着濮玉和几个同行的同学打牌，咋咋呼呼很热闹。

当时，二十岁的顾小平就坐在他们对面，手里拿着一本普装版《欧洲建筑史》，看得还算认真。他不时常抬头，只是偶尔戚夕赢了牌高兴得直跺脚时抬头看对面这个女孩儿一眼。

本来他和戚夕该是没交集的，可火车行至中间站，顾小平的手机不见了："你能打我手机下吗？"

他对当时光着脚丫踩在行李箱上，正往外甩方片的戚夕说。

"行啊。"戚夕性子大大咧咧，出好牌把余下那几张叼在嘴里，腾出的手摸出手机："你号码多少？"

后来顾小平的手机找到了，找到手机后，他的车站也到了，于是分别。

本以为会是茫茫人海中的一次插曲相遇，戚夕却没想到之后会收到顾小平发来的短信。

顾小平后来说，那个嘴里叼着纸牌，脚上涂着大红指甲油，头上热得直冒汗却只想打牌的女孩是他最初的心动。

戚夕后来说，顾小平是只大狐狸，绝对是有预谋地要去了她的电话。

顾小平说没有。

再后来，戚夕成了一个叫顾小平的男孩的女朋友。

再再后来，他们吵架、和好，再吵架、再和好。顾小平因为戚家的门第，偶尔闷闷的，戚夕就总捧起他的脸，亲亲然后说，你的女朋友是戚夕我，不是戚家，再不听话我不理你了。

后来顾小平真的没再理戚夕，他被学校保送去了国外读书，走时连个口信都没留下，看着空荡荡的宿舍，戚夕只知道他去了美国。

戚夕最后一身狼狈地被家里赶了出来。

所以说，男人啊，修炼成的，得道成为女人心尖的王子，修炼不成的，则是踩在脚下都嫌弃的王八蛋。

一样姓王，差距不是一点点。

"他结婚了？"戚夕走过来拿起Lizz放在桌上的杯子，刚想喝，Lizz不知死活地说了句："那是给濮小姐同事的，老板……"

戚夕脸一僵，赌气似的朝Lizz挥挥拳头，然后一把拿了濮玉的杯子，咕咚一口。

濮玉笑着看她："看样子是结了呗。"

戚夕放下杯子，舌头舔了舔唇角："和宋菲儿？"

"看样子是呗。"濮玉耸肩，承认。

"那可真要恭喜他们了，蛮登对的嘛。狗男狗女的。"

濮玉险些被自己的口水呛死，戚夕夸人的方式真是越来越……高端了。不过看样子，顾小平这个名字真的在她的生活里成了路人甲的名字，濮玉悬了许久的心终于放下了。

所以说每个经历过感情沧桑的女人，终有一天会成变形金刚，无坚不摧，而从那一天起，曾经的王八蛋也就真的失去了他的公主。

"大玉，晚上回来住吗？"戚夕靠在桌子边上拍着濮玉的肩，后者摇头："亚斯每天都要我和林渊回去陪他吃饭。"

"什么亚斯要，分明就是见色忘友。没义气！"戚夕一蹦上了桌子，盘膝坐着开始抱怨濮玉。

濮玉只是笑，她也不知道从什么时候开始，那个地方被她当成了家。

林渊坐在办公室里，旁边沙发上蒙里跷着只伤脚和他说话："林子，德国佬什么时候走？"

"还要几天。"林渊低头看书，正要翻页，手突然停了抬起头，"这几天找时间约下岳毅，那条消息我们要选个合适的时机再放出去。"

蒙里打个哈欠："林子，我就搞不懂你了，鱼都入网了，收网就是了，还在那里磨叽什么呢，婆婆妈妈的不像你。"

他突地又睁眼："还是说你怕被濮玉知道你在算计易家，恨你？"

林渊没说话，手支着下巴在沉思，他怕吗？他怕，濮玉和易维安接触过的事他不是不知道，可他就是装作了不知道。在这场复仇的游戏里，一个易家把他和她摆在了泾渭分明的两道分水岭上。

可就像濮玉放不下易家对她的恩一样，林渊同样放不下对易家的恨。

他怕濮玉恨他吗？很怕。不过男人有时就是有什么东西做不到、放不下。

秘书在这时敲门进来："林总，濮小姐来了。"

林渊还没起身，从门外传来一声喷嚏声："阿嚏。"

林渊忙起身："早上要你多加件衣服的，不听话。"话音刚好撞上进门的濮玉，濮玉穿得像粽子："不是我穿得少，我觉得是有人在念叨我，就刚刚打两个喷嚏了。"

她紧着鼻子抱怨。

于是林渊揽过她又问："在屋里怎么穿这么多？"

"屋里空调坏了，老杜正拉着维修工修理，我们行里那群人，现在一走一过，都穿得是熊。"濮玉蹭蹭鼻子，"还是你这儿暖和，我一来就不打喷嚏了。"

那是，你本人都来了，我们哪还敢当面念叨你啊？蒙里嘴角带着坏笑看林渊，没想到那孙子只是专心给濮玉解围巾，压根儿正眼都没看他一眼。

蒙里朝空翻白眼，咳嗽一声："林子，没事我先走了。"

"嗯。"林渊囫囵应了一声，人却依旧专心解着濮玉的围巾："这什么打法，我怎么解不开。"

"停，林渊我自己来，你再帮忙下去我就要被勒死了。"濮玉笑着接手，一抬眼看到一瘸一拐正往外走的蒙里："哟，蒙大少这是踩到钉板负伤了？"

"他是被钉板给踩了。"林渊一直知道蒙里对戚夕的那点小心思，说句实话，他不大看好，早几年都没成的事，戚小姐现在又哪会理他这个花到骨髓里的男人。

可就好像他对濮玉总有着放不下的执着，蒙里对戚夕也有。

蒙里扫了濮玉一记白眼："我这就去找钉板算账去。"

蒙里很快走了，房间里又只剩下林渊和濮玉两人。濮玉脱了外套，站在房间里一舒腰："还是你这里舒服，有空调。"

第四十二章 曾经爱你

"我随时乐意你把你的工作带到我这里办公。"濮玉在十三楼,林渊的办公室设在十二层,上下的确方便。可濮玉却摇头:"不要。"

"难道到了我这里,你工作就不能专心了?"

濮玉冷笑:"当谁都跟你似的呢?"

"是,每次我一看你,我就不能专心做其他事情了。"

"德行。"濮玉终于甜甜地笑了。

"丫头,过几天跟我去次上海吧。"

"干吗?"

"有个朋友结婚,她还是妇科方面的名医,想带你去看看。"林渊把脸埋在濮玉的颈窝,濮玉的病是夹在两人间的一道刺,有它在,濮玉从来是拒绝他的求婚的。

濮玉打个哈欠:"婚礼可以参加,看病就免了,林渊,你知道我从不信有奇迹。"

林渊眼睛发黑。濮玉却又打断了他:"来找你是有件事,老杜给他家诺诺联系了一家新的幼儿园,据说老师都是特殊培训过的,他说适合诺诺去,我在想,要不亚斯也去读读呢?他一直吵着在家无聊。"

"我儿子凭什么和杜一天的女儿读一家幼儿园,他要去更好的。"林渊对杜一天还是带着莫名敌意。

"贵的不一定好。"

由于濮玉的一票否决,星期天下午,亚斯小朋友被爸爸抱着第一次见到了杜嘉诺小朋友。当时小丫头扎着两个羊角辫,正一脸嫉妒地瞪着林亚斯。

"你就是那个抢我妈妈的小孩?"诺诺开门见山,丝毫不顾忌拉着她的是Susie。四个在场的大人脸色各异,其中脸上最五彩纷呈的莫过于刚刚才被杜嘉诺勉强接受的Susie。

她看了濮玉一眼,很是怨毒。

杜嘉诺和濮玉要抱抱:"妈妈,你好久没来看我,我要抱。"

说着她撒开Susie就朝濮玉扑去。

"Elle est ma mere."亚斯突然淡定地冒出这么一句。杜嘉诺当时就愣住了:"你说的是什么话。"

"法语啊,她是我妈妈。"

"法语是什么？"杜嘉诺眼睛开始迷糊。

"法语是法国人说的话，就和你是中国人说中国话是一样的。"亚斯口齿清晰地一字一句："我还会说德语呢，Sie ist meine Mutter."

"这句又是什么意思呢？"杜嘉诺小朋友对这个会说好多种她不懂的话的小男孩敌意全失。

"还是她是我妈妈啊。"亚斯环住林渊的脖子，气质淡定地说。

"好吧。"杜嘉诺垂着头，重新回到Susie那边，"谁让你会说那么多种'她是我妈妈'，那我就把妈妈让给你好了。"她有些沮丧，可沮丧后她又抬起头看Susie："你还愿意做我妈妈吗？我不会说那么多的你是我妈妈。"

Susie眼角泛起湿，她蹲下身子，摸摸诺诺的头："愿意啊，妈妈一直愿意的。"

林渊一直在冷眼旁观，他皱着眉问濮玉："这什么个情况？"

"爸爸，你没听过吗？Knowledge is power."

"爸爸现在知道了。"林渊顶了下儿子的头，父子俩又是一阵嬉闹。

"他真成二十四孝老爸了？"杜一天凑到濮玉旁边，悄声问。

"如你所见。"濮玉微笑，孩子们的战争果然需要用孩子们的办法自行解决。

入园的事是杜一天事先打过招呼，手续办得很快，后来园长带他们参观园区。濮玉眼前突然一黑，可只是瞬间的事情，她走在最后，所以没人看到刚刚发生了什么。

濮玉拍拍林渊的背："我出去买点水。"

"我去吧，你照顾亚斯。"

"不用了。"濮玉说完，直接转身走了出去。

十一月初，蓉北正式进入雪的季节，马路上行人不多，偶尔开过的车辆也是减速慢行，因为马路上有压实的积雪。

濮玉在街转角找到一个小卖店，买了四瓶水，又给两个孩子买了两瓶酸奶。

付好钱，她把钱包放在桌上，打开其中一瓶水，再拿出Sean给她开的药，仰头服下。身边被什么撞了一下，她再低头时，店老板正朝她努嘴："钱包。"

濮玉的钱包被抢了。

她看着拿着自己钱包正往对街跑的小女孩儿背影，突然叫出了声："叶唯瑟，你站住！"

第四十三章　不良少女

【但愿最后，我在阳光下猝死，你在阴沟里翻船。两不相欠，各自相安。】

叶唯瑟自然不会乖乖站在原地等濮玉去抓她。

她跑得很快，先绕开一个推手车的小贩，再避开一对结伴而行的小情侣，直接冲向对面了马路。

"叶唯瑟！"濮玉追出几步，在街口时停住了脚步。她喘口气，走过去拉起差点被一辆马自达撞倒的叶唯瑟，"过马路要看车，不能横冲直撞，你妈没教过你？"

叶唯瑟还是一脸惊魂未定，她趔趄着被濮玉拉到一旁，看着马自达司机从车窗里探出头骂骂咧咧半天，才有了反应。她反手一甩："我妈就教我别多管闲事了！"

"你刚刚拿的是谁的钱包，你说我该不该管呢？"濮玉微微笑着看叶唯瑟，等她回答。小姑娘毕竟才十五六的年纪，有些怕事，被高她一头的濮玉抓着，有些怕。

她牙齿咬着唇，看得出内心在挣扎。半天过去，小姑娘投降："那我把钱包还你还不行？"

说着她掏钱包。

"你拉着我我怎么拿给你？"叶唯瑟抗议。濮玉笑笑，松了手。

叶唯瑟掏出钱包："你不是要吗，还你就是了！"

说着，她竟把钱包直接丢到两米外的地方，而自己则趁着濮玉分神的时候撒腿跑到了马路对面。

几辆车驶过马路，夹在她们之间，濮玉清楚看到叶唯瑟朝她翻白眼离开的情景。她弯腰捡起钱包，只能无奈摇头。

回去时，杜一天他们刚好参观完幼儿园，亚斯正被林渊放在小轮椅里和杜嘉诺小朋友说着话。

"啊？那你一直都站不起来吗？"杜嘉诺和亚斯说她去年夏天爬小树摘果子结果摔下来的事，本来想邀请亚斯下次和她一起的，可亚斯说他爬不了树，杜嘉诺一脸的可惜。

亚斯长得唇红齿白，咧嘴一笑："才不可怜呢，妈妈说有天亚斯的守护神会让我站起来的。"

"亚斯的守护神？"杜嘉诺一脸迷糊，"那是什么？"

"就是每个小孩在长大前都有个守护他的守护神，在遇到危险和困难的时候，他会站出来帮你、保护你。"

"那我也有吗？"杜嘉诺指指自己，一脸的怀疑。

"当然有啊，每个小孩子都有。"亚斯指指杜嘉诺头顶，"我想啊，你的守护神应该是个黑眼睛黑头发，很漂亮的小姑娘。"

"为什么不是蓝眼睛黑头发的，像你一样，我想要个和亚斯一样的男孩子做我的守护神。"杜嘉诺脸憋得通红，这下亚斯的脸也红了，他低头玩手指，半天才说："我能保护你吗？"

"能！"杜嘉诺说这话的时候，气势倒是像足了男孩子，"不能也得能！"

"男孩子"化身活土匪，准备抢亲。

那天，杜一天好不容易劝服自己的宝贝闺女，说等她和亚斯来读幼儿园时就能见了，这才抱着嘟嘴拉着亚斯不撒手的杜嘉诺走。

Susie跟着杜一天他们一起走了。

濮玉坐在车上，问林渊："老杜和Susie现在算怎么回事，我最近怎么没听到Susie再吵着打官司要孩子了。"

林渊右打弯，把车开上路，然后意味深长地看了濮玉一眼。濮玉恍悟："莫非……"

"妈妈，莫非是什么意思？"亚斯在濮玉怀里，摆弄着妈妈的头发。

林渊单手打着方向盘，腾出一只手抓住儿子的手："儿子，妈妈的头发只有爸爸能碰。"

"为什么？"亚斯嘟嘴不乐意。

"因为你将来是要碰你老婆的头发的，妈妈的头发只有爸爸可以碰。"

"为什么？"亚斯更不乐意了。濮玉白了林渊一眼，心想看你又瞎编什么。

"因为你如果现在碰多了妈妈的头发，将来就没女生愿意嫁给你了。"

想到自己才和杜嘉诺说长大了娶她，亚斯的手果然老实了。

车子开到中段，亚斯说想吃盐焗虾，刚好路边就是家大型连锁超市，于是林渊停车，三人进超市。

东西是属于越买越多的那种，特别是他们带着个看国内什么都新奇的亚斯，所以从超市出来，不止林先生手里多了三个袋子，天也已经黑了。

不知从什么时候起，天上开始飘雪，黄晕的路灯光融起一团团白色的雪花球，不由自主地让濮玉想起巴黎的冬天。

"林渊……"她微笑着回头，却发现林渊的注意力早转移到了超市旁边的那条僻静小巷。

"濮玉，你抱着亚斯。"他吩咐。濮玉应了一声，接过儿子，然后看林渊大步地走近巷子。

雪越来越大，天上云层压得很低，近处的路灯扩到远处，只留下几个人模糊的轮廓。濮玉看到那个属于林渊的轮廓挥起拳头揍了对面的人一下，对方一个趔趄跌出去好远。

她吸吸鼻子，把儿子的脸挪向自己。

"妈妈，爸爸是在打架吗？"

"没有，爸爸是在锻炼身体。"

林渊回来得很快，顺便带回了脸上带伤的叶唯瑟。

"上车！"

"上车吧。"濮玉和林渊说的话内容差不多，可语气却相差了十万八千里。叶唯瑟抿抿带着瘀青的嘴角，上车。

林宅。

濮玉给亚斯洗好澡，正给他擦头发，林渊从外面走进来。"丫头，和你商量个事。"

"你想让叶唯瑟住这儿？我没意见，这里是你家。"她收起毛巾，顶顶儿子的脑门。林渊叹口气："这也是你家。"

濮玉笑了，她在心里说，我没有家。

睡到半夜，她口渴，起来喝水，突然听到楼下有声音，濮玉瞧了眼身边熟睡的林渊，披件衣服起身下楼。

看到叶唯瑟，几乎是意料之中的事，不过濮玉没想到的是，她会坐在沙发上对着茶几上那张自己和林渊还有亚斯在一起的照片面目狰狞。

"这么晚，还不睡？不困吗？"

"没想到你就是那个和林大哥在一起的女人。"叶唯瑟答非所问，直接把照片甩回了茶几，"你配不上我林大哥。"

"哦，是吗？"濮玉打个哈欠，一屁股坐在叶唯瑟旁边的沙发上，"貌似你这年纪和他更不配吧。"

濮玉活了这些年，自认看人是准的，从她第一眼看到叶唯瑟跟在林渊身后那老实样子，她就知道小女孩对林渊是动心了。

也是，林渊除了帅气，身上总带着种让人着迷的气质，想当初，她比叶唯瑟大不了多少的年纪，不也被他吸引了吗？

"你这年纪都好叫他叔了。"无论濮玉现在是不是和林渊在一起，她都确信，叶唯瑟对林渊的感情，是注定了没结果的。

可叶唯瑟不那么想："哼，他是比我大十几岁，可那又怎样，你没看到今天林大哥为了我和穆哥他们动手时候的样子，我不信他对我没感情！"

所以说，濮玉羡慕叶唯瑟这个年纪，可以什么都不必想，任何糟糕的事情都能看成是美好，天真烂漫，不过如此。

她抿嘴，自己都不知道该说什么了。

一个声音在这时适时出现："唯瑟，我留你在家是看在干爹干妈对我之前的照顾上，我只把你当小妹妹看，你如果再和濮玉说什么你喜欢我这种话，那我家只能不欢迎你了。"

"林大哥，你！"客厅里点着盏夜灯，夜灯照着叶唯瑟晶莹的眼，"我讨厌你！"

叶唯瑟哭着上楼，脚步声蹬噔噔的。

濮玉又打个哈欠："你不去追吗？"

林渊没回答，反而走过来坐在了濮玉身边："对不起，我早知道她对我的感情，但她父母对我有恩。"

"知道啦，你不用和我解释什么的。林渊，我想问你个问题。"

"什么？"

"说实话，等我死了你会不会找个比我年轻比我漂亮，还比我有气质的？"她把头轻轻靠在林渊肩上，闭着眼。

"别乱想，那些年轻漂亮有气质的是蒙里喜欢的，我没兴趣。我喜欢你。"

"啊？那你是说我老了不漂亮，没气质了？"濮玉睁开眼，眼睛瞪得老大，看着突然无措的林渊，过会儿，她突然又安静地趴回林渊的肩，轻声说："林渊，答应我，以后你真的不要找个比我年轻比我漂亮比我有气质的。那样的女人不会对亚斯好。"

"我谁都不找，我就要你。"林渊吻住了濮玉。
　　那天，濮玉做了一个梦，在梦里，她在阳光下猝死，林渊在阴沟里翻了船，于是濮玉对着镜子说，这下真是两不相欠，各自相安了，阿弥陀佛。
　　她从不知道自己在梦里是信佛的。
　　第二天，她的确有庭要开，是她准备了许多天的方士宏那起强奸案。在法庭上，秦检察官看到濮玉向法院提交了一份文件。
　　"这是被害人去韩国做处女膜修补手术的路费及手术费清单，费用总计三万八千五百四十一块零五角，请法院裁决由原告对这部分费用进行赔偿。"
　　濮玉陈述完毕，看着原告辩护律师看她目瞪口呆的神情，笑了。刑事附带民事诉讼在解决被告人刑事责任的同时，附带解决因被告人的犯罪行为所造成的物质损失的赔偿问题，其中对造成的精神损失不予以赔偿说明。
　　濮玉找了这么久的案例，终于想到通过手术费用这条获得赔偿，这让那天在场的所有律政界人士惊叹之余，都朝濮玉竖起大拇指。
　　结果自然是胜诉。
　　原告的父母跟着濮玉出了法院，站在大厅里千恩万谢。濮玉揉揉太阳穴，熬了这些天，总算有个结果了。
　　她想，这件案子闹上了法庭，也许今后，她在蓉北市再见不到那个被害的小姑娘和她的父母了。
　　这么想着，她倒是轻松了，身子也跟着一松，到了后来，她耳边只能听到旁人隐约叫她名字的声音。
　　"濮玉……"
　　"濮律师……"

　　她挥挥手，别吵，让她睡会儿。

第四十四章　我要的爱
【有些人，因为不想失去，所以，绝不染指。】

醒来时，四周是一望无际的白，白色的窗帘，白色的被单，白色的天花穹顶，甚至连眼角余光所及的地砖都是泛着灰白色。

濮玉动动手指，发现手上被插了管子若干。

叹口气，她知道，终于还是到了这一天。

她的叹气声惊动了一个人，林渊在门口和谁说着话，听到声音，推门进来。他走到床边，弯腰在濮玉额头轻轻一吻，"醒了，还疼吗？"

濮玉摇摇头："就好像是睡了一觉。"

"哦？"林渊挑挑眉，哄小孩似的摸摸濮玉的发髻："那睡得好吗？"

"不好。我梦到你又欺负我了。"濮玉突然小性子地微微皱起了眉。

她没说谎，她真的梦到了之前的她、林渊、Susie、易维探，还有维安姐。

2002年的巴黎，夏季，雨水尤其多。听说塞纳河的水位这几天又上涨了几个厘米。

濮玉收了伞，在图书室门前问大胡子管理员拿了塑料袋把伞套好，这才进了图书馆。不出意外，她在B3区第五排靠窗的座位上找到了林渊。

当时他正和一女生纠缠不清，那个女的濮玉认得，教授Dr.Robinson的大弟子Susie，华裔，有着夜幕一样的深邃眼睛，海藻一样的卷发……

天，每次一想起他们班那群脖子上顶颗球就装脑袋的欧洲呆子这么评价Susie时，她就觉得自己中午吃的五分熟牛排又想往嗓子口出溜了。

想吐归想吐，她却不想影响自己在林渊心里的可爱形象，所以她还是先和Susie打招呼："Hi，Susie，这么巧，在和林渊说什么？"濮玉把手搭在林渊肩头，姿势亲昵。

Susie微微蹙着眉，压根儿没回答濮玉的意思，只是对林渊说声："我说你好好想想，总之再这么下去你就是在玩火了。"

说完，Susie昂着头走开了。

"阿渊，我不喜欢她。"Susie走后，濮玉一屁股坐在林渊旁边，拉着他胳膊。后者看也没看她一眼，把手边的书翻过一页，然后拿笔在纸上画着抛物线图像："然后呢？"

"然后就是……"濮玉低头看着林渊袖口上的衬衫花纹，"你能不能为了我别和她来往！"

说出来她自己也很气馁，明明她才是林渊的正牌女朋友，却在每次明确男朋友归属时都心生出那么点怯意，没办法，谁让对方是林渊呢。

果然……

林渊放下笔，伸手撩起她的发丝。刚刚走得急，濮玉打了伞依旧淋了雨，刘海成绺地贴在脸上，林渊这么一弄，她才觉出不舒服，身子往前凑了凑："能不能？"

"没记错，某人昨天才和我说这周末考试，见面会让她备考分心，所以一星期不见面的，是不是啊，某人？"

林渊的话成功转移了濮玉的注意力，她一拍脑门："哎呀，差点忘了，维安姐姐来了，她要我把男朋友带去给她看看，维探正陪她在Chez Chartier等呢！"

于是，濮玉不由分说地拉起林渊朝校外走。

Chez Chartier是家餐厅，位于Grands Boulevards和Opera Garnier之间，创立于1896年，在1989年被确认为历史古迹。就是这样一个超过100年历史的地方，却难得价格便宜实惠。

濮玉拉着林渊到Chez Chartier时，时间是晚上六点，下雨的关系，店外没有排起往常的长队。濮玉推门，远远瞧见坐在里面正朝她招手的易维探，她拉着林渊，也使劲儿地朝易维探招招手。

"我们进去吧。"濮玉对林渊说，"我带你去见维安姐姐。"

濮玉应该没记错，那是林渊第一次见易维安。易维安比维探大两岁，却早早完成了学业开始在欧美等地四处游学。濮玉问她，维安姐，游学游得出什么？

易维安当时一本正经地答，游的是心态。

濮玉怎么也忘不掉，就是这个幽默老成的维安姐姐，第一次见到林渊时，脸上露出的那种惊讶和错愕。

"濮玉，你不能和他在一起！"维安姐姐当时就表态了。可那时的濮玉只当成易维安是因为自己的移情别恋才恼羞成怒，她没想到的是，易维安为什么在知道她有别的男友时没有那种表现呢？

一切不过是因为，那人是林渊。

当时的林渊倒是表现淡定，他只说了句："她喜欢我，要和我在一起。"那种淡然的表情，多少年后，依旧没变。

蓉北下了几天的雪停了，窗外的天空难得透出一丝清澄的蓝色，林渊拉着她："梦都是反的，以后我再不会欺负你了。"

濮玉笑笑："外面是谁？"

她知道谁在外面，醒来时，她听到他们说话了。

林渊答："易维安，她想来看你，不过我不想你见她。"

濮玉直接咯咯笑出了声，现在的情景和当初多像，只不过摇尾乞怜祈求爱情的人早对调了角色。

"我想吃桃子，去帮我洗一个。"转移话题她其实也会。

林渊看着她，似乎在问，一定要见吗？

濮玉的答案是，我一定要吃这个桃子，于是林先生出去给她洗桃子，下一秒易维安就拿着LV的手包，穿着一件褐色毛领皮夹克出现在775病房，濮玉的房间。

"我真看不出来，他也有这么'二十四孝'的一面。"易维安拉把椅子，不远不近地坐在濮玉床前。濮玉躺久了不舒服，支着身子想起来，可无奈几根连在身上的管子碍事，她一急索性伸手全拔了。

血沿着血管一点点渗出，没一会儿在手背上凝成一块红色的痂，濮玉问："易伯伯身体怎么样，还有易家呢？"

"爸爸现在在家休养，虽然度过了危险期，不过身体已经大不如前了。"易维安扯扯衣襟，"至于易家，托你的福，总算是有了一线生机。"

还记得当初濮玉知道宋菲儿要和林渊订婚时，真想冲到林渊面前大闹一场的，那时，是易维安拦住了她。

"我和宋容早在去年就订了婚，他答应我借着这次和世邦的合作，让我家赚一笔，算是给我们家一个喘息的机会，这些年林渊在商场处处打压我们，易家早就趋于只剩个空壳了，所以菲儿和林渊的婚必须订，这样林渊才有可能把项目的主要投资权让出来……"

这些话是易维安当初告诉自己的。

谁也没想到，事情比想象的顺利，宋菲儿没和林渊订成婚，林渊却出让了投资权。

第四十四章 我要的爱

"可事情是不是太顺利了？"濮玉太了解林渊这个人，他认准的事情，从来是做到十足十的把握的。

"没事，各方面我都有准备。"此刻的易维安总给濮玉一种女诸葛的感觉，而林渊就是她要算计的那个孟获。

濮玉夹在两者间，感觉不是一般微妙。

"你……"易维安脸色缓了缓，"你这个病真没办法了吗？"

"有啊！"濮玉灿烂一笑，她伸出指头指指天，"听天由命啊！老天要是真想收我，那我就去陪维探，老天爷要是嫌弃我，那我就留下来陪着林渊和亚斯。"

易维安脸一苦，低头："对不起濮玉，我明知道你爱他，还把你扯进来。"

"没事的，维安姐，我欠易家，我欠维探的。"

易维安还想说什么，门外传来了一个人声，Sean叽叽喳喳地穿过走廊往这边冲，易维安弯腰握了握濮玉的手："好好的。"

她走了，走时刚好和Sean以及被Sean拉着的林渊擦身而过，两相连眼神交流都没。

电梯坏了，Sean直接从一楼跑上七楼，气喘吁吁的，可就算这样也压抑不了他脸上的兴奋："Aimee，要我说，你男人还真是靠谱，我刚从实验室回来，他托人去美国买来的新型药，我们初步测试过，基本能遏制你这种癌细胞的扩散！Aimee！Aimee？"

Sean伸手在濮玉眼前晃了晃："Aimee，你不高兴吗？"

"啊？"Sean的话的确让她愣神，不过不全是高兴，不知道为什么："活着"这个词对她来说突然没了那么大的吸引力，也许真是亏心事做多了吧。她莞尔："高兴啊，当然高兴。"

"管子怎么就拔了。"林渊也没Sean形容的那样高兴，他放下桃子，握起濮玉的手皱眉，"丫头，你让我少操点心，好吗？"

那刻，林渊如同一个不善表达爱的父亲，濮玉像个恃宠而骄、有恃无恐的女儿。

他按铃，叫来了护士。

濮玉住院一星期后出院。

出院那天，杜一天来了，也是直到那时，濮玉才知道林渊已经去永盛给她递了辞呈。

"你怎么这样啊？"在床上躺了几天，濮玉精神好了许多，她坐在床边，看给她安排出院的林渊进进出出，埋怨。

　　"Aimee，他也是为你好，只不过就是把你手上没做完的五个案子留给了我，到现在委托人每天都去行里闹，说是要濮律师给他们打官司。"杜一天故意火上浇油。

　　有人进来拿了濮玉最后一包行李走，林渊腾得空回头看杜一天："杜一天，我觉得律师是个很有发展前景的行业，我们世邦正在寻求新项目，你这么一说，不如我回去提议董事会把永盛买下来如何？"

　　杜一天连忙举手投降："Aimee，我以前还不服气你为什么选他不选我，现在我算知道了，太狠了，太血腥了……"

　　那天的杜一天很不正常，不过这并不妨碍濮玉答应杜一天关于永盛那群同事为她送行的提议。

　　践行会定在三天后，在那之前，濮玉却在林宅意外地收到一样东西。宋菲儿和顾小平的结婚请柬，正面是龙凤呈祥的烫金印花，里面是两位新人的Q版人像。

　　亚斯被濮玉抱在腿上，一字一字念着："新娘宋菲儿、新郎顾小平谨定于12月12日在杭州大酒店华荣厅举行婚宴，谨请林渊先生携伴光临。"

　　"妈妈，什么是谨请？"亚斯从小被濮玉请了中文教师教中文，所以长到五岁，字认得也差不多了，就算不认识的几个，濮玉告诉他，磕磕绊绊地也读下来了。

　　濮玉拉着儿子的手："谨就是谨慎、恭谨的意思。"

　　"哦，原来他们怕爸爸啊。"亚斯朝远处的赫本招招手，大狗吐着舌头颠过来，伸着舌头舔小主人。

　　濮玉没和亚斯解释，她现在在想，这个携伴的"伴"，是个什么意思呢？

第四十五章　黑白剪影
【相爱，说穿了就是学习信任一个人。】

请柬下来的第三天，戚夕约濮玉见面。

坐在卡座里，她二话不说先甩给濮玉一个看上去不算薄的硬纸本子："回去让你同事挑挑，看中哪个款和我说一声。"

濮玉粗略翻了下，里面是手绘的各式婚纱，每件样子都漂亮得让女人疯狂，可当时她想的并不是Tina会挑选其中哪款，她想的是，这一本要是卖了，得值不少钱吧。

戚夕说完，手一伸从包里拿出支雪茄，再拿了刀片，正准备削，刀片连同雪茄一并被濮玉夺取了。

"公开吸'毒'你也不怕被抓。"濮玉拿过戚夕的雪茄盒，把雪茄按原样码回盒子。

她随后朝waiter点了两杯午后红茶加柠檬。

Wonder是坐落在蓉北市中一条僻静小巷里的休闲吧，老板是个很有情调的人。

隆冬季节，店里铺了厚厚的绒毯，柔和的灯光照着墙壁上间隔适宜的人物画像，拢出一抹抹明暗相间的线条。

画像有男有女，濮玉对面的是一幅黑白剪影，玲珑的侧身曲线，手里拿着根长烟斗，不羁却高雅，是《蒂凡尼早餐》里奥黛丽·赫本的经典造型。

濮玉望着画像的工夫，红茶来了，侍者放下杯子，再踩着优雅步子无声离开。濮玉端起杯子喝了口："说吧，找我什么事？"

Sean拿回来的"特效药"效果比她想的好，用了一星期，身体情况竟比之前好些了，也是因为此，她才从林先生那里告得了假出来和戚夕见面，虽然只有短短半小时。

"大玉，你觉得蒙里这人怎么样？"

那刻的戚夕竟让濮玉想到两个字——忧愁，可是天，谁告诉她戚夕这两个字本身就是和忧愁八竿子打不着的呢！

濮玉呛了口红茶，她接了戚夕递来的纸巾擦擦嘴，然后斜眼瞄她："你不会看上他了吧？"

"没有，就是考虑下把他培养成奸夫的可能性。"戚夕笑得贼兮兮，看得濮玉一阵担心。

她摇头："戚夕，蒙里那个人不简单，你找谁玩我都不介意，可蒙里真不是上佳人选！"

戚夕盯着空气笑出了魂，很久才反应过来濮玉在和她说话，她微微一笑："知道啦，濮大妈，可是别那么低估我，我和他之间不一定谁玩谁呢！"

戚夕和濮玉的对话提前被戚夕手机上的一条短信打断了，戚夕眼睛盯着短信足足半分钟，才类似想起怎么呼吸，喘口气，她问濮玉："顾小平和宋菲儿的婚礼你参加吗？"

"我倒是有心去看个热闹，可林先生不同意。"濮玉支着下巴想那天收到请柬时的情景。

当时亚斯打个哈欠在她怀里开始打盹，濮玉一边拍着他一边问林先生："你打算携哪个伴去呢？"

"谁也不携。"林渊摊开手中的报纸，正对着濮玉那版的娱乐版块上，一个女星笑靥如花，濮玉认得她，Ann。

濮玉的精神神游在报纸上，半天才听懂林先生的话，"哦"了一声，再没下文。

林渊皱着眉，半天没看完一行，濮玉那边却一直没下文，没办法，最后他只得放下报纸，走到濮玉身旁，坐下，抱起儿子放在膝头，然后手揽上了濮玉的肩："你说我是不是混得太失败，怎么混了半天，你都不会争风吃醋，和我闹？"

"林先生，你有自虐倾向。"濮玉手指拨弄下儿子细软的头发。

林渊认真看她两眼，最终只能叹气："我说我谁都不带，是因为我自己都不去。唉……"

他叹口气，不甘心地在濮玉嘴角吻了一下。

所以啊，在爱情这件事情里，谁主动，谁就输了，以前濮玉输得一败涂地，可谁说世界上没有农奴翻身的一天呢。

亚斯眼睛闭得紧紧的，终于还是忍不住咯咯笑起来："爸爸和妈妈玩亲亲，爸爸亲亲妈妈了！爸爸羞羞！"

濮玉想到儿子笑话他们的样子，自己也忍不住莞尔。可坐在她对面的戚夕却若有所思。

第四十五章 奉子成婚

一小时后，戚夕和濮玉在休闲吧门口分手，天色开始暗沉，马路上车辆不多，不时一辆驶过打了下车灯，光线刺眼。

她目送濮玉打车离开后，自己才掏出刚刚削了一半的雪茄，坐在马路牙子上继续削。

吸了一半，天彻底黑了，路灯由远及近一盏盏亮起，戚夕恰好坐在两盏路灯中的位置，身体隐在一片灰色中。

天上下起雪，她穿得少，坐久了，身上开始冷。

一件衣服兜头罩住她身上，她歪头一看，嘴一咧："说实话，要不是知道你女朋友无数，我真当你对我用情多深呢！蒙里，这么些天跟着我，不累啊？"

蒙里长腿一伸，四仰八叉地挨着戚夕坐了："只是顺路刚好凑巧遇见而已。"

戚夕感觉自己笑得对着镜子都看得到自己的后槽牙了，不过她就是不想控制，本来就很好笑，顺路、刚好、凑巧，这几个词相遇的概率太低了。

雪茄头冒着烟味，迷蒙了戚夕的笑脸，蒙里笑得邪魅："STATOSDELUX这个牌子的烟，味道看起来不错？"

"烟是拿来抽的，不是拿来看的。"戚夕兴致不高，没和蒙里犯贫，从包里拿了烟盒子，又抽出一支烟递给蒙里，"试试。"

她挑眉的样子心不在焉的带着女儿态，这让蒙里心一突，他嘴角弯了弯，身体凑近："试是要试的，不过我更喜欢这样试……"

他扣住戚夕的后脑勺，深深地吻了下去。

蓉北的夜，只属于黑白两色，黑的夜，白的雪，雪花飘絮中。

"戚夕……"他叫得动情，得到的回答却是无情。

"蒙里，你说的是顾小平把沈明阳的事情告诉他哥哥，是真的？"

"如假包换。"寒冬，他却只穿件军装立领风衣，很帅气。

宋家办婚事，场面自然小不了。

杭州大酒店某房间内，几名专业化妆师正在给新娘化妆，宋菲儿的表姐龚静拿着两串宝石项链在手里做着比较。

"菲儿，不如戴这串吧，蓝宝石的，显得高贵。"

宋菲儿没说话，龚静等了半天见她没回答，挥手打发走屋里其他人，她关好门，回到宋菲儿身边，这才小声说："菲儿，不管怎样，今天是你大喜的日子，高兴点。"

"高兴？表姐，我有什么可值得高兴的，嫁给一个我不喜欢的人，我怎么高兴得起来！"宋菲儿说着，鼻子一酸，又想哭。

龚静连忙拿了纸巾："别哭，哭花了妆可怎么办？"

宋菲儿眼睛含着泪，却听了表姐的话，怎么也没哭出来。

第四十六章 狼狈为奸

【我们终其一生寻找的，不过是那个甘愿为你停下脚步陪伴的人。】

宋菲儿到前厅时，宋家人正拦着几个他们请来的媒体记者。宋容面对正门，刚好看到妹妹，不自觉一皱眉，他这个妹妹是嫌场面还不够乱吗？

宋菲儿倒是少了刚刚在内室时候的惊惶和愤怒，她扯下僵硬的嘴角，微微露出笑容，鱼尾婚纱在她手里轻轻一转，飘逸地摆在了身后："是哪位急着想见我啊？"

她目光定定看着站在大厅中央正被宋家几个保安拉着往外走的那位顾小平"前女友"，姿态优雅地走过去："这位小姐，谢谢你来参加我和小平的婚礼。"

宋菲儿极其自然地揽过顾小平的胳膊："听说你是小平的前女友，还怀了他的孩子？"

"是……是的，"长相文静的女生瑟缩回答，突然，她像不知从哪来了力量，突然当着众人面大声说："我爱小平，小平也爱我，宋小姐，求求你，放了他吧。"

不知道为什么，作为事情的当事人——顾小平此时却是一句解释都没，甚至连点解释的意思都没有，宋菲儿心里想直接把他杀了，真的，她宋菲儿从小到大都没受过这种委屈，想都没想过，任谁能想到高高在上的宋小姐结婚当天会被自己老公的前女友带着之前的艳史找上门？

前女友长得甜美，样子又楚楚可怜，换成之前的宋菲儿说不定直接上前抓花她的脸，可这次她没有，宋菲儿拖曳着长裙摆，走到前女友面前，凑近她面前，用大家听得见的音量说："小姐，他如果爱你，就不会站在这里和我结婚了。"

顿了顿，她又说："你说你怀了他的孩子，这样吧，我俩的婚是肯定要结的了，你的孩子如果想生，那就生下来，做了DNA鉴定是小平的孩子，我们顾家的孩子我们养，如果你不想生，你要多少钱，开个价，我们给，你看这样可以吗？"

"要钱要人随你选，只不过人肯定不是顾小平就是了。"宋菲儿一派当家主母的气派让宋容欣慰，不过他也为妹妹难过，她终究还是没逃出宋家这团旋涡。

有人来通报，说宋家几个长辈听到外面的声音，问怎么了，宋菲儿笑笑："去和爷爷说，我的一个朋友来和我送贺礼，现在送完了，她还有事，要先走了。"

前女友被宋菲儿几句话就送出了门，宋菲儿转身朝顾小平微笑："顾小平，好样的！"

天知道她是怎样第一次尝试把滔天怒意藏在心里，从那天起，宋菲儿是宋菲儿，宋菲儿也不再是宋菲儿了。

楼上的707包房，戚夕对着面前的小屏幕已经坐了很久，屏幕里正是戚夕面朝顾小平微笑的画面。

蒙里坐在她旁边，倒了杯红酒，下一秒酒杯却到了戚夕手里，蒙里张开手臂，一只搭在戚夕的椅背上："怎么？借酒浇愁？是没想到宋小姐会这么大度，还是还想顾小平出再大的丑？"

"切。"戚夕哼了一声，"什么叫借酒浇愁，我是在祭奠自己逝去的青春与爱情，庆祝顾小平从此陷入一个成长为恶魔的女人手里回天乏术。"

除非离婚，否则顾小平和宋菲儿的婚姻注定就是不幸。

戚夕突然觉得女人是很可怕的动物，她们能把仇恨刻入骨子，却在大仇得报那天把过往记忆轻松化成浮云。就好像现在的她，对顾小平的记忆仅限于漫漫冬雪中，围条红围巾站在楼下等她的那个模糊轮廓。

初恋真的如同沾上衣襟的奶茶渍，清洗很多遍依旧除不净，却随着岁月的步伐渐渐成了新衣的背影。

"不过，蒙里，下次你再找人假扮我，能找个稍微符合本姑娘气质的不？我就长那副豆包样子，不知道的还以为宋菲儿再凶些就晕了呢！"

顾小平之所以今天没作声，大约和她让"前女友"捎给他的那句话有关吧。

至于是什么话？大约和"你还记得大明湖畔的夏雨荷吗"这类让她现在想着就想吐的话差不多吧，她是不想再说二遍了。

"戚夕，我答应的事算是办了一半，你答应我的呢？"

"什么？"

"做我女朋友。"蒙里邪魅一笑。戚夕手支着下巴，眨着眼睛："蒙里，男女朋友这么校园气的称呼用在咱俩身上你不觉得不合适吗？"

"哦？那叫什么合适？"戚夕凑到蒙里耳边："咱们啊，最多算是狼狈为奸。"

正迷失自己的戚夕不知道蒙里等这天已经等了多少年。

其实有时候人终其一生寻找的，不过是那个甘愿为你停下脚步陪伴的人，戚夕只是不知道最不可能的那个他就是她的那个他。

日子随着漫无目的的雪片一路融化到亚斯嘴边，亚斯舔口嘴里的流氓兔棒棒糖，又伸出手招呼赫本："赫本，来。"

"想吃吗？"亚斯伸手，把棒棒糖伸到赫本嘴边。

赫本哈哈舌头。

"可是不行哦，妈妈说糖吃多了会长虫牙，所以你不能吃哦。"亚斯说完，自己一口咬掉流氓兔的耳朵，流氓兔瞬时成了独耳兔，"我怎么舍得让你长虫牙呢！"

小孩子一本正经的样子让早看到他吃糖的濮玉无奈摇头，国内的那些广告词还有歌词果然不适合小孩子。

"亚斯，在干吗？"她叫。

亚斯眼睛顿时一亮，迅速把手里的糖塞进赫本嘴里，然后一脸无辜地抬头看濮玉："妈妈，赫本偷吃我的糖。"

"哦？是吗？"

"是的是的，你看它把兔耳朵都咬掉了。"亚斯朝赫本挤挤眼睛，赫本上下牙齿一合，流氓独耳兔瞬时碎成渣渣，像是证明一样，亚斯一指："妈妈，你看，是不是？"

"是。"濮玉摸摸亚斯的头，"不过你告诉妈妈，赫本自己会剥糖纸的吗？"

亚斯眨眨眼："妈妈我错了，你原谅亚斯好不好？"

他那一副无辜样，别说濮玉，就连向来严肃的林渊都狠不下心说他。

"你啊……"濮玉点点亚斯的额头，抱过儿子。

"妈妈，爸爸呢？爸爸好几天没回来看亚斯了。"

是啊，濮玉也好几天没见到林渊了，听宝祥叔说，世邦最近签了一笔新单，是负责开发蓉北新城区项目的，他在忙那个。

濮玉想想："亚斯是不是闷了，不然妈妈带你去找嘉诺玩好不好？"

"好！"亚斯拍着巴掌手舞足蹈。

幼儿园放寒假，亚斯和嘉诺将近半个月没见面了。濮玉给杜一天打电话，可杜老大这次却隔了很久才接，他像是刚睡醒的样子。

"啊，亚斯想见诺诺啊，可是诺诺被我送我妈家了，最近行里太忙，我顾不上孩子。"电话那边杜一天打了个喷嚏。

濮玉换只手拿电话："老大，你是不是感冒了？"

"没吧，就是很累，想睡。"杜一天说睡，竟真就这么没了声音。

盯着只传出浑浊呼吸的电话筒，濮玉无奈地挂了电话。"亚斯，诺诺不在家，你杜叔叔好像病了，妈妈过去看看，一会儿就回来好不好？"

"哦，不过妈妈你要先和爸爸报备哦，不然爸爸就酸了。"亚斯做个咋舌的动作，他一直不会说吃醋这个词。

想到林渊，濮玉心里软了下，Sean后来悄悄告诉她，那个药是林渊从美国想办法拿回来的，目前来看，效果不错，至少之前行踪诡异的月事最近没那么闹腾了。

现在，每逢夜深人静，她总在想，如果林渊放弃了报仇，如果她能活，他们两人是否能拥有幸福呢？

不过一小时，当坐着计程车到杜一天家附近超市买东西的濮玉想不到，只不过才一个月没见，原来看着光鲜亮丽、风韵犹存的叶太太怎么会完全变了个人。

或者现在再面对离了婚的她，濮玉该叫她本名——李晚秋。

李晚秋再次出现在濮玉面前，穿件刺绣夹袄，袄是新的，可左袖子却划了道长长的口子，配上她一脸仓惶的表情，有点像个刚从精神病院放出来的精神病人。

濮玉当时正从计程车上下来，钱才付好，身后就传来一个男人的厉声："疯婆子，你再不走我叫警察了啊！"

"你告诉我士宏被你们带哪儿去了我就走，不然我是不会离开的！"

濮玉对着苍白色天空叹口气，不听老人言吃亏在眼前。

第四十七章　因果报应

【你让我过愚人节，我就让你过清明节。】

濮玉不是没想过一走了之的，可她走出几步想想又转身回了原地。

"先生不好意思，把她交给我吧，我认识她。"濮玉去得很及时，因为李晚秋抓着的那个人已经被逼得快抓狂了，那样子好像李晚秋再碰他一下，他就会直接一下把她撂倒似的。

"我不要你管！"李晚秋开始还不买濮玉的账，可架不住男人见有人来了跑得比什么都快，于是只留下她们面面相觑。

李晚秋咬着嘴唇，衣角在她手里被攥成一个褶皱的模样："你们不就是想看我笑话吗，好啊，那现在可以笑了，我找不到方士宏了，他跑了，顺带也卷跑了我所有的钱，你们满意了，开心了！"

蓉北前几天陆陆续续在下雪，一直下到今天才停，马路上不知哪家企业组织职工拿着工具扫雪，雪铲和扫帚发出的沙沙以及铮铮声远远传到濮玉的耳朵里。她对面，擦得锃亮却被冷热交替的气流哈出一层水汽的超市门把手映着李晚秋隐约的轮廓。

悲伤的情绪也是模糊的。

濮玉连声叹气都没有，她拍拍李晚秋剧烈抖动的背："别人的笑话再多也掉不了你身上二两肉，关键是你自己心里疼不疼。如果疼，疼得值不值。"

疼吗？李晚秋问自己。

当然疼。

值吗？

爱上方士宏时，她觉得自己为他死了都值。不是吗？换作哪个女人，放在自己这个年纪，被那样一个男人"爱了"谁不觉得值？可事实呢，世界哪来那么多美梦成真的童话，多的只是一个接着一个证明自己多贱的笑话。

李晚秋自嘲的表情没了，她的衣服还是那件残破的，可表情却恢复到濮玉初遇她时的样子，自信、张扬得像女王。

李晚秋又有些不好意思："濮律师，让你见笑了。"

濮玉笑笑："我辞职了。"

"啊？"李晚秋很意外。濮玉却不想继续这个话题："把那个男的忘了是不是该想想你女儿了？"

"瑟瑟？"女儿这个话题似乎已经远离李晚秋很久了，那段现在看来虚幻的爱情让她忘记了很多事情，她眼睛失神片刻："瑟瑟住校，我很久没见她了。"

"她现在在林渊家，和我们住在一起，而且……"看出李晚秋的惊讶，濮玉酝酿了一下，还是决定把实情告诉她："我们见到她的时候，她好像和社会上的一些人混在一起……"

濮玉真的是打算去杜一天家的，所以临时打道回府成了李晚秋给她的意外。坐在车上，她发了两条信息，一条是给林渊的，内容嘛，说的就是李晚秋的事，第二条发给Susie，杜一天那边总要有个人去看看，她不知道Susie会不会去，不过想来再没人比Susie合适。

第二条的送达报告没显示，林渊的信息倒是先到了。

家里见。Lin。

合上手机，濮玉闭起眼，不知想什么。

车子很快到了林家，濮玉进门，下人意外她这么快就去而复返，接了她的东西，一个人说："小少爷在他房间玩。"

"林渊呢？"

"瑟瑟呢？"

濮玉和李晚秋同时间，那人一愣，接着就躬身低头："先生的秘书来电话，先生马上就到，叶小姐现在应该在自己房里。"

濮玉揉揉肩膀："她的房间在二楼东首第二间。"

她想李晚秋对林家应该不陌生。

果然，李晚秋点点头，轻车熟路上楼。

濮玉揉揉脖子，有些累，想起今天没吃药，于是上楼进她和林渊的卧室。

楼梯铺着暗红色地毯，螺旋式花纹，类似于波西米亚风情，那是前天濮玉看杂志时看到的，当时就是多看了两眼，第二天林渊就让她把它踩在了脚下。

濮玉退出房间，把空间让给这对母子，她去到林渊的书房，林渊果然在那里。

坐在靠椅里闭目养神的林渊睁开眼，拉过濮玉的手。

濮玉就势坐在林渊腿上，环上他脖子："今天怎么这么早回？"

"签了一笔很大的合同,有些累。"林渊睁开眼,眼里却带着难掩的兴奋,"不过很开心。"

不知为什么,濮玉有种不好的感觉,那种感觉无从由来,就是毫无根据的感觉不好。

所以她想了想,第二天还是给易维安打了电话。电话里,维安说,工程进展到三分之一,一切都很顺利。易维安和宋容在国外登记结婚已经一年了,这次为了帮助易家东山再起,也是为了避开林渊的耳目,易维安选择了佳杰宋家的名义同林渊合作开发项目。

濮玉知道,濮玉没告诉林渊。

也许易家真是这么一个特殊柔软的地方,在林渊和易家间她总会有个不忍的偏向。

在十二月临近最后,几个人和事被推到了风口浪尖。上证指数在一个大雪天跌出一个年度最低,蓉北上市公司里高层跳楼者三人,股市低迷把城市陷入绿色低谷;一部小成本文艺片在寒假档不负众望,推出了一个新女星,一时间,那位新人身价倍增,风光无限,电影叫《小雏菊》,女星叫范丽雅;由于濮玉二叔三叔的经营不善,濮玉外公一手建起来的玉石公司芙蓉里严重亏损,面临危机,濮老爷子直接被气进了医院。

第四十八章　势在必行
【没有无缘无故的爱，恨也同样。我恨姓易的，非置之死地不可。】

濮玉才哄了亚斯午睡，濮稼祥秘书的电话就打到了她手机上，听了几句，她挂断电话，坐在了亚斯的床边。

赫本蹲在她脚旁，拿舌头一下下轻轻舔着亚斯挂在床沿的小手。亚斯小手痒痒，抖一下，赫本也跟着缩了脑袋，吐着舌头呜呜地叫着。等一会儿亚斯睡熟了，赫本又开始了它的游戏。

赫本玩到第四次时，濮玉起身："赫本，陪亚斯睡觉。"她拍拍赫本的头，大狗应声腾地跃上床，趴在亚斯旁边，拿爪把小孩儿圈住了。

濮玉又看了儿子和他的狗一会儿，这才关门退出了房间。

林渊去了公司，家里几个佣人在打扫卫生，濮玉套上羽绒服，边拿围巾边朝大门走，祥叔不知道什么时候出现在门口："太太，出去？"

"嗯。"濮玉点头，她顿了顿又说："我家老爷子住院了，叫我过去看看，林渊问起照实说就好。"

"好的太太，还有太太，先生出门前让我提醒你吃药。"闫宝祥一躬身，濮玉这才想起中午的确还没吃药。她穿好鞋开门："回来再吃吧。"

"可是太太……"闫宝祥的声音直接被关在门板后面。

濮玉没想到她竟是第一个到医院的，当时除了通知她过去的濮稼祥贴身秘书外，濮家人竟一个也没在场。

"他们呢？"

"二先生被老板勒令在公司善后，三先生已经通知了，不过一时没联系上，不知道什么时候能到，小姐和少爷在上学，估计一会儿也到了。"秘书一一把事情汇报给濮玉，态度倒是前所未有的恭敬。

濮玉哦了一声："叫我来是你的意思，还是……"

"大小姐，老板晕倒前说了一些事情，是关于你的，所以通知你来是我自作主张，不过我想老板肯定也是这个意思。"

"哦？"濮玉觉得很新鲜，她这个爷爷自来是能把她当成空气就把她当空气，怎么就想起她来了，她玩着包上的一个水晶链子，那是亚斯前几天拴到她包上的，不得不说，小男生的审美……

"说我什么了？"

"公司最近不是很好，老板生两位先生的气，晕倒前和我说把他手里的股份转给小姐你，所以……"

没等濮玉表态，一个声音在她背后传来。

"爸爸气头上的话怎么能当真，秦秘书，下次再被我听到你乱说话，小心你的饭碗。"濮玉的二叔今年四十九岁，保养得还不错，脸上皱纹不多，一双眼睛不大不小，穿得也人模狗样，只是外表不代表内在，濮玉这个二叔就是肚子里只有草，管理经验他不擅长不说，还总渴望老爷子放权给他。

可是一展拳脚的机会给了他，二叔就把芙蓉里捅了个大窟窿出来。

濮玉听说这次老爷子被气得脑溢血就是因为他和那个只懂寻花问柳的三叔。

秦秘书表情没变："二先生，我会对我说的话负责，老板晕倒前已经和律师通过电话，如果不是他突然住院，现在该是和律师在起草转让书了。"

濮玉亲眼看她二叔脸色变了。

走廊那头传来三叔的声音，懒懒的和医院的酒精味儿有点违和："我说二哥，老爷子不就是住个院嘛，几天就好的事，老人家年纪大了，早劝他退休，把芙蓉里交给我们不就完了，你至于特意把我喊过来？今天本来约了陪小乔去香港的。"

他正准备和二哥说句"没啥事我走了"，后脑勺直接挨了濮墨新一巴掌。他一瞪眼："哥，你干吗打我？"

"我再不把你脑子里那些女人打出来，老爷子把公司送给别人了你还在那儿傻疯呢！"濮墨新厉声地训斥弟弟。

濮墨存听出了问题："哥你没开玩笑吧，爸要把公司送谁？谁他妈敢接我要我兄弟去灭了他。"

濮墨新冷笑一声："可不就是咱们的亲侄女吗？"

濮墨存顺着他哥的眼光看向濮玉，半天才反应过来濮墨新的意思："死丫头，我就知道你这次回来心里没存了好心思！"

濮玉冷笑："你这是想打我吗？"

濮墨存本来长得就不是强健的身材，加上这些年流连花丛，身子都是虚的，他也听说濮玉似乎是练过，因此濮玉这么一说，他更是不敢靠近，只能站在离濮玉几步远的地方骂骂咧咧。

不过他也没骂多久,就被经过的护士勒令噤声了。

濮玉闭着眼,突然想起她素未谋面的父母,唇角微弯,爸爸,你要是在,你会怎么看待你这两个弟弟呢?

时间过去了约莫四小时,手术室门上提示手术进行的红灯灭了,闭着眼的濮玉没看到却听到身旁那两个叔叔以及之后赶来的堂弟堂妹紧张地往手术门口走的脚步声,她睁开眼,看着围在医生四周扮演孝子的那群人,自己真没那个心思去凑热闹。

"手术效果很好,不过患者需要留院观察两天。"

二叔家的堂弟离濮玉很近,在那时濮玉清晰地听到他说:"爷爷这么活了死死了活的折腾个什么劲儿啊,我学校还有课呢。"

濮玉笑了,在这群人的眼里,濮稼祥的命比不过和女朋友一起上的一堂课,不过她也庆幸自己没真正在这个家生活过。

她转身要走,濮墨存一眼看到她,高声喊:"濮玉,你去哪儿?不知道你爷爷刚刚手术结束?"

濮玉的步子又原路折了回来,她在濮墨存和濮墨新面前站住:"二叔、三叔,我对芙蓉里一点兴趣都没有,所以就不在这里妨碍你们做孝子了。"

不顾濮墨存"你个死丫头,说什么混账话"的骂声,濮玉大步走出医院。

外面,蓉北又飘起细雪。天地洁白,她却看到了人心的黑色。

"小姐,我能劫个色不?"身后一双臂膀把她环进了怀抱。濮玉转身,脸上终于湿了:"阿渊,为什么我的家人是这样的。"

其实在最开始,濮玉不知道她是有家人的。凶巴巴的孤儿院院长告诉她她叫濮玉是因为连带在她身上一起被送来的那张布条,上面写着濮玉两个字。

院长不知道是谁送她来的,她的父母是谁,家在哪里,所以到五岁前,她真以为自己是从石头缝里蹦出来的,没家人,没父母。

直到五岁那年,她第一次见到当时还年轻的易爸爸易妈妈,易爸爸说他来孤儿院就是来接她,接濮玉的,她才知道她也有了家人。

她的家人就是易爸爸、易妈妈、无条件答应她所有要求的易维探还有什么都教她的姐姐易维安。

在易家，她从没觉得自己是个外面来的孩子，自己想要的糖果维安姐都让给她，易妈妈买的新裙子维安姐也总让她先选。

有次她和维琛考试考砸了，一起修改分数的维琛得到了易爸爸一顿打，而她则是被易妈妈搂着，嘴里塞进一块小蛋糕，外加一句："小玉只要努力学习就好，不过我想小玉下次会考好是不是？"

易家人爱她，却不是溺爱，所以从那以后，她考得一次比一次好。

濮玉第一次发现自己不是易家人是在一个下午，雨后，她和维琛顶着两片荷叶数青蛙回来，家里来了客人，是位老爷爷，易爸爸说他姓濮，是濮玉的亲爷爷。

濮玉不懂，为什么她有亲爷爷，还要被送进孤儿院，为什么进了孤儿院接自己出院的是易爸爸易妈妈不是自己的爷爷。

结果那天，濮玉什么都没闹明白，她的爷爷就一眼没看她地离开了。

哦，不，不是一眼没看，他说了一句话，关于她的。

"小易，我不想见这个孩子，先走了。"

濮玉都不知道那天她哭了多久，不管她怎么问，易爸爸都不把爷爷讨厌她的原因告诉她，后来还是维安挨不过她的磨，把从父母那里听来的事情告诉了她。

真相是七七八八的。

濮玉的爸爸叫濮远扬，是濮玉爷爷最喜欢的儿子，可后来濮玉的爸爸认识了濮玉的妈妈，他们相爱了，濮稼祥很反对这门婚事，但濮远扬后来还是不顾父亲的反对娶了她妈妈，然后濮玉就出生了。

可后来不知道发生了什么，濮玉的父母意外死了，濮稼祥把这次意外归咎在濮玉妈妈身上，因此直接把濮玉丢到了孤儿院。

不知为什么，在濮玉五岁那年，濮稼祥又委托好友易坤把濮玉收养在家了。

"阿渊，其实我根本就是个不该有家的人，所以维琛走了，我的美梦就跟着醒了。"她搂着林渊的脖子，"他们给了我这辈子唯一的温暖。"

是对我很重要的人。

我从不奢望你会为我放弃你的什么。

如果真的有那么一天，我会把你推入地狱，再跟着你跳下去。

蒙里出现在林渊办公室时，蓉北的天正冷，再几天就是新年了。他把自己甩在办公室的皮沙发里,坐姿四仰八叉:"我说,年后那条消息就要发了,真打算把易家置之死地?"

"嗯。"林渊的目光没从电脑屏幕移开,手滑动着鼠标轮。

蒙里扑哧笑出声:"我怎么听说某人的女人明白说了,易家对她很重要,你就不怕拔了易家,有人翻脸?"

林渊总算第一次正眼看蒙里,刚好秘书敲门进来:"林总,计划书企划部已经做好了,请你过目。"

林渊点点头,顺手把文件夹甩到蒙里面前:"看你最近很闲,年后把这个做下。"

蒙里撇下嘴,翻开文件夹,眼睛立马瞪老大:"不是吧,你还真打算把芙蓉里收购,数额不小不说,那不是我们的擅长项目啊……"

"这不是你该操心的。"林渊抽出一支烟,点上。

蒙里摇头:"不行,我最近忙。"

"就是让你没时间忙那些不该忙的事。"林渊眯着眼,"为了一个女人去动沈家的人,值?"

"要你管我,只许州官放火不许百姓点灯的家伙。"蒙里哼一声,"再说收购芙蓉里哪那么容易。"

林渊吸口烟:"办不到说话。"

"切,你就等着做芙蓉里的新老板吧。"口袋一震,蒙里掏出手机,是刚刚短信的回复。

半小时后来接我。小七。

蒙里坏笑着打字回复:

遵命,老婆。

回复来得也快。只有一个字:

滚。

第四十九章　姻为是你

【男人的心其实没多大，有时装不下什么家国天下，装个你刚好。】

临近年关，阴仄天空下飘起细雪，道旁的松柏被雪染成白色，萧疏的季节路上行人却不少，只是每个人的步子像被低温冻结了，想快也快不起来。

一辆揽胜极光在这时突兀地出现在马路尽头，它风一样在地上滑出一道痕迹，很快停在了马路中段一家奶茶店前面，车窗缓缓滑下，蒙里点支烟，视线转去街对面。

那是栋二层小楼，正门是由五色玻璃拼凑出的抽象形象，隐约辨认得出是个歪头的埃及女人形象，门把手才擦过，远远地就能映出打从店门前走过人的模样，门上挂着张白底牌子，上面写着一个艺术体的"戚"字。

二楼拉着百叶窗，沿着百叶窗的缝隙能看到里面灯亮着。蒙里下了车，从口袋里拿出根烟，点着了，边吸边看百叶窗后偶尔出现的女人剪影。

一根烟吸完，他看着已经站在窗后一会儿的女人，嘴开始数着："三、二……"

还没数到一，蒙里的手机嘀的一声响，是条新信息。

怎么还没到？

蒙里扔掉手里的烟蒂，踩灭后一字一字地回复戚夕。天冷，站这么一会儿，蒙里的手有点僵。

看窗外。

发送好短信，蒙里抬头，纤细的剪影被百叶窗拉成一个朦胧的模样，百叶窗后的人似乎停顿了一下，然后就消失了。

蒙里收了手机，倚在车门旁看着门上的抽象画，没一会儿，门从里被推开，戚夕裹着一件塑身白色短棉袄出现在门口，也许是冷了，她才出来就捂着手哈了口气。

"怎么不进去？在这修炼成雪人呢？"戚夕几步跑到蒙里跟前，皱脸问道。

"上次上去你就说我打扰你创作。"蒙里开了车门让她上车。戚夕上车还是冷："蒙里，没开空调吗？好冷。"

她才坐稳，正搓着手，棕色外套兜头罩到她头上。

"蒙里你干吗？"她扒拉半天才把自己从衣服下面揪出来，发型还是乱了。

"你不是说你冷吗？"

"不是有空调吗？再说男人在这时一般不是会把女人的手握在手里吗？你啊，一点都不浪漫。"想起以前沈明阳每次都把她的手握在他的手心直到她暖起来，戚夕总有些忧伤。

可蒙里一句解释都没有，直接开着车子上路。

戚夕斜了他好几眼，最后终于忍不住："蒙里，我要你的手。"

"乖，别闹，一会儿就到。"蒙里穿得很少，脱了外套，里面只有衬衫外加一件米色坎肩。

当一个人觉得自己现在不幸福的时候，她总会把过去的幸福放大许多倍和现在作对比，戚夕一句话没说，把目光别向窗外。

雪开始大了，沙沙地落在玻璃上，戚夕拿指头在上面一下下画着，却擦不掉丁点痕迹。

蒙里在镜子反光里看到她，知道她在想什么，视线重新看向前方的马路，蒙里拉过戚夕的手，在她感觉到自己冰冷的手温后，转而把她的手塞进自己衣襟里。

贴着蒙里温热的胸口，戚夕听到蒙里的声音："我就这里暖和。"

那刻戚夕突然对自己刚刚的别扭赶到羞愧，她吸吸鼻子："蒙里，你真不是男人，手这么凉。"

蒙里的车开到目的地时已经是半小时后，雪停了一会儿。他停好车，转身把戚夕的衣服裹了裹，这才让她下车。

"蒙里，说实话，为什么对我这么好？"

"因为老子乐意，因为老子看上你了。"蒙里的语气流氓兮兮，可话却前所未有地打动戚夕，"我说女人，其实我的心没那么大，装不了什么家国天下，装个你我看正好，你愿意住进来吗？"

戚夕趴在他胸口，有一下没一下撩着他领口："蒙里，我能先试住下吗？"

住得好再考虑常住。其实在爱情这件事上，戚夕觉得自己没什么可以尝试的余地了。

雪花从爱情渐为甜蜜的戚夕和蒙里那边一直飘到了新年。

年三十晚上，林宅前所未有的热闹。几个下人推着亚斯在院子里放烟火，璀璨烟火中赫本绕着亚斯的轮椅汪汪叫得欢。

闫宝祥带着林家几个年岁大的下人围在桌子旁陪濮玉包饺子，也许是孩子的笑声，也许是受了新年年味儿的浸染，常年一副恭谨表情的宝祥叔脸上也露了笑脸。

"先生，太太心疼你累了一年不让你下手，你就去带小少爷玩去吧。"他一脸笑意地对一直想伸手参与的林渊说。

濮玉笑："祥叔，我可冤枉，你没看到你们林先生刚才包的那是饺子还是面片肉丸？"

林渊也笑，笑得竟有点腼腆："是比你包的差点。"

"哪里是点儿啊，林先生。"濮玉拿全是面的手推林渊。

那瞬间，濮玉觉得，如果生活能一直这样下去，多好，她身体健康，林渊在她和儿子身边，没有仇恨，没有复仇，一家人在一起。

她以为这个梦能实现。

可她忘记了，过了十二点，灰姑娘的华美衣裳就要归还回去了。

吃过晚饭，林渊抱着亚斯坐在客厅看电视，濮玉打发下人去玩，自己在厨房切水果，隔着道走廊，父子的对话依稀传来。

"爸爸，为什么苏格兰情调不能读成苏格兰调情？"

"爸爸，什么是跑偏？"

"爸爸，那个跑偏的男人头发怎么那么光？"

濮玉笑着端出水果，拿同情的眼神看林渊。

他从小就这么爱问为什么吗？林渊拿眼神看她。

是，只不过他问我的是法国选民为什么选那么难看的老头做总统而不选他这么可爱的。

濮玉回到卧室关上门，拿出手机，里面还是早早地躺了几条短信。

Sean和她的关系挑开后全心投入他的医学事业，年前听说他随着蓉北政府组织的医疗队去非洲支援，短信里他手拿听诊器正在听一个骨瘦如柴肚子却大得出奇的黑人小孩的心跳。

濮玉回，Sean，一切安好，希望你在非洲一切顺利，期待归来，如果可以带回来个黑人嫂子我不介意。

　　戚夕发的也是彩信，不过全是风景，那丫头唠唠叨叨发了五页短信，但多数都在说蒙里又给她吃了什么好吃的，如何好吃，她又如何胖了，外带骂句死蒙里。

　　濮玉回，祝福爱情。

　　她不知道戚夕和蒙里最终能否走到一起，不过她觉得戚夕开心就好。

　　下一条是纯文字的，濮玉看后脸色变了。信息是那个人发的。

　　地铁线路改道，多个投资将在年后宣布撤资，后续资金如果跟不上，易家必死。

　　林渊，一定要这样吗？濮玉捂着开始绞痛的小腹，其实她早知道，药是假的，一切平和背后，还是林渊对易家的恨。

第五十章 孰重孰轻

【如果有来生，要做一只鸟，飞越永恒，没有迷途的苦恼。东方有火红的希望，南方有温暖的巢床，向西逐退残阳，向北唤醒芬芳。如果有来生，希望每次相遇，都能化为永恒。】

蓉北城地处中国西北，高山黄土的地界有着许多从古代延续至今的文化遗迹。改革开放以后，作为毗邻西北重镇城市的蓉北也逐渐迈开发展脚步，近些年越来越多的高楼在城市内林立而起，高架环线越发密集地穿梭在城市各个角落。

永盛楼下马路对面新辟了一处工地，从十三层的高度看夹在繁华都市中的它，好像看一件镶满钻石金粉的衣裳多了突兀的补丁，不过濮玉知道，要不了多久，那块补丁就成为另一颗钻石，蓉北地铁三号线永周百货站就在那里。

咚咚咚。有人敲门。

濮玉转身："什么事，Tina？"

"濮律师，我是Lida……"梳着齐耳短发的年轻女生手扯着裙角，看得出她对自己这位新老板屡次叫错自己的名字，还是很介意的。

濮玉手指点下脑门："哦，抱歉，我忘了Tina已经离职了。"

上星期，随着地铁线路的最终确定，濮玉和林渊提出了重新回永盛工作的要求。她还记得自己是在林渊的书房里和他说的，当时林渊手里拿着那天的《经济早报》，A1版是个从脑门到脑顶都油光可鉴寸草不生的经济学家指摘美国的番薯价格上涨对东欧人均生活水平的深远负面影响，A2到A4三版都在跟踪分析国内某次经济会议，长篇累牍，从股市熊市一直说到GDP飞涨，还有B1、B2、B3版，C1、C2、C3版……

濮玉清楚那天报纸所有版面上的所有内容，她也同样清楚在D4版角落位置上写着的一条消息，华为及戎策等几家投资公司将联合参加蓉北市政建设的投资项目，看似光鲜振奋的一则消息，濮玉却知道这背后藏着怎样血淋淋的事实。

华为和戎策这几家本来是参与宋都也就是易氏那个投资项目的，可随着地铁线路的最终确认发布，工程近半的项目也突然遭遇了大面积撤资。

"林渊，我想回永盛工作。"站在林渊身后，她手有一下没一下捏着他的肩。林渊合上报纸："让我养活你不开心？"

"我只是想找点事情做。"濮玉看下桌上的烟灰缸，里面干净得连根烟蒂都没有，林渊戒烟很久了，"况且那个药很有效，我最近身体情况很好，总待在家里人都懒了。"

"行吗……"濮玉看林渊沉默，直接环上他的脖子，咬着耳朵问。

"只要你高兴。"林渊拍拍濮玉的手。

濮玉说："谢谢。"她转身出门，林渊在身后叫："濮玉？"

"怎么？"她回头。

"如果我和易……"

"随你高兴。"濮玉随手带上门。

她无力阻止林渊对易家做什么，就如同她现在有自己不得不做的事情一样。

"濮律师，濮律师……"Lida的手在濮玉面前来回晃了晃，"你怎么了，是觉得我做得不如之前的Tina好吗？"

阳光带着初春气息斜进十三层，照在濮玉桌上那个植物娃娃小摆件上，娃娃的头发也嫩嫩绿绿的。濮玉整理好思绪，冲Lida微微一笑："你很好，是我好久没回来工作，有些不适应。"

濮玉的话让才大学毕业半年刚踏进社会的Lida心里的紧张消减不少，她手松开衣角："濮律师，外面有人找。"

"我记得今天没约人。"濮玉转到办公桌后面，点开电脑桌面最顶端那个文件夹，里面是她现在所有客户的资料，资料显示得很明确，她现在就负责一个直接客户。

Lida又探头看下门外，再回来时她说："可那人说她认识你，她说她叫李晚秋。"

濮玉还记得第一次见李晚秋时的情况，当时她穿件做工考究的真丝衬衫，下面是条浅灰色亚麻七分裤，除了略微沧桑的表情外，人还是精神的。

那时的李晚秋还有着大笔的财富在手，为了报复一个背叛她的男人来找濮玉。

再看看现在的她，一件橘色棉袄，袖口磨得翻起些白色绒毛，下身是件更惨不忍睹的棉布裤子，里面不知套了什么，凹凸不平地鼓了许多小包在裤面上，显得臃肿。

李晚秋顺着濮玉的目光朝自己的裤子看去，有些不好意思："前阵天冷，腿疼，唯瑟不知从哪弄的棉花，亲手做了条棉裤给我，好看是不好看，不过真暖和。"

"没有，很好看。"濮玉是说真的，她是想起了自己的小时候，"来找我什么事？不会又要打官司吧？"

濮玉开玩笑，李晚秋却没笑，她低着头，手指不停搓着衣角，看得出内心在做思想斗争。

墙上时钟嘀嗒嘀嗒一格格走着，过了一会儿，李晚秋抬起头："濮律师，作为女人，我比你失败，这次我怕我再走错，所以来征求下你的意见。"

"什么事？"

"叶……叶淮安回来找我了。"李晚秋低着头，好像她是个才犯错的孩子似的。

濮玉让Lida倒了杯咖啡端进来给李晚秋，咖啡的袅袅气氛中，李晚秋的记忆也被拉回了叶淮安来找她的那天。

当时奶茶店才过了忙时，她正裹着围裙收客人喝完丢在桌上的空奶茶杯子，叶淮安就在这时站在了她的店门前，叫她："晚秋……"

"晚秋，以前的种种都是我浑蛋，我不是人，我玩女人，我对不起你，现在我知错了，你和唯瑟才是我最亲的人，我们复婚，我保证改邪归正，再不出去乱来了。"

叶淮安信誓旦旦的样子还在眼前，李晚秋却不再敢那么轻易去相信："濮律师，我知道这不在你的职业范围内，他是唯瑟的爸爸，我实在拿不定主意这次该不该信他。"李晚秋低下头，"不过唯瑟说，我们现在什么都没有了，他想骗也骗不到什么了。"

"嗯。"濮玉沉吟一下，"这样，正好我要出门，你陪我去一趟，回来咱们再说你这个事可以吗？"

李晚秋诧异，她搓搓裤腿，举止再不似原来的阔太太叶夫人："行吧。"

离开前，濮玉打了个电话。

"戚夕，上次你和我说那个事，在哪儿？……行，知道了。"她挂了电话，带李晚秋出办公室。

普通工作区，隔间里的小青年们正聊着八卦，濮玉经过，敲了正白话得唾沫横飞的小赵头一下："上班时间，开茶话会呢，不怕老大出来K你们一顿？"

第五十章 孰重孰轻

"Aimee……"小赵揉揉后脑勺，一脸委屈，"老大现在忙着和嫂子搞对象，哪有工夫理我们啊。"

"哦？"濮玉笑笑，那棵铁树总算开花了，只是是和谁呢？她朝李晚秋摆摆手："在这儿等我下。"

折过一个走廊，把手第二间就是杜一天的房间。此时玻璃窗背后的百叶窗拉着，不过濮玉还是从缝隙里看到了里面那个被小赵称作嫂子的人。

竟如同所料的，真是Susie。

Susie在和杜一天说话，杜一天拉着Susie的手说了句什么，后者的情绪就开始激动，激烈辩驳几句后，Susie一甩头看到了外面的濮玉。

"嗨。"濮玉一点没为她自己的偷听行为感到不好意思，相反还和恼羞成怒出门来的Susie打招呼。

Susie自然是没理她。

看着一阵风似的消失在走廊尽头的背影，濮玉给了杜一天一手肘："什么时候的事？"

"什么什么时候的事？"

"别装糊涂，什么时候重归于好的？"

杜一天抿着嘴，开始还不想说，可最后在濮玉的眼神压迫下，还是不得不招认："不就上次我病了，然后不知道她怎么就知道了，去照顾了我几天……"

杜一天耳角泛红。

"行了行了。"没等他说完，濮玉抬脚离开，边走边朝身后的杜一天挥手，"杜老大，一定要幸福哦。"

濮玉很高兴，她又少了一个牵挂，接下来她要去了断另一个牵挂。

李晚秋还站在工作区等她，站在一群白领中，她的衣着有些突兀，不过她的气质依旧高贵。

濮玉走过去和她打招呼："我们走吧。"

出门打车。

不是交通高峰期，空车很多，濮玉拦了辆蓝顶羚羊，让李晚秋坐在了后排，她进副驾驶，和司机师傅报了地址。李晚秋探头到濮玉身边："濮玉，为什么去金山医院，谁病了吗？"

"去了就知道了。"

第五十章 孰重孰轻

金山医院是蓉北最大的一家私立医院,坐落在蓉北的边缘位置,背靠一片大青山。计程车开到那里时,几个工人正在修整院里的草坪。日本进口草坪,四季常青,这让矗立在光秃山脚的金山医院显得要多与众不同有多与众不同。

李晚秋下车,站在门口一时有些怔忪,要知道,她以前有个头疼脑热都是来这里看的,可现在,呵呵,她再没那个经济实力了。

"走吧。"濮玉站在门里朝她招手,李晚秋这才回过神,踩着逐渐上行的小路,她渐渐追上濮玉。

沿着装饰一流的正门进入金山医院,李晚秋跟着濮玉进了电梯,电梯墙面贴着指示牌,一楼挂号处,儿科,心内科,二楼,消化科,内分泌科……

这些李晚秋都很熟,可让她意外的是濮玉按下的是五层。

男性生殖科。

"濮律师,我们去那儿干吗?"李晚秋问。

"嘘,等下你什么都别说,在门口等我。"濮玉看都没看她,电梯到了楼层,门两扇式打开,她跨步出去。

不知道为什么,李晚秋站在这个陌生的楼层,心里总多了份未知的忐忑,她觉得濮玉不会无缘无故带她来这。

墙上挂了许多宣传画,她正对着的是一幅男性生殖器的侧切图,旁边解说词写着精子的产生,李晚秋脸红地转个身,再远处墙壁上是个红色带子的图案。

AIDS,人类一时无法攻克的难题,不过离她好像很遥远。

"你不是问我叶淮安是否是真心的,你是不是该和他复合吗?这个我没发言权,不过我想我手上这份东西大概会对你有些建议作用。"濮玉从办公室出来,手里多了份东西。

李晚秋疑惑,能是什么呢?

她接过来,只看了一眼,脑子嗡的一下,接着什么都想明白了。

HIV抗原检测,结果阳性。

报告最上方的检测人,写的是叶淮安的名字。

都说锦上添花易,雪中送炭难,同甘共苦易,同享富贵难。李晚秋只是没想到叶淮安的心究竟坏到什么地步,才想要把她也拖下水。

濮玉和李晚秋在金山门口分手,得知真相的女人似乎又老了些。

濮玉说,好好生活,还是要相信有爱,你还年轻。

李晚秋说，不信了，信太多了，濮律师，谢谢你，我要带唯瑟离开这里了。

濮玉问，去哪儿。

李晚秋说，不知道。

濮玉觉得，也许这样也挺好。

终于又了了一件事。

她打电话给戚夕："戚夕，你怎么知道叶淮安得了这个病的？"

"我无所不知呗。"电话那边正准备她夏季服装发布会的戚夕拿指甲玩着电话键，她才不会告诉濮玉，自己看到和沈明朗厮混过的那个女人还和叶淮安有了一腿呢。

助理敲门进来："戚姐，你的快件。"

"行，放这儿吧。"戚夕歪着脖子夹着电话，手拿剪子开始拆快件，"阿玉，明天我的服装发布会你记得来啊。行行行……"

她正点头，动作突然顿住了。

这是怎么回事！

她扔掉电话，拿起盒子里的衣服，宝蓝色，削肩高腰的晚礼裙，是她这次夏装的一个款，可自己还没发布的服装为什么会从外面寄来？

是谁！

第五十一章　你是我的命
【人不怕死，最怕不知该怎么活。】

戚夕叫回Lizz，几下团好衣服塞回盒子里，她抬头问Lizz："是谁送来的？"

"快、快递公司的，顺、顺丰……怎么了戚姐？"Lizz跟着戚夕这么久，第一次见她这么粗暴地对待衣服，惊讶之余却想不出到底发生了什么。见戚夕拿着盒子穿上衣服急匆匆地往外走，Lizz追在后面喊："戚姐，你这是去哪儿啊，一会儿你和发布会的赞助商还有约呢！"

"往后推……"戚夕的声音沿着楼梯传上楼。Lizz一跺脚："得，往后推。"

可明天就是发布会了，往后推，推去哪儿呢？

"戚姐！"Lizz一口气追到楼梯半截，可早就没人回答她了。

戚夕一口气冲进地下车库，钻进她那辆RAV4后平静半天，才算把她堵着的这口气平下去。透过后视镜看她丢在后座上的那个衣服盒子她就想不明白了，发布会没开始，设计图纸只有她还有工作室少数几个人看过，而且那几个人都是可以肯定会保守秘密的。

到底谁偷了老娘的设计！戚夕啪地拍下方向盘，Toyota的喇叭声在空旷的地下车库非同一般的刺耳，她又长出口气，脚踩下油门，朝出口上坡开去。

无论如何，还是先回家看看吧。这么想着，戚夕内心平静了些。

戚夕说的家是她之前和濮玉一起住的那栋公寓，自从濮玉搬去林家住后，她最近也搬去和蒙里一起住，至于之前的公寓，俨然成了她另一个创作用的工作室。

不是交通繁忙时段，马路上车辆不多，几个环卫工人在路边栽种小树，两人一组，都戴着白手套，一个扶着树苗，一个往坑里埋着土。又是一年春好时，城市开始新的绿化工程。

遇到红灯，戚夕旁边那辆车是一家三口，看上去五六岁的小孩正扒着车窗问他妈妈那些工人在做什么。换作平时，戚夕很喜欢看这种小孩子的十万个为什么，不过她现在是没那个心情。红灯一变，她一脚油门，直接冲到了下个路口。

很快到了小区，小区门口的物业提醒收物业费，于是前后交钱签字又耽搁了十分钟，等戚夕出了电梯拿钥匙开门时，手腕上的表刚好指在下午两点的位置，这个时间她本来是约了和赞助商见面的，再往后的五点，蒙里接她去吃饭，可现在，见鬼的一切都往后推吧。

打开门，里面的一切似乎和她上次离开时没什么两样。客厅沙发乱七八糟平摊着她几件衣服，那次蒙里在楼下等她，正画图的她被催得心烦，试了几件衣服才选到过得去眼的。是了，茶几上那半杯没喝完的红茶不是还原样在这儿吗。绕开两件丢在地上的衣裳，又把被风吹到地上的一张未完成的画稿捡起来放回架上，戚夕几步进了书房。

书房是她和濮玉共用的，不过基本上都算她的，濮玉在时最多就在那里看看书。

她坐在桌旁，按下电源键，电脑正常开机，几秒钟运行时间过后，屏幕亮了。桌面是她最喜欢的一件冬装设计，穿在一个欧洲模特身上，线条匀称，表情诱惑。

濮玉说，像她这种连桌面都放自己作品的设计师不是在治疗自我视觉疲劳就是绝对自恋。她就是自恋，她喜欢自己的每件作品，所以她不允许自己的作品被人剽窃。

按照熟悉的地址路径，她找到了这季主打设计的存放文件夹，查看上次访问时间，的确是自己上次离开的时间啊……

活见鬼了……

正想不明白这里面是怎么个究竟，手机响了，是工作室的电话。她刚接听，Lizz的声音就凄惨无比地在那端响起：" 戚姐，出事了，咱们明天发布会准备发表的服装被发现提前在其他品牌店出现了！怎么办啊……"

戚夕烦躁地按了电话，怎么办，怎么办，她要想想。

想想，可怎么也想不出个究竟。电话在这时再次响起，这次来电显示是蒙里。

戚夕咬着嘴唇，不知为什么，眼圈就开始发酸，她按下接听键，还没等叫声蒙里的名字，嘴巴就被人从背后捂住了。她挣扎，她想叫，可只能听着落在地上的电话听筒里蒙里的声音越来越小。

"蒙大少，你的女人在我们手里，想救她？自己一个人来。"

捂在嘴边的东西有着麻醉作用，戚夕觉得她的意识正逐渐远离自己，就在意识彻底消失前，刚刚说话的人挂了电话，接着她听到一句让她开始惊惧挣扎的话。

"老板说，要我们把这女人的右手废了。"

不要不要，没了右手她还怎么画画。求你们，不要！戚夕拼命张大眼睛，哀求手拿着钢管逐渐朝自己靠过来的男人。

"小妞，别这么看我，更别怪我，怪就怪你男人得罪了不该得罪的人。"那个模糊的脸孔走到近前，挥起了手。

不要！戚夕眼睁睁看着那根粗粗的棍子朝自己右手臂挥了下来。

戚夕做了个梦，梦里的她回到了二十多岁时的模样，在学校读大二。

那时的她早不再扎马尾，头发被她留到很长，散散披在肩后，走得快些风会吹起长发，在身后像荡起一条黑色瀑布。

曾经有人说过，女生的长发很少是出于美而留，她们蓄长发不过是因为有个男生觉得长发的她很美，顾小平最喜欢的就是她这头长发，所以戚夕留了一头长发。

梦很奇怪，她是文科生，可教室里的老师却是他们学校的物理老师，然而再看黑板上的内容，写的竟是狼牙山五壮士。那个秃顶老头喷了一个多小时的口水，总算下课，戚夕迷迷糊糊跟着同学往教室外走，可出了教学楼，外面不再是水泥地面，而是一个泥淖式的黑色沼泽。黑色泥浆冒着一个个大小不一的泡泡，正逐渐吞噬一个人。

是个男人。头发不长，脸黏了泥，戚夕怎么也看不清他的脸，他伸手和戚夕叫救命，戚夕想也没想，直接朝他伸出了手。可离得好远，戚夕怎么也够不着他。

"再往我这伸伸，再伸伸……"戚夕急得满头大汗，终于她又一次往前凑时，自己也掉了进去。

磁铁似的泥泞不断把她往下拉，那个满脸是泥的男生突然声音温柔地和她说了句："戚夕，你怎么那么傻……"

是啊，戚夕，你可真傻，明明都不认识的人。

"可你怎么知道我名字的？"戚夕佩服自己死前还能有这种淡定，她吐口嘴边的泥巴问。

她还没等到答案，身上突然有种痒痒的感觉，像是什么人在摸自己一样，她想叫，这次却叫不出声。

摸索越来越明目张胆，戚夕拼命告诉自己从梦里醒来，她努力了几次，最后终于睁开了眼睛。

只不过无论是现实还是梦境，都不那么乐观。

戚夕最先闻到的是一股发霉的酸涩味道以及尘埃的土味，屋里光线微弱，唯一的光源是一面墙壁上的缝隙漏出来的一点光。后来戚夕才看清，那是被木板封死的窗子。

除了手臂传来的疼痛感，戚夕的心多了恐慌的感觉，她百分之百肯定，那些人口中说的不会放过的人，是蒙里。

也许是看在她手有伤的缘故，那些人并没绑她，戚夕把被撕破的衣服拢拢走向门边，门是从外面锁上的，里面打不开。她把耳朵贴在门板上，可外面静悄悄的，什么声音都没有。

她不知道蒙里究竟来没来，她也不知道他有没有被那群人暗算。

枪声是毫无预兆响起的，噼里啪啦像鞭炮一样在耳边炸开，戚夕第一次听枪声，吓得几乎忘记捂耳朵。可外面也只响了一阵，就一切重新复于了安静。

戚夕的耳朵静了，心却跳得厉害。

"蒙里……"她拍下门板，接着就一下比一下用力地拍："蒙里，你们把蒙里怎么了！和沈明朗有仇的是我，沈明朗要报复冲我来！"

她叫了一会儿，门外果然有了动静，是人拿钥匙开门的声音，戚夕红着眼睛，等门开的刹那一脚朝进来的人踢去："王八蛋，你们要报仇冲我来！没种的家伙。"

"丫头，你再踢几脚，我就算废了。"

"蒙里……"戚夕盯着站在半明半暗光线下的人，"你没死……"

"是。我得活着，不然谁娶你这个爱哭的女人。"蒙里倚着门框，嘴角挂着抹笑，"我头回发现你这么能哭，离得老远就听到你哭声了。"

"呸，谁爱哭了，还有谁要嫁你了？"

"我为了你废了条胳膊，你赔我个媳妇儿还不是应该？"

"你受伤了！"戚夕惊讶，她才注意到蒙里的左肩正汩汩往外冒着血。她想去拉，可自己的手臂也是一痛。

"嘶。"

"那群家伙伤你了！"刚才还一副玩世不恭模样的蒙里脸上现出戾气。

"嗯。"戚夕垂着头，"蒙里，我的右手不知道能治好不了，你明白我的意思吗？"

"什么？"

"白痴，如果治不好，我就再不能画画，我失业了，所以以后你要养我。"

蒙里深深地看了戚夕一眼："丫头，你放心，我一定治好你的手，如果手治不好，你放心我陪你，我也不治这条胳膊了。"蒙里说完，手竟去死命地抠了下正汩汩流血的肩膀。戚夕吓了一跳："蒙里，你疯什么！"

她哭："你就欺负我现在打不了你，你能治还得治啊。"

"丫头，你知道吗，我庆幸自己伤的是左手。"蒙里搂过戚夕。

"为什么？"

"因为那样我的右手总能牵到你的左手。"

第五十一章 你是我的命

第五十二章　缘起的时候云在飘

【如果可以，我最想从我身体里割除的就是和你之间的血缘。】

戚夕正经让濮玉担心了好多天。

这种担心直到戚夕原定的发布会日子过去十天，濮玉收到一封来自国外的特快专递才消失的。

大大的EMS信封里只装了张薄薄的卡片，是戚夕和蒙里的照片。画面背景是片蔚蓝的大海，海边是泛着金色的沙滩，往上看，天是湛蓝湛蓝的，几只海鸥一样的海鸟在接近太阳的地方飞翔，一身白色婚纱的戚夕就是在这种醉人的自然风光中挽着蒙里，笑得甜蜜。

戚夕曾说过，如果有天她结婚，一定要穿自己设计的婚纱，顶着自己亲手制的头纱出嫁，一辈子的嫁衣她希望是出自自己手。如今呢？那件婚纱的款式普通不说，说严重些，甚至都称不上是件婚纱。

还没及地的长度，濮玉甚至看到戚夕脚上穿的还是她以前出席场合时穿的一双银色高跟鞋，至于衣服的款式，更不符合戚夕一贯的审美，包肩，半袖，小领口，没任何钻石配饰装点不说，说再具体点，那衣服换在之前是戚夕连她的伴娘穿了都要大呼丢人的。

可濮玉却看出了戚夕的幸福，她是发自内心的幸福。照片中戚夕左手揽着蒙里的腰，右手甚至还打着石膏，可笑容却是濮玉许久没见的耀眼。戚夕身旁的蒙里没有看镜头，他紧紧拥着怀里的小女人，把所有目光也都集中在她身上。

坐在阳光里的濮玉看着手里的照片一会儿，翻过去看背面。

戚夕密密麻麻的小字一时让她眼花，她拿着照片往边上侧了侧身。一片阴影下，她开始读戚夕的文字。

戚夕的文字一如她的个性，疯疯癫癫，上来第一句就是：大玉，我和蒙里结婚了！！

大玉，我和蒙里结婚了！！知道你一直觉得他不是我的良配，说实话，我开始也那么觉得，你说得没错，我就是破罐破摔，想靠着他为沈明阳报了仇算了。可你信吗？信爱情吗？信一个人可以把另一个人放在心里十年不忘怀吗？信他被一个女人近乎羞辱地拒绝后，还能在那么多年后仍然选择在那个女人遭遇窘迫时站出来？蒙里让我相信这一切都可能是真的，他让我信了爱。

我们的故事很长，照片太小写不下了，等我们环游世界回来，我慢慢告诉你。

坐在濮玉对面的人看着她一直没作声，直到濮玉脸上露出释然的表情，易维安才转动面前的咖啡杯继续刚才的话题。"那几方撤资后，我也找过银行谈贷款，可对方要么压根儿就是直接拒绝，说批不了那么大额度，要么含糊其词地说考虑考虑，说考虑考虑的到了最后都成了不了了之。濮玉，林渊和我们家究竟多大的深仇大恨，维探因为你们两个丢了性命，难道这还不够吗？"

濮玉本来已经做好了决定，可易维探的再次被提及让她想沉默也不行，她紧紧握着面前的杯子，双手抱着放在嘴边喝了一口。已经很久没喝过卡布奇诺，失了温度的棕色液体入口，多了几分苦涩。她含了半天才咽下去："维安姐，我欠维探的，可如果你想让我出面去劝林渊收手，抱歉，这个我做不到。"

"濮玉，你从小在易家长大，我们易家待你不薄……"濮玉的话让易维安很生气，她握在手里的杯子碰撞托盘，发出哒哒的清脆声音。濮玉也放下了杯子："维安姐，你说的我都知道，我知道易家一直待我像一家人，在维探走之前，我也知道自己从没有回报过易家什么，我想回报，不过你要我做的事情不是我不做，而是我做不到。林渊不会因为我一句话收手，而且就算他会，我也不会去说。"

"为什么？"易维安压抑着情绪，她发现她越来越看不懂濮玉，这个她从小牵在手里跑东跑西，她说什么做什么的小姑娘再不存在了。

"因为我爱他，爱一个人就是他要做什么我都不会阻止。"

爱吗？濮玉以前一直不懂，她以为自己一直是恨林渊的。可她现在懂了，没有爱，哪来那么深刻的恨。你会随便恨一个路人吗？会去在意一个毫不相干的人吗？答案是肯定不会。

手一抖，剩下那半杯卡布奇诺画着弧形轨迹直接洒在了濮玉的裤子上。

所幸她今天穿的是条黑色长裤，咖啡的渍迹看不大出来。濮玉低着头，易维安从包里拿了纸巾递她："濮玉、濮玉……"

"维安姐，我去下洗手间。"没等易维安答，濮玉早起身离开了。其实只要易维安抬头再看眼离开的濮玉，肯定会发现她的脚步早成了凌乱。

濮玉进了洗手间，才锁上隔间门，人就疼得捂着肚子蹲在了地上。她现在已经不像开始那样会流血了，现在的她只会肚子疼，疼起来浑身翻江倒海的，人像被扔进搅拌机里横竖转上十圈一样。

她前几天打电话给她德国的医生，她还记得当时那个有着金色头发年纪不大，说话总是一脸温柔的医界精英在电话里是用怎样惋惜的语气和她说："Aimee，抓紧时间享受生活吧。"

换作是谁，在生命被判了死刑时想的都是抓紧最后一段时间好好享受生活，濮玉也想。她很想和林渊一起，带着儿子，到一个没有网络，没有别人，有树有花，风会轻轻吹，小鸟也不怕生，能停在掌心里吃小米的地方去，到最后的最后，她看着在风中嬉戏的儿子，然后靠着林渊的肩膀闭起眼，那是她最想要选择的一种离开方式。

可她能吗？不能。

濮玉吸了几口气，从包里拿了止疼药片，丢在嘴里，咽下，连口水都没喝。然后她闭起眼，等着药力发作。

下午一点十分，咖啡厅的新晋服务生小夏连着送错了两桌的单子，被经理叫到走廊拐角单独训话。她24岁，住在农村的爹妈辛苦种地总算供她读完了大学，本来指望她留在城里找份好工作，将来再嫁个城里人，直接扎根在这里，生活富裕些不说，爹妈在乡里乡亲面前脸上也有光。可什么事哪就能和想的一样啊，大四毕业那年，她刚好赶上大学毕业生最多，就业人数最多的那年，加上她的户口问题，工作就没找到如意的。没办法，只好先找了这家咖啡厅做做服务生先。可才工作没几天，家里来信儿说她爸出工把腿摔断了，急等着钱治病。

家里情况她知道，爹妈为了供她读书这些年省吃俭用花了许多钱，家里根本就没积蓄给爹治病。可小夏没告诉爹妈自己的实际情况，她和家里说的是她现在在个大公司工作，收入不错，公司既包吃又包住。

这下她再不知道怎么和家里交代了。训话的经理才走远，小夏就止不住哭起来。

她不敢大声哭，所以身后的脚步才靠近，她就慌忙地抹起眼睛。

"女人哭一次就老一次的。"濮玉等止疼药发挥了效力就从洗手间出来，才一转角就看到躲在角落哭的小夏。她没多想，拿了纸巾递给小夏。濮玉猜到这个小姑娘是挨训了，因为她就是刚刚被小夏送错单子的客人之一。

"谁都在工作里犯过错，下次细心些就好。"濮玉安慰两句，准备走人，可那天说来也巧，小夏不知怎么就把从来没和别人说的事情说了。

"没有下次怎么办，家里的爸爸急等着要钱，可我连养活自己都费劲，去哪找钱呢，我现在能卖的就我自己了……"

小夏的低喃让濮玉去而复返，她也不知道自己是出于什么原因向这个陌生女孩伸出的援手，也许因为小夏那双还没被社会染上颜色的眼睛，也许是因为濮玉她自己也落魄过。

把永盛的公司地址给了小夏，濮玉又给人力资源部的人打了电话，安排好这一切，小夏已经是拿一种看救命恩人的眼光在看她了。濮玉摆摆手："我也只能帮你到这儿，我们律师事务所对员工的专业性要求很强，你合不合适去，就看你自己的努力了。"

"我一定努力。谢谢你，姐姐。"小夏猛地冲濮玉一鞠躬。

濮玉微笑着打算离开，小夏又突然叫住她。

"姐姐，我没什么东西能拿来谢你的，身上就有这块玉，是我姥姥给我妈，我妈又给我的，妈说我小时候生病，差点死了，多亏这块玉保佑了我，我看你脸色不好，别是生病了。我把它送你，保佑姐姐健康。"

那是尊观音，不过只是从色泽看，濮玉知道那并不是真的玉石，只是年头多了，磨出了点玉石的光泽。她拒绝，不管贵重与否，那是人家传家的东西。不过小夏坚持，濮玉还是勉强接了。

坐在回家的车里，濮玉越想越觉得小夏是个不错的孩子，勤恳、朴实、孝顺，最重要的是不忘本。这么想着，她又给人事部的部长打了个电话。

"这么明显的走后门，Aimee，她不会是你妹妹吧。"

"算是吧。"濮玉笑。

电话打完，也到了家。濮玉进门，见管家站在门口，像在等她。

"祥叔，有事？"濮玉脱掉外套，交给下人。

"太太，易家的老爷子来找先生了。"

濮玉一怔，手里动作也停了，默了一会儿，她问："他们在哪儿？"

"在书房。"

濮玉上楼时，刻意地放轻了脚步，等走到林渊书房门口时，她意外地发现门没关严。门缝间，她看到易爸爸手拄着拐棍，声音竟然颤抖地问林渊："你妈妈是Ann？"

林渊冷笑："真难得，你还记得她的名字。"

"你是我的儿……儿子？"易坤直接老泪纵横了。

"遗传上，我不能否认身体里的确流着你的血，不过易坤你知道吗，如果可以，我最想从我身体里割除的就是同你之间的血缘关系。"

如果他和他之间是简单的父亲同私生子的关系，林渊是不可能那么恨他。

第五十三章　在开始的地方说再见

【在开始的地方说再见，再见面我要和你一直到永远。】

　　和绝大多数同龄人不同，林渊是长到很大时才第一次知道自己还有个父亲，确切说，是从他母亲口中听到关于父亲这个话题的。那时候他才从南美洲帮叶淮安跑完一个单回来，那笔单子叶淮安净赚粗算就有200万，美金。他还记得当时身材已经开始微微发福的叶淮安去机场接他，离着老远就满脸堆满了抑制不住的笑迎过来，边拍着他的肩膀边说："干得不错，在家休整几天，我安排秘书给你定去越南的机票，去看看你妈……"

　　叶淮安当时欲言又止，最后还是没架住林渊追问的眼神吐口："听说好像病了。"

　　结果那天，林渊没出机场，直接搭上了最近一班飞抵越南的班机。

　　到了他才知道，母亲是真的不好了。

　　胡志明市的天飘着细细雨丝，负责照顾母亲的夫妻俩在院子里张罗饭菜，炊烟远远飘向远方，一直到宅子外不远处路旁的那棵大槐树。槐树开着花，下面坐了两人，林渊伸手摘了朵头顶的花递给母亲，然后继续举着伞。

　　躺椅上的女人很美，皮肤很白，虽然上了年纪不过脸上依旧一点痕迹都没，她的长发是咖啡色的，由于生病的原因早剪短了。不过她说，短发也不错，看着人精神。

　　林渊却知道，她还是喜欢自己的长发。

　　"你盯着妈妈的头发看了这么久，我是不是有白头发了？"女人歪头看身后的儿子。林渊蹲下身子，真就仔细拿手指细细找起来，半天他收回手，说："一根都没有。"

　　"看来我还没老嘛？儿子。"

　　"你不老。"20岁的林渊其实还不大懂怎么和他的母亲相处，他是14岁时第一次见到Ann的，当时Ann才从胡志明市一家精神疗养中心被接出来，叶淮安帮忙安排的。大夫说，像Ann这种有创伤后遗症的患者，除非解开心结，否则，终身不愈。

他也曾提出让Ann去找他的那个爸，可Ann只说了句他早不记得她了，其他就再也没说。

今天是她第一次主动和自己提及父亲这个话题。

Ann说，我和你父亲是在一个很浪漫的地方认识的。

法国普罗斯旺小镇，不仅有着一望无际的浪漫薰衣草花海，还藏着许多让人不忍再想，一想就撕心裂肺的疼痛往事，Ann和易坤就是这样。

23岁的Ann有着中德两国的血统，她的父亲是中国人，母亲是德国人，家在德国一座小城里算得上显赫，只是家道中落。在Ann的印象里，中国男人总有着身边欧洲人没有的那种细腻浪漫，所以她从很小的时候就有那么一个梦想，将来找一个中国男人，谈次恋爱，然后结婚，生子。

见到易坤时，她百分之百确信他就是那个自己等了好久的男人。她还记得那天是八月十五，爸爸说，在中国农历的八月十五，可是一个重要的节日，她坐在佛罗里安咖啡馆里和两个一起出来旅游的同学边喝咖啡边看着窗外的小广场。咖啡馆外的人行道上，一支管弦乐团正在演奏一首《love story》，随着咖啡馆的圆玻璃门被进出的人打开关上，音乐声时大时小地传进耳朵。

没一会儿，Ann这桌多了三个男生，一个英国人，一个日本人，还有一个是德国人，三人和她们同校不同院系，这次因为参加了同一个自由行活动才在一起。

日本人是几个男生中最小的，穿件格子衬衫，外面套着毛线马甲，据说是拿了一等奖学金进他们那个专业的，是个典型的日式精英，可讲起英语来还是带着浓郁的日式特色，一顿一顿，像台可发声的打字机。他比英国人健谈，手舞足蹈用蹩脚的英文同Ann的两个同伴讲着笑话。那个英国人是文学院的，很少话，偶尔被问话，也是标准的伦敦音简短回答。他的声音低沉，做派倒有几分像英国绅士。

但终究也只是像，如果他真是绅士，哪会任由这个德国苍蝇不停地在Ann身旁骚扰。

Ann认识他，她家和他家中间就两栋房子，因为一次小事故，Ann对他没什么好印象。可之前就算再不好的印象，恐怕也比不上现在。就算天气不暖，她腿上穿着厚长袜，可也不代表她感觉不到他那只不停在自己腿上蹭来蹭去的手吧。

都是一所学校的，Ann不想撕破脸皮，她试图往旁边靠些，离他远点，也试图向同伴求助，可那两个女生不知怎么了，今天的注意力竟全被那个日本人吸引去了，就那么好笑吗？

Ann腾地起身："我去洗手间。"

"我们来前你不是才去过吗？我看到的。"德国人笑，笑得像个禽兽。Ann一时气急，都忘了该做什么反应了。

"怎么约了这么偏个地儿，我找了半天……"伴随着这个懒懒的声音，Ann第一次见到了她这一辈子的劫数，唯一的一个劫数。她还记得那时的易坤穿的是件翻着毛线领的大衣，黑灰格子的花式，扣子开到上数第二个，最下面那个却不知去了哪儿，没了扣子的束缚，衣角随意咧着，露出里面沾满尘土的黑裤子。

Ann也不知道她是怎么了，为什么会把逆光站着的易坤观察到细枝末节，包括他裤腿上的老鼠形灰渍，包括他掉了的那颗扣子位置残留的一厘米灰色线头，却没看清他的长相。

"愣着干什么，快给我让个地儿。"易坤揉揉她原本就乱草一团的头发，一屁股坐到了Ann身边，而Ann和德国佬也自此被隔开了。

德国人不乐意："你是谁？"

"这都没看出来？"易坤吸吸鼻子，手绕过Ann的肩膀，"她男朋友。"

桌上多个人，日本精英自然停下了冷笑话，他推推鼻梁上的圆框眼镜，听Ann的女同学问Ann："Ann，这是谁啊？"

"Ann的男朋友，我叫易坤。"易坤微笑着贴在Ann的耳边耳语，"我帮你摆脱了色狼，你请我吃顿饭吧。"

结果那天，Ann的"新男友"风卷残云地吃掉了Ann他们点的几乎所有的菜。饭局结束，两个女同学先走，把空间留给这对新晋的男女朋友。Ann看着还在剔牙的易坤："冒充我男朋友不会就为了骗顿吃喝吧？"

"那我不是还顺道帮你处理了一个色狼吗？"被揭穿的易坤不以为然。

"好吧，谢谢你。"

"想谢我就再请我吃一顿。"

"你不会没吃饱吧！"几乎一桌的菜啊。Ann睁大眼睛看着这个男人。

"饱倒是饱了。"易坤摸摸肚子，"半饱。"

于是Ann就这么和易坤认识了，她也不知道从什么时候开始，自己走到哪里，视线总不由自主地瞄向易坤，但每每被他发现，她又快速转开。

旅途是短暂的，很快到了离开法国的日子。坐在回程的航班上，Ann很沮丧，邻座的女生却叽叽喳喳，一一数说自己在法国的收获。Ann也没注意到什么时候身旁就静了，她也没发现易坤什么时候坐到了她身旁。

"瞧什么呢？没见过长得帅的？"易坤扬扬眉毛，一把搂过Ann，"没见过是吧？现在归你了。"

于是，在那班由法国飞往德国的班机上，Ann有了易坤这个男友，名副其实的男朋友。

易坤不读书，每天都去学校接Ann下课，他和她就像普通情侣那样做每一件情侣间该做的事，最终，在个雨夜，易坤被大雨困在了Ann的宿舍，两人到了最后一步。

真的很疼，Ann流了血，事后易坤光着身子帮她清理，Ann害羞得捂眼睛。易坤不乐意地拉下她的手："人都是你的了，还怕看，想不负责？"

"易，我想嫁给你，你会娶我吗？"

"哪来那么多废话？"易坤开始不耐烦，他看得出女人的沮丧，半天后，他使劲儿地挠挠头，"哎呀，算了算了，不就结婚吗？娶你就是了，等我回国和我爸说了就娶你。"

后来易坤就回国了，再后来他再没了消息，再后来Ann发现自己怀孕了，于是她背着父母办了休学去了中国。凭借着仅有的一张地址，她找到了易坤，不过那时候他身边已经有了妻子。

"易坤，我是Ann。""抱歉，我不认识你。"这是他们见面后说的话，唯一的对话，然后易坤就迅速离开了Ann去陪他等在远处的妻子。

"她在中国人生地不熟，当天晚上就出了事，对方是好几个男的。如果你真是我父亲的话，那我是不是该感谢你给了我这么顽强的生命力，竟然经过了那样还活了下来？"西湖的龙井伴着记忆的味道，散发浓香，缭绕到现如今已经有白发的易坤身边，早成了浓郁的忧伤，他哆嗦着手："当年我是逼于无奈，我没想到她会遇到那样的事。"

"我也没想到，自己身体里流着这样一个人的血。"林渊的轻笑声让易坤的脸彻底煞白了，他低下头："都怪我知道得太晚，如果我早知道，早发现你是我儿子，也许维琛就不会死了。"

不得不说，在门外听这段对话的濮玉终于知道林渊为什么恨维琛，包括他也是恨自己的，最起码是曾经。易爸爸从没真正正视过他还有这么一个儿子，林渊从没得到过父爱,是她还有维琛以及维安姐夺走了本该有他一份的父爱,不仅如此,还有那个过早逝去的美丽生命。

生长在浪漫花海畔的爱情最终长出了血色的花朵。

所以,当林渊说出他是不会放过易家的时候,濮玉放弃了最后一点劝说的想法。

易爸爸走了,临走前,他在门口看到了濮玉,那时的他,眼神是说不出的意味。

那年的三月九号,春风拂绿,几件事在蓉北悄然发生。才结婚没多久的影星范丽雅离婚了,蓉北城地铁二号线线路确定,奠基开工,蓉北副市长亲自到场剪彩,就在报纸上市长剪彩的头版头条相反的一面,一个角落位置刊登了一则关于蓉北某企业资债不抵,宣布破产的消息,也是在同一天,易坤在家脑中风。

濮玉才拉上行李箱的拉链,就收到了林渊的短信:"晚上我还想吃你烧的红烧鱼,双面煎焦的那种。"濮玉想想,还是回了他一条。在她知道林渊身世的这一个月以来,濮玉放下了全部身心,每天在律师事务所只处理好几个案子后就早早回家做好饭等林渊,到了晚上,她则放下全部的身心去爱林渊。

如果可以,她希望这种时光能一直到永远。箱子立在脚边,她抬起头又看了下这间住了这么久的房间,这才起身出去。闫宝祥站在门外:"太太要出去?"

"临时安排了出差。"

"需要告诉先生一声吗?"

"不用,我自己告诉他。还有,亚斯的太爷爷留他在那边住几天,不用你们去接了。"

"好的,太太。"

"那我走了,祥叔。你保重。"

"太太好走。"

出了林宅,濮玉拦了辆计程车,她报了地址,然后把视线转向了窗外。路旁栽着柳树,树才抽芽,远了看树枝像罩了层薄雾。濮玉看着看着,眼睛开始迷离。

车子很快到了目的地,他们永盛律师事务所的所在地,此时,楼下停了几辆黑色车辆,车牌不普通。濮玉付了钱,提着箱子站在楼下,等。

真的没一会儿，几个人队形诡异地簇拥着一个人从楼里走了出来。与其说是簇拥，不如说押解来得贴切。

不正当收购，这项罪名，不知法院会判你几年。

林渊。

站在距离男人十步远的地方，濮玉默默地说了再见两个字。

在开始的地方说再见，也许是我和这个世界告别的最好方式。濮玉遥遥目送着这个由她亲手搜集证据，再亲手送进监狱的，自己的终身最爱，心里的最后一口气终于松了。

我再也不欠这个世界什么了。

车子呼啸而去，旁边似乎有人在叫："有人晕倒了，快叫救护车。"

第五十四章　终场

【有妻徒刑。】

再看到外面的太阳是两个月后。

上午十点十五分，第九看守所的黑漆大门哗啦一声滑向两侧，露出来的那道窄缝先走出来一个蓝制服警员，他手朝外一扬，对着门里说："你可以走了。"

随着警员的声音，一个满脸胡楂的人从门后走了出来。

小刘警员在第九看守所干了有五年时间，见过各种犯人，可像眼前这个这么怪异的，他真第一次见。说起这个犯人的情况，小刘是有所耳闻的，在蓉北市算得上有头有脸的人物，经商，地产服装行业都有涉足，和自己这种拿死工资的普通老百姓不同。不过看到他，小刘就觉得，拿死工资也没什么不好，有钱又怎样，照样会犯事，照样被抓。瞧这人不就是，才进来那会儿，衣服每天穿戴得还是整齐，头发也是梳得好好的，样子不像是等待庭审的犯人，倒还像是换个地方办公的商人。

他会和同事要纸笔，每天都在纸上写写画画，刚开始时，领导担心他要花招，还要小刘拿了那人写的一张来看。看是看过了，真没什么玄机，满篇纸上写的只一句话，具体说是四个字。

濮玉，活着。

濮玉，应该是个人吧，小刘当时想。

可后来事情就变了。

有人来所里看他，会面时间是十分钟，小刘当时就守在门外。他也没见里面那两人交流多久，可自打那次见面后，小刘眼见着那人变了。那人的头发再没理过，胡楂是任意在脸上杂草般肆虐，在什么都不讲究的看守所，他也成了有碍观瞻的一个。

把自己从思绪中拉回来，小刘又冲那个走出几步的背影喊了句："好好做人，别再来了。"

也奇怪了，进来之后就鲜有表情的人听了小刘的话，竟然回了头："不会了。"

因为费尽心机把他送进来的那人已经不在了。

没一会儿，身后传来大门关死的轰隆声，看守所门前是片杨树林，细薄的树枝被风吹得沙沙作响，天上有鸟飞过，嘎嘎叫着，是只乌鸦。

"还看呢？看什么看呢？这种地儿没看连喜鹊都不来吗，净招乌鸦。"不用看，林渊就知道说话的是蒙里。

蒙里从一棵杨树背后走出来，手里拿粒石子不客气地往停在树梢嘎嘎直叫的乌鸦丢去。"晦气的家伙，给老子滚远点。"

"你胳膊再伸长点，直接把它逮下来煮了不是更好。"林渊淡淡地说，再没理会蒙里径直走上了小路。蒙里今天特意起了个大早，和他家的佣人徐妈问了好久去晦气的细节才出门的，为了他这婆妈劲儿，戚夕没少给他白眼："不就是蹲了两个月的号子吗，至于这样？"

蒙里知道，戚夕一直介意林渊当初接近濮玉的动机，老婆他是不敢忤逆的，于是趁着戚夕说累了去喝水的工夫他夹着一大包火盆蜡烛之类的出了门。

可眼前呢，他的哥们儿，不仅无视掉他特意准备的火盆元宝蜡烛，直接扬长而去不说，还把自己干撂在这儿了。"林子，我说你他妈等等我会死吗？"

踢飞地上一颗石子，蒙里从口袋里掏出手机，快速按下几个阿拉伯数字后，就开始对着电话那头还迷糊的人喊："老六，给我找几只喜鹊……废话，当然活的……"挂断电话他还嘀咕，"就知道吃。"

"喂！林子，车停那边了。"眼见那人走错了路，蒙里放弃先点根烟松口气的想法，大步地追了过去。

没多一会儿，车子打个弯，驶进了蓉北市郊的403公路。高速路段，车辆不多，偶尔开过的一辆也是飚足了车速，一闪从路灯柱前经过。蒙里却没开得很快，他双手扶着方向盘，眼睛不时看眼仪表盘，保证车速不低于路段的最低限速就ok。

开这么慢，其实并不符合他的做事风格，他想的是借着路上这段时间和林渊谈谈。可再看看坐他旁边一身旧衣服却依然气定神闲的林渊，他这是压根儿没和自己谈的意思吗？

蒙里冲车顶翻个白眼，再一打弯，把车子驶进了公路中段的一处加油站。

天气转热，没人来加油，加油站的工人靠着墙角头一点一点地打瞌睡。听到车声，他一个激灵醒过来，拿袖子擦掉嘴巴上的口水印后，几步朝蒙里的车跑去:"先生,要哪种?"

蒙里没理加油工,自己反而下了车,他绕过车头来到副驾驶这边,弯腰敲敲车窗:"喂,林子,出来下,咱谈谈。"

林渊终于淡淡看了他一眼,然后下车。蒙里拉着林渊离开车子,临走前对还在发愣的加油工说:"97号,加满,还有,兄弟,慢点加,我们不赶时间。"

加油工心想,这头回听说,加油慢点加,咋加法,他正嘀咕,迎头飞来包烟,他手忙脚乱了半天才算接住。

呦,黄鹤楼,好烟嘿。加油工吹声口哨,朝正走远的蒙里喊:"得嘞,您哥俩慢慢聊。"

"要谈什么?"林渊走到加油站边上地方,拣块高出来的水泥地面坐下,"要谈什么,说吧。"

本来窝了一肚子话的蒙里被林渊这么一问,一时反而蒙住不知该说什么了。他猛地挠挠头,总算理出了头绪:"林子,世邦因为这起官司被处罚了巨额的罚款,董事会已经集体表决把咱俩踢出了世邦,你就没点想法?"

"什么想法?"林渊仿佛一下子没了原来那种傲视一切的霸气,竟然扯了根毛毛狗调戏地上爬的蚂蚁。蒙里这下真气了:"什么想法,你还问我什么想法,我们俩现在是穷光蛋了!你还给我玩没想法。"

"穷光蛋开豪车,加97号汽油,拿几百块的香烟打发小工。"林渊也拿"你在和我开玩笑"的眼神看蒙里。

蒙里从来拿林渊没辙,就像现在在家他只能让老婆小七称王称霸而舍不得说一句重话一样。他瞪着眼珠子看林渊,却想不出该怎么回嘴,最后,林渊拍拍身边的空地:"不是想聊天吗,正好我有事想问你,陪我聊会儿。"

"聊什么?"蒙里没好气地问。他看林渊一直看地上的蚂蚁,于是不耐烦地拍开林渊的手:"大男人家家,玩蚂蚁?"

"在法国,濮玉看书时总爱溜号看窗台上搬家的蚂蚁。"

那时候濮玉就爱和他说,林渊,每天睡到自然醒,然后趴在窗边数蚂蚁是世界上最惬意的生活方式。

那时候林渊就问,那我做什么。

当然是陪我一起看蚂蚁了。濮玉使劲挽着他的手,回答得理所当然.

那时候的濮玉以为她和林渊的幸福是命中注定好的。

第五十四章 终场

她不知道的是那时候的林渊是在爱与恨的夹缝中徘徊着痛苦，他以为自己该恨濮玉，一个和易坤完全没有血缘关系的人却得到了那么真实的父爱，他觉得自己像躲在阴暗角落里的尸虫，充满了恨，他想把这恨报复到濮玉和易维琛身上，可慢慢他发现，自己再难逃避开属于濮玉的灿烂阳光。

有时候他觉得，生活最爱做的事情，就是做个旁观者，高高在上地坐在一旁，嘲讽地看着人类种下仇恨的果子，再然后自食恶果。他现在不就是这样吗？后悔，后悔到不行。濮玉从没阻拦过自己报复易家，却选择用自己的方式报复了他。

眼睁睁"看着"她离开，自己却无能为力，这是对他最大的惩罚。濮玉，很狠。

"她走的时候，痛苦吗？"

"小七说……挺平静的……"蒙里的脸纠结成一幅抽象画，他张张嘴想了几句安慰的词，却在开口前就在脑子里否决了。晃晃头，他还是选择了自己的方式，一拳打在林渊肩膀上："林子，你这样不行你知道不！"

太阳渐渐升到了头顶，草丛里一只大号蚊子扇飞了几只弱小的同伴飞进加油站，选定目标后它停稳，然后刺了进去。

啪一声响，加油工看看掌心那摊血，咂吧咂吧嘴，他扯个懒腰看向远处，撇嘴表示不懂："我们加油站哪里好了，喜欢在这儿聊天，挨蚊子咬吗？有钱人，真是搞不懂。"他摇摇头，闭起眼，继续刚刚的瞌睡。

进入六月，戚夕发现蒙里越发烦躁了。一天傍晚，饭桌旁，戚夕拣了一块鱼肉放进嘴里慢慢嚼着，眼睛也慢悠悠浏览着面前的时尚杂志。

"蒙里，办杂志赚钱吗？"

"赚吧。"蒙里拿筷子第N次捣碗里的米饭，却没吃。

戚夕装作没看到，又翻了一页，然后支着下巴："老公，你说我现在画不了画了，办本杂志好不好，我不喜欢整天待在家里，像米虫。"

"做我的米虫不好吗？不过只要你喜欢，办杂志就办杂志，钱我给你出。"蒙里放下筷子，伸手捏了下戚夕的脸颊，戚夕笑："老公你真好。"

低下头，戚夕继续吃饭。

"老婆，和你商量个事。"

"说。"

"我想起老六晚上找我有事,我不能陪你吃饭了,好不好?"

"呵呵。"戚夕微微一笑,"不好。蒙里,限你三个数老实交代脑子里想什么坏事呢,否则……"戚夕哼哼一声:"晚上别进我房。"

"别啊!"蒙里一听就急了,才新婚没几个月就不让他碰她,这不要了他老命,朋友和老婆间,蒙里果断地选明了阵营:"老婆,我和老六他们合计着给林渊找了个女人……"

"蒙里,你想死啊!你当我们阿玉死的,给她老公找女人!"

"濮玉可不死了呗,还是你和我说的呢……老婆……"蒙里突然觉得哪里似乎不对劲。

六月十一日,在蓉北市唯一一处靠海的位置,一场婚礼在幸福地举行。太阳下,颜珏站在沙滩旁,背对着所有女宾抛出了手里的捧花,白色花束落到一个身形微胖的女人手中,她脸上露出尴尬,把花递给一旁的另一个女宾:"抱歉,要不这个给你吧。"

"表姐,干吗给别人,是你的幸福啊。"新娘子摇曳着裙摆走向那女人,她还想劝什么,突然从人群后方传来一个声音:"接就接了,还怕我不娶你不成?"

濮玉微笑着看数月没见的男人:"可我不嫁穷光蛋。"

"放心,我会养殖致富。"

"你不怕我再把你送监狱去?"

"进去就再出来,何况里面条件也不差,当换个地方静思了。"

"我不知道自己什么时候会再发病。"

"她会保护你的。"林渊双手环住濮玉腰上,小腹位置,一个凸起已经开始明显了,"你的问题问完了,该换我了。"

"你也有问题?"

"不是问题,是个要求。"林渊执起濮玉的手,"亚斯出生的时候,我不在身边,这个孩子,我要看他出生,然后再陪着你们一起到老。"

"林先生,你这算是给自己判了个无期徒刑?"

"错,是有妻徒刑。"

老婆,我很幸福,真的。

第五十四章 终场

尾声

杰森太太家里五口人，有她，丈夫尼德·道格拉斯·伍德杰森先生，大儿子麦克、二儿子伍德，小女儿杰西。

他们住在悉尼东区迈克大道508号，杰森先生今年45岁，在一家印刷公司做文职工作，工作性质的关系肚子早早就出现个凸起，走起路来，摇摇摆摆的像企鹅。拿杰森太太的话讲，她并不指望这样的丈夫还能带给她什么生活激情。他们就像大多数这个年龄段的普通悉尼夫妻一样，早上目送孩子上学，晚上回到饭桌旁，旁边开着电视声，一家人偶尔说句话，大多数是默默地吃饭。

他们的夫妻生活也不多，最近更是少，一个月一次？一天上午，杰森太太在花圃里拿着水龙头浇花时，出神地想。

隔壁传来一阵车声，杰森太太开始并没在意，继续调节着水流粗细浇着花，可等过了一会儿，当那声音欢快得再不能让人忽视时，杰森太太回过头，也是在同时，她看到一个小姑娘正在她家隔壁的院子里跑圈，嘴里还不停喊着："哥哥，快来抓我啊。"

那个小女孩就四五岁模样，穿着一件茉莉印花的散边小裙子，脚上踩着一双白色小皮鞋，头上扎根和鞋子同色的发带，头发是自然卷，脸上带着婴儿肥。比她自己的小女儿还可爱啊⋯⋯这念头一在杰森太太脑子里浮现出来，她立刻仰头祈祷："主啊，饶恕我的罪，我为什么拿我的女儿和别人攀比呢。"

"夫人，你也信上帝吗？"杰森太太正闭着眼，耳边传来个小小软软的声音，她睁开眼，看着篱笆那头正抬头看自己的小姑娘。她被小姑娘那双透明的眼睛吸引了，不禁露出个发自内心的笑："是的，小姐。你也信吗？"

"恩，爸爸说是上帝把我赐给了他，还有妈妈。"小姑娘唇红齿白，朝身后招手，"爸爸，这里有位夫人也信上帝，下次我们做祷告，可以邀请她吗？"

"Happy，你跑得太快了，小心摔倒。"随着小姑娘的声音，杰森太太先看到了一个坐在轮椅上的少年，再然后，她看到了随后而来的她的新邻居，Mr.Lin，以及怀孕八个月，就快生了的Mrs.Lin。

后来她知道了，Mrs.Lin曾经生过一场很严重的病，是因为那个意外而来的Happy，Mrs.Lin才活了下来，医生说，生育在某种程度上能避免这种病再复发，于是杰森太太听Happy说，爸爸的计划是五年生一个。

杰森太太当时看Mr.Lin的眼神，立刻敬畏起来，其实她心里想的是，这对夫妻结婚有十多年了吧，怎么还这么恩爱。

再后来做邻居久了，杰森太太发现Mr.Lin真是疼他太太，为了让Mrs.Lin过上富足的生活，他，一个华人，竟是白手起家在证券市场做得风生水起，而她的老公，杰森先生，也逐渐从开始对Mr.Lin的瞧不起，到之后的成为至交，当然，就这段友谊来讲，杰森太太也不是完全没有好处的，这不，几年后的一天，杰森太太和Mrs.Lin几乎同时被推进了悉尼一家私立医院的产房。

只不过不同的是，杰森先生依旧不善言辞，除了挠头便只会说："Don't worry, everything will be ok！"

而林先生依旧深情，进手术室前，杰森太太疼得龇牙咧嘴还是看到Mr.Lin在Mrs.Lin额上轻轻地一吻，然后说了句话。

至于说了什么，恐怕只有Mr.Lin和他的Mrs.知道。

林渊说的是，我愿爱你，终身为期。

番外一　起名记

林渊的第一个女儿出生在夏天，那几天，天一直在下雨。濮玉的预产期还在一周以后，可阵痛就在大家都没准备的时候毫无预兆地来了。当时林渊还在客厅给濮玉切水果，卧室就传来了动静。

接下来是手忙脚乱地准备东西，出门，林渊本来还带着伞，可才出门，这场下了几天的雨竟然就停了。厚重的灰色云层慢慢劈开一条细缝，刚好露出阳光，照在濮玉眼前的地上，疼得直冒汗的她突然朝林渊露出一个微笑："这是个受上天眷顾的孩子，她应该会很幸福。"

因为濮玉这句话，林渊的第二个孩子，她的女儿有了名字。

林幸福。

可林渊没想到，他才和生产结束，正恢复体力的濮玉提出，就遭到了否定。

"总要有个原因吧？"林渊把枕头垫高，让老婆躺得舒服些。

"林幸福、林幸福，临幸、临幸。"

"有那么夸张？"

"现在的小孩子想象力都超级强，我可不想以后女儿长大了让他们学校的坏小子占便宜，你想？"濮玉轻轻瞥了林渊一眼，"要是真喜欢幸福这个名字也行，孩子跟我的姓。"

"濮幸福，不幸福。"

于是夫妻二人，一个前律师现产妇，一个前总裁现下岗职工，为了他们女儿的名字，在医院病房里争得不可开交。

"林钟情、林钟情，临终、临终。林先生，咱们女儿才出生。"

"濮钟情，不钟情，老婆，你想咱们女儿以后嫁不出去？"

结果争到最后，已经在婴儿床里睡着的小婴儿有了林快乐这个名字。

林快乐，happy，happy birthday。

番外二　我喜欢了你很多年，只是害怕你知道

1997年，樱花开的时节。

邱医生拿着医用电筒，照完他的左眼再照右眼。

"你叫什么？"

"蒙里。"

"记得你父亲的名字吗？"

"蒙秋实。"

"母亲呢？"

"艾萍冬。"

"能和我完整地表述一下你现在身体上有什么感觉吗？"

个头一米八多的大男孩坐在椅子上，歪着头："有些累，舌头硬，腿有些沉。"

听了他的话，医生又拿出听诊器按在他胸口，换了几处仔细听了半天，之后又拿个小锤在他身上左右敲了敲，做完这一切，在蒙家做了几年私人医生的邱医生总算长长舒了口气，他转身边收拾自己的设备，边对站在一旁的蒙秋实夫妇说："蒙先生，恭喜啊，令公子的病算彻底好了。"

也几乎在同一天，城市的某个圈子里开始传起这样一则消息，因为意外痴傻五年，一句话没说过的蒙少爷，在一次失踪归来后，好了。

蒙秋实把儿子的康复归功到了自己常投资慈善事业的关系，而艾萍冬则比儿子康复前更频繁地到庙宇去进香。只是两个做家长的都没注意到已经好了的儿子开始频繁地往外跑。直到一天，去观音山拜了观音提早回家的艾萍冬发现儿子出去了，问了家里下人，这才知道儿子蒙里最近几乎天天都是这个时间出去，下午五点，是去见谁吗？

于是，当天晚饭，在饭桌上，艾萍冬问了蒙里："儿子，妈妈问你，你每天出去，是去见朋友吗？"

17岁的蒙里放下筷子，点头："妈，能帮我个忙吗？"

儿子没出事前，性格就文文弱弱的，从来不像其他他这个年纪的男生那样整

天打打闹闹的，就知道疯玩。现在儿子身体才恢复就要求她这个做妈的帮忙，艾萍冬看了眼老公，也放下筷子："说吧，儿子，什么事，妈妈肯定帮你。"

"妈，我想读书。"

"这个容易，一会儿吃完饭我就给你薛阿姨打电话，她是市八中的校长，我让她安排你进去读书。"

"妈，我是要读高中，一中，我要进高三八班。"

艾萍冬：……

T市一中，市重点高中，每年从这里考取清华北大这类重点大学的学生数都要占全市总数的三分之二往上，高三八班更是毕业班中的重点班之一。可今天班主任白暮彦眉头却皱得紧紧的："校长，你安排个之前只读了初一的学生来进高考种子班，这不是开玩笑吗？你平时还说和我们要升学率升学率，现在就这么给我们'帮忙'啊！"

刘校长也觉得这个事很棘手，他也不想影响自己学校的升学率，可问题是，这事他真没法开口拒绝。眉头皱得死紧，刘校长猛地吸口手里的香烟，他寻思了一会儿，心里似乎打定了主意："这么的，算旁听，高考成绩不计入八班，总行了吧。"

"那也影响我们班的学习氛围啊。"白暮彦翻个白眼。刘校长直接起身，绕到桌旁伸脚就踢："没完了是不是！"

"得，我就委屈一次，记得成绩不能算在我们班啊！"白暮彦弯腰使劲在不知什么时候蹭脏的皮鞋上蹭了两下，昂首出了办公室。其实社会就是这样，在班级里，老师喜欢好学生，在单位，领导偏宠好员工。

白暮彦来到五楼，三年八班是高三最后一个班，教室却被安排在走廊倒数第二间。还没走近，白暮彦就看到一个长相白净清秀的少年站在教室门口，他肩上背着书包，视线却看向了八班隔壁。白暮彦撇撇嘴，走过去："你是蒙里？"

"嗯。"

"跟我进来吧。"白暮彦话音才落，下课铃就响了，教室里的学生开始蜂拥着出教室。几个长头发女生手挽着手拉横排去厕所，经过白暮彦身边时，其中一个扎着辫子，齐刘海的女生朝白暮彦嘿嘿一笑，露出一排好看的牙齿："白老师，麻烦借个光呗，不然多影响我们几个的安定团结啊。"

白暮彦摇摇头："就你们这些小女生，去个厕所还拉帮结伙，影响安定团结？信不信我直接让你们这个'非法组织'立刻土崩瓦解？"

"白老师，我们错了！"说话的还是那个齐刘海女生，她吐下舌头，喊了声口号："横队变纵队，跑步走……"

看着几个跑得裙角飞扬的女学生，白暮彦突然想起什么："戚夕，告诉你们班长，赶紧把我们班的样板试卷还回来！"

"知道了，白老师……"

蒙里的目光顺着声音一直延续到看不到人影的走廊转角，原来她叫戚夕。

从此，每当七班的第一名、他们班的数学课代表戚夕甩着辫子，抱着作业从八班窗外经过时，窗子内总有个目光一直目送着她，直到从八班的窗再看不到她。

高三的一年，就在这种目光的追逐中渐渐走到尾声。让白暮彦惊讶的是，当初他明显担心会扯后腿的人，现在的成绩竟然也排到了班级第二十。这天晚自习前，他把蒙里叫来办公室谈话。七人间的办公室，除了文科班教地理的王胖子正趴在世界地图上流口水打瞌睡外，就白暮彦和蒙里了。

白暮彦竟不知道该怎么开口，直到王胖子一波"洪水"淹了新几内亚地区，他才找到感觉："蒙里，最近成绩提高得很快，听说家里给你请了几个家教在补课。不错。"他干笑一声，进了主题，"想好考哪里了吗？"

白暮彦有自己的主意，如果蒙里发挥稳定，考个一本靠后的学校绰绰有余，虽然成绩不足以让学校风光，但也是重点。只是他没想到，蒙里的回答会是："白老师，我要考清华。"

考清华！白暮彦当场死机。

那天，下了晚课，时间是晚上八点，冬天，天已经黑了。学校门口聚了不少来接孩子的家长。蒙里收好书包，慢悠悠在后面走着，冷不防一个人挡在了他面前，戚夕昂着头，依旧是骄傲的公主。"你是八班后进来的那个插班生？"

蒙里心跳得厉害，他第二次离她这么近，半天他讷讷点头："嗯。"

"也打算考清华？"

"嗯。"他的心跳得更厉害了。她是怕我和她竞争吗？蒙里这么想，随即又觉得自己想法龌龊。

"那加油吧！"戚夕拍拍他的肩膀，然后竟凑到他耳边，"别再让白老师小看了你。"

"嗯!"

蒙里激动,虽然这个把自己"唤醒"的女孩儿并没认出他就是那天那个被人围殴的小"弱智",但她真是个好姑娘。

他真的很努力,可高考的东西不是一年抵得过五年的事情,那年高考,他以五十分的差距失去了去清华的资格,由于不服从任何调剂,又重新回了一中复读。

毕业那天,他看着人群中笑容灿烂的戚夕,说的是,等我一年。

一年后,他终于考上了清华,不过那时的戚夕身边,早多了个顾小平。

他站在离她一年距离的地方,看着她和顾小平恋爱、自己却连表白的机会都没有,其实他知道,他心里还是自闭的,他不敢。

可后来,他听说戚夕出了事,顾小平不要她了。他欣喜若狂,求了母亲去戚家提亲。

那天,他穿了件白衣裳,坐在戚家客厅里,等着母亲和戚夕妈妈她们谈的结果,戚夕却先下了楼,她拿一种陌生的眼神看着他:"你一直喜欢我,却不敢说,是不是?告诉你,像你这种没种的男人,我看不上,永远都看不上!"

戚夕的话像把刀,把他藏在心里多年的心事撕得粉碎,再后来,他听说戚夕退学去了别的城市,而他随即也退了学,开始成为一个真男人。

若干年后的一天,当右手受伤的戚夕听男人说起这段过往时,她哭着骂男人:"你怎么那么没皮没脸啊,换了是我,看到当初甩我的女人落魄,我只会带着更好的女人从她眼前傲娇地走过,这样才解气啊!"

男人牵起她左手:"不是没这么想过,只是爱得太久了,已经习惯去爱你了。"

番外三　不一样的烟火

濮远扬

其实，我从没想过自己会有忤逆父亲的一天。

至少在答应父亲从美国毕业回来就接手芙蓉里之前，我从没想过。

第一次见星星时，我站在公司的上行电梯，看着右手边的红色阿拉伯数字一点点变化。

电梯门开，一个捧着一大摞手打文件的人进了电梯。

文件太多，我只能从文件下面露着的一字裙角判断那是个女人。

也是文件太多，她进来，我出去，她直接散了手里的文件。不得不说，她满头大汗还得蹲在地上拼命捡文件的样子，嗯，很狼狈。

她堵在门口，我想出去就成了难事。

我和设计部经理约的是十点见，现在已经九点五十八了，而我不喜欢迟到，所以我选择开口："Miss，你挡住路了。"

"你没看见我东西掉了吗？Gentleman。"她抬起头，直接还我以颜色。

那是张年轻的脸，长相没有十分出色，在看过许多美女的我的眼里就算普通，只是眼睛很大，亮亮的。她表情带点稚气，看得出刚进社会不久，可她看我的眼神却犀利得很，一双眼睛分明在说：身为Gentleman，这种情况不该伸出援手吗？

我有点好笑，帮忙并不是义务，不过我还是蹲下身去帮忙，因为我的确算半个Gentleman，选择性的。

那天我赶时间，所以我做Gentleman。

不过那天我还是迟到了，几张文件夹在电梯夹层里，怎么也扯不出来，没办法，赶时间的我最后放弃了做绅士，看了眼扯着手里几张残纸的她，我离开了，离开前我听到她说句，这下完了。

我以为我和她就这么完了，可我不知道，一切才开始。

那星星

我拿到芙蓉里的实习通知时，丁咛就和我拍着胸脯打包票，这份工作我做不了多久。当时我很不服气，于是就和她打赌，赌资是一个月的晚饭。

所以那天晚上，当丁咛幸灾乐祸地吃完两大碗麻辣烫时，我终于愤愤不平："要不是为了不撞到那个男的，我哪能弄散文件，如果不是这样，我又怎么会把那几个关键页弄坏掉。"

丁咛吃得满嘴辣椒油，拍拍我的肩："行了丫头，资本家的饭不是那么好吃的，你还是回来和我做无产阶级吧。"

"可我怎么觉得我是被剥削阶级你是剥削阶级呢。"捧着下巴，我满脸忧愁地说："丁咛，我口袋可就20块，你悠着点吃。"

看到她起身去选第三碗的料，我为正趋于赤字的余额忧愁。

让我没想到的是，我的这种忧愁情怀只持续到了第二天翻译课下课。昨天亲自对我颐指气使，让我卷铺盖走人的那个排骨精竟然打电话给我，谈话内容无外乎问我怎么还不去上班。

天知道我是被哪个脸上涂了五厘米厚粉的排骨精辞退的。按照我的脾气，是好马不吃回头草，不过丁咛说，芙蓉里是难得的好草，不吃太可惜，而且那段时间我的生活费也快没了。所以当天下午，我站在公司大楼12层的经理办公室里，和一个西装革履的富二代上演重逢的狗血戏码。

"李经理让我来和副总报到。"我在空荡的办公室里看了一圈，最终不得不把目光落在他的身上。

"你觉得我不像副总吗，那秘书？"

好吧，我就从一个被辞退的实习生莫名其妙地成了他的秘书，在我大四还没毕业的时候早早找到了工作。

不过我不觉得我是犯了桃花，因为那个叫濮远扬的男人，是我的噩梦。

"那秘书，后天的会议提前，议程表现在去拟好然后复印出来发到各部门。"

"那秘书，我的咖啡，三分奶半颗糖。"

"那秘书，鞋子换掉，你今年50岁吗？"

那个会议内容三项既定七项待定，我还在等部门经理的意见！

那个咖啡上周还是不加奶一颗糖！

那双鞋是我花了半个月薪水买的！

对这样的上司，我只有说一句话，操蛋的濮远扬！

濮远扬

我来公司有一个月，一切似乎顺利，也似乎不顺。

就像今天，我在董事会上提出的几项关于芙蓉里的改革措施，跟着父亲打江山的那群元老看似附和，每条却总想出这样那样的理由反对。

回到办公室，我拿起桌上的水杯紧紧握在手里站在窗前。窗外，青黛色天空映着下面的车水马龙，我心里一阵气闷。

"濮总，企划书我拿回来了。"那星星敲门进来，我听到文件夹放在桌上的声音。

说句实话，我不喜欢这个那星星，再说具体些，我不喜欢一切靠关系被安排进来公司的人，我听说那星星就是芙蓉里的某个元老打招呼又重新被招进来的。

可她似乎和我想的有些不一样，工作没想象的那么草包，人也很细心，譬如面前这杯咖啡。

"不加奶不加糖，你这星期的口味。"她放下咖啡就要退出房间，我突然就想把她叫住，事实上我真把她叫住了："那星星？"

"濮总有事？"她躬身立在我三米远外，低着头，看也没看我，我不知道自己怎么了，从来不爱把话说白的我那天就问了。

"你讨厌我？"

"彼此彼此呗。"我看到她嘴型是这样的，耳边听到的是"没有，不敢"。

没有，不敢，我笑了，也突然释然了，比起那群看似和蔼的老家伙，这个那星星真实得多。我坐回位子，拿起她才放下的文件夹，翻了几页又重新合上，随手丢回给那星星："拿出去碎了。"

她倒听话，拿了文件原路出去。

我一个月的心血就这么被碎纸机碎了。

那星星

下午四点四十五分，离下班还有十五分钟，我接到了丁咛的电话。那丫头平时说话就一惊一乍，这次更多了份神神叨叨。

我正在弄份文件，歪着脖子夹住电话，我不留情地把丁咛的絮叨无情阉割了："三秒钟，说重点。"

"星星，我恋爱了。"

"嗯，这个月第几个了，上个是体育部部长，上上个是那个头发像稻草的摇滚少年,再往上……"

"那星星,你是不是我朋友啊!"

在我看到濮远扬那双眼睛时,我条件反射地说了"不是",顺带把丁咛的电话扣死了,天知道那丫头会怎么和我秋后算账,我只看我眼前的生死。

"濮总。"在芙蓉里待的这段日子,我养成了见领导就起立敬礼的好习惯,虽然骨子里我鄙视这样卑躬屈膝的我。

可没办法,再两个月我就毕业了,我需要这份工作。

"那星星,到我办公室来一下。"他脸色不辨喜怒,先开门进去。

我什么也没说,跟着进了副总办公室。

我没想到,我才进门直接被他圈在了墙角。

"那星星,你是故意的。"他离我那么近,我不敢呼吸,因为我一呼吸,就闻得到他的鼻息。

我控制住不让自己的心跳得太快:"濮总,我不懂你在说什么。"

"那份企划书,我不是让你拿去碎了吗,怎么就到我父亲那里了。"他目不转睛地看着我,其实他长得不难看,如果他工作时不那么变态,我会觉得他是个好男人。

"因为我真觉得那份计划做得不错。"

濮远扬的那份计划我是在昨天去董事长那层楼找黛姐时托她递给董事长的,没想到这么快就有了结果。

只是不知道结果是好是坏。

濮远扬

父亲找我的原因,我很意外。

我是个从来喜欢靠自己的人,可那天父亲告诉我他支持我的时候,我心里的感觉是说不清的。

后来我找了多管闲事的人,那个那星星。

但她只是说,她觉得这个计划不错。

好吧,这句实话我很受用。于是我放她走了,其实我也不知道是我不气了才放她走的,还是她身上的香味特殊,让我心悸。

从那天起,我开始有意无意地留意她。她头发总扎成不高不低的马尾吊在脑后,露出白白的颈子。她也喜欢喝咖啡,摩卡,加一勺奶一粒糖,一成不变的习惯，她却总习惯我多变的要求。后来我发现不是她记忆力好，她有个小本子，上面记着我的各种习惯。

阴天喜欢喝黑咖啡，不加奶加糖；喝过黑咖啡后一般要喝一周左右的加奶咖啡，两勺奶一颗糖……

关于咖啡这一项就足足十五条，后面还有什么中午把靠枕放在沙发上，给我午睡用。我说我怎么记不起什么时候有了那个时有时无的靠枕。

后面还记着下午大约一点十五分时在门口弄点声音，我就会醒，括号备注着，不要敲门进去叫醒，有起床气……

我真有起床气吗？想起每天门口那个咯噔声，我点头，好像真有。

五页纸用工整笔迹记录了我从生活到工作的各种习惯，有些连我自己都没发现。

其实我真该感动那星星这么关心我，注意我，如果她那个本子的扉页写的不是《针对变态老总习惯的108招》。

变态老板打算找那星星谈谈。

她不在位置上，我在水房找到了她。下午五点一刻，公司该下班的人都走光了，她捂着肚子弯腰在饮水机前接水，表情痛苦。

那星星

我爸说我是贱养的丫头，所以贱养的丫头从小没生过什么病。

肚子疼了一个下午，我终于确定了不是大姨妈来了，不过下班后我还是决定去喝杯热水压压，毕竟人都有侥幸心理，不想自己生病。

可这也太疼了吧，妈的，人都要晕了。

我真晕了。

晕倒前，我看到濮远扬一张放大的大饼脸在我面前晃来晃去，拼命摇晃我的肩膀不说嘴里还不停地问："那星星，你怎么了？"

我说，濮大爷，你敢不敢再轻点摇啊，老娘很晕的。

再醒来时，身上麻麻的，特别是肚子那里，我伸手去摸，却摸到一颗毛茸茸的头。

濮远扬睡眼蒙眬，皱着眉揉揉头："你醒了？"

"这是哪儿？"我喉咙有点干。

"医院。"

"我不住院！"我情绪有点激动。

"你才动了阑尾炎手术。"

"谁要你在我身上动刀子的。"想到在这里躺一分钟，我银行卡上就要少那些数字，我肉疼得想马上离开这里，事实上我正在把这个想法实现。

濮远扬肯定觉得我不识好歹、不可理喻，他把我按在床上："你是急性阑尾炎，不动刀行吗？"

"我死了也和你没关系。"我依然不管地想起身。

我没想到濮远扬直接吻住了我。

濮远扬

吻她前，我其实没什么其他想法，就是想让她安静下来，别再这么闹腾下去了。

医生说那星星的皮肤属于敏感型、难愈合，刚手术完照她这个动法，伤口非扯开不可。

她也很意外，所以最初就傻傻地张着嘴任凭我的唇压上她的。

她身体有种特殊的味道，让我心悸，所以没吻多一会儿，我就离开了。

"你的命是我捡回来的，想死，先得经过我同意。"我看着面色绯红的那星星，身上开的那一刀让她脸色发白，那个吻却让她脸颊泛起了红。

她眼睛闪着光，看看像在委屈，半天，她拿手背拼命蹭蹭自己的唇："濮远扬，你浑蛋……那是我初吻！"

我突然觉得很好笑，在这个连初夜都快绝迹的现在，竟然还有人记得初吻这个东西。

已经走到门口的我折返回床边，揽住她的脖子，再次吻了下去。

这次我知道了她有两颗不大的小虎牙，舌根的软肉是栀子香的，吸住那里时，那星星身子终于软下来了，我内心的某处也变了。

之后的一天。

宫二一个电话大半夜把我从床上揪起来，我是带着起床气去公安局接他的。出了公安局大门，我还没来得及把心里的怨气撒他身上，那臭小子就撒丫子跑到道旁去抱他家宁黎黎了。

"黎黎，不是告诉你我肯定没事的吗，你怎么还在这里等，等很久了吧，看，手都冻僵了。"

宫二你大爷的，老子大半夜捂不了暖被窝出来给你这个打架斗殴的二世祖擦屁股，你倒好，只顾着陪女朋友。我气了，一腿直接伺候上了宫二的屁股："你这个见色忘友的家伙。"

宫二揉揉屁股，越过宁黎黎眼光同情地看我："兄弟，那是你没遇到真爱，遇到了指不定早把我们忘了呢。"

宫二是我朋友里花到不行的一个，可自从认识了宁黎黎，拿圈里人的客观评价是，他彻底从良了。

真爱？我没见过，我唯一清楚的是父亲有意无意介绍我认识的那几个女人，不是。

想不清楚这个问题的我回家蒙头大睡。后来我的梦里出现了一个女人，张牙舞爪指着自己的肚子对我说：濮远扬，谁允许你把我阑尾切掉的！

她是个有意思的女人，喜欢做，不爱说，了解我比我了解她多，眼睛里总藏着很多心事。

明天她就回来上班了。

可第二天，我去公司才知道那星星辞职了，连带辞呈还有1563块5毛钱，我给她垫付的手术费用。

那星星

接到老家的电报，我提前一天出院，去公司办了辞职。

手续走得很快，我拿到我这个月的工资2148元。离开前，我去了濮远扬的办公室把其中1563.5元放在他桌上。我不习惯欠人，特别是他。

下楼时，我拿着银行卡去了离芙蓉里总部五十米远的农村信用社，把卡里所有的钱全寄回了老家，两万块，我读书四年打工外加节省下来的生活费。

可这个数字离舅舅说的手术费还是有着很大的距离，外婆的病不能等，我没别的选择，只能辞了芙蓉里的工作另外想出路。

来金安第十天，我还是不习惯酒精的味道，可是没办法，只有把客人陪开心了，我才拿得到比较高的小费。

今天的客人有些难缠，我被灌了五杯，趁着刘总那双咸猪手还没伸向我，我借口去了次洗手间。对着马桶盖，我的胃翻江倒海，刚刚那五杯酒连同来前我吃的那块萨其玛，只一口就全被我吐个精光。

吐完了，身上舒服了些。

我趴在马桶盖上，旁边是自己才吐的那堆污秽，突然想起我那个蹲了一辈子大狱的爸爸说的一句话：这丫头，天生的赔钱货贱骨头。

穿着袒胸露背衣服的我真成了他嘴里的贱骨头，可我不是赔钱货。

门外，一个包房的姑娘来敲门："喂，丝丝好了没，刘老板不耐烦了。"

"好了。"我起身，对着镜子又拿唇彩补了补，灯红酒绿下，只有妖精才有钱赚，我现在就要化身妖姬，去采撷我的唐僧肉。

出门时，迎面走来一群男女，看样子也是喝高了，东倒西歪，走路不走直线的。

绕开他们那群人，我推开408包房的门，刚刚还坐满人的包房现在却空荡荡的，我正疑惑着，有人从身后把我抱住了。

"丝丝，知道你害羞，我把那些碍事的都打发了。"刘老板满身的酒气，熏得我发晕，"现在就咱们俩，你把我陪好了，好处我少不了你的。"

"我只陪酒的，刘老板。"我努力地让自己平和地挣开他的咸猪爪，可才把他的手从腰间拿开，他直接抓上了我的胸，那瞬间，我觉得我胃里仅有的酸水都开始翻腾。不只如此，他还在亲我的脖子。

"别装清高了，你这样的人我见多了，开始都说清高，清高能来这里，不就是为了钱？你陪我一个月，我给你十万，怎么样？"

十万。

舅舅电话里说，外婆的手术初步费用是十五万，这十万……

那刻我真的犹豫了，刘老板见我没出声，直接把我抱到沙发上，出神的我回神时，已经被刘老板压在了身下，他在脱衣服，看到他那身肥肉，我脑子清醒了，我不卖自己。

我开始挣扎，想摆脱这个羞辱的处境："刘老板，我不卖自己！"

我没等到他放过我，脸上就挨了他一巴掌。

"臭婊子，老子看得上你是你的福气！"

灯光晦暗，我眼前一片金色，看不清刘老板的蛤蟆脸。他在脱裤子，腿死死压着我，我力气小，想动也动不了。

我心想，这下完了。

可身体突然轻了，等我适应了灯光，看到的是濮远扬一拳揍到了刘老板脸上。

刘老板捂着腮帮子，口齿含糊地说："你他妈谁啊，连我都敢打？"

"我？"濮远扬把拳头握得嘎嘣直响，脸上挂着痞痞的笑，"我是她男朋友。"

濮远扬

回到公司我才知道，那星星辞职了，该死的还把做手术的钱还给了我，把我看成什么了？

气归气，可我开始没去找她。浑浑噩噩地过了几天，宫二叫我出去喝酒。见面时他一愣："兄弟，出什么事了？"

"什么事？我能有什么事？"我看着一屋子的人，都是从小一起玩到大的朋友，今天来了五个，四个带了女伴，剩下一个自己来的宫二也是名草有主。我气闷地灌了口酒。

宫二盯着我，突然笑得像只鸭："让男人心烦的只有两件事，要么事业，要么女人。就你那屎壳郎掉粪坑的臭性子，事业的可能性很小，兄弟，看上哪家的姑娘了？"

看上了？我也想知道我到底是不是看上了那星星，为什么连着几天都梦见她对我张牙舞爪的样子，还有那个触感微妙的吻。

想到这，我身上开始发燥，于是那晚我和宫二他们喝了很多酒，十点多本来要散，可宫二提出转个地儿继续练摊。

那是家新店，我们进了走廊，我走在最后。没想到，我竟看到了她。

她脸色不好，几天没见，人也瘦了许多，身上穿的那件衣服暴露着大片肌肤，我感觉每一个看到她的男人眼神都要在她身上流连。

我气这女人的不自重。

宫二已经走到包房门口，朝我招手："远扬干吗呢？"

"你先进去。"

我转身去了前台，问清我想知道的才回了那个包房，那星星刚才进去的那间。

可我看到的是什么，一个男人在脱衣服，那星星被他压在身下，那眼神……你也有害怕的时候。

后来那星星总算有反应，她反抗，可那孙子竟然打了她一巴掌，我的女人你敢动手，二话不说，我直接给那孙子一拳："我是她男朋友！"

看到那星星那种惊讶的表情，我抑郁了几天的心情突然大好，我弯腰把她抱起来，贴在她耳边："下次再让别的男人碰你，小心我打断他的腿。"

那个糟老头趴在地上，捂着鼻子肩膀一抖。那星星在我怀里看着我，我发现，她有一双亮亮的眼睛，像星星。

那星星

舅舅发来电报，外婆的手术很顺利，我心里却忐忑，因为那钱是濮远扬的。

奶茶店八点关门，我在柜台后面不停地擦着玻璃。店长在后面算好账出来，看我还在，一脸的惊讶："星星你怎么还在，男朋友等你很久了，行了行了，快走吧。"

"店长，我整理下再走。"我还想磨蹭。可店长直接就把我推到后面去换衣服："你店长我就那么没人情吗，每天拖着让你干活？不过星星，你真有福气，男朋友那么帅，对你又那么好……"

"店长，他真不是我男……"更衣室的门被店长随手关上，我的解释成了苍白无力的徒劳。

终于还是换好衣服，站在濮远扬那辆和他身份有些不相符的北京现代前，我意外他没像之前那样站在车外，斜靠着车门，然后一脸痞痞地等我。他在车里，趴在方向盘上，像在睡觉。

"濮远扬，我真没谈朋友的想法，你拿钱给我外婆治病我很感激，那算我借的，我会还的……"

我说了半天，濮远扬连个反应都没有，只是趴在方向盘上。

"濮远扬，我是很认真地在和你说，你能不能认真听我说完再睡觉！"

"女人，你真是啰唆。"他总算抬起头，眼睛带点血丝，脸色也比平时红些，我疑惑："濮远扬你发烧了？"

"没有！"他哼一声，"上车，我送你。"

我脾气也拗，伸手直接进了车窗摸他的额头。

"濮远扬，你就是发烧了。"

"没有，你上车。"他和我一样拗。

我站在车外，看着车里的他，半天有了决定。我拉开车门："你下车，我开。"

他笑了，说"好"。

上了路，我想不止我后悔了，他肯定也后悔了。

"那是刹车不是油门。"他对只学车一个月就再没摸车两年的我下命令。

我哼声："你该庆幸我没把油门当刹车。"

"其实和你一起命丧黄泉也不错。"说完，他真无视了我的烂车技，自己闭目养神去了。

他爷爷的，真要我自己开啊。

我花了一小时走完平时二十分钟可达的路程，到了濮远扬的公寓。

芙蓉里的前同事和我说过，濮远扬自己住公寓，没住家里。

他的住所比我想象的好得不多，不大，也没豪华装修，客厅里只有一张布艺沙发，灰色的，沙发前是一个玻璃茶几，茶几上摆着一份翻开的报纸、一杯喝了一半的茶，一只游戏手柄还有一个流氓兔小摆件。

把他扶上三楼已经花了我不少体力，现在我根本再没劲把他扶进卧室。于是就近我把他扔在了沙发上。

"濮远扬，我只是欠你钱，而且我会还的。现在把你送到这里我很仁至义尽了，我走了啊。"

没人回我，我转身打算离开。

可濮远扬天生就是磨人精，我才走出几步远，他就开始哼哼："水……渴……"

渴你妹！

不得已，我只得转回身去给他找水。水壶没水，于是又烧水。

烧完水，濮远扬喝了，烧得却更厉害，39.5℃。

这下我根本没办法走了，翻箱倒柜找了退烧药出来，说明书说不能空腹，偏巧濮远扬肚子就叫了……

做饭，喂药再烧水，濮远扬折腾了我一整晚。天蒙蒙亮时，我忍不住睡着了。

濮远扬

那星星比我想的还固执。我知道她不是对我没感觉，只是她心里有层铠甲。宫二说她有个爸爸，因为盗窃罪被判刑，目前还在服役，她妈妈在她12岁时去世，原因是丈夫出轨加家暴后得了精神病，在马路上被车撞死。

我想成为那个走进她心里的人。

芙蓉里按照我的坚持逐步在整改，三天没睡的我还是每天去接她。她说我发烧了，然后说她开车。

她车技真的很烂，可我似乎一点不担心，和她一起，有事也没关系。

我睡了很好的一觉，醒来时，她坐在地上，头就靠在我旁边。

这次我没吻她，我说："那星星，我是很认真地在喜欢你，做我女朋友好吗？"
"先试用一个星期吧。"

那星星

我也不知道自己怎么就说了那句话，于是稀里糊涂我有了男朋友，试用期被他死皮赖脸地从一个星期拖到下个星期。

也许人总是抱着侥幸心理，也许孤单太久我想找个人陪。

所以一个月后，我站在电影院门口，看着去买票的濮远扬捧着两大包爆米花朝我走来，样子很滑稽。

我还没来得及笑，丁咛就打来了电话。我对濮远扬摆摆手，到旁边的安静地方接电话："又怎么了，我的大小姐？"

"星星，我家给我安排了一门亲事。"

"等等，让我算算先，你今年年方二八，对方娶你，算诱拐未成年不？"

"去你的，我很认真！"

"好好。"我收起笑，"那你是喜欢对方准备躺倒就范呢？还是不喜欢打算揭竿而起和家里小小反抗挣扎那么一下呢？"

"我……我想躺倒，就怕他不给我就范机会。"

性子彪悍的丁咛头回说话这么扭捏，我算看出来了，这丫头玩够了，打算从良了。我握着电话，朝远处正对我使眼色的濮远扬比了个手势："大小姐，既然喜欢就去问啊，比这彪的事你又不是没做过。"

"这样啊，好吧，我酝酿一下。"

我又对丁咛鼓励了几句，这才挂了电话。

"谁啊，聊那么久。"濮远扬一嘴酸味。

"朋友。"我坏坏地笑，"男的。"

"胆儿肥了，你！"濮远扬朝我吹胡子瞪眼，我趁机先钻进了放映厅。

两场爱情片看到晚上十一点，濮远扬睡了四个小时，我哭了四个小时。出门时，我的眼睛肿了，我问濮远扬："爱情能持续多久？"

他没说话，而是在我面前低下了身子："上来。"

也许是受一悲一喜两个爱情文艺片的影响，平时觉得那样很矫情的我没多想就趴在了上面。

"持续到我背着你，再走不动的那天。"

我觉得我和濮远扬的爱情很奇怪，之前他对我的那些好，都比不上这句话让我心动。

濮远扬真的一直把我背回了家。忘了说，半个月前我的房子临时被房东收走了，无家可归的我被濮远扬衣冠禽兽地接回了他的公寓。

不过他说了，除非我愿意，否则不会碰我。

在之后的一个夜晚，我抱着自己的枕头走进了濮远扬的房间，拉开被子躺在他身边。

那个晚上月亮是冷的，被子是冷的，连眼泪都是冰冷的，如果不是小侄女电话里说漏了嘴，我根本不会知道，濮远扬的那笔钱舅舅没拿去给外婆治病，外婆已经走了很多天了，遗体火化了，舅舅他们连个骨灰盒都没给外婆准备，直接把她撒进了家乡的那条江。

"濮远扬，我要你。"

我的心空得吓人，每滴眼泪落进去都听得到回音，现在能填满它的只有濮远扬。

濮远扬

我比星星早几天知道她外婆的事，我带她去看电影，让她陪我打游戏，每天和她保持通话两个小时以上，上下班我像对待小孩子那样接送，可她还是知道了那件事。

她躺在我身旁，我感觉得到她在抖，她说："濮远扬，我要你。"

我不知道这算不算趁火打劫，我也想要她，我真的要了。

那星星

把自己给远扬，我没后悔过，特别是第二天清早看他温柔看我时，我知道我不会后悔。

"饿吗？"他问我。

"饿。"我是真饿了。

"那我们先吃饭。"他把被子一遮。

一个半小时后，我精疲力竭得连点说话的力气都没有了。

电话声响起，是他的。我闭着眼听他讲电话。

"嗯，好。"他两个字就挂了电话。

濮远扬又趴在我身边："饿吗？"

"不饿。"我躲在被子里脸通红。

"哦,我还想我们先吃饭,然后去机场呢,看来你要给我省粮食啊,老婆。"

在家附近的一家小店吃了饭,我被他带去了机场,我意外,他是带我回老家,带我去看外婆。

他陪我在外婆长眠的那条江边站了整整一天才把我带走,走前他手拢成喇叭形对着江面大喊:"外婆,你放心地把星星交给我吧!我会对她好,一辈子!"

我俩关了手机,在我的家乡住了整整一星期,在星期六这天,我们坐着飞机回到了我们的城市。

在家门口,我见到了一个熟人,只是我没想到她也是远扬的熟人。

"星星,扬子哥,你们……"

我想丁咛见到拉着手的我们和我知道她来见远扬目的时的惊讶程度,不相上下。

濮远扬

我不知道什么时候父亲和丁咛的爸爸达成了让我们结婚的默契,我一直把丁咛当妹妹,而且我知道丁咛从不缺男朋友。

可丁咛说,她的那些男友不过是为了让我吃醋的障眼法,她说她很早就开始喜欢我了。

问题是我不喜欢她。

回家和父亲见面时,我也是这么说的。

在我表示我要娶的是星星时,父亲甩了我一巴掌。

"你是被那女人蒙了心了还是勾了魂,她什么出身,你什么出身,男人玩玩可以,当真了就不配做我儿子。"

"那你就当没我这个儿子吧。"

从小到大,我一直按照父亲安排给我的轨迹生活,读他选的学校,交他认为值得交的朋友,星星是我第一次脱离那条轨道。

和父亲摊牌后,我回了我和星星的家,她坐在客厅沙发上看电视。我坐过去:"看什么呢,这么出神?"

"濮远扬,你说太太乐鸡精和普通鸡精区别在哪?"她又开始直呼我大名。

"星星,我和父亲说了,我只和你在一起,我爱的人是你。"皱着眉我说。

"太太乐的家业大,在超市里他们想把自己摆在哪个位置上都可以,普通鸡精没那么好运。"

"我就喜欢普通鸡精！"我有点火大。

她终于提到了正题："丁咛是我的好朋友。"

所以你想怎样，把我送回给她？那星星你把我当什么了！我他妈想发火。

"但就算是好朋友，我也不想把你让出去！"

我爱死这个笨女人了。

那星星

我和濮远扬平静地生活了一个月，他被芙蓉里解职了，现在是待业青年一枚，整天靠着我混吃混喝。我叫他软饭男，他喊我包租婆。

这不，大晚上的他就在卧室喊："包租婆，这个月没钱交租，求卖身抵债。"

我说你可真不要脸。

我们正疯着，消停一个月的电话响了，我去接，接完我整个人都愣了。"濮远扬，丁咛进医院了，你去看看吧。"

那天，我给他选了件青灰色风衣，军款，穿在他身上，真好看。我亲了他好几下才总算把他推出了门，关门前，我冲着他使劲儿喊："我在家等你。"

其实我知道我不会等他了，回到客厅，我拿起电话，按了回拨键："十分钟后来接我。你们别难为他。"

他指我爸爸，前天假释出狱，可才出来就被人抓了包，电话里我听到他在一旁骂得精神："我是被算计的，你们害我。"

不用说，我也知道是谁算计了他。假释期再犯，还是那么贵重的东西，要是再进去，他估计直接死在里面了，妈妈说，就算他犯了再大的错，也是我爸爸，所以我只得收拾行李，在十分钟后上了那辆车。

其实，是我对我和他没有信心，爸爸只是个借口。

濮远扬

到了医院我发现一切都是骗局，我马上往回折，父亲挡住了我："她早走了，拿了钱走的，你在她心里从来不是最重要的那个。"

我不信，开着快车回了家，家里似乎什么都还是原样，仔细看少了她和她的东西。

这该死的女人！

我再没回去芙蓉里，整天拉着宫二陪我喝酒，他也忧愁，原因和我不相上下，想和宁黎黎结婚，家里不同意。

可他比我强，起码宁黎黎乖乖在他身边，我身边连个鬼都没有。

"去你的，我不是人啊！"宫二横了我一眼，"看你这么抑郁的分上，我托人帮你找找吧。"

我没说话，握着酒瓶子和他碰了一杯。

不知不觉又是半年多，我依旧没去芙蓉里，父亲由开始的愤怒再到后来的失望直至后来带点哀求，我都毫无反应。

宫二问我，只不过相识很短的一个女人，至于吗？

我也觉得不至于，可爱情真是那样，她可以是个很普通的人，可以毫无才华甚至美貌，但一旦她走进你的心，她的一切就是不一样的。

满头大汗蹲在地上捡文件的那星星，把我丢掉的企划书捡回来的那星星，卖奶茶总推荐可口味道的那星星，故意把菜切得奇形怪状然后趴在厨房门口对我说"切得好看的人来切"的那星星，走进我心，扎了根不再离开的那星星，我的那星星。

直到一天，宫二兴冲冲地拿了个地址给我，我的心又跳了："远扬，去前记得带好速效救心丸啊。"

我只当他开玩笑，可站在小镇木桥这端看着桥那头的星星时，我心跳真加速了。

那是我的星星，星星肚子里是我的孩子。

"那星星，你再跑一个试试，孕妇怎么了，孕妇我也照罚不误。"我一步步朝她走去，桥那边是我的所有幸福。

濮稼祥

我在房间里来回走了几圈，又把秘书叫来问了几次，得到的回答都是远扬坐的大巴车晚点，应该快到了。

他们说那个女人生了个女儿，是我的孙女。我冷哼，真不想认那两个母女，不过如果远扬能成原来的远扬，我也认了。

可已经晚了三小时，他们还没回来，我等得心焦，秘书突然敲门进来："董事长，副总他的那辆大巴车出事了……"

雾天，大巴车和迎面来的一辆运煤车相撞。

"远扬他没事吧。是不是,他没事的。"

"副总和那小姐坐在最前排,救护车赶去时,他们……他们已经没生命体征了……"秘书垂着头,又抬起来,"不过董事长,小小姐被副总抱在怀里,听说没事。"

我站在原地,感觉天旋地转,过了很久我才听懂秘书的话:"没有什么小小姐,她是扫把星,是她和她那个妈害死了我儿子,我不想见她,把她送走,送走。"

要说第三个送走时,我咚一声栽倒在地上。

(完)